Annegret Held
Apollonia

Weitere Titel der Autorin:

Armut ist ein brennend Hemd
Eine Räuberballade

Das Buch

Ich will sehen, ob es wahr ist, was sie sagen, dass über meiner Groß-
mutter das Grab eingestürzt ist, dort auf dem Kirchhof von Schol-
merbach.

Ja, es ist wahr, das Grab ist eingefallen, es öffnet sich vor meinen
Füßen in einer sauberen Rautenform, ganz schwarz, aber nicht tief,
mein Großvater liegt friedlich daneben unter seinem ordentlichen Hü-
gel und schläft und schläft den Rausch des Ungerechten.

Im eingesunkenen Grab liegen die Wurzeln und die Blumen
kreuz und quer zwischen Erdklumpen, wahrscheinlich hat sie sich
da unten herumgeworfen und umgedreht noch hundertmal. Meine
Großmutter Apollonia hat immer gesagt, sie will um keinen Preis mit
meinem Großvater Klemens unter demselben Grabstein liegen. Und
dann haben sie sie trotzdem neben ihm begraben.

Das konnte nicht gutgehen.

»Heimatliteratur, von der man nie genug bekommt« Kölnische
Rundschau

Die Autorin

Annegret Held, geboren 1962 im Westerwald, arbeitete u. a. als
Polizistin, Altenpflegerin und Luftsicherheitsassistentin – und
ist erfolgreiche Autorin. Sie erhielt den Berliner Kunstpreis der
Akademie sowie den Glaser-Förderpreis und ist PEN-Mitglied.
Ihre beiden Westerwald-Romane *Apollonia* und *Armut ist ein*
brennend Hemd wurden von der Presse hoch gelobt; mit ihrem
neuen Roman *Eine Räuberballade* findet die Trilogie ihren Abschluss. Annegret Held lebt im Westerwald.

ANNEGRET HELD

APOLLONIA

ROMAN

eichborn

Dieser Titel ist auch als E-Book erschienen

Eichborn Verlag in der Bastei Lübbe AG

Für die Originalausgabe:
Copyright © 2012 by Bastei Lübbe AG, Köln

Für die deutschsprachige Ausgabe:
Vollständige Taschenbuchausgabe
der bei Eichborn erschienenen Hardcoverausgabe
Copyright © 2020 by Bastei Lübbe AG, Köln
Textredaktion: Doris Engelke, Frankfurt
Umschlaggestaltung: U1berlin / Patrizia Di Stefano
Einband-/Umschlagmotiv: © Leonard de Selva / Bridgeman Images;
© Kuligssen / Alamy Stock Foto
Satz: Dörlemann Satz, Lemförde
Gesetzt aus der Bembo
Druck und Einband: GGP Media GmbH, Pößneck

Printed in Germany
ISBN 978-3-8479-0060-3

5 4 3 2 1

Sie finden uns im Internet unter eichborn.de
Bitte beachten Sie auch luebbe.de

Meinem Heimatdorf, genannt Scholmerbach,
und allen Dörfern ringsumher, deren Glocken ich
habe läuten hören

Meiner Mutter, meinem Vater, meinem Liebsten,
Frank, meinem Kind Elisa, meinen Brüdern
und der ganzen Sippschaft

Ich bringe nur Ranunkeln mit etwas Wiesenkraut, für meine Großmutter Apollonia.

Ich will sehen, ob es wahr ist, was sie sagen, dass über meiner Großmutter das Grab eingestürzt ist, dort auf dem Kirchhof von Scholmerbach, wo meine krumme und fingerlose und buckelige Verwandtschaft liegt.

In der siebten Reihe am Kieselweg nahe am Brunnen finde ich meine Großmutter zwischen Müllerkolls Rosa und Schamps Eggenseppel unter ihrem Basaltstein liegen. Der Buchsbaum und die Dornschlehen umwachsen sie alle und hüllen sie in ihren Geruch, wie sie da liegen, so säuberlich und bescheiden, ein jeder eingefasst in einen Kranz aus Steinen.

Ja, es ist wahr, ich stehe davor, das Grab ist eingefallen, es öffnet sich vor meinen Füßen in einer sauberen Rautenform, ganz schwarz, aber nicht tief, mein Großvater liegt friedlich daneben unter seinem ordentlichen Hügel und schläft und schläft den Rausch des Ungerechten.

Ich weiß nicht, was ich sagen will mit meinen Ranunkeln.

Im eingesunkenen Grab liegen die Wurzeln und die Blumen kreuz und quer zwischen Erdklumpen, wahrscheinlich hat sie sich da unten herumgeworfen und umgedreht noch hundertmal. Meine Großmutter Apollonia hat immer gesagt, sie will um keinen Preis mit meinem Großvater Klemens unter demselben Grabstein liegen. Und dann haben sie sie trotzdem neben ihm begraben.

Das konnte nicht gutgehen.

Ich muss ein wenig für sie beten:

– Lieber Gott, bitte nimm meine ruhelose Großmutter
zu dir in den Himmel. Sie kann nicht hierbleiben, sie
findet keinen Frieden und treibt sich womöglich noch
hier herum.

Ich glaubte, Apollonia »Nein« sagen zu hören. Meine
Großmutter sagte als Erstes immer »Nein«, und als Zweites
sagte sie, wir sollten ihr alle den Buckel herunterrutschen,
und als Drittes sagte sie, sie möchte auf gar keinen Fall mit
Klemens unter demselben Grabstein begraben werden.

Ich habe den Kirchhof immer gerngehabt.

Er ist wie immer, der Kieselsteinbrunnen, der Süßkir-
schenbaum, das Engelgrab der kleinen Ute, deren Blut so
weiß war, dass sie daran sterben musste. Ich verirre mich auf
unserem kleinen Friedhof, ich war schon lange nicht mehr
hier, es scheint, als seien uralte Leute aufgestanden und hätten sich woandershin gelegt, ganze Familienzweige sind beieinander, hier die Schlossens, und dort die Willemichels und
da die Paulinchens. Dabei haben sie sich unentwegt bewegt,
hin und her, mal hatte ein Willemichel eine Müllerkolls geheiratet, mal ist ein Schlossens fortgegangen und nie mehr
zurückgekehrt, und mal hat sich ein Paulinchens unter die
Müllerkolls gemischt, und die sind nach Linnen gezogen
oder nach Ellingen.

Ich muss auch einmal hier liegen, jetzt weiß ich es wieder. Es kann nicht anders sein, als dass mein Grab einmal
unter diesem Buchsbaum sein wird, bei meiner Großmutter
und bei Tante Lina und Tante Toni, bei Onkel Gustav und
dem losledigen Albert. Wahrscheinlich liege ich bei den
Losledigen. Wenn nichts geschieht bis dahin. Einiges an
Lebensjahren steht ja noch in meinem Auftragsbuch.

Ranunkel und Wiesenkraut für meine Großmutter und meinen Großvater, die hier schon lange ruhen, schon fünfunddreißig Jahre lang.

Ich lege die Ranunkeln zu ihren Häuptern, an den Grabstein, damit sich der Wiesenklee um ihren Namen rankt, ich möchte was tun für Apollonia. Für den Großvater ist gesorgt, der hat sowieso die ewige Ruhe, er wird in den Himmel hineingegangen sein, einfach so, er hat vielleicht mit Petrus gewürfelt, ist aber bestimmt da oben irgendwo. Apollonia dagegen ist nicht in den Himmel gegangen, weil sie ja dort hätte Großvater oder den Herrgott treffen müssen, und weder Großvater noch Gott hat sie je verziehen.

Am Grab meiner Großmutter vergesse ich, was aus mir geworden ist, es ist sofort verschwunden, gerade so, als sei ich fünf Jahre alt. Was früher war, sehe ich deutlicher als das, was heute ist, und es scheint mir auch bunter. Selbst meine Sprache fällt zurück, sobald ich hier durch die Straßen gehe, ich rede von Müllerkolls und Blutwurst und Himmelfahrt, obwohl auch hier niemand mehr von Blutwurst und Himmelfahrt redet. Ich treibe mich auf dem Kirchhof herum und suche dann den Wald mit dem Hexenhäuschen, den Holunder- und Schafgarbenbüschen und den zerstrüppten Dornschlehen, ich gehe durch den Kappesgarten, ich suche das alte Wasserhäuschen, den Tröpfelborn und den Eulenbirnbaum.

Aber den Eulenbirnbaum hat nie jemand gefunden.

Ich bin so. Ich laufe durch die Dorfstraßen und fahre mit den Hollen. Das haben sie immer zu mir gesagt: Ich fahre mit den Hollen. Ich fragte: Was sind denn die »Hollen«? Das konnte mir niemand sagen. Du träumst am helllichten Tag. Ich glaubte, dass es etwas Besonderes sei, wenn man mit den Hollen fahren kann, und dass die Hollen wie Wolken seien oder von Frau Holle geschickt. Als meine Mutter sagte, sie habe vom fliegenden Holländer geträumt und er sei auf die Wiese gefallen, gleich hinter dem Haus, da glaubte ich, die Hollen kommen vom fliegenden Holländer und ich kann mit ihm durch den Himmel segeln und vielleicht abstürzen, irgendwo an einem fernen Ort, oder verschwinden in den Wolken wie der Fliegende Robert, und wo der Wind ihn hingetragen, ja das weiß kein Mensch zu sagen.

Ich fahre immer noch mit den Hollen, die Straßen verschwinden und die modernen Laternen, Häuser lösen sich auf, und der Dorfplatz bevölkert sich, und ich sehe die lustigen Leute in alten Klamotten, und auf einmal sehe ich Apollonia auf der Kirmes tanzen. Sie trägt ein dunkles Kleid mit besticktem Kragen und bezogenen Knöpfen und Biesen und einer Schleife im Rücken, sie tanzt einen Rheinländer, zwei links, zwei rechts, es ist strahlender Sonnenschein, die Musik spielt draußen, vor Honiels Wirtschaft, und alle trinken Bier, als müssten sie dem Honiels die Fässer schon leer trinken am helllichten Tag.

Im Dorf stehen noch die alte Linde und das Backhaus und der Brunnen, die Kirche ist viel kleiner und hat keinen Steinboden, er ist nur festgetrampelt. Die Teerstraßen sind verschwunden, und ich sehe, die Wege sind aufgebrochen, und der Bach läuft wieder mitten durch das Dorf, und der Brunnen steht vor der Wirtschaft. Es riecht ganz anders, die Misthaufen verströmen einen ewigen warmen Geruch, und eine Brut von Fliegen tummelt sich darüber, ich höre die Bienen summen und die Hühner gackern, aber es ist auch ein beständiges Hämmern und Surren und Sägen über dem Dorf, und dann sehe ich ihn vor mir.

Den Zimmerplatz. Es ist 1928, 1924, 1918.

Die große Schneidmühle mit einer Dampfmaschine und einem Gatter und einem Fuhrwerk mit zwei prächtigen Gäulen und der Getreidemühle obendrein. Überall liegen die Bäume verstreut, überall, sie liegen von den Dreieichen bis unten zum Tröpfelborn, bis hinten zum Müllerkoll und bis zu den Berghecken vor dem Kappesgarten.

Da sind der Dagobert, der Willi, der Balduin, der Konrad, der Ewald, der Hannes, und der Jüngste war Klemens, mein Großvater. Es sind die Söhne von Josef und Charlotte Heinzman, und sie schuften von früh bis spät in den Wäldern und auf dem Zimmerplatz und auf anderer Leute Dächer. Sie sägen und hobeln und hämmern, sie ziehen die Bäume mit den mächtigen Gäulen aus den Hecken.

Der Zimmerplatz ist der mächtigste hölzerne Königshof in der Gemarkung, der in schmutzigen Schlammfeldern mit Donnergetöse residiert.

Mein Großvater ist ein staubiger Prinz voller Sägemehl, und er flucht und sägt und liest manchmal heilige Bücher.

So deutlich, wie ich all das sehe, so schnell verschwindet es wieder, und der Zimmerplatz wird kleiner, und die mächtigen Gebirge aus Bäumen sinken in sich zusammen, und da steht nur noch die Schneidmühle mit dem uralten Gatter, der Zimmerplatz ist nun überdacht. Aber noch immer sind Söhne der Zimmerleute dort, und noch immer sind sie so kräftig und lachen sie so laut und so gern wie mein Großvater Klemens. Sie winken und grüßen und wollen mich mit dem Gabelstapler überfahren. Sie sind Andergeschwisterkinder. Wir sind viele Andergeschwisterkinder in Scholmerbach. Man kann sie nicht mehr zählen und nicht mehr auseinanderhalten, man verzählt sich andauernd. Würden wir einen Stammbaum malen, so wäre er verzweigt wie einer der zahllosen Bäume, die wir zersägt haben und deren Äste im Feuer verbrannt sind. Also zählen wir uns nicht mehr und sind nur froh, dass im Herzen der Schneidmühle noch das alte große Gatter steht, mit seinen schrecklichen stählernen Sägezähnen. Von Zeit zu Zeit, da frisst und zerteilt es noch einen Baum und kracht und donnert und schnauft so wichtig, dass die ganze Schneidmühle leise zittert, das Gebälk und die Wände und die staubigen Scheiben, das ganze Sägewerk vibriert leise mit, und das Sägemehl legt sich tanzend in die Spinnweben

Ich erinnere mich, wie ich früher einmal alles aufschreiben wollte, die Geschichten, die sie sich erzählten, über die drei Schwestern, Hanna, Klarissa und Apollonia. Sie waren so schön, da kamen die Freier von nah und fern und sogar noch von Langdehrenbach. Und sie wählten und wählten und wählten. Und sie wählten und wählten und wählten. Und die Leute sagten:

Ihr wählt und wählt, bis ihr den Säuschwanz kriegt.

Das schien es mir wert zu notieren, bevor sie alle starben und auf dem Kirchhof lagen und mir keiner mehr etwas erzählen konnte, wollte ich es also aufschreiben, damit ich es nicht vergesse, denn in meiner Verwandtschaft vergessen sie alles. Sie wissen noch nicht mal mehr, wo mein Großvater Klemens in Gefangenschaft war. Amerika war der doch. Ja, aber wo denn da? Ei, Amerika. Und wo festgenommen? Von den Amerikanern. Der ist … da gleich … übergelaufen.

Wo denn? … Ei … Amerika.

Ich war etwa sechzehn und meine Großmutter Apollonia sechzig und noch mehr. Nein, ich war beinahe siebzehn und sie siebzig oder sechsundsiebzig, Frühling oder Sommer war das, 1977, und wir hockten gemütlich beieinander in der Küche unter dem schrägen Dachjuchhee mit dem Fenster zum Zwetschgenbaum, während sie Bohnen schälte oder Brennnesseln rupfte, aber meistens saß sie am Küchentisch und las Zeitung, die »Neue Post« oder die »Sieben Tage«. Sie blätterte die Seiten um und machte von Zeit zu Zeit Geräusche wie tsd oder tschd, und von hinten sah ich ihre gekreuzten Schürzenbänder und den schweren Dotz, der ihr den Kopf in den Nacken zog und den Hals steif machte. Wer aber ein so prächtiges Nest, einen Dütz, im Nacken hatte wie sie, aus einem dicken braunen Zopf, der bis auf die Hüften reichte, der galt früher als ein schönes Mädchen. Ich fand ihn immer noch schön und betrachtete mir ewig seine seltsamen Verschlingungen und den Wechsel von silbrigen Flechtenbögen und anthrazitfarbenen Kränzen und sein herrliches Rund und kam doch nie hinter sein Geheimnis. In der Küche standen ein wunderbarer Kohleofen, den sie nicht hergeben wollte, und daneben der elektrische Herd, um abends Brot zu rösten und zwei Schaschlikspieße warm zu machen. Ich lag immer auf dem roten Sofa, genannt das »Schesselong«, unter dem bestickten Wandbehang mit der klappernden Mühle am rauschenden Bach, las oder machte Hausaufgaben oder träumte in den Tag hinein.

Ich hatte mein ganzes Leben noch vor mir, und irgendwann spürte ich, dass es sich mit Oma nun ganz anders verhielt. In letzter Zeit machte sie immer öfter tschd und hielt sich dabei den Leib und war dünner geworden, da dachte ich, es sei besser, mit dem Schreiben anzufangen. Ich musste sehen, was sie noch freiwillig herausrücken würde von den alten Geschichten, die ich so gerne hörte, von den Schwestern Apollonia, Hanna und Klarissa, die im Saal standen und auf die Freier warteten und wählten und wählten und sich nicht entscheiden konnten, bis sie am Ende den Säuschwanz kriegten.

Ich hatte extra ein Buch gekauft, mit orangenen Blütenblättern auf einem Umschlag aus Leinen. Es hatte fein gepunktete Linien für Menschen, die klein schreiben und ein geordnetes Gefühlsleben haben und daher nie über den Rand malen. Ich erinnere mich an die Aufregung und das Gefühl der höchsten Bedeutung und Weihen, als ich meinen Füllfederhalter aufsetzte und begann:

Hanna, Klarissa und Apollonia waren die drei Töchter des Dapprechter Gustav, und sie waren so schön, da kamen die Freier von nah und fern und sogar noch von Langdehrenbach.

Da begann ich auf einmal es zu sehen, ich geriet in die Hollen und in den Honiels Saal, zur ersten Kirmes nach dem Krieg in 1919, sie zogen im Festzug mit der Blasmusik von der Kirche herein, der ganze Saal war geschmückt mit Birkenreisig und Fichtengrün, und in das Fichtengrün war das Stanniolpapier hineingebunden, das sie jahrelang säuberlich von Schokoladentafeln abgenommen und in der Schublade gesammelt hatten. Die Musiker nahmen Platz auf der Bühne mit Trompete, Pauke, Horn und Tuba und sammelten von den Männern die Tanzgroschen ein. Der Wirt streute immerzu Soda auf die Tanzfläche, damit alle ordentlich rutschten.

Meine Großmutter Apollonia trug ihr einziges schönes dunkles Kleid, das hatte einen bestickten Kragen und bezogene Knöpfe und einen Plisseerock und dazu hohe geschnürte Schuhe, die mussten schon im dritten Jahr halten. Hanna, Klarissa und Apollonia mussten sich zu den Unverheirateten an die Wand stellen und warten, ob sie denn einer zum Tanzen holte. Es war so warm, dass die Fenster offen standen und die Lieder hinausklangen durch ganz Scholmerbach, und wer nicht mitkonnte auf die Kirmes, der hörte doch die Rheinländer, die Mazurka und die Waldblümlein-Walzer, so wie die schwindsüchtige Magda, die nicht mehr tanzen konnte, weil sie am Kirmesmontag sterben sollte, oder wie Urgroßonkel Berthold, der sterben sollte an den Bauchschüssen von der Schlacht bei Amiens, und der alte Balthese Simon, der in seinem unreinlichen Haus zuletzt mit Geschwüren übersät und von seinen Katzen zerkratzt sterben sollte am vergifteten Blut.

Apollonia, Hanna und Klarissa aber standen an der Wirtshauswand und warteten auf die Freier, und Tante Hanna war lang und dürr und machte sich immer krumm, und Tante Klara hatte dünnes, futscheliges Haar, und meine Oma Apollonia machte ein Gesicht, als würde sie gleich erschossen.

Mein Urgroßvater Gustav Dapprecht hatte ihnen streng verboten zu lachen, und die Einzige, die sich immer daran hielt, war meine Großmutter Apollonia.

Nur die allerdümmsten Bauern müssten unentwegt tölpelhaft lachen, hatte mein Urgroßvater gesagt, und wer lache, sei einfach nur einfältig und blöde und habe keinen Respekt vor dem Herrgott. Sollte er die Töchter beim Lachen erwischen und bei mangelndem Ernst für ihr Tagwerk, dann konnten sie was erleben. Meine Großmutter vermied also nur, töricht zu erscheinen, und hielt daher den Kopf mit ihrem schweren Dotz streng und aufrecht, damit niemand dachte, sie sei die dümmste Gans von Scholmerbach.

Die Freier aber kamen und holten meine Großmutter und ihre Schwestern zum Tanzen, bis sie keine Luft mehr hatten, und sie gaben ihnen Bier aus und gingen mit ihnen hinaus in die Sonne und setzten sich mit ihnen auf die Treppe, und es roch ordentlich herüber vom Plumpsklo hinter der Wirtschaft. Sie machten Späße, und es war den Schwestern schwer, den Ernst zu behalten, und es war ihnen wunders wie, dass man ihnen so den Hof machte. Und der eine kam von Linnen und der andere von Wennerode, der eine von Beilchen und der andere von Pfeifensterz, sie kamen von Hellersberg und von Ellingen und von Wällershofen, von Böllsbach, vom Jammertal und sogar noch von Langdehrenbach.

Dann entschwand ich aus den Hollen und kehrte zurück auf mein rotes Schesselong mit meinem Buch in der Hand, in das ich nichts geschrieben hatte, außer was mit den Freiern und mit einem Säuschwanz. Ich konnte das auch getrost ein andermal machen, denn im Dorf läutete die Schelle, und wenn im Dorf die Schelle läutete, war ich auch schon hingelaufen.

Ich war keineswegs wie meine Oma Apollonia, die sich immer rarmachen musste: Du musst dich rarmachen, Marie! Ich war überall, wo eine Büchse rappelte und wo was los war, denn ich wollte nichts verpassen, ich war ja nur einmal sechzehn, und wie konnte man daheim bleiben, wenn draußen der Wind die wilden Heublumen durch den Abend jagte und die Sommernacht zu blühen begann und alles so gut roch, dass es keinen Menschen mehr in seiner Bude hielt.

Wie sollte es uns auch daheim halten, das ganze Dorf war unterwegs, der Kirmesbaum stand schon, wir wollten selber

Kirmes feiern. Die Kirmes hörte nie auf in unserem Dorf; solange sich auf dem Kirchturm noch ein Wettergockel dreht, dreht sich bei uns auch ein Kirmeskarussell. Das hörte nie auf und durfte auch nie aufhören, sonst wären wir allesamt gestorben.

Daher stürmte ich nun in unser rosa gekacheltes Bad und schloss mich ein für Stunden, um mich schön zu machen und in die engen Jeans zu zwängen und meine Wangen rot zu machen und meine Haare glänzend und duftendes Maiglöckchenparfüm aufzutragen in der Vorbereitung auf die Nacht aller Nächte in unserem Dorf. Ich hatte langes braunes Haar mit Mittelscheitel, so wie alle Mädchen in Scholmerbach in jenem Jahr, und wir hatten ein blaues Halstuch und ein rotes T-Shirt mit der blauen Aufschrift:

– Scholmerbacher Kirmesjugend 1977 –

– Hachenburger Pils –

Es war Samstagabend, und als ich ging, rief ich meiner Oma zu:

– Oma, ich trinke einen für dich mit!

– Pass auf, Marie, sagte sie. Im Frühjahr werden die jungen Böcke wieder wild!

– Es ist ja schon Sommer!, rief ich.

– Dou musst dich rarmache!, rief Oma.

– Jaja!, rief ich.

Und dann war ich verschwunden.

Die Bänder vom Kirmesbaum wehten bunt über den Himmel, das große Kirmeszelt war weit geöffnet, und Menschen strömten hinein, eine Losbude stand bereit, und ein Karussell mit Pferdchen und zwei Flugzeugen und einem Elefanten drehte sich, die Wurstbude hatte schon elf Currywürstchen verkauft, und der erste Besoffene hatte schon hinters Zelt erbrochen.

Es war herrlich, Kirmesjugend zu sein, wir stürmten das Zelt und wir waren glücklich und stolz und sprangen auf kippelige Bänke und schwadronierten und sangen und schwenkten die Arme und tranken in der allerersten Stunde frisch schäumendes Kirmesbier, so viel wir nur konnten. Saufen musste natürlich gelernt werden, dafür war man ja Kirmesjugend, sonst war man ruckzuck wie mein Großvater Klemens ein abschreckendes Beispiel für ganz Scholmerbach.

Die Feuerwehr kassierte den Eintritt und die Fleischwurstweiber, die sich donnerstags immer zum Fleischwurstessen trafen, bedienten zusammen mit dem Männerballett, das an Karneval den Ententanz aufgeführt hatte.

Es spielten auf der Bühne wie immer die drei Flamingos und sie sangen: »Jenny, Jenny, du brauchst keinen Penny, Glück kauft man mit Geld nicht ein, Jenny, Jenny, ohne einen Penny, kommt die Liebe ganz allein.«

Auch ich fragte mich zwischendurch, woher die Liebe kommen könnte, womöglich aus Pfeifensterz oder aus Hellersberg oder aus Linnen, und ich sah mich um, und die Jungens kamen von nah und fern, von Ellingen, von Böllsbach und Wällershofen und Wennerode und sogar noch von Langdehrenbach.

Ich war aufgeregt und erhitzt in meiner Maiglöckchenwolke und meinem Duft nach Bier und Apfelschampoo, ich hatte hell- und dunkelblauen Lidschatten aufgetragen, weil ich fand, dass auf geheimnisvolle Weise durch den blauen Lidschatten meine grünen Augen noch stärker betont würden.

Wir tanzten ununterbrochen auf die Flamingos, und wenn sie eine Pause machten, dann sprangen wir sofort wieder auf die Bänke, schwenkten triumphierend das Hachenburger und sangen:

– Wir sind die Westerwälder und haben frohen Mut,
frohen Mut: Wir wohnen am Scholmer Bach, uns
schmeckt das Bier so gut: Wir brauchen keinen Lippenstift, und auch keine Augenbraun, das ist nichts für
uns Wäller, ach nein, ach nein, ach nein …

Es war uns nicht ganz klar, warum wir Westerwälder
keine Augenbrauen haben sollten, aber so sangen wir es nun
mal.

Vielleicht wegen diesem Lied haben wir sie uns in dieser
Zeit so dünn gezupft, in ganz hellen Bögen, bis sie beinahe
verschwanden, und dann kam Lydia Kosslowski und hatte
sich so verzupft, dass sie Löcher in den Augenbrauen hatte.
Aber dafür hatte sie einen Lippenstift, der war rosa wie bei
Abba und leuchtete im Dunkeln. Ansonsten bemalten wir
uns mit Lidstrich und Wimperntusche und sonst gar nichts
und brauchten keinen Tünnef.

Denn wir Westerwälder waren im tiefsten Wesenskern
wahrhaftig. So habe ich das immer begriffen. So haben wir
es gesungen und geschrien, dass jeder uns hören konnte bis
Linnen und Hellersberg und Wällershofen, und dort wussten
sie es selber und sangen es auch. Wir waren diejenigen, die
den Wäldern und dem Wind gehörig waren und auf alles
pfiffen, was unecht und eitel war. Was brauchte man auch
Lippenstift, der an den Biergläsern klebte und sich im Lauf
einer Kirmesnacht sowieso im Gesicht verteilte und beim
Knutschen verschmierte, wie bei Lydia Kosslowski.

Ich sehe uns auf Bierkisten und auf Bänken stehen und
höre uns nach Leibeskräften schreien: »Was trinken wir –
Bier – warum keinen Sekt – weil er uns nicht schmeckt!
Wem is die Kirmes – uuser – Zickezackezickezacke-Hoi-
hoi-hoi!«

So wie ich die Bänke sehe und draußen über mir den

Kirmesbaum und vor mir das Zelt mit schweren, grünen Streifen, den Eingang offen und die Feuerwehr kassiert ... so sehe ich mich tanzen und wüten und tanzen und singen und auf die Bänke springen.

Die drei Flamingos spielten bis tief in die Nacht, Orgel, Trommel, Gitarre, sie spielten »Rosamunde«, »Tür an Tür mit Alice«, »José, der Straßenmusikant«, und »Anneliese, ach Anneliese« und – »Ich zieh die Blue Jeans an, ich zieh die alten Jeans an« von David Dundas. »Unten am River, schöne Belinda«.

Die Flamingos konnten kein Englisch.

Dann kam auf einmal Jim Larry David Logan herein. Ich sah schon alles ganz verschwommen. Jim Larry David Logan aus Amerika. Es war einer von den Soldaten von der Struderlehe. Jeansjacke, weißes T-Shirt, braunes, glänzendes glattes Haar mit Stirnfransen bis in die Augen, Lederhalsband.

Und ich hörte meine Großmutter Apollonia sagen, dass die jungen Böcke wild seien und: »nimm dich in Acht, Marie, du musst dich rarmachen!«. Und wie war es mit der Soldatenliebe bei uns im Dorf, die Mädchen waren ihnen nachgelaufen, und die Soldaten hatten die Mädchen verraten, und Hennegickels Marlene war ein Flittchen geworden und musste nach Frankfurt gehen!

Ich sah Jimmy an, und er sah mich an, und er war noch immer verschwommen, ich erinnere mich an das ganze Kirmeszelt verschwommen, ich sehe ein wogendes Kirmesmeer, und wir tanzten, und alles tanzte, alles war bunt, alles drehte sich, ich spüre noch die Schlechtigkeit im Magen. Wir haben getanzt, ich weiß kaum noch, wie das alles war, nur noch ein buntes, tanzendes, feuchtes, lautes Kirmeszelt.

Irgendwie war er es dann, mein Kirmeskerl, ein Ami.

Aber später dann. Vor dem großen Zelteingang.

Als ich mit Jim Larry David Logan hinausgegangen bin.

Da war ich wieder wach, da kam nämlich die klare, frische, rabenschwarze Allmacht, die Dorfnacht, die große schwarze, blühende Dorfnacht, die Sommernooscht und Bloiteduft, die sich auftun, da muss man nichts mehr sehen, da muss man nur noch hin und her wanken und sich glücklich schätzen, von dem Rausch des Bieres in den Rausch der nächtlichen Blütendüfte hinüberzutaumeln. Man kann noch ein wenig singen oder laut was sagen, auch wenn man allein ist. Niemand, der hochdeutsch spricht, kann mitreden. Nur wer meine Sprache spricht und mit der Zunge donnern kann, als würde ein holperiger Zug um die Kurve fahren auf einem rostigen Gleis durch Gebüsch und Gestrüpp, der kann das Lied von der »Sommernooscht und Bloiteduft« richtig singen.

Meine Kirmesnacht war niemals eine andere als die Kirmesnacht der Apollonia, und Apollonias Dorfnacht war niemals eine andere Nacht als alle Sommernächte bei uns. Das ist seit Hunderten von Jahren so, und die Kirmesnacht hat sich eingebrannt in den Dorfplatz, und alles, was wir getanzt haben, hat sich eingebrannt, und was wir gesungen haben, hat sich eingebrannt, und was wir geheult haben auch. Und ich bin tausendmal durch die Nacht gezogen und nicht heimgegangen, am Kirchhof vorbei, wo sie liegen und nicht mehr tanzen, im ganzen Dorf hört man es kichern oder singen oder weinen in der rabenschwarzen Kirmesnacht, wenn die Blumen auch besoffen sind und blühen und sich besinnungslos im Rausch verschwenden. Ich bin aus dem Kirmeszelt gefallen, mit Jim Larry David Logan, und habe ihn durch die Straßen von Scholmerbach gezerrt, und wir sind auf Abwege gekommen, jeder Weg durch Scholmerbach ist ein Abweg, man kann an den Sumpfwiesen bei den Brennnesseln landen oder beim Schreiner-Bernhard seinen Schafen und sich mit den anderen im dicken Baum verstecken oder versuchen, in der Leichenhalle einen Toten zu sehen. Man kann auf dem Zimmerplatz aus Balken und Brettern Türme bauen oder in Sägemehlshaufen springen oder versuchen, bei der alten Meelbachs Minna durch die Fensterläden zu schauen, ob sie aus der Zeitung einen neuen Liebhaber hat. Man kann über die Sakristei auf das Kirchendach klettern und oben geklaute Reval rauchen. Was immer man macht, die Nacht dauert niemals lange genug, aber wenn man in der Nacht ist, glaubt man, sie ist ewig, und wenn sie droht zu vergehen, muss man weinen. Ich erinnere mich an aufgerissene Waden von Dornschlehensträuchern, an nasse Strümpfe und schmutzige Knie, ich erinnere mich an Sägemehl in den Kleidern und an Bier auf dem T-Shirt und Gräser im Haar.

Am nächsten Tag geht es dir miserabel, und du willst nur verborgen sein unter einem Gebirge von Federkissen, du willst nichts wissen von dem, was sie dir durch die Türen entgegenplärren, und egal, was sie plärren oder schimpfen oder schreien, du suchst nach Wasser und nach Vergessen und Dunkelheit und sagst dir nur: Aber Hauptsache, es war schön, aber Hauptsache, es war schön … Den dreckigen Tag vermeidend weißt du, dass nichts, nichts, nichts auf der Welt der Dorfnacht mit Sommernooscht und Bloiteduft etwas anhaben kann.

An anderer Stelle, wenn ich in Stimmung bin, aber nur, wenn mir danach ist, werde ich mal erzählen, wie man die Sommernooscht singt, obwohl … es ja niemand verstehen wird, der nicht meine Sprache spricht, der nicht mit der

Zunge donnern kann, als wenn ein rostiger Zug gefahren kommt und auf krummen Gleisen durchs Gebüsch rauscht ... und wieso soll ich es auch erzählen, es ist unser Lied, und es ist so schön, dass man es nicht preisgeben mag, auf dass der Zauber brechen könnte. Ich darf es vielleicht nicht erzählen, nein, nein, ich darf es nicht.

Meine Großmutter Apollonia war schon lange auf und schälte Kartoffeln und blickte kaum auf, als ich hereingekrochen kam, verquollen und krank und blind vom Tageslicht und ohne Wegsteuer.

– Na, sagte sie. Es dann die Kirmes gehalten?

– Jou, sagte ich.

– Und, sagte sie. Hat dann ordentlich die Musik gespillt, und hast dou dann ordentlich getanzt?

– Mir ist schlecht.

Oma lachte in sich hinein und machte den Tauchsieder an und sagte, dann wolle sie mir mal einen Bohnenkaffee kochen, der mache mich wieder munter.

– Jo, das ist gut.

– Das dauert jo ein Weilche, bis man die Kirmes aus de Knoche hat.

Ich konnte mir nicht vorstellen, dass Apollonia jemals getanzt und getrunken hatte bis zum Morgengrauen. Weil sie sich ja »rar« gemacht hat. Wäre mir nie passiert. Ich hatte einen solchen Durst, dass ich zur Spüle lief und Wasser aus dem Kran trank.

– Jaja, sagte meine Oma. Das es der Nachdurst. Naja. Gesoffen wird immer. Hast dou dann aach en' Kirmeskerl gehabt?

– Ich?? Ach … ich … äh … Ach ich … nun ja … nur
so …
– Pass bloß auf und fall nicht rein auf de Erstbesten.
– Nee, sagte ich.

Meine Oma begann zerstreut nach dem Mehl zu suchen und drehte am Radioknopf zu den »fröhlichen Wellen« von Radio Luxembourg mit Camillo Felgen.

Eine Weile blieb ich liegen und wartete, dass Oma das kochende Wasser auf das Kaffeepulver in der Kanne goss und der Kaffee sich setzte und ich ihn endlich trinken konnte. Derweil sah ich ihr zu, wie sie Kartoffelklöße machte und sich zwischendurch die roten, verschnittenen Hände an der Schürze sauber machte. Und lauschte in Gedanken dem Soldaten Jimmy nach und dem, was wir uns erzählt hatten, und ob er nur ein Kirmeskerl war oder nicht und ob wir uns wiedersehen würden, so wie er gesagt hatte. Oder hatte ich mir das alles nur eingebildet?

Ich döste einfach noch ein wenig vor mich hin.

In der Ecke vom Schesselong steckte noch mein Buch mit den Notizen vom Leben meiner Großmutter, und wenn ich hineinsah, tanzten die Zeilen auf und ab, und was ich geschrieben hatte, gab kein Bild, und die Jahre meiner Oma Apollonia schienen mir so unübersichtlich, dass sie auseinandersprangen wie ihr Schürzenbändel, wenn an der Hüfte der Knopf abging.

Apollonia Heinzmann, geborene Dapprechter in Scholmerbach an der Sumpfwiese im Jahre 1902. In 1902 fuhr zum ersten Mal die Transsibirische Eisenbahn, und sie entdeckten die Stratosphäre, sie hatten gerade erst den Nobelpreis erfunden, und dann kriegte ihn der Entdecker der Röntgenstrahlen, die Suffragetten waren unterwegs, Australien schloss sich zusammen, und Heinz Rühmann wurde in Essen geboren. Kaiser Wilhelm der Zweite regierte in Berlin und hatte zur Gemahlin die Kaiserin Auguste-Viktoria und mit ihr sieben Prinzen und Prinzessinnen.

Das hatte ich im Bertelsmann-Lexikon gelesen.

Ansonsten wusste ich mit meinen sechzehn Jahren wenig von meiner Großmutter zur Kaiserzeit, außer dass auf dem mit Blumen und Fahnen geschmückten Dorfplatz zu des Kaisers Geburtstag Böllerschüsse abgefeuert wurden. Ich wusste nur, wie sehr meine Großmutter um Kaiser Wilhelm I. getrauert hat, als er fortgejagt wurde und mit ihm die Kaiserfamilie mit ihren schönen weißen Kleidern, den Schirmen, den Kutschen, den Hochzeiten und Geburten und Todesfällen.

Aber der Kaiser war sehr weit fort vom Westerwald, sehr, sehr weit fort vom Westerwald und seinen Lehmfachwerkhäusern mit den kleinen Fenstern, in die so wenig Licht hineinfiel, dafür aber der Wind pfiff, und wo im Winter die Wände gefroren. Als meine Großmutter klein war, brannte noch kein elektrisches Licht, und das Petroleumauto kam wöchentlich einmal ins Dorf, es floss kein Wasser, sondern die Leute holten es aus dem Brunnen für das Vieh und für den Menschen. Überall roch es nach den warmen Kühen und nach dem Mist in den Ställen, und in den Häusern roch es nach gebratener Blutwurst und Kappes und gekochter Wäsche und Feuer. Die Fliegen brummten um das Vieh und um das faule Obst und über den Misthaufen im Hof, und die Leute wuschen sich am Sonnabend im Holzzuber. Ab und an. Es war ja schwer, genug Wasser warm zu kriegen, um eine Wanne zu füllen. Gott, haben sie gesagt, das Vieh hat ja alles Wasser gesoffen, und sie wuschen sich bloß ein wenig mit Kernseife in der Schüssel, sie wuschen den Kopf in der Schüssel und die Füße im Bach. Ob auf dem Zimmerplatz oder in den Häusern oder der Scheune oder draußen auf dem Feld, wahrscheinlich rochen die Leute alle gleich und wahrscheinlich alle ein wenig wie das Vieh im Stall. Da aber der frische Wind die Düfte von den Fichten und den Buchen und den Weidehecken durch das Dorf und durch die Ställe wehte und im Frühling und im Sommer die Margeriten und das Eisenkraut und die Kornblumen umherblühten, roch es schon wieder herrlich.

In den wunderlichen, wohligen, scholmerbacherischen Schwaden wuchsen die Schwestern Hanna, Klarissa und Apollonia heran unter dem Regiment des Dapprechter Gustav, und der war ein rechter Patriarch und stapfte so starrsinnig und stracks herum mit seinem Kaiser-Wilhelm-Bart und sagte allem und jedem seine Meinung, ob der sie wissen wollte oder nicht.

Mein Urgroßvater Gustav, so hieß es, hatte sich zum Beispiel mit aller Kraft dagegen gewehrt, dass im Dorf die Kinder und jungen Burschen einem Lumpenball nachjagten und diesen Unsinn, der sich überall verbreitete, »Fußball« nannten.

»Ihr wollt Christenmenschen sein!«, schrie er. »Das aber seyn Spiele für die Hottentotten!!« Aber sie hatten nicht auf meinen Urgroßvater gehört, und sosehr er sie auch mit dem Stock gejagt und vertrieben hatte, es war nichts zu machen. Sie spielten es weiter, immer mehr, erst mitten im Dorf, und dann errichteten sie auch noch einen Platz unter dem Haselbacher Feld, und sie trafen sich mit den Hellersbergern und spielten gegeneinander, da konnte sich der Dapprechter Gustav auf den Kopf stellen. Die Hottentottenspiele verbreiteten sich über Ellingen und in Böllsbach und in Linnen und

Wennerode und in ganz Deutschland, Deutschland war verloren.

Dem Dapprechter Gustav gefiel es auch nicht, wenn seine Töchter sich mit den anderen in den Weidehecken trafen und sie dort heimlich Schnaps probierten und einander das Tanzen beibrachten. Der Pfarrer Heidenfeller war immer auf der Jagd nach den Burschen und Mädchen, die mit den Schnapskrügen in den Büschen lagen, da geriet er in Harnisch und drohte, sie mit dem Stock herauszuprügeln.

Mein Urgroßvater war moralisch ganz auf seiner Seite und hütete streng die Sitten.

Aber er erzog nicht nur seine Töchter und schlug sein Vieh, wenn es nicht gerade in der Spur ging, er belehrte nicht nur die Jugend, wie sie zu Christenmenschen wurden und nicht zu Hottentotten. Nein, er musste auch ein Vorbild sein, wie man ordentlich seine Kühe fütterte. Wenn er des Weges ging und ein Bauer kam mit einer mageren Kuh, dann nahm er seinen Hut und hängte ihn der Kuh an die Kruppe, sodass der Hut an dem mageren Hüftknochen hängenblieb. Dann lachte der Gustav grimmig, wenn auch nicht laut, da ja das laute Lachen ein Zeichen war von äußerst geringem Verstand und nur etwas für die allerdümmsten Tölpel.

Im Ersten Weltkrieg war Gustav 1916 noch eingezogen worden und hatte gegen die Franzosen gekämpft und bei der Schlacht an der Somme den Erbfeind beschossen. Aber dann war von allen er allein nach Scholmerbach zurückgekehrt, die anderen waren auf dem Schlachtfeld geblieben und verreckt wie die Hunde, und jetzt standen deren Namen eingemeißelt auf dem Kriegerdenkmal, die alten Dorfnamen, von allen war einer dabei.

Dann war der Krieg vorbei, und den Kaiser hatten sie fortgejagt, und die drei Schwestern trauerten um ihn und hatten noch ein großes Bild von der Kaiserfamilie an der Wand und eines von einer Pralinenschachtel, die hatte es einmal in einer Christnacht gegeben für einen verkauften Schinken.

Wenigstens der Dapprechter Gustav behielt den Kaiserbart und war so aufrecht wie der Kaiser und ging auch wie der Kaiser durch den Kuhstall und sah streng nach, dass alle Kühe ordentlich dastanden und die Kälber gut im Futter, die Sensen ordentlich gedengelt waren und die Ställe weiß gekalkt. Er prüfte, ob die Furchen im Acker kerzengerade gezogen waren und die Wagenräder mit Stauferfett geschmiert, und dann sah er nach, dass sein Misthaufen aufgeschichtet war, so gerade wie mit dem Lot gezogen. Er hatte den aufrechtesten und respektabelsten und akkuratesten Misthaufen vom ganzen Dorf.

Darum mussten die drei Töchter ebenso ordentlich und streng und aufrichtig im Stall und auf dem Feld ihre Arbeit tun und Vieh füttern und Sauerkraut schneiden und Körbe schleppen und Kartoffeln lesen und die Kühe sauber halten und ihnen jeden Tag die Schwänze waschen.

Da sagten die Leute im Dorf: Seht einmal, die drei Dapprechter Mädchen, immer die Schönsten von allen, aber sie müssen jeden Tag den Kühen den Schwanz und das Hinterteil waschen! Und wenn die Kühe ein schönes Hinterteil hatten, rund und sauber und gut genährt waren, sogar in der ärmsten Zeit, und er sie vorzeigen konnte, genau wie seine Töchter, die parierten und nicht dumm lachten, sondern aufrecht und stolz wie er hinter ihm herliefen auf genagelten Schuhen in ihren langen, dunklen Kleidern und Schürzen aus bedrucktem Leinen mit den schweren Haarknoten, und dann vielleicht auch noch die Sonne schien, dann war es ihm aus tiefster Seele recht, und er freute sich, dass alles so gut geraten war. Mein Urgroßvater Gustav marschierte voller Stolz mit seinen prächtigen Kühen und seinen drei schönen Töchtern durch das Dorf wie Scholmerbachs Preußen und Gloria.

Ich lag auf dem roten Schesselong, und die Sonne strahlte unbarmherzig durch den Zwetschgenbaum, und ich dachte sehnsüchtig an die schöne schwarze Nacht, in der ich mich mit einem Kirmeskerl versteckt hatte, der von der Struderlehe gekommen war. Aber das durfte ich keinem sagen.

Schon gar nicht meiner Oma Apollonia, die von den Freuden der Liebe rein gar nichts verstand und sagte, ein Mann brauche nicht schöner zu sein als ein Affe, und man solle den einen mit dem anderen kaputtschlagen, und die Kerle seien nur da, um die armen Frauen zu schubsen und totzuärgern und für sonst gar nichts.

In ihrem Sinne hatte sie natürlich recht, denn sie hatte ja den Dapprechter Gustav gehabt, der sie nur schubste, und dann meinen Großvater Klemens, der sie kaputtgeärgert hatte, und dabei war sie doch die Schönste weit und breit gewesen, und alles hatte sich überhaupt nicht gelohnt für sie, und da meinte sie nun, damit mir nicht dasselbe passiert, solle ich mir am besten mit keinem was anfangen.

– Kennst du einen, kennst du alle.

Aber keiner war wie Jim Larry David Logan. Er war nicht aus Linnen. Er war nicht aus Pfeifensterz. Er war aus Minnesota, aus Amerika. Ich musste immerzu denken an Jim Larry David Logan und an seine braunen Augen und an das, was er mir auf den Bierdeckel geschrieben hatte, nämlich, dass er mich abholen wolle am nächsten Donnerstag ... und das Stückchen vom Bierdeckel war in das Buch für meine Großmutter Apollonia hineingefallen und brachte mir alles durcheinander.

Wie sollte ich alte Geschichten weiterschreiben, wenn dieser Name auf dem Bierdeckel mich so zwingend davon ablenkte und schon die geschwungenen Linien ganz anders in die Pappe gedrückt waren als die deutschen Buchstaben eines herkömmlichen Kirmessäufers. Dieser Pappdeckel ... war so ... besonders ... dass sah man gleich ... ich musste ihn aufbewahren, vielleicht in einem schönen Kästlein ... Jim hieß sicher James, und ich schrieb Marie und James, Jim und Marie und probierte dann: Marie und Jimmy, Jimmy und Marie und schrieb dann: Love und malte lauter Herzen darum.

Dann merkte ich, was ich getan hatte, und erschrak. Ich hatte das Buch vom Leben meiner Großmutter verdorben und verschmiert und verkritzelt. Mir fehlte jeglicher Ernst, und ich kam dauernd vom Thema ab. Aber ich konnte die Seiten ja herausreißen.

Ich schielte zu meiner Oma herüber, die am Tisch saß und in der Zeitung blätterte und im Geiste die Gemächer der Königin Beatrice betrat und mit dem deutschen Prinzen Claus hinaus in den Schlossgarten sah oder sich zwei Seiten weiter nach England begab und in den Buckingham-Palast schritt, um sich mit Königin Elisabeth beim Tee über das Unglück ihrer armen Schwester Margaret mit Lord Snowdon und die Folgen ihrer Trunksucht auszutauschen.

Meine Großmutter brauchte Könige und Königinnen, Könige und Königinnen, ein paar Prinzen und Prinzessinnen, Grafen und Gräfinnen taten es auch, dann aber nur immer wieder: Könige und Königinnen.

Dabei hatte sie selber einen Sägemehlsprinzen von einem hölzernen Königshof, aber dass es ein Königshof war, hat sie nie wirklich sehen können.

In Scholmerbach gab es einen hölzernen Königshof, der hatte eine uralte Königin, die herrschte über alle fingerlosen Zimmermänner und hatte über allem das Sagen. Sie war schmal und krumm und buckelig geschafft und sah im Alter ein wenig aus wie eine ewig in der Schürze steckende, schwarz gekleidete Krähe. Sie hieß Charlotte und war die Mutter von Dagobert, Balduin, Konrad, Ewald, Hannes, Klemens, Rosalia, Hedwig, Traudel, Emma und Grete.

Charlotte war gut zu den Armen und schmiert jedem ein Schmalzbrot und beherbergte die Hausierer, und sie schuftete bei Tag und bei Nacht, und ihre Geschäfte liefen prächtig, und sie wusste hundertprozentig, dass man dem Gendarm aus Wällershofen einen Schnaps und einen Kaffee geben musste, um ihn bei Laune zu halten. Charlotte wurde verehrt von allen. Ihr Mann Josef auch, aber der fiel neben ihr ja nicht so auf. Charlotte und Josef Heinzmann waren die Besitzer vom Sägewerk und sie hatten elf Kinder, und von den elf Kindern überlebten Dagobert, Balduin, Ewald, Hannes, Rosalia, Hedwig, Traudel, Klemens, Grete und Konrad bis zum Krieg, und vorher waren ihnen schon drei Kinder gestorben. Also vor Balduin, Ewald, Hannes, Hedwig, Traudel, Emma, Rosalia, Dagobert, Konrad und Klemens hat es noch mehr Kinder gegeben, die gestorben sind, also waren es dann doch eher dreizehn gewesen oder auch vierzehn. Man verzählt sich immer. Man müsste jetzt noch mal auf den Kirchhof gehen und die Grabsteine angucken, aber in Wahrheit haben wir sie schon immer durcheinandergeworfen.

Bloß die emsige Charlotte und der fromme Josef wussten, wie viele Kinder sie gezeugt und geboren hatten und wie viele davon gestorben waren. Josef sagte nicht viel, er betete und arbeitete, betete und arbeitete, tags die Säge, nachts der Rosenkranz, tags der Bohrer, nachts der Rosenkranz, tags der Hammer, nachts der Rosenkranz. Beide arbeiteten ganze Nächte durch, sagte Großtante Hedwig, immer, ganze Nächte, denn sie hatten ja Vieh, sie hatten Felder, sie hatten Getreidemühlen. Am Tag das Geschäft, in der Nacht das Brotbacken, am Tag der Zimmerplatz, in der Nacht das Sauerkraut schneiden, am Tag ernten, in der Nacht die Wäsche plätten, so haben sie es gemacht im alten Jahrhundert und noch das Jahrhundert davor.

Die Schneidmühle schnitt und lärmte durch das Dorf, im Frühjahr, im Sommer und im Herbst. Im Winter aber legte sie sich zur Ruhe wie ein gewaltiges, müdes, eisernes Tier.

Man hörte die Stille, man hörte aber auch ein wenig Gefluche, denn mit dem Fluchen konnten sie nicht einfach aufhören, bloß weil die Sägen stillstanden, und die Äxte und die Hämmer schwiegen. Das Mundwerk der Zimmerleute stand niemals still in diesem Dorf, dazu waren sie einfach zu viele; sie waren es gewöhnt, irgendeinen Laut von sich zu geben, mit dem Fuhrwerk, mit der Dampfmaschine, mit dem Horizontalgatter, es brach durch das Dampfen und Zischen und Pferdegetrampel ein mörderisches Gelächter, es tobte durch Sägeblätter und die Schleifmaschine, sie konnten nicht aufhören zu lachen, im Sommer nicht und im Winter auch nicht.

Die Lungen der Zimmerleute sind kräftig. Ihre Stimmen in ewiger Konkurrenz mit dem Rauschen der Wälder und dem gewittergleichen Donnern der rollenden Bäume des Westerwaldes.

So eine Stimme hatte mein Großvater Klemens, und er hatte strahlende Laune und sang herrlich und trank Schnaps, und im ganzen Dorf konnte man hören, wie er oben im Wald stand und das »Ännchen von Tharau« sang; da sind die Vögel vom Firmament gefallen.

Meine Großmutter Apollonia hat es beim Sensen gehört. Es war wie der Lockruf des Waldes. Er sang das Lied von der schönen Loreley. Und er sang: »Rosemarie, Rosemarie, sieben Jahre mein Herz nach dir schrie«.

All das hat Apollonia so nicht gekannt.

Im Hause des Dapprechter Gustav hat man nicht gesungen. Nicht gesoffen. Nicht gelacht. Es war ihr sehr schön vorgekommen, wie mein Großvater Klemens gesungen hatte, und eine Weile hatte sie ihm gelauscht.

Aber er war ja nur einer von den Zimmerleuten, an denen sie schon hundertmal mit den Kühen vorbeigezogen war, während sie Freier haben konnte von nah und fern, von Hellersberg und Böllsbach und Pfeifensterz! Nein, da wollte sie lieber warten auf die nächste Kirmes, wenn sie beim Honiels tanzte … und dastand an der Wirtshauswand. Da wollte sie sich gut überlegen, wen sie sich erwählen sollte, denn trau, schau wem und prüfe, wer sich ewig bindet. Hanna, Klarissa und Apollonia aber wählten und wählten und wählten, sie wählten und wählten und wählten.

Die Leute aber sagten: Ihr kriegt am Ende nur noch den Säuschwanz.

Jim David Logan war ein amerikanischer Soldat. Ich sollte nichts mit Soldaten anfangen, weil sie immer nur das Eine wollten oder weil sie einen mit nach Amerika verschleppten oder einem das Herz brachen und einen sitzen ließen. Oder weil man ruckzuck ein Flittchen war wie Lydia Kosslowski.

Leider aber waren die amerikanischen Soldaten überall, denn sie bewachten uns vor den Russen, und mein Groß-onkel Balduin glaubte noch lange Zeit bei jedem schweren Gewitter, dass die Russen kämen, und wollte die Flinte holen. Da malten wir schon lange Blumen an die Wände und in die Schulmäppchen und kritzelten: »Make peace not war« auf die Bänke.

Der letzte Krieg, der hier stattgefunden hatte, den hatten die Deutschen ja selber angefangen, und seitdem waren die Amerikaner da und wohnten auf der Struderlehe, verborgen hinter Dornschlehen, Wacholder und Himbeersträuchern, und hätte man nicht ihren Turm hoch oben aus dem Wester-wald ragen sehen mit dem Wachmann darauf und seinem Fernglas, der den Horizont nach Russen absuchte, dann hätten wir sie schon lange nicht mehr bemerkt, und sie wären mitsamt ihren verkleideten Panzern und verborgenen Ge-schützen und jener heimlichen Rakete im irdischen Leib in der Landschaft versunken wie ein schweres, bewaffnetes Dornröschen in seinen hundertjährigen Schlaf.

Mein Großvater Klemens hatte die Amerikaner immer gern. Meine Mutter sagte, er war ihnen im Krieg freude-strahlend entgegengelaufen und hatte sich ihnen mir nichts, dir nichts ergeben und war lustig in die Kriegsgefangenschaft gefahren und wollte von da auch gar nicht mehr heimkom-men. Ich konnte es ebenso machen wie er und zumindest mal versuchen, was es mit diesem Volk auf sich hatte, und mit einem von ihnen tanzen, mehr als nur eine Sommernacht lang, wenn man schon so trunken war, dass die Sterne vom Firmament fielen, und man nicht mehr wusste, wie der eigene Name geschrieben wurde, sodass der Bierdeckel, den ich ihm mitgegeben hatte, unleserlich war und ich wirklich nicht wusste, ob er nun zu unserer Verabredung am Mittwoch kommen würde.

Wir hatten nämlich beim Polters oben im Dorf immer Disko. Drinnen drehte sich die Diskokugel und warf Tausende von Lichtern, und Weihers Manni legte Platten auf und war der Diskjockey, die Tanzfläche war von unten her rot und blau und grün beleuchtet, und an der Theke tranken sie Asbach-Cola, Bier und Persico. Ich hatte Jimmy gesagt, dass ich da immer hingehe, und auch heute war ich da mit Bea und Brigitt und Stefanie. Ich hatte meine neue Bluse angezogen, die mit den bunten Bändern im Rücken und dem bestickten Ausschnitt, und meine Haare dufteten nach Apfelblüten, und meine Wangen hatte ich mit Rosenpuder aus dem Kaufhaus Schwenn bestäubt. Bea sagte, mein Gesicht gleiche einer überreifen Tomate, und dieser Ami würde gleich merken, dass ich verknallt wäre bis über beide Ohren, und dann sei die Angelegenheit gleich uninteressant für ihn. Das stimmte natürlich, ich musste ihr recht geben und verstellte mich und tanzte auf Santa Esmeralda: »Please don't let me be misunderstood«.

Jim kam um halb neun mit einem Pulk von anderen Amerikanern, und sie standen in der Tür, als wagten sie sich nicht herein, und es musste schwer sein, wenn man aus dem Land der unbegrenzten Möglichkeiten kam und dann in Scholmerbach in einer Dorfdisko endete.

Doch als sie die Mädchen von Scholmerbach sahen, fassten sie Vertrauen und glaubten, so schlimm könne das Ende der Welt nicht sein, und allem Ende wohne ein Anfang inne, und das Ende und der Ursprung seien die gleiche Quelle.

Jim löste sich von der Wand, und aus dem Schatten wurde eine feste Gestalt, und er blies sich die Ponyhaare aus dem linken Auge und schob lässig die Daumen in den Bund seiner Jeans und kam mit schiefgelegtem Kopf auf mich zu.

– Hey … Marree … glad you came.

Ich vergaß zu tanzen, ich vergaß, dass ich aufhören sollte zu leuchten. Er warf seine Jeansjacke über den Stuhl und tanzte den Rest des Liedes einfach mit, Oh Lord, please don't let me be misunderstood.

In Scholmerbach wussten sie gleich Bescheid. Schon am ersten Abend.

Marie hat sich was angefangen. Einer von der Struder-lehe. Ein Ami. Alle haben es gesehen. Wir haben gar nichts gemacht. Gar nichts. Nur getanzt und Cola getrunken und Asco und ich noch ein Pfläumchen. Aber Jim konnte gut tanzen, also … ziemlich gestampft hat er. Westernstiefel im Frühsommer. Aber knackig. Wie ein Cowboy. Anders als wir, aber vielleicht auch genauso. Vielleicht tanzte er ja auch richtiger als wir, weil er ja aus Amerika kam.

At the carwash. Oh Black Betty. Hotel California. Wenn er bei »Satisfaction« den rechten Arm in die Höhe riss, dann rutschte sein weißes T-Shirt hoch und sein blanker Bauch kam heraus, und ich konnte sehen, dass er durchtrainiert war, vielleicht vom Gewehre schleppen und vom Robben durch meine Heimaterde, weil er uns schützen wollte vor den Russen. Ich betrachtete seine schönen braunen Augen, wie sie blitzten, wenn er die Lieder mitsang, er konnte sie ja viel besser mitsingen als wir, und wenn »get no« kam, dann schloss er die Augen, und bei »Satisfaction« öffnete er sie wieder. Auf seinen Oberlippen war ein leichter Flaum, ein kaum wahrnehmbarer Jungenbart, den es sich nicht lohnte zu rasieren, dabei war er schon einundzwanzig, so alt. Nach wenigen Liedern war sein T-Shirt nass, und seine Begeisterung hatte nicht aufgehört, sein Pony flog ihm immer wieder ins linke Auge, und einmal wagte ich, ihm die Haare aus dem Auge zu streichen. Da waren wir aber schon bei »Nights in White Satin«. Klammerblues.

Die bunte Tanzfläche leuchtete rosa und himmelbau von unten, und wir konnten nicht verbergen, wie es um uns stand.

Die Fußballer hatten es gesehen und die von der Feuerwehr auch und meine Andergeschwister vom Zimmerplatz auch. Es ist besser, flüsterte ich.

> – It is better ... next time ... we sehen uns ... im Wald ...
> or treffen uns in the Hecken ... or ... under the Hecken
> down am Bach ...

Jim nickte und verstand mich ganz genau, in Englisch und in Deutsch und auch, wenn ich gar nichts sagte, so riet er doch meine Gedanken und wusste genau, was ich meinte, und so musste ich auch gar nichts mehr sagen, und es war klar, dass er mich wenige Tage später von der Schule abholen sollte.

Ich hatte ein Geheimnis, das vor mir schon ganz Scholmerbach kannte.

Im Juli bekam meine Großmutter Apollonia Leibschmerzen.

Sie legte sich auf das rote Schesselong unter den Wandbehang mit der Mühle am Bach und hielt sich den Bauch und krümmte sich elendiglich.

Ihr rosa Helancapulli kam aus der Kittelschürze hervor,

und darunter hatte sie nur ihren cremefarbenen Unterrock, und der Schmerz in ihrem Leib mischte sich mit der Angst, ein Doktor müsse kommen und sie sei nicht angezogen fürs Krankenhaus und sie habe kein Nachthemd fürs Krankenhaus und was war jetzt schlimmer.

Es war ja nur der Dr. Samstag zu erreichen und beim Dr. Samstag wusste man nicht so genau, er war im Krieg Doktor geworden und hatte schon mal eine Schwangerschaft mit einem Blinddarm verwechselt, und Oma nannte ihn einen hergelaufenen Kurpfuscher, aber das nützte ja jetzt nichts. Einer musste kommen und helfen, und es war nicht mit anzusehen, und plötzlich merkten wir, wie es ernst wurde, denn Oma Apollonia riss die Augen auf und greinte und schrie.

Es hat ihr buchstäblich den Leib zerrissen.

Da sagte sie: – Eysch will doch noch nicht sterwen.

Ich glaubte, nicht recht zu hören.

Sie hatte immer gesagt:

– Ach, läge man doch bloß schon auf dem Kirchhof!

Nun, wo es womöglich so weit sein sollte, da war es ihr nicht ernst.

Aber sie konnte nicht mehr zurück. Dr. Samstag hatte ihr befohlen, ins Krankenhaus zu gehen, man würde kommen, um sie abzuholen, auch wenn sie kein gescheites Nachthemd hatte, auch wenn sie keine neuen Schlappen hatte und keinen Morgenmantel, keinen Kulturbeutel und keine neuen Unterhosen.

Man würde sie untersuchen müssen da untenherum. Alles, was sich ihrem Leib näherte, war Apollonia in tiefer Seele verhasst. Jeder Doktor, jede Schwester würde sich in Acht nehmen müssen, jeder, der ihr helfen wollte, hatte einen schweren Stand. Aber was wollte sie machen?

Es war das Gedärm, und schuld war wie immer mein

Großvater Klemens, Klemens hatte ihr den Leib ruiniert, noch Jahre nach seinem Tode, denn wegen Klemens war alles Leben in Apollonia in Stockung geraten, wegen ihm hat sie sich nie ... ausbreiten können ... Sie hat sich nie ausbreiten können wie sie wollte in der kleinen Toilette mit Blick auf den Hof, denn in diesem kleinen, grau gewalzten Räumchen mit Wasserklosett saß mein Großvater stundenlang und rauchte Reval. Mein Bruder sagte, das Klo sei dem Großvater sein Wohnzimmer. Er las dort Zeitung und rauchte und blieb gemütlich hocken, und somit hatte Apollonia zeit ihres Lebens keine Lust, diesen Raum zu betreten und überhaupt etwas von sich zu geben. Ihr Leib wurde härter und härter und sie zerritzte sich von innen die zarten Häute der Darmwände, deren Inhalt in ihr stak wie festgemauert in der Erden, aus Widerwillen gegen Großvaters Wohnzimmer voller Zeitungsrascheln und Revalrauch. Wenn draußen die Leute vorbeigingen, dachten sie, es brennt, aber wir sagten, es ist nur der Opa auf dem Klo.

Meiner Großmutter aber hat es den Leib zerrissen, und sie haben sie fortgetragen in den Krankenwagen mit einer Tasche, die war nicht recht gepackt, und man musste erst noch zu C&A fahren nach Koblenz und ihr alles bringen. Als der Vater endlich da war mit dem Auto und sie im Krankenhaus waren, da wusste Apollonia schon, dass sie umkommen würde, noch diesen Sommer.

Ich hatte also mein Buch vollzuschreiben vom vergehenden Leben Apollonias und von dem, was ihr geschehen war, und ich wartete gequält auf Nachrichten aus dem Krankenhaus, aber ich konnte auch nicht aufhören, den Namen von Jim überall hin zu ritzen und ein Lied vor mich hinzusingen, so leise, wie es nur irgend ging, love, love me do, I know, I love you, so please, love me too, I love, love me do ... Mir war ganz gleich, welches Lied es war und wie alt und von wem, wenn nur das Wort love drin vorkam und ich es singen konnte ununterbrochen. I love to love – I love the way you love me – we love to love ...

Love forever, true. Ich war nämlich in Jim Larry David Logan verliebt und konnte nicht aufhören, an ihn zu denken, und ein Gefühl wie süßer Sirup durchdrang nun alles, was ich tat, und alles, was ich wollte, und alles, was ich begann.

Nun war aber der Tag, an dem meine Oma operiert wurde und meine Eltern ins Krankenhaus fuhren, auch der, an dem Jim mich von der Schule abholen wollte und wir hinauswollten zum dicken Baum oder zu den Weidehecken oder zur Bachbiegung von der Scholm, und ich geriet in Gewissensnöte.

Doch was scherte es den Kuckuck auf dem Baum oder die Ameise auf ihrem Haufen, ob ich nun voll Kummer und Sorge zu Hause herumsaß oder mit Jim durch das Haselbacher Feld lief und durch den Kappesgarten und ihm dann in der alten Grube den Silbersee zeigte. Davon ging es Oma auch nicht schlechter. Und so erzählte ich Jim, wie viele sich schon in den Silbersee gestürzt hatten und wie viel Unglücke es im alten Bergwerk gegeben hatte, das weiß niemand mehr, aber im Haselbacher Feld gab es ein Haus voller Witwen. Alle vergessen alles mit der Zeit, und dann wachsen die Dornenhecken darüber. Bei uns wachsen viele Dornschlehen, und ihre Beeren sind blau und bitter.

   – Wi have much ... Dornschlehen here ... they make ... autsch!

Ich nahm eine von den langen Fangarmen der Dornschlehen und piekte Jim in den Finger. Das nahm Jim als
Aufforderung, mich zu küssen, und wir fielen gegen den
felsigen Stein der alten Grube, und ich stieß mir den Kopf,
aber es tat gar nicht weh, und ich schmeckte Amerika, und
es war so aufregend, als sei George Washington persönlich
zum Silbersee geritten, und sein Eroberungszug war rausch-
haft und schmeckte köstlich, und der Wilde Westen und
der Westerwald feierten ein herrliches Fest im Walde.

   – Where are your from … From where in Minnesota?

   – Minnesota … from landscape … little city … called
     Newtown.

   – What …

   – What?

   – Bei uns heißt What auch wott. What – wott.

Wir legten uns bäuchlings auf den Felsenrand und versuchten in der Tiefe Skelette von Selbstmördern zu sehen,
aber es ging dreißig Meter hinunter und im allerdunkelsten
Grün konnten wir nichts erkennen.

   – Oh, yeah? You say wott?

   – This is … Dialekt. And we say Rrrrrrrrrrr like Italian
     or English people. All people machen sich immer lustig.

   – What?

Jim schien nicht zu verstehen. Ich wollte ihm sagen, dass
die Kölner und ganz Deutschland unseren Dialekt immer
verspotteten. Wir kamen gleich nach den Sachsen, und dann
gab es nicht mehr viel. Wir rollten das R.

   – Sag du nock einmal Rrrrrr.

Ich wiederholte:

   – Rrrrrrrrrrrr.

Jim drehte den Blick zum blauen Himmel und verstand
immer noch nicht und sagte selber:

– Rrrrrrrrrrr.

Er konnte nicht verstehen, was an dem R nicht stimmen sollte, er hörte es einfach nicht, er begriff es nicht, er fand alles, was ich sagte, makellos und wunderschön. Je mehr ich ihm den Unterschied zwischen Hochdeutsch und unserem Platt vorsprach, umso mehr schien dieser sich in Luft aufzulösen, und auf einmal hörte ich ihn selber nicht mehr. Zum ersten Mal fühlte ich mich wirklich getröstet und verstanden.

– Fuck Cologne, sagte Jim, und ich war ihm zutiefst dankbar und sagte auch: Fuck Cologne, aber erst recht auch noch Düsseldorf oder erst Hamburg!!!

– Fuck Hamburg!!!

Wir sagten ja auch »it« statt »es« und »he« statt »er«, und so suchten wir am Silbersee nach Worten, die uns verbanden, und wenn uns die Worte schwer über die Lippen gingen, so suchten unsere Lippen sich gegenseitig zu helfen, und meinen Lippen wurden die Worte dann leichter. Und hatte man meinen Mund bisher gescholten, weil er die Worte immer nicht schön gesprochen hatte, so konnte ich jetzt ganz leicht sagen: Fuck Cologne.

Jetzt wurde ich von einem geküsst, dessen Mund die Worte ähnlich sprach und der mich erlöste, der kam aus dem Land der unbegrenzten Möglichkeiten, das war tausendmal, tausendmal größer und bedeutungsvoller als Cologne.

Der Silbersee hat niemandem gesagt, wie sehr ich heimlich mit Jim herumgeknutscht habe an unserem ersten Treffen bei den Dornschlehen. Doch als ich zurückkehrte, da hatte ich einen Knutschfleck am Hals, der prangte wie ein feuchter Karneol auf meiner weißen Haut und ließ sich nur recht und schlecht verstecken unter dem braunen Haar, das aussah wie das von meiner Oma, das Einzige, das ich geerbt hatte von Apollonia.

Ich schrieb in mein Buch:

Wichsgritt.

Dann nichts mehr. Ich versuchte in die Hollen zu gehen, wo war sie nur, Wichsgritt, als Kind wurde ich auch ein Wichsgritt genannt, und ich dachte, das Wichsgritt sei so was wie meine Strickliesel. Was ist denn ein Wichsgritt?

Das Wichsgritt handelte mit Schuhbändeln und Knöpfen und Hosengummi und Schuhwichse und ging von Schönstein aus über die Dörfer und war nicht so recht gescheit, und meine Urgroßmutter kochte ihr einen Kaffee. Da blieb sie den ganzen Tag in der Küche sitzen, und dann kam noch der Balthese Simon, der allein mit seinen Katzen hauste, und wenn sie ihn kommen sahen, holten sie ihm seinen eigenen Stuhl aus dem Stall, denn der alte Simon ließ unter sich gehen. Das Wichsgritt und der Balthese Simon saßen gerne bei meiner Urgroßmutter in der Küche, und alle saßen gerne dort in der Küche und tranken Kaffee und kriegten ein Schmalzstück oder auch mal einen Krümelkuchen und sahen zum Fenster hinaus, wie die Männer auf dem Zimmerplatz die Böcke herumschleppten und die Balken darauf schlugen und zersägten und verleimten, und fühlten sich wohl.

    – Man kann keinen fortjagen wie einen Hund, hatte mein Urgroßmutter gesagt und hatte für jeden ein gutes Wort, und dann schaffte sie weiter.

Der Herrgott sah es. Denn mein Urgroßvater Josef saß stets nach getaner Arbeit in seinem Sessel und betete unentwegt den Rosenkranz und bat den Herrgott so inniglich um Hilfe und um seinen Segen und dankte ihm für sein gutes Geschäft, dass der Herr nicht umhin konnte, fortwährend den Zimmerplatz mit all seinem Wohlwollen und seinem göttlichen Wirken beim Sägen und Hobeln und Hämmern zu begleiten.

Nur meinen Großvater Klemens, den sahen weder das Wichsgritt noch der Balthese Simon, noch der Herrgott persönlich allzu häufig, wie er sich beim Zimmern plagte.

Denn mein Großvater Klemens, so sagten sie, habe das Arbeiten nicht erfunden. Deshalb habe man ihn zu jedem Hammerschlag und zu jedem Brett, das er über den Zimmerplatz tragen sollte, überreden oder ihm eine Einladung schreiben müssen. Man musste ihn immerzu nötigen und kommandieren.

Denn mein Großvater hatte nie auf dem Zimmerplatz arbeiten wollen, nicht hämmern, nicht sägen, nicht hobeln, nicht nageln. Er wollte lieber »mit Maschinen«. Es war doch das Jahrhundert der Maschinen, und er wollte Maschinen. Es kamen der Staubsauger, der Dieselmotor, das Luftschiff, das Motorflugzeug und der Rundfunk, und mein Großvater wollte an den großen Erfindungen der Menschheit teilhaben, und wenn sie ihn fragten, was er wollte, dann wiederholte er noch und noch: mit Maschinen. Sie fragten ihn aber nicht. Auf dem Zimmerplatz wurde keiner gefragt. Immerhin hatten sie ja Maschinen, und die größte war die Dampfmaschine, und so gehörte die Dampfmaschine von Jugend an meinem Großvater Klemens und niemandem sonst.

Schräg unter dem Gatter, das in der Schneidmühle die Bäume fraß, stand im Keller die prächtige schwarze Dampfmaschine und stampfte und zischte. Und Opa Klemens begann seinen Tag, indem er nach dem Dampfkessel schaute. Er füllte Wasser nach, dann machte er Feuer aus den Holzabfällen und schaute auf das Manometer und wartete, bis der Dampfdruck stieg auf fünf bis acht Atü und endlich der harzgeschmierte Treibriemen sich in Bewegung setzte und das alte, mächtige Gatter seine nächtliche Maulsperre beendete und sein baummörderisches Rattern begann.

Dort wollte mein Großvater bleiben. Bei der Dampfmaschine. Zeitung lesen. Auf das Manometer schauen. Den Treibriemen schmieren. Das Gatter in den ersten Gang schalten, damit es ganz langsam lief und einen Baum nach dem anderen sägte in endlosen Prozeduren und er bloß nicht fortmusste.

Während das Feuer der Dampfmaschine brannte und das Gatter endlos an den Bäumen sägte, geriet mein Großvater Klemens ins Träumen und dachte darüber nach, selbst eine Erfindung machen. Die tanzenden Sägespäne, die aus den kreischenden, stählernen Zähnen heraussprangen, brachten ihn eines Tages auf eine glorreiche Idee, und nun probierte er herum mit Eimer, Sägemehl und Schmierseife, und nach mehreren Experimenten schuf er: eine Handwaschpaste aus Sägemehl. Danach einen Seilzug, um Heu auf den Heuspeicher zu heben. Er baute aus hohlen Baumstämmen Brutkästen für die Singvögel, und dann baute er Kisten, um Hunde zu transportieren. Dann sah er lange den Sägeblättern zu, sah den Saft der Bäume an ihnen glänzen und glaubte nichts anderes, als dass man einen Saft aus den Bäumen gewinnen könnte, der vielleicht Menschen heilen oder Wunden verschließen könnte, so wie der Baum seine eigenen Wunden verschloss, wenn man ihm einen Ast abschlug. Ja, man könnte sogar aus dem Harz, wenn man ihn rechtzeitig in einer Tube luftdicht verschloss, einen Klebstoff machen, der besser war als Uhu und Pattex zusammen, weil die Natur, der Herrgott selber ihn erfunden und dem Klemens offenbart hatte.

Die Handwaschpaste aber wusch leider nicht, und der Kleb-stoff klebte nicht. Der Saft der Bäume, der auf den Säge-blättern glänzte und auf der frisch geschnittenen Buche nur einen Augenblick verweilte, war schneller verflüchtigt, als Klemens nur schauen konnte, geschweige denn, dass er hätte einen Finger heilen oder Opas früh ausgefallene Haare hätte wiederbringen können. Mein Großvater hatte Baumstämme ausgehöhlt für die Singvögel und Kisten gebaut für die Hunde, die auf Reisen gingen, aber welcher Hund ging schon auf Reisen und welcher Singvogel brauchte meines Großvaters Hilfe, wenn er seine Nester baute, und so fluchten die Zim-merleute über meinen Großvater Klemens, der sich seine Zeit damit vertrieb, bei der Dampfmaschine herumzuliegen und seinen Phantastereien nachzuhängen. Ein Phantast sei er. Einen großen Furz im Kopf habe er. Alles, was nichts taugt, das könne er gut. Was aber was taugt, davon wollte er nichts wissen. Wenn einer nichts taugt, muss er aber trotz-dem essen. Man schickt keinen davon. Man kann sich aber über ihn ärgern, es kann einen der eigene Bruder so ärgern, dass man ihn davonjagen will, wenn er seine Arbeit nicht tut und lieber mit dem Sägemehl herummatscht und sich was ausdenken will, was nichts ist, was von vornherein nichts ist und nichts wird, was von Anfang an jeder weiß, ohne Berechnung, ohne Zeichnung, ohne es mal durchzudenken, ohne einen Fachmann heranzuziehen, ohne mal zu fragen, wer so was überhaupt braucht. Da konnte man doch ver-rückt werden.

Verrückt werden oder sich in die Haare kriegen, weil er nicht wollte, wie er sollte. Nur mit einem hatte er keine Händel, mit einem war er sich gottlob einig, das war der Herrgott, der auch immer auf dem Zimmerplatz war. Mein Großvater war aber kein Heiliger. Er entehrte den Sonntag durch übermäßiges Saufen und Feiern, er widerstand dem Satan dahingehend, dass er Gottes Gebote zwar hielt, aber mit dem Schnapsteufel prächtig feierte, und wenn ihm etwas nicht gefiel, dann fluchte er aus Leibeskräften auf den Herrn und nahm dabei Worte in den Mund wie: böses Kreuz und böses Sakrament und verdammtes Leiden, das Leiden, womit er womöglich das Leiden des Herrn meinte. So genau verstand es ja keiner, und auch mein Großvater hatte nicht die geringste Ahnung, was er da fluchte. Er setzte sich fluchend in die Kirche, und vor allem hatte er das Arbeiten nicht erfunden.

Das war dem Herrgott scheinbar egal, er schien sich mit Klemens gut zu verstehen, die Freundschaft war prächtig, ob er nun polterte oder besoffen war oder unter der Dampfmaschine schlief, Klemens hatte scheinbar ein unendliches Zutrauen zu ihm, er verfluchte den Heiland und ging später nüchtern oder besoffen zu ihm in die kleine Dorfkirche und setzte sich in die Kirchenbank und sprach mit ihm, und ganz Scholmerbach wusste nicht, was sich Klemens mit dem Herrgott erzählte, in der Kirche, die nur ein Harmonium hatte. Sie sagten: Der sitzt einfach da in der Bank, und manchmal blättert er in den Büchern mit den Heiligenlegenden.

Außerdem ging er in den Wald und achtete und ehrte den Wald, weil der Herrgott ihn geschaffen hatte. Er lobte das hohe blaue Firmament, das sich über ihm erhob und in dem der Herrgott ja thronte. Er ehrte die Waldvögelein, weil der Herrgott sie ins Firmament gehoben hatte: Es tagt der Sonne Morgenstrahl, weckt alle Kreatur, der Vögel froher Frühchoral, begrüßt des Lichtes Spur, es singt und jubelt überall, erwacht sind Wald und Flur. Wem nicht geschenkt ein Stimmelein zu singen froh und frei, mischt doch darum sein Lob darein, mit Gaben mancherlei und stimmt auf seine Art mit ein, wie schön der Morgen sei.

Und meines Großvaters Stimme konnte sich nicht zurückhalten und reihte sich ein in all die Stimmen laut und leis', aus Wald und Feld und Bach und Teich, aus aller Schöpfung Kreis, ein Morgenchor, an Freude reich, zu Gottes Lob und Preis.

Er sang das »Ännchen von Tharau« und von der schönen Loreley, und die »Rosemarie, sieben Jahre mein Herz nach dir schrie«.

Meine Großmutter Apollonia aber war Himbeeren pflücken am Waldesrand, und sie hatte gerade darüber nachgedacht, dass sie mit ihren Schwestern in diesem Jahr zum siebenten Mal beim Honiels an der Wirtshauswand stehen würde, und die Freier kamen von nah und fern und sogar noch aus Langdehrenbach. Aber es schien, als seien die Reihen der Freier lichter geworden, der feine Wilhelm aus Wennerode hatte sich vergangenes Jahr die Amalie aus Hellersberg gefrien, und der reiche Bauer Philipp aus dem Jammertal hatte sich Sieglinde mit nach Hause genommen, und der Uhrmacher aus Wällershofen hatte sich Agnes von den Schulmeistern genommen. Auch die Freier aus Pfeifensterz fragten nicht mehr so oft, ob sie tanzen wollten, und holten sich die jungen Mädchen von den Schlossens oder den Paulinchens, und Hanna und Klarissa und Apollonia mussten an der Wirtshauswand stehen bleiben. Es drohte eine weitere Kirmes an der Wirtshauswand.

Als sie nun in jenem Sommer die Himbeeren pflückte, da scholl die Stimme meines Großvaters auf einmal übermächtig an ihr Ohr, und sie ließ die Himbeerzweige sinken und glaubte auf einmal ganz und gar, dass sie gemeint war mit der Rosemarie, nach der mein Großvater schon sieben Jahre geschrien hatte. Und da war es ihr auf einmal wunders wie, und sie bekam Herzklopfen, und wer weiß, vielleicht lohnte es sich nicht mehr zu warten auf die Freier aus Linnen, aus Pfeifensterz oder aus Wennerode ... wenn es einen Sägemehlsprinzen in Scholmerbach gab, jung und kräftig, der sang wie ein Herrgott und rührte ihr Herz, da wusste sie auf einmal: Es war noch nicht alles zu spät.

Oma lag jetzt nicht gut. So sagten sie es. Jemand »liegt nicht gut«.

Wenn Oma nicht gut lag, dann lebte sie nicht mehr lange. Dann würde die Küche unterm Dachjuchhee in meinem Elternhaus bald leer sein, und auf dem roten Schesselong läge ich ganz alleine unter dem Wandbehang mit der klappernden Mühle am rauschenden Bach, und die »Neue Post« und die »Sieben Tage« blieben ungeöffnet, und meine Brüder machten bloß die Rätsel.

Es war ein eigenartiges und schales Gefühl, obwohl ich wusste, dass Apollonia sich das Grab so sehr herbeigewünscht hatte, wenn auch ein anderes Grab als das, wo sie drin liegen sollte. Vielleicht aber kam sie bald aus dem Krankenhaus nach Hause, und man konnte sich hier um sie kümmern. Es war doch gut, in Scholmerbach zu sterben. Was sollte sie in der Stadt, wo sie sich nicht wohlfühlte; niemandem, der aus Scholmerbach kommt, fällt es leicht, sich woanders wohlzufühlen.

Ich konnte mir ein Leben ohne meine Großmutter gar nicht vorstellen, und so hofften wir, sie könne mit Hilfe der

Ärzte doch noch weitermachen, und taten so, als sei nichts geschehen und schenkten lustig Traubensaft und noch ein Nachthemd von C&A und Leibnitz Butterkekse, denn wir waren nicht gewappnet für einen möglichen Tod und wagten auch nicht, davon zu sprechen oder Vorkehrungen zu treffen, ich dachte immer noch, es sei womöglich nicht ernst. Anders. Aber noch nicht ernst.

Meine Großmutter Apollonia war in gewissem Sinne unsterblich.

Sie stand vor mir im Geiste mit den Armen zu einer immerwährenden Drohung erhoben:

– Eysch holen gleich den Schürhaken! Eysch hole den Schürhaken aus dem Feuer! Eysch schlage mit dem Schürhaken auf euch druff, bis euch glühnich heiß wird!!

So hat sie gesagt. Gut, sie hat es nicht gemacht. Sie hat auch gesagt, sie will uns alle an die Wand werfen. Hat sie auch nicht gemacht.

Ich glaube, wenn Apollonia wirklich gekonnt hätte, dann hätte sie meinen Großvater Klemens an die Wand geworfen. Aber Klemens war von selber gestorben, zwei Jahre zuvor. Er war von einem Auto überfahren worden. Er hatte einfach nicht die Wegsteuer gehabt, um auf einer Seite der Straße zu bleiben, und während er mitten in Scholmerbach von einer Seite der Fahrbahn auf die andere trudelte, war das Auto gekommen und hatte ihn in den Straßengraben befördert. Da ist er dann umgekommen, jämmerlich in einem Straßengraben.

Man hat immer gedacht, es würde meiner Oma danach besser gehen. Doch als ihre Drohungen und Verwünschungen und ihre Wut ins Leere liefen, wusste Apollonia nichts mehr mit sich anzufangen und saß nur noch regungslos mit ihrem schmalen Leib und den unbeweglichen Dickdärmen vor der Zeitung mit den Königshäusern.

In der herrlichen Küche mit ihren friedlichen Nachmittagen voller Streuselkuchen oder Broten mit Kirschmarmelade wurde auf einmal aus dem Königsfrieden durch die befremdlichen Vorbereitungen der Gemeindeschwester ein womöglich ewig dauerndes Krankenlager im angrenzenden Schlafzimmer mit Nierenschalen, Bettpfannen, Zellstoff, Krankenklingel und Gummiunterlagen.

Inzwischen war der Knutschfleck auf meinem Hals auf die andere Seite gewandert, und der alte verblasste, ich trug ein Nikituch mitten im Juni und dazu ein weißes T-Shirt mit einem rostbraunen Rand am Ausschnitt, das hatten Jim und ich uns gekauft im Partnerlook. Ich war kurz davor, so verderbt zu sein wie Lydia Kosslowski, und hätte ich einen Lippenstift benutzt, so wäre er schon heruntergeschrabbt bis zum Stumpf, so oft hätte ich ihn neu aufmalen müssen. Jim und ich knutschten in Wällershofen im Jonnies und in der Ellinger Disko mit ihren Stanniolgrotten, bis kein Stanniol mehr funkelte, und wir knutschten am helllichten Tag auf den Wiesen von Scholmerbach hinter den Holundersträuchern und an den Weidehecken und am Schafsbach und bei den Dornschlengerbüschen und auf dem Kappesgarten und unten am Schafsbach und an den Brennnesselmeeren und am dicken Baum, in den der Blitz hineingeschlagen hat.

Ich war noch nicht viel fort gewesen, und meine Lungen hatten kaum etwas anderes geatmet als Scholmerbacher Landluft, ich kannte nichts anderes als Kappesgarten und Brennnesseln und Schafsbach. Wenn Jim mich küsste, dann berührten seine Lippen Scholmerbach und nichts als reines Scholmerbach.

Jim aber war … Amerika. Jim war verwegenes … Amerika. Jim war … die ganze Welt. Jim war unser Befreier und die Besatzung, und ich hatte mich mit wehenden weißen Fahnen unterworfen wie mein Großvater Klemens und war wie er jubelnd und ohne Not übergelaufen, kaum dass ein amerikanischer Zipfel irgendwo am Horizont aufgetaucht war.

Ich hatte Jim noch nie in Uniform gesehen. Nur immer in Jeans und Hemd und Turnschuhen. Und ich betrachtete ihn, wie er dalag im Gras in unserem Partnerlook-T-Shirt aus dem Hosenshop von Wällershofen und wie der Bauch in der Sonne schimmerte. Jim hatte Muskeln, die Amis hatten alle Muskeln und Haltung und stramme Oberkörper, vom Training bei der Army. So was gab es bei uns an der Schule nicht, die Jungs lungerten herum und waren leptosomisch eingefallen mit noch nicht mal zwanzig. Also wirkten die Amis stärker im physischen Sinne, und Jim wirkte ganz außerordentlich, so wie das Plakat im Hosenshop von Wällershofen. Ich war immer noch Jungfrau.

Wie lange noch?

Das war hier die Frage. Würde Jim zurückgehen nach Amerika?

Und ließ er mich dann weinend in Scholmerbach zurück?

Ich wollte ihm doch nicht alles gegeben haben, wenn er mich dann sitzen ließ.

Ich war sehr unruhig in meinem Körper, und mein Körper stritt sich heftig mit meiner Seele, und die Seele hatte eine ganz andere Meinung als mein Geist, und für meinen

Geist verhielt es sich anders als für meinen Körper, und so kamen wir zu keiner Einigung, und Jim und ich wälzten uns weiter in den Wiesen von Scholmerbach, und es sah nicht gut aus für die Ameisen und die Löwenzahnblätter, für die Mistkäfer und die Kamillen, die wir entwurzelten, und die Erde, die wir aufstießen, und die Zweige, die wir knackten. Der Sommer ging weiter und weiter und ich habe mir Haare ausgerissen und Lippen aufgebissen und die Beine an den Schlehen zerkratzt, aber ich habe meine Jungfernschaft verteidigt und am Ende des Junis war ich noch immer eine, allerdings sehr unordentlich, schmuddelig und zerzauselt.

Der Hausrat meiner Großmutter war aus Westerwälder Keramik, oder sie hatte Teller aus dem Kaufhaus Schwenn, und ihr Kochgeschirr war blechern und verbeult oder braun verfärbt, und die Löffel und Schüsseln und Brettchen standen mit tausend winzigen Messerschnitten versehen in der Spüle oder im Küchenschrank oder auf dem Herd. Sie hatte einen Tauchsieder für das Kaffeewasser und einen Schneebesen mit einer Kurbel, sie hatte einen Schaumlöffel mit lauter Löchern drin und eine abgeplatzte Porzellanform für Eierkäse, sie hatte einen hölzernen Kartoffelstampfer und eine Kaffeemühle, die in ihren Schoß voller Blümchen auf der Schürze passte, und ein blechernes Sieb, das wackelte und quietschte, wenn man das kochende Wasser über den Spinat goss.

Ich sah alles unberührt dastehen, die abgeplatzten Tassen, mit und ohne Henkel, der rostige Büchsenöffner für die zwei Schaschlikspieße aus der Dose jeden Abend. Meine Oma sollte nächsten Dienstag nach Hause kommen. Würde sie dann keinen Kaffee mehr kochen, kein Schaschlik mehr warm machen? Keine Brennnesseln mehr putzen? Würde sie nur noch aus dieser seltsamen Schnabeltasse trinken können? Schon sah das blecherne Sieb verlassen und traurig aus, ein wenig herrenlos, es war eine Übergangszeit, das hier wollte später keiner mehr, außer mir, ich wollte es behalten, egal was kommt, es sollten meine Schätze sein, der Kartoffelstampfer und der Schneebesen mit der Kurbel, Finger weg, keiner durfte es anfassen, es war ein Relikt! Ich würde alles behalten, das Schesselong, den Wandbehang, den Kohleofen, sie sollte alles benutzen können, wie sie wollte.

Aber was redete ich denn da, noch lebte meine Oma Apollonia, sie atmete, sie sprach. Gestern erst hatte sie im Krankenhaus den Arzt beschimpft und ihn einen Unmenschen und den Oberarzt einen ungeschickten Grobian und die Stationsschwester ein fürchterliches Trampeltier genannt. Wer so redete, hatte noch genügend Saft, um noch etwas auf dieser Erde zu verweilen. Meine Großmutter Apollonia hatte noch ausreichend Lunge und Verstand, um mir Dinge zu erzählen, und ich wollte meinen Stift spitzen und ordentlich türkise Tinte in den Füller laden, denn von nun galt es, mein schönes blumenbedrucktes Buch zu füllen.

Als Erstes musste ich sie fragen, ob es nicht auch schöne Dinge in ihrem Leben gegeben hatte. Sie behauptete nämlich immer, dass ihr ganzes Leben ein einziger Scheißdreck gewesen sei. Sogar als ich fünf Jahre alt war, behauptete sie immer, das ganze Leben sei ein einziger Scheißdreck, und es wäre gut, man läge schon auf dem Kirchhof.

– Aber Oma!, habe ich gerufen.
– Ein Scheißdreck.
– Aber Oma!

– Auf dem Kirchhof sollt mer liechen. Dann is Ruh.

– Aber et es doch alles so schön bei dir! Dein schöner Wandbehang.

– Der nützt mich aach naut.

– Und der Fernseher??

– Was soll ich damit, da kommt ja nur Käs.

– Aber … aber der Kohleofen! Du hast doch den Kohleofen!!!

Meine Oma seufzte.

Ich schien in ihren Augen rein gar nichts zu verstehen. Ich aber glaubte, dass meine Oma Apollonia selbst alles nicht so recht verstand.

Ein Kohleofen war doch das Herrlichste, was es gab auf der Welt, ein geheimnisvoller Ort voll lodernden Feuers mit vielen Klappen und Ringen, auf denen die köstlichsten Speisen wie Milchsuppe oder Hefeklöße gekocht wurden. Und der Wandbehang über dem Schesselong erst war eine solche Kostbarkeit, wie ich sie mir nur an den Wänden von Königen und Königinnen vorstellen konnte. Darauf war eine klappernde Mühle am rauschenden Bach zu sehen mit einer überhängenden Tanne und einer Kuhwiese im Hintergrund. Das Mühlrad goss das Wasser in prächtig schäumenden Fontänen zurück in den Bach, und der Fluss leuchtete in so vielen verschiedenen Blautönen, dass man es kaum fassen konnte. Je näher man an den Wandbehang herantrat, umso mehr kleine Fädchen konnte man entdecken, und jedes Fädchen glänzte silbern oder himmelblau oder smaragdgrün, Tausende und Abertausende von Fädchen, und wenn man wieder einen Schritt zurück machte, sah man den Bach und dann den Weidezaun entstehen, und die Pünktchen ließen Blumen erahnen oder das Fenster der Mühle oder einen

Tannenzweig. Das größte Wunder aber geschah, wenn man den Wandbehang umdrehte: Dann erschien nämlich die Mühle und alles andere auf einmal in einem tiefen Weinrot mit Gold.

Dieses Mysterium beschäftigte mich meine ganze Kindheit hindurch und ich glaubte, nicht einmal der Kaiser von China könnte etwas so Kostbares besitzen, und ich wusste lange Zeit nicht, welche Seite vom Wandbehang ich schöner fand, die Vorderseite oder die Rückseite, jedenfalls konnte man ihn immerzu bestaunen.

Und dann kam meine Großmutter Apollonia und meinte, das Leben sei ein Scheißdreck und läge man doch bloß schon auf dem Kirchhof. Wie konnte man das Leben so verhöhnen, wenn man so einen herrlichen Wandbehang hatte? Ich fand meine Oma Apollonia sehr undankbar.

— Oma, dou musst dem lieben Gott mal dankbar sein.
— Pfft. Der leywe Gott. Der Herrgott, der hat uns gar nicht in der Kartei!

Dann schielte Apollonia auf den goldenen Herrgott auf dem rabenschwarzen Kreuz über der Tür, und von Zeit zu Zeit packte sie die Wut und sie kletterte auf den Küchenstuhl und hängte den Heiland ab und stopfte ihn in die Schublade zu den Palottinerheften und der Zuckerbüchse und der Ansteckadel vom Blutspenden.

— Der will uns nicht. Dann brauche ich denn aach net. Beten und beten. Hat noch nie was genützt. In der Kirche sitze und sich die Knie ruiniere. Pfft. Der soll mir den Buckel runterrutsche, der Herrgott.

Irgendwann tat es ihr dann leid und sie holte den Herrgott wieder heraus, polierte das Gold ein wenig mit der Schürze und hängte ihn wieder auf. Man wusste ja nie. Es war ein sehr hässlicher Heiland. Das Gold um die Hüfte war sehr breit, und nach oben hin wurde er ganz schmal, das Gold in seinem Gesicht machte einen einzigen Goldbrei aus seinem Antlitz, das Kreuz war viel zu schwarz mit lauter winzigen Nägeln drin, ich fürchtete mich vor diesem seltsamen Kreuz und konnte es genauso wenig leiden wie Apollonia. Aber wir hatten nun mal nur dieses, und man muss es nehmen wie es kommt, und so wanderte Jesus rein und raus aus der Schublade, und manchmal erwischte ich Apollonia, wie sie mit ihm zu reden schien und ihm stumm mit der Faust drohte, und ich fragte:

– Oma, was machst dou?

Da lachte sie verlegen und wehrte ab und sagte, ach nichts ... und wischte sich die Faust an der Schürze ab.

Den Streit, ob das Leben schön sei oder nicht und ob sie das Recht hatte, sich auf den Kirchhof zu wünschen oder nicht, führten wir erbitterte elf Jahre lang. Noch waren sie nicht vorbei, allerdings war Oma dem Kirchhof inzwischen entscheidend näher gerückt.

Noch konnte ich versuchen, ihr schöne Dinge zu entringen und diese schriftlich festzuhalten, die schönen Dinge wollte sie ja immer nicht zugeben, nicht ums Verrecken. Oma, du bist doch auch einmal jung gewesen.

– Wie wir jung waren ... das waren annern Zeiten ... schlechte Zeiten ... nur Schafferei ... Armetei ...
– Aber da habt ihr euch doch auch mal Spaß gemacht ...
– Naja Spaß, da wurde nicht gefragt, ob mer Spaß hat ... gut, der Onkel Dagobert ...
– Was war mit dem Onkel Dagobert?
– Naja ... der ... der war lustig, mit dem seyn wir alsmal ... da seyn wir dann halt mal klammheimlich in

die Weidenhecken ... da war dann was los ... da wurde sich dann getroffen ... bis der Pfarrer Heidenfeller kam ... dann gab es Aska.

Apollonia in den Weidenhecken! Die Weidenhecken waren jenseits vom Tal und den Sümpfen und umgrenzten unser Dorf dahin, wo der Eulenbirnbaum stand. Da fließt der Schafsbach, und es gibt ein paar schwere Steine zum Sitzen, und wenn die Sonne untergeht, dann leuchten die Weidehecken ganz rot. Apollonia war dem lustigen Dagobert in die Weidenhecken gefolgt, und dort traf sich die Dorfjugend, und dort tranken alle heimlich Schnaps, und sie hat auch mitgetan.

Es waren einmal drei Schwestern, und sie hießen Hanna, Klarissa und Apollonia, sie waren eine immer noch schöner als die andere, und sie lagen in den Weidehecken und waren betrunken, bis der Dorfpfarrer kam und sie herausprügelte mit der Rute.

– In Scholmerbach war immer der Schnapsteufel.

– Ach so.

Der Schnapsteufel war der älteste Einwohner von Scholmerbach, und der Pfarrer Heidenfeller hatte es sich zur Aufgabe gemacht, ihn zu vertreiben. Er schrieb immer dem Bischof in Limburg, wie weit er damit gekommen war und wie viel Anstrengungen er dabei hatte auf sich nehmen müssen. Im Jahre 1899 hatte er die Spinnstuben als Ort der Vergnügungssucht abschaffen wollen, und 1908 sorgte er dafür, dass es am Sonntag eine zweite Andacht gab, damit die Scholmerbacher nicht nach dem Frühgottesdienst bis zum Abend auf der Wirtsbank sitzen blieben, und in der Zeit wurde der Honiels abgeschlossen. Und er musste immer wieder von der Kanzel predigen, dass die Töchter nicht unbeaufsichtigt auf die Kirmes in die anderen Dörfer gehen sollten und nicht mit den jungen Burschen und den Schnapskrügen in den Hecken verschwinden dürften.

Aber genau das hatte meine Großmutter Apollonia gemacht, auf die Maulorgel gesungen und getanzt und den Rheinländer gelernt, zwei rechts zwei links, und es war nicht leicht, sich zu drehen, wenn die Schuhe genagelt waren und die Röcke schwer von der schmutzigen Feldarbeit und wenn sie über Weiden und Wurzeln stolperten und den Selbstgebrannten gesoffen hatten, aber es war leicht, wenn die Zimmerleute dazu sangen und die Vögel flogen und die Hummeln sangen, und als sie mir davon erzählte, so lange Zeit später, da musste sie sich auf einmal auf die Lippen beißen und sich umdrehen, um sich nicht zu verraten, aber ihre Schultern zuckten, und ich wusste, dass sie lachte.

In den Weidehecken war es gewesen, wo die großartige Idee entstanden war mit dem Lusthäuschen. Die Zimmerleute hatten immer Ideen für Sachen, die nichts taugten. Das war das Einmalige an ihnen, dass sie Sachen machten, die für nichts gut waren! Für Hottentotten, wenn man so wollte. Der Dapprechter Gustav würde rundherum springen, wenn er so etwas hörte! Ein Lusthäuschen bauen! Gutes Holz verschneiden und Farbe verpinseln und Nägel verschwenden für nichts und wieder nichts, ohne Not, sozusagen ein Luftschloss bauen über dem Dorf, an den Waldesrand, sodass man über das Tal schauen konnte und Späße machen und womöglich den ganzen Tag trank und lachte, das wusste doch jeder, dass die Zimmerleute den ganzen Tag lachten. Das sah ihnen ähnlich: sich ein Lusthäuschen auszudenken, damit sie noch mehr Lust am Leben hatten, wo käme man denn da hin, wenn jeder nur aus Lust und Dollerei am Leben wäre, das gefiele dem Dapprechter Gustav gar nicht. Nein, dem Dapprechter Gustav gefiel es gar nicht, wenn seine Töchter Hanna, Klarissa und Apollonia in der Nähe der Zimmerleute waren, ganz und gar nicht.

Aber Großonkel Balduin hatte schon eine Zeichnung gemacht vom Lusthäuschen, wie es einmal sein sollte, und das muss aber früher gewesen sein, vielleicht um 1918, und der letzte Schuss vom Krieg war noch nicht gefallen, da wollten sie schon nichts mehr davon wissen. So ein Häuschen hatte Balduin mal in Weilburg gesehen, auf der Wanderschaft.

Er rollte ein Papier aus, mit einem Pavillon aus akkurat mit rotem Buntstift ausgemalten Balken und mit acht Ecken und nach allen Seiten offen, Fachwerkecken, so schön wie ein Schloss für die Luft und den Wald, auf dem Blatt verziert mit Arkaden und Blättergirlanden.

Großonkel Balduin, hat Apollonia später gesagt, war immer stolz auf seine akkuraten Zeichnungen. Und so ist es dann auch gekommen. Allen hat die Idee mit dem Lusthäuschen gefallen, und sie fingen sofort an, Pläne zu schmieden, wie sie dem alten Josef das Holz entlocken könnten oder es einfach vom Stapel nehmen und zuschneiden, und an welcher Stelle über Scholmerbach das Lusthäuschen stehen sollte. Und darauf mussten sie noch einen Schnaps trinken und noch einen und sich so freuen auf das neue Lusthäuschen … bis es auf einmal im Gebüsch raschelte und eine Stimme dröhnte:

    – Was macht Ihr da!!! Schnaps saufen in den Hecken!! Euch werde ich helfen!!

Und der Pfarrer Heidenfeller mit dem Rohrstock brach durch die Büsche und drosch sie heraus und verfluchte sie und ihre armen Seelen, die er dem Teufel der Trunksucht noch einmal entrissen hatte.

Mein Urgroßvater, der Dapprechter Gustav, hatte gesagt, dass der Pfarrer Heidenfeller nur recht hatte, die Burschen und Mädchen aus den Hecken zu jagen, denn der Schnapsteufel verführte sie zur Liederlichkeit, und dann geschah womöglich so manches, was nicht geschehen durfte! Dann kriegten sie Kinder, und dann mussten sie heiraten, und dann war wieder er es, der Pfarrer Weidenfeller, der zusehen musste, wie da zwei aus der Not heraus zusammengeschmiedet werden mussten, die sich nüchtern betrachtet und am helllichten Tage gar nicht recht waren, und dann war es ein Ach und ein Weh, wie oft hatte er das schon mit ansehen müssen, und dann war es zu spät. »Gezwungene Ehe – des Herzens Wehe!«

Und das gab es im Westerwald um 1920 ja schließlich andauernd.

Übers Jahr aber war das Lusthäuschen fertig. Es war ein prächtiger Holzpavillon geworden, hoch oben im Wald über Scholmerbach, mit seinen acht Ecken und einem hübschen Schieferdach und Balken rot bemalt mit Ochsenblut, ein Häuslein gebaut für den Wind und für die Vögel und den Wald und die Rehe und den Farn und die Beeren, die durch die Fenster wuchsen, und für die Lust und für die Lieder und für die Wandersleute, da konnte sich der Pfarrer Heidenfeller auf den Kopf stellen.

Für meinen Großvater Klemens aber war das Lusthäuschen wie die Mailänder Staatsoper für den Caruso. Hier konnte er singen wie sonst nirgends, hier fühlte er sich großartig, und er nahm die Lust für sich in Anspruch wie sonst keiner, seine Brüder hatten das Lusthäuschen gebaut, und seine Stimme schallte über das ganze Dorf, und er sang das »Heideröslein« und »Es waren zwei Königskinder« und »Abendstille überall«.

Man hörte es in ganz Scholmerbach, und manchmal trug der Wind die Lieder über alle Wälder und Höhen hinweg bis in die Eifel und den Hunsrück hinüber, so schön war das.

Es verging noch manches Jahr, schließlich folgte Apollonia ihrem Herzen und ließ sich von Klemens' Liedern und seiner schönen Stimme und den schönen weißen Zähnen und von seinem herrlichen Gelächter einfangen, und als sie darüber nachdachte, was besser war: lachen, wie es die Zimmerleute machten, oder nicht lachen, wie es der Dapprechter Gustav verlangte, da entschied sie sich am Ende ihrer langen, langen Jungfernschaft oben unter dem Wald bei Schnaps und Liedern und Vogelklang für den Zimmermann Klemens, den Jüngsten von vielen Brüdern und auch viel jünger als sie.

Da sang ihr mein Großvater das »Ännchen von Tharau«:
Ännchen von Tharau hat wieder ihr Herz,
auf mich gerichtet in Lieb und in Schmerz ...
Recht als ein Palmenbaum über sich steigt,
je mehr ihn Hagel und Regen anficht ...
Ännchen von Tharau, mein Licht, meine Sonn,
mein Leben schließ' ich um deines herum.

Der Dapprechter Gustav aber tobte.

Mein Großvater sei ein Drückeberger, ein Träumer, ein Faulenzer, einer, der nichts tauge, und er gebe seinen Segen – nicht.

Man konnte es ihm einfach nicht recht machen. Apollonia aber war eine Dapprechter und genauso stur wie er, und sie setzte sich durch, und einen anderen hätte sie sowieso nicht mehr gekriegt, und es war ja gut, dass Apollonia jetzt endlich unter war, egal mit wem. Und zum Klemens sagten die Leute, muss es denn ein Dapprechter Mädchen sein? Die sind doch Fegefeuer, wenn die wütend sind, machen sie dir die Hölle heiß, dann hast du nichts mehr zu lachen! Ein jeder wusste etwas Warnendes zu berichten, aber im Großen und Ganzen wusste man, dass man jetzt das Unheil nicht mehr abwenden konnte, und da war es besser, man brachte die Hochzeit hinter sich. Um eine Hochzeit wurde in der armen Zeit sowieso nicht so viel Gewese gemacht. Man hatte nur ein gutes Kleid und darauf der Schleier, der war vorher schon durchs halbe Dorf gewandert, dann Krümelkuchen und alle eingeladen und Kirschlikör, und abends gingen sie nach Hause und fertigamen.

Nur der Dapprechter Gustav wollte bis zum Schluss keinen Schritt in die Scholmerbacher Dorfkirche setzen und nicht mitkommen, schließlich hat er sich in letzter Not noch hinnötigen lassen.

– Es werd nicht geraten!, hatte er geschrien und: Eysch sage es euch im Guten!

Und dass sie alle der Teufel holen wird und dass sie nicht auf ihn hören wollen, das werden sie noch bitter bereuen, und dann gnade euch Gott! Und zum Schluss hat er noch posaunt:

– Ihr werd' noch sehen, was daraus wird!

Damit hatte der Dapprechter Gustav aber recht behalten. Denn alle sahen, was daraus wurde.

Wir saßen alle in der Küche meiner Großmutter unter dem Dachjuchhee auf dem roten Schesselong und warteten auf ihre Rückkehr, denn mein Vater hatte gesagt, man könne sie jetzt nicht mehr länger im Krankenhaus behalten.

Die hatten ihr die Gedärme geflickt und alles Böse herausgeschnitten und die Nähte versorgt und sie gewickelt und gefüttert und ihr das Haar gekämmt und die Kissen geschüttelt und ihr Tabletten gebracht dreimal am Tag, doch die Undankbarkeit Apollonias kannte keine Grenzen.

Das Bett war ihr zu hart und das Kissen zu weich, die Bettpfanne eine Zumutung, die Krankenschwester ein törichtes Hinkel, die Nachbarin zu geschwätzig, das Brot ein lappiges Zeug, das Fernsehen konnte man nicht verstehen, die Operation sei verpfuscht, in diesem Krankenhaus habe man überhaupt schon jeden und alle verhunzt und kränker gemacht, als er vorher war, und sie wolle jetzt nach Hause. Fertig. Daher hatte der Oberarzt angerufen, wir möchten unsere Oma jetzt abholen, denn durch ihre mangelnde Mitarbeit und ihre Unbelehrbarkeit sei er jetzt mit seiner ärztlichen Kunst am Ende und obendrein sei man kein Grobian und kein Kurpfuscher und die Oberschwester sei kein Trampeltier.

Mein Vater musste einen Tag Urlaub nehmen, fuhr mit meiner Mutter ins Krankenhaus nach Limburg, stopfte übermäßig viel Trinkgeld in alle Kaffeekassen und fuhr dann dem Krankenwagen hinterher. Ich wartete nach der Schule mit meinen Brüdern auf die Rückkehr meiner Großmutter Apollonia.

In ihrem Schlafzimmer standen eine Nierenschale auf dem Nachttisch und Fachinger Wasser und Verbandsmull für die Gemeindeschwester, und einen alten Klostuhl hatten sie herbeigefahren, der war noch von Großtante Rosalia. In der Küche hatte ich schon mal den Bohnenkaffee zurechtgestellt und den Tauchsieder in den Blechsiedetopf getan, und meine Brüder hatten im Konsum die neueste »Sieben Tage« und die »Neue Post« gekauft mit einer Sonderausgabe zur Geburt der Prinzessin Viktoria von Schweden.

Warmes, frisches Brot duftete durch die Küche, denn Oma und ich liebten das frische Brot vom Bäcker und selber gekochte Kirschmarmelade. Es war also nicht so, dass sie nichts vom Leben hatte. Das hat sie nur immer behauptet.

Sie genoss das frische Brot, und sie genoss die Kirschmarmelade und sie genoss am Sonntagmorgen den Radetzkymarsch im Radio. Dann war sie fröhlich und sang ein wenig, aber sie gab es einfach nicht zu. Das Leben ist ein Scheißdreck, sagte sie weiterhin.

Das frische Brot sprach dagegen. Der Bohnenkaffee sprach dagegen. Der Wandbehang sprach dagegen. Im Radio lief das Wunschkonzert, und jemand sang: »Oh, Pardon, sind Sie der Graf von Luxemburg?«

Ich drohte die Ankunft Apollonias zu verpassen, die Uhr tickte, und ich musste in den Nachmittagsunterricht nach Wällershofen, und der Krankenwagen war immer noch nicht da. Aber es half nichts. Der Omnibus kam, und ich musste zurück in die kleine Burgenstadt, wo die Schule war, und der Doktor und das Kaufhaus Schwenn, und sollte das Versmaß mittelalterlicher Gedichte auseinandernehmen, die mich so wenig interessierten wie irgendetwas in diesem Jahr, aber ich musste es hinter mich bringen.

Bald waren Ferien.

Kaum waren am Nachmittag die beiden unerträglich langen Stunden zu Ende, schon lief ich aus der Schule und hätte ihn beinahe nicht gesehen. Da stand vor dem Haupteingang ein Jeep der U. S. Army mit offenem Verdeck, und darin saß grinsend Jim in seiner Uniform und drückte kräftig auf die Hupe.

Er winkte und strahlte, und als ich näher kam, saß er am Steuer und hatte den Schoß voller kunterbunter Sommerblumen, die auf dem dunklen Oliv seiner Hosen leuchteten und prangten.

    – Come in!, rief er und zeigte auf den Beifahrersitz, und obwohl es doch verboten war, konnte ich nicht widerstehen und warf vor all meinen Schulfreundinnen stolz meinen Schulranzen auf den Rücksitz und fuhr mit ihm davon, durch Wällershofen über Wiesen und Äcker bis unter eine Linde auf dem Haselbacher Feld. Dort hielt er an und machte den Motor aus und strahlte. Er lehnte sich zurück und griff feierlich unter sein olivfarbenes T-Shirt und holte ein ovales Emblem heraus, das um seinen Hals baumelte und seinen Namen trug und ein paar Zeichen.

– What is it?, fragte ich.

– Babe …, sagte er. – It's my dogtag … – Hundemarke.

Ich las: US-Army – FlakBatt45 – Logan James L D 23-37-9845 O NEG CATHOLIC

    – For you. Du sollst du mir nie vergessen. Ick liebe dich.

    – But … but you get problems … when …

    – Yes, … sagte er. Er könnte ja sagen, er hätte die Marke verloren, und dann würde er eine neue gestanzt bekommen.

Da saß ich in meinem Jeep voller Blumen, die vor dem Natogrün hell und bunt leuchteten und in der Hand eine Halskette, wie sie keine hatte.

Jim sagte: – Love … forever … true.

Da wäre ich beinahe gestorben, da war es um mich geschehen, da blühten alle Blumen auf den Wiesen erst recht auf ihren Stängeln, und die Beeren und Wurzeln schossen ins Kraut. Wie lange war »forever«? Was bedeutete »true«?

Was war Soldatentreue, wenn ein Amerikaner so was sagte? War das so viel, wie wenn Elvis ein Lied sang? War es so viel, wie wenn ein Zimmermann einen Spruch in einen Dachbalken schnitzte, oder war es so viel, wie wenn ein Betrunkener bei Honiels einen Schwur tat?

Wie lange war: forever?

– Ick bleib in Doitschländ ... maybe ... November ... but ...

– Ach du Schreck. November ... und dann??

Jim grinste.

– We see ...? Maybe ... Germany ... so scheen ... vielleickt ... man can ... stay a bisse ... longer ...?

– Oh ... oh ...

Das schien mir wunderbar, und eine Hoffnung öffnete sich wie eine Sonne, die ihren Lichtglanz über die Felder warf. Selig strahlte ich ihn an, und das Blech seiner Hundemarke an meinem Hals schien zu funkeln und blendete mich im linken Auge. Wir waren füreinander bestimmt. Nun wusste ich es. Wir waren füreinander bestimmt.

Ich küsste ihn überschwänglich und traf dabei mit dem Fuß den Radioknopf und der amerikanische Sender fiepte drauflos mit allerlei Störungen und unverständlichen, abgehackten Lauten und Kommandos, dass ich mich erschreckte und sofort wieder zurückschoss in Habachtstellung, als sei ich der Soldat und nicht er.

November also, bis November waren wir bestimmt noch zusammen, und wir konnten uns überlegen, wie wir bis dahin die Zeit genießen wollten und wie weit wir gehen mochten, denn ich war ja, ich war ja noch niemals, also, ich war eine unberührte Blume in diesem Sinne, und alles was geschah, schien mir köstlich, und ich hatte mich aufgehoben für den Einen, den Wahren, für die ganz große Liebe.

Wir alle hatten uns aufheben wollen, alle Mädchen, die ich kannte.

In meiner Klasse gab es noch sieben Jungfrauen, drei waren keine Jungfrauen mehr, bei dreien wussten wir es nicht so genau, und Lydia Kosslowski war schon hundertmal keine Jungfrau mehr.

Ich aber träumte noch vor mich hin und wollte es ganz besonders und so außerordentlich schön und so einmalig und verwunschen, dass es schwerlich geschehen konnte und vielleicht nur ein Traum war, so schön wie ein Märchenschloss. Der Prinz, der in das Schloss hineinkonnte, war bestimmt bedeckt mit dem Staub meiner Heimaterde und trug die Uniform der amerikanischen Armee und saß in einem Jeep, in dem man so holperig fuhr, dass man aus jedem Traum herausgeschleudert wurde. Das Sitzpolster war so dünn, dass man sich den Hintern grün und blau haute, und der Helm, den er mir aus Spaß aufsetzte, drückte so sehr, dass ich mich fragte, wie die Army auch nur einen einzigen Krieg gewinnen wollte, wenn sie sich mit der eigenen Ausrüstung die Soldaten demolierte und zerbeulte und ramponierte, bevor es überhaupt losging, und jeder GI tat mir von Herzen leid.

Auf einmal knatterte und brummte es vor uns ganz fürchterlich, und aus dem Gebüsch kam ein weiterer US-Jeep geschossen und wirbelte Staub auf, und ich erschreckte mich zu Tode, und dann raste der Jeep auf uns zu und hielt schräg vor uns.

– Ouh shit!, zischte Jim und rutschte tiefer.

– Hey man!!!, schrie ein Sergeant. What the hell are you doing – get the ass out of your car – Private Logan!!!

Und Jim sprang aus dem Auto und stand stramm, während ich zur Salzsäule erstarrte. Das sah nicht gut aus. Man durfte im Jeep keine Privatpersonen befördern, da halfen die Blumen rein gar nichts. Ich auf dem Beifahrersitz in meiner schönsten Sommerbluse und mit meinem nach Apfelshampoo duftenden Haar machte nichts besser, rein gar nichts. All meine Beteuerungen, mein Herausspringen, mein Knicks machten alles nur schlimmer. Sie haben meinen Jim mitgenommen, gleich nachdem er mir seine Love forever gestanden hatte, war sie schon zu Ende, und der Sergeant packte ihn in seinen Militärwagen, und zu mir sagte er: Sorry, Misses, und wollte mich im blumigen Jeep ins Dorf fahren.

Und sowie ich das schöne gelbe Schild sah mit der Aufschrift: Scholmerbach, das schönste Schild, das ich kannte, wollte ich fliehen und mich hinter dem Schild verstecken und daran festhalten.

Da konnte mir nichts mehr passieren, alles war gut, nicht einmal die amerikanische Armee konnte etwas ausrichten, wenn da stand: Ortsgrenze Scholmerbach.

»Thank you, dass Sie mich heimgefahren haben!«, rief ich noch. Denn bedanken soll man sich, wenn einem einer geholfen hat. Schließlich hatte der Sergeant meinen Liebsten mitgenommen und da musste ich mich gut stellen, wer weiß, wann ich ihn wiedersehen würde.

Als ich zu meiner Oma in die Schlafstube kam, trug sie alberne Zöpfe.

– Hä?!!, sagte ich.

Apollonia war zurückgekehrt aus dem Krankenhaus und lag in ihrem Bett, im Nachthemd mit Blümchen, ihre Haare waren in der Mitte gescheitelt und sie trug geflochtene, dumme Zöpfe, sie sah aus wie eine alte Squaw.

Sie war so ganz anders als vorher und rührte sich nicht.

Meine Mutter und Tante Hedwig und mein Vater wurstelten betreten herum, und es herrschte ein komisches Schweigen, nur der Vorhang zum Garten wehte, und draußen hörte man die Zimmermänner fluchen und die Sägen leise kreischen wie ein sommerlicher Singsang.

– Hallo Oma ... Na? Wieder da??

– No ... dou ... Zusseltier ...

– Wo warst dou denn so lange?, fragte meine Mutter. Wir haben schon gewartet.

– Ich ... ich hatte Malheur ... konnte nirgendwo mitfahren ... der Bus ging nicht.

Ich kniete mich ans Bett meiner dünner gewordenen Oma, und in ihren Augen schien das Grau einen Schleier bekommen zu haben.

– Wie geht es?

– Noja ...

– Soll eysch dir mal was sagen, Königin Silvia Sommerlath hat en Mädchen. Hast dou schon gehört? Sie heißt Viktoria! Prinzessin von Schweden!

– Ach.

Es war, als wüsste Apollonia nichts damit anzufangen. Sie blickte sich im Zimmer herum, als wisse sie nicht, wo sie sei.

– Na, versuchte ich es aufs Neue. Wie war et im Krankenhaus? Wie waren die Ärzte? Bestimmt alles Drecksäcke und Kurpfuscher und Grobiane ... hab gehört, dey Schwester war en Trampeltier!

Meine Oma wendete langsam den Kopf zu mir, und dann fing sie an zu lachen.

– Und was für aans.

Es war, als ob die anderen erleichtert im Sessel zurückfielen, froh, dass ich endlich aufgekreuzt war, und sie wollten runtergehen. Meine Mutter und mein Vater waren fürs Erste befreit.

– Kannst deysch mal ein bisjen kümmern. Eysch schmiern mir ein Brot.

Dann waren sie verschwunden, die Gemeindeschwester ging, Tante Hedwig verabschiedete sich. Meine Brüder verschwanden in ihre Zimmer. Oma lag still da, und sie hatte das Gebiss ausgezogen, es schien zu drücken, und sie konnte es nicht leiden, sie lag auf dem Rücken und starrte Löcher in die Decke. Ich war mir nicht sicher, was in ihr vorging. Selbst noch ganz aufgewühlt von der Sache mit Jim, und jetzt lag da meine Oma und war so verändert, dass mir ganz komisch wurde, ich warf mich der Einfachheit halber aufs Bett von Opa.

– Oma, sagte ich. Ich seyn auch fix und fertig. Aber dir geht es natürlich jetzt schlechter als mir. Haben dey ordentlich an dir rumgesäbelt? Tut et noch weh??

– Ach noja… es ist einem… so komisch im Kopp herum…

– Ich dacht, et war der Dickdarm. Ich dacht, et ist der BAUCH!

– Ja, … aber … mir ist ganz anners …

– Wie viel is drei mal vier?

– Zwölf …

– Siehst du, Oma, der Kopf klappt noch. Et ist der Dickdarm gewesen.

– Ach, dou seyst doch ein albernes Ding.

Ich lag da in Opas mürben Kissen und hatte so viel erlebt und Oma lag neben mir und würde gar nichts mehr erleben. Wie sollte ich noch etwas von ihrem Leben erfahren, wenn ihr jetzt schon komisch war im Kopf und sie zwar noch drei mal vier rechnen konnte, aber so seltsam aus der Wäsche guckte mit ihren schrecklichen Zöpfen?

– Oma, kannst dou bald wieder aufstehen?

– Der Dr. Samstag will vorbeikomme, da werden wir mal hören.

– Der Dr. Samstag, ach du Schreck, dann ist et gleich aus und vorbei.

Da lachte meine Oma.

Also war noch etwas von der alten Apollonia da, man musste sie nur mal ein wenig zur Besinnung bringen, ein wenig rütteln, damit sie wieder zu sich kam.

– Willst dou nicht viel lieber in der Küche liegen, auf dem roten Schesselong? Da ist et doch schöner als hier im Schlafzimmer, da es doch nichts los.

– Das muss erst noch alles zouheilen, da liege eysch besser flach.

– Ach so …

Oma schien immer noch seltsam abwesend, und ich sank in Opas Kissen zurück, auf dem seit drei Jahren niemand gelegen hatte und das seitdem auch nicht frisch bezogen worden war. Es roch komisch, und ich glaubte, noch etwas von Sägemehl und Lumpenschnaps darin zu riechen und auch etwas vom Blut, als er sich den Kopf aufgefallen hatte nach dem Lumpenball. Von hier aus sah meine Oma aus wie ein sehr altes Mädchen und nicht wie Apollonia.

– Oma, tut mir leid, aber die Zöpfe sehen blöd aus. Eysch muss dir wieder einen Dotz mache.

– Dadrauf kann ich nicht lieche.

– Ja, aber dou seyst doch kein kleines Mädchen.

– Ach, ja, naja, … vielleicht so einen Zopf… zur Seit hin …

– Bald stehst dou wieder auf.

– Wer weiß …

– Hast dou keine Lust mehr aufzustehen?

– Ach … mir ist alles egal …

– Alles egal … es ist doch nicht alles egal!! Dou musst aufstehen!! Hör mal, im Fernsehen kommt die Kindstaufe von der kleinen Viktoria!!

– Ach jo …

Das schien sie kaum zu interessieren, es wurde schwierig mit Apollonia. Sie würde mir womöglich nicht mehr viel erzählen können für mein Buch, das wurde mir mit einem Mal klar. Lähmung breitete sich aus im Krankenzimmer. Jim fiel mir ein. Was würden sie mit ihm machen? Wurde er gerade verhört? Saß er in einer Arrestzelle? Ich konnte ihn nicht mal anrufen. Wenn ich heute Abend ins Jonnies lief oder mich jemand mitnahm, konnte ich vielleicht einen anderen Soldaten fragen, wie es ihm ging.

– Oma, ich hab einen Freund, er ist Ami, und sey haben ihn verhaftet.

Da drehte sie ihren Kopf zu mir und schien zu erwachen, als hätte ich zum ersten Mal was wirklich Interessantes gesagt.

– Dou hast einen Kerl?

– Jou. Den Jim. Und die Soldaten haben den mitgenommen und auf der Struderlehe eingesperrt.

Oma lachte schon wieder. Vielleicht war sie im Krankenhaus ja plemplem geworden.

– Oma, geben dey dir eigentlich Medikamente? Irgendwelche … Drogen?

– Eysch kriege rote und blaue Pillen.

– Aha.

Am besten, ich ließ sie eine Weile in Ruhe, vielleicht
musste sie ein wenig schlafen und sich beruhigen und erst
wieder eingewöhnen. Immerhin hatte sie eine schwere Operation hinter sich. Da fragte sie:

– Wie sieht er denn aus, dein Kerl?

– Wie er aussieht?? Ach ... wunderschön ... braune
  Haare, braune Augen ... ich meine – er ist von den
  AMIS! Der redet ENGLISCH, weißt du? HOW DO
  YOU DO!

– Ach englisch. Die Amerikaner reden immer, als hätten
  sie Kaugummi im Mund.

– Naja, aber so wie wir im Westerwald reden, ist auch
  nicht für jedermann.

– So, da hast dou jetzt einen Kerl. Gefällt er dir dann?

– Und wie!! Ich habe auch ein Bild von ihm.

– Aha.

Dann holte ich das retuschierte Schwarzweißfoto vom
Fotostudio in Minneapolis, wo er im Anzug und Schlips
posiert und den Pony so gekämmt hat, dass man meinen
sollte, er hätte nur ein Auge.

Meine Oma Apollonia tastete nach der Brille auf dem
Nachttisch, bis ich ihr das Horngestell auf die Nase schob
und sie aufsetzte und ihr das Paradekissen in den Rücken
stopfte und sie ein wenig über den Bauch jammerte. Dann
nahm sie das Foto, so andächtig, wie als wenn es im Umschlag
Geld gab oder ein Brief kam oder ein Zeugnis, sie fasste es
nur vorsichtig in den Ecken, damit es keine Flecken gab,
hielt es näher ans Gesicht und dann wieder weiter weg. Dann
sah es aus, als ob sie lächelte, und sie machte ein Gesicht wie
in der Marienandacht.

– Ouh, sagte sie. Und dann noch mal: Ouh.

Sie drehte das Bild und dann konnte sie nicht lesen, was auf der Rückseite stand – Foto Art Minneapolis –, und drehte es wieder nach vorne, ließ das Licht aus dem Zwetschgenbaum mal so und mal so über das Bild gleiten und sagte bewundernd:

— Das es aber mal ein feiner Kerl. Ouh. Ein wunderschöner junger Kerl …

Es lag mir so viel daran, wie meine Großmutter Apollonia meinen Jungen fand, dass ich ganz feuchte Hände hatte und den Atem anhielt und überglücklich war. Dann gab sie mir das Bild zurück und sagte:

— Den behältst dou dir.

Ich nickte.

— Aber sey haben ihn eingesperrt.

— Wieso? Ist er dann ein Filou?

— Er hat mir Blumen gebracht und meysch im Jeep mitgenommen. Das hat er nicht gedurft.

— Ein wunderschöner Kerl, sagte Oma. Ja beim Barras, da muss man parieren, sonst gibt et rasch … Aska.

— Oma, darf eysch was fragen?

— Was dann?

— Was war die schönste Zeit in deinem Leben?

— Frankreych.

Wie aus der Pistole geschossen. Aber ich hatte es eigentlich schon gewusst. Frankreich war das Schönste im Leben von Apollonia Heinzmann, geborene Dapprechter. Meine Oma unterwegs mit den Zimmerleuten auf der Suche nach Arbeit, als es hier nichts mehr gab, das war im Jahre 1929.

— Wie alt warst dou denn da?

Oma sagte nichts mehr. Sie schien auf einmal eingefallen und blässlich und müde und gefiel mir gar nicht. Mir fiel der Bohnenkaffee ein und das frische Brot, das ich vom Blanse

Bäcker geholt hatte. Hatte sie überhaupt schon was gegessen? Sie wehrte ab. Kein Appetit.

  – Aber Kaffee? Der herrliche Bohnenkaffee?? Nicht wie im Krieg Gerstenkerne in der Pfanne gebrannt!

Da verzog sie die Lippen zu einem Lächeln, und das deutete ich als ein Ja. Ich musste Oma einfach wieder ins Leben zurücktrommeln, ich mochte es überhaupt nicht, wie sie da vor sich hin verbleichte und der Lebenssaft verdampfte, das konnte ich so nicht lassen. Also kochte ich ihr einen Kaffee, es war schon fast Abend. Aber Apollonia hatte immer behauptet, sie könne auch nachts um vier Uhr Kaffee trinken, so gut schmecke ihr der, und nur wegen dem Kaffee sei sie noch auf der Welt, und wenn es mal keinen Kaffee mehr gebe, dann wolle sie endgültig nicht mehr leben.

Ich war wohl nicht recht mit den Gedanken dabei und dachte immerzu an Jim und wartete nicht ab, bis der Kaffee sich in der Kanne gesetzt hatte. Jedenfalls hatte ich meiner Oma Apollonia den Kaffee in der hohen Opatasse gebracht und sie aus den Kissen hochgezerrt und ihr die dünnen Lippen verbrüht, und als der Dr. Samstag kam, hatte sie beinahe einen Herzstillstand von dem stocksteifen Bohnenkaffee, und ihr Herz klopfte wie verrückt, und ihre schrecklichen Zöpfe hingen links und rechts herunter, und der Dr. Samstag wollte gleich seinen Arztkoffer aufreißen, und meine Mutter rief, Marie, was hast du denn wieder gemacht?

Ich aber glaubte nichts anderes, als dass der Dr. Samstag meine Oma vor der Zeit umbringen würde, wo er doch schon mal eine Schwangerschaft mit einem Blinddarm verwechselt hatte und dem einarmigen Erwin eine Beinprothese verschrieben hatte und bei Elvira Höhn auf die gebrochene Rippe gedrückt und gemeint hatte, das wäre eine Leberentzündung. Ich wollte das Leben meiner Oma verteidigen, aber leider schickten meine Mutter und der Doktor mich hinaus, und ich begriff, dass Apollonia so etwas wie eine Intimsphäre hatte, ein Wort, das in unserer Familie überhaupt nicht vorkam. Erst mein Vater hatte uns beigebracht, dass man beispielsweise anklopfen musste. Jedenfalls ging es jetzt bei meiner Oma um das unaussprechliche »Untenherum«, und bei diesem wurde der Verband gewechselt oder irgendetwas herumgekrotzt, und da durfte ich nicht dabei sein.

Also streunerte ich im Haus herum und überlegte, wie ich nach Wällershofen ins Jonnies kommen und Soldaten treffen könnte, die wussten, was mit Jim war.

Mir war klar, wie lange ich für die sieben Kilometer bis Wällershofen brauchen würde und dass mir die Füße wehtun würden – aber wenn ich durch die Wälder lief, war ich schnell und niemand sah mich, und in der Kneipe konnte ich jemanden fragen, ob er mich nach Hause fuhr. Es war immer leichter heimzukommen statt hinzukommen.

Ich lief gerne über die Felder und Äcker und Wiesen, ich lief schon als Kind immerzu durch den Westerwald, ich war auf der ewigen Suche nach dem Eulenbirnbaum, denn ich hatte Apollonia gefragt: Oma, wo bäckt das Christkind Plätzchen? Am Eulenbirnbaum.

Oma, wo habt ihr die Katze begraben? Am Eulenbirnbaum.

Oma, woher kommt der Rübezahl? Vom Eulenbirnbaum.

Aber niemand wusste, wo der Eulenbirnbaum stand, und so hatte ich ihn immerzu gesucht, und wenn ich nun fragte: Wo haben sie meinen Liebsten eingesperrt, dann wusste ich: am Eulenbirnbaum.

Da musste er verborgen sein, in der Struderlehe, dort lag er inmitten von Dornschlehen und Brennnesseln, gefesselt an eine Rakete.

Ich nahm den Weg durch die Hinterhecke, den Kappesgarten, an den Brennnesselfeldern vorbei und durch den Waldhohlweg am Jammertal mit dem Schafsbach und rannte auf Turnschuhen, bis ich außer Atem im Jonnies ankam. Ich sollte recht behalten. Auf den Barhockern saßen Lydia Kosslowski mit ihren klirrenden Armreifen und langen Locken und den verzupften Augenbrauen und ein par GIs im schummerigen Kneipenlicht, und sie wussten haargenau, was mit Jim war.

In den Barracks, sagten sie. In den Barracks müsse er bleiben, two weeks, und da müsse er erst mal in den Training Room und dort den Floor wachsen, und wenn auf den Floor ordentlich viel Wachs aufgetragen war, dann müsse mein armer Jim mit dem Cottonball so lange polieren, bis der Boden schimmerte und glänzte wie der junge Tag.

Aha, sagte ich bedauernd und ergriffen und voller Mitgefühl und hingerissen, weil ich nun so etwas wie ein Schicksal erlebte und begierig auf alles war, was sich nach Leben anfühlte und nach Ereignissen, gleich welcher Art. Auch tragisch durften sie sein oder seltsam, ja, tragisch und seltsam war gut, auch ergreifend und herzzerreißend, alles sehr willkommen. Mir den armen Jim auf Knien vorzustellen, wie er Böden schrubbt und poliert, weil er aus einem Kriegsfahrzeug eine Blumenschaukel gemacht hatte, das rührte mich bis auf den Grund meiner Seele. Und ich konnte nichts tun!

Ich überlegte, einen seiner Freunde, den langwimperigen Rick mit den kohlschwarzen Augen, zu bitten, ihm einen Liebesbrief zuzustecken. Aber Rick mit seiner seltsam weißen Haut und den sehr dunklen Sommersprossen musterte mich eigenartig kühl.

– He's doing always that shit. Take care, girl.

– Hä?!

Was hatte er da gesagt? Mein Jim machte Shit? Ich soll aufpassen? MEIN Jim, der nichts weiter gemacht hatte, als mir ein Auto voller Blumen zu bringen? WAS war daran falsch? So ein Idiot, dieser Rick, verschlagener Blödmann, was sollte diese Bemerkung?

– Der meint bloß, sagte Lydia Kosslowski, dass der Schim nicht alles so ernst nimmt.

– Woher weißt DU das denn?

Ich konnte unmöglich Lydia Kosslowski als Expertin für meinen Jim anerkennen, und ich konnte es nicht ausstehen, wenn sie Schim sagte.

– Ich kenn die Amis eben bisjen länger wie du, sagte sie überlegen.

Naja, mit irgendwas musste man sich ja auskennen.

– Aber mach dir keine Sorgen, sagte Lydia und rauchte und kaute Kaugummi in einem. Bei dir meint der das, glaube ich, wirklich ernst, kann sein. Im Moment jedenfalls kann der ja gar nix anstellen, jetzt sitzt der ja fest, haha!

Falls Lydia mich hatte beruhigen wollen, dann hatte sie mich jetzt erst recht verrückt gemacht. Was sollte dieses dumme Geschwätz?

Mein Jim und es nicht ernst meinen. Wegen mir war er jetzt hinter Gittern! Lydia war doch nur neidisch, an so einen Jungen kam sie gar nicht ran. Ich beschloss, gar nicht erst hinzuhören, Lydia Kosslowski, was wusste die denn schon?

– Willst du ihn denn mal besuchen?, fragte sie.

– Wie?! WIE denn??! Das geht doch gar nicht, oder?

Lydia lachte schon wieder und dehnte ihre Antwort übertrieben hinaus.

– Mit einer Flasche Asbach geht alles.

– Geht auch Stonsdorfer oder Wachholder oder Bommerlunder oder Korn oder Dornkaat oder Kümmel?

– Asbach ist besser, da stehen die drauf. Für Asco und so.

– Geht klar. Kriege ich hin! Lydia – wenn du das machen könntest, echt, wenn du das hinkriegen könntest, Lydia, das wäre so … so … also, das wäre so toll von dir … da wäre ich so …

– Pfft. Kleinigkeit.

Lydia Kosslowski. So hatte ich sie noch nie gesehen. Eine Helferin in der Not. Man möchte beinahe sagen: eine Freundin. Ein Mensch, der mich verstand, der schon in die Abgründe des Lebens geblickt hatte, Lydia, ich musste aufhören mich über sie lustig zu machen, und dann würde ich sie noch mal befragen müssen, wieso sie Jim leichtfertig nannte. Aber jetzt musste ich nach Hause und den Asbach beschaffen – und – was noch? Einen Pass – vom letzten Urlaub in Österreich! Und – eine Verabredung treffen für morgen Abend um sechs Uhr, um von hier aus auf die Struderlehe zu wandern.

Ich war unendlich, unendlich aufgeregt. Morgen sollte ich meinen Jim wiedersehen, meinen wunderbaren, herrlichen, geliebten Jim, und das hatte ich nur einem Menschen auf der Welt zu verdanken: der einzigartigen Lydia Kosslowski.

Ich wusste, dass meine Großmutter Apollonia sich in Frankreich wohlgefühlt hatte, denn es hatte schon immer etwas Besonderes mit dem Wort Frankreich gehabt. Sobald sie es hörte oder aussprach, machte sie ein Gesicht wie in der Marienandacht, und sie sagte es so besonders, als müsste sie selbst die Erinnerung so behutsam anfassen, als könnte diese in ihrem Inneren an der eigenen Heiligkeit zerbrechen. Sie sprach es »Frankreych« aus und meinte, die Sprache der Franzosen sei so wunderschön wie eine Melodie, als würden die Franzosen immerzu singen. Es war so verwunderlich, Apollonia so bewundernd reden zu hören, denn Apollonia bewunderte nun mal nichts und niemanden.

Mein Urgroßvater Gustav war bei der Schlacht an der Somme dabei gewesen und als einziger heil wieder nach Hause gekommen. Berthold dagegen war an den Bauchschüssen elendiglich verreckt, und wer sonst noch auf dem alten Kriegerdenkmal steht und unsere Dorfnamen trägt, den hatte es auch erwischt, allesamt in Frankreich. Denn Frankreich war schon immer der Erbfeind gewesen, das hatte der Dapprechter Gustav erklärt.

1928, als meine Großmutter Apollonia und mein Großvater Klemens geheiratet hatten mit Krümelkuchen und Kirschlikör, da zogen sie in das kleine Fachwerkhaus vom Dapprechter Gustav und seiner Frau Kathrein, und sie hatten ein Schlafgemach mit einem Bett und einem Kleiderschrank, aber da war nicht viel drin. Jeder ein, zwei Hosen oder einen Rock und ein Hemd zum Wechseln und noch ein Kleid für am Sonntag und noch zwei leinene Bettbezüge, und geschlafen haben sie im Unterhemd. Sie hatten noch eine Küche mit einem Tisch und zwei Stühlen und einem Bänkelchen, dem Kohleofen und einem Küchenschrank und den

Waschkessel. Dazu zwei Kühe und zwei Schweine und fünf Hühner.

Mein Urgroßvater Gustav stand mit diesen Hühnern jeden Morgen auf und grüßte den Herrgott und betete und ging in den Stall und fütterte das Vieh und tränkte es und machte den Stall sauber, fuhr den Mist auf den Misthaufen und schichtete ihn akkurat aufeinander. Erst dann setzte er sich in die Küche und trank einen richtigen starken Kaffee und frühstückte mit seiner Frau Kathrein.

Mein Großvater Klemens drehte sich derweil noch dreimal im Bett herum.

Es sei nun mal nicht viel Arbeit auf dem Zimmerplatz, sagte er. Die Steinbrüche im Westerwald hatten schließen müssen. Keine Steine mehr. Keine Häuser. Keine Häuser mehr, kein Fachwerk. Kein Fachwerk, keine Dächer, keine Balken, keine Bretter. So einfach war das. Da konnte Klemens auch im Bett bleiben.

Balduin, Dagobert, Hannes, Konrad und Ewald aber sahen das anders, und man konnte sich auch Arbeit suchen! Sie hatten gehört, dass es Arbeit gab in Frankreich, im Süden, dort wurden Brücken über die Garonne gebaut, bei Bordeaux, aber auch im Hafen von Marseille, auch konnten sie dort Häuser verschalen, dort brauchten sie tüchtige Zimmerleute, richtige Fachmänner, so wie Balduin und Dagobert und Hannes welche waren. Sie mussten nur jemanden haben, der ihnen kochte, und da Konrad und Ewald und Hannes noch unverheiratet waren und die anderen Kinder daheim hatten, wäre es doch schön, wenn Apollonia und Dagoberts Hermine mitkommen könnten, um für sie zu waschen und zu sorgen.

Der Dapprechter Gustav war anderer Meinung. Arbeit

suchen, das musste sein; sich umtun und früh aufstehen und nicht herumlungern und seine Christenpflicht tun und keinen Müßiggang pflegen, das ja! Aber nach Frankreich gehen und sich beim Erbfeind anzudienen ohne Ehre wie ein vaterlandsloser Geselle und ihn anzubetteln um Lohn und Brot, das war eines deutschen Mannes unwürdig! Überhaupt hielt der Dapprechter Gustav den Verlust der deutschen Würde nach dem Krieg für kaum tragbar und überlegte, sich in Hellersberg beim Verein der Kaisertreuen anzumelden und jeden Donnerstag in der Wirtschaft unterm Kaiserbild »Heil dir im Siegerkranz« zu singen und die »Wacht am Rhein« und »Wir wollen unsern Kaiser Wilhelm wieder haben«.

Aber die Zimmerleute gaben nichts auf den Dapprechter Gustav, und mit jedem Tag, den das Gatter stillstand und die Kreissägen schwiegen und die Kerle auf dem Zimmerplatz umherlungerten, festigte sich ihr Entschluss, und im Frühling 1930 war es so weit:

Sie brachen auf, zu Fuß, mit dem Pappkoffer und jeder mit seinen paar kärglichen Hemden und geflickten Unterhosen und Apollonia mit ihrem einzigen schönen Kleid und den alten Röcken und ein paar Strümpfen und ihren genagelten Schuhen, zum Bahnhof nach Wällershofen. Von dort fuhr der Zug über die Hügel und Täler Richtung Koblenz, dann Richtung Trier und auf Saarbrücken und dann Toulouse, und sie packten erst einmal die Butterbrote aus mit dem geräucherten Schwartenmagen und dem Ei und den Schmalzbroten und tranken Wasser aus der Blechtasse und waren aufgeregt und übten drei Brocken Französisch und waren außer sich über das große Abenteuer, das sie hier erlebten.

Schon bald hinter Saarbrücken hörte Apollonia die Leute in einer anderen Sprache sprechen, die sie nie zuvor gehört hatte, und es kam ihr vor, als würden sie beim Reden singen, und da sie selber aus Scholmerbach kam, wo die Leute sprachen wie ein Zug, der auf rostigen Gleisen ins Gebüsch donnert, meinte sie, noch nie zuvor so etwas Schönes gehört zu haben.

In Frankreich ging es dann immer nach Süden, bis Apollonia auf einmal die Bäume sah mit den Orangenblüten und Felder voller Lavendel und Berge, an denen sich wilder Wein emporrankte. Etwas so Wunderbares konnte man sich gar nicht vorstellen, und der Himmel war so blau und das Meer nicht weit, wie der Herrgott das alles geschaffen hatte, das konnte man gar nicht fassen, und alle sangen: »Wem Gott will rechte Gunst erweisen, den schickt er in die weite Welt!«

Und sie hofften sehr, die versprochene Anstellung zu finden und ein wenig bleiben zu können, denn der Erbfeind, der ihnen da im Zug begegnet war, schien doch recht freundlich und fröhlich und machte nicht so eine sauertöpfische Miene wie mancher Deutsche, und da wollte man sich auch von Anfang an von seiner besten Seite zeigen, und auch Apollonia bemühte sich sehr, wie die Franzosen ein schönes Lächeln zu zeigen, denn was die Franzosen konnten, das konnte sie schon lange!

Die Brücken über die Garonne wurden gebaut, und die Arbeit der Zimmerleute war notwendig, und die Männer gaben sich besondere Mühe, denn im Ausland, da schaute man ihnen auf die Finger und da musste man sich als Deutscher anstrengen, auch Klemens, und bald schon machten sie auch hier ihre Späße und wollten gar nicht mehr zurück in den Westerwald. Apollonia und Hermine hatten es sich recht hübsch gemacht in der bescheidenen Pension von Madame Theron und einige Kissen und Kochpötte besorgt und sich durch die französischen Gewürze gefragt, und sie entdeckten jeden Tag etwas Neues in der kleinen Stadt Thionveille, mal eine schön geklöppelte Spitzengardine und mal ein oh, là, là Dessous im Schaufenster und mal eine herrlich geschwungene Porzellanvase mit gesticktem Deckchen auf einem Tisch.

Vor allem aber entdeckte Apollonia die Freiheit, sie musste sich vor nichts und niemandem erklären und streifte mit Hermine durch die Dörfer des Südens und kaufte aufregend unbekanntes Zeug und unterhielt sich mit Händen und Füßen mit dem »Bulongschee«, bei dem sie Brot kaufte, und ließ sich einladen zu einer Weinprobe bei dem alten Monsieur Richard und konnte einfach nicht glauben, dass das Leben so leicht sein konnte und so duftig wie ein Sommer in Südfrankreich und so lieblich und so freundlich. Sie fuhren Boot auf der Garonne und gingen ans Meer und fanden Freunde, die hießen Pierre und Madame Ninette und Monsieur Jean-Jaques. Die Franzosen trugen ihnen die Somme nicht nach, sie wollten gar nichts davon hören, und die Zimmerleute versuchten ihrerseits die lustigsten Kerle zu sein und ihnen die Häuser schön einzuhüllen und zu verschalen mit hölzernen Wänden und in den Fabriken Kisten zu bauen und bei den Brückenbauten auszuhelfen, sodass alles stabil war, und kein Franzose sollte jemals damit einstürzen, noch in hundert Jahren nicht.

Und vom ersten Gehalt für die erste Holzsäule für den ersten Betonpfeiler gleich bei Bordeaux kaufte mein Großvater Klemens meiner Großmutter Apollonia beim Bijoutier auf dem Place du Montreux einen Ring, der war tiefviolett und viereckig, mit einer Fassung aus ziselierten Ornamenten, und steckte ihn ihr an den Finger, und meine Großmutter Apollonia war so glücklich, so glücklich wie nie zuvor in ihrem Leben.

Sie hofften, es ginge niemals vorbei.

Frankreich war so schön. So liebreizend. Es war so gut zu ihnen.

Doch nach drei Jahren nützten ihnen der Oleander nichts mehr und die Orangen und der Lavendel, da mussten sie zurückkehren, da half kein Blühen und kein Duften und auch nicht der herrliche Wein von Bordeaux.

Es waren genügend Kisten genagelt und Häuser verschalt. Die Brücken an der Garonne waren fertig gebaut.

Und die Brüder vom Zimmerplatz hatten Heimweh nach Scholmerbach.

Ich hatte den violetten Ring meiner Großmutter in der Schublade gefunden, in die sie manchmal den Herrgott hineinstopfte. Dort lag er zwischen den Palottinerheften, der Blutspendenadel und der Zuckerbüchse und einem silbernen Zierlöffel und einem dicken Bleistift, in dem die Bergbahn von Bad Ems rauf und runter fuhr.

– Oma, woher hast dou den eigentlich?
– Frankreych!, hatte sie gesagt.
– Ich dachte, den hätte der Opa dir aus der Gefangenschaft mitgebracht.
– Naa, da, da hatte der doch kein Geld.

Meine Oma fasste den Ring nie an, aber sie fasste auch die Palottinerhefte nie an und die Blutspendenadel. Sie trug ihn auch nicht, zu keinem Fest, er schien nichts auszulösen bei ihr, es war nur das Wort Frankreich, das in ihr Melodien auslöste und die Marienandacht ins Gesicht malte, es war nicht der Ring. Es war das »Franziesische«. Man wusste nicht genau, warum und was dort für sie so schön gewesen ist. Im Grunde hat sie alles für sich behalten, im Grunde war mein Unterfangen, etwas von ihr aufzuschreiben, aussichtslos.

– Das geht kaanen was an.

Wieso respektierte ich das nicht? Sie hatte keine Lust zu erzählen, und ich sollte es auch nicht aus ihr herausleiern. Marie, halt den Mund, Marie mach nicht so ein dummes Geschwätz, Marie, wer will das wissen, Marie, du fragst mir Löcher in den Bauch.

Jetzt hatte sie ein richtiges Loch im Bauch und jetzt sollte ich sie nicht mehr fragen.

Als ich am Abend nach Hause kam, sagte mein Vater, ich könnte noch mal hereinschauen, sie schlafe noch nicht. Er hatte ihr eine Klingel montiert, und da mein Zimmer neben ihrem Schlafzimmer sei, könne ich ja vielleicht mal nach ihr schauen. Der Dr. Samstag hat ihr eine Spritze gegeben, sagte mein Vater.

– Aber seitdem ist sey nicht wirklich ruhiger geworden, eher unruhiger. Komisch. Er meinte, es sei gegen die Schmerzen.

– Eych setze mich noch ein wenig zu ihr, sagte ich.

– Das ist gut.

Ich sah meine Oma im Schein der Nachttischlampe mit halbgeschlossenen Augen und den blöden Zöpfen in den Kissen liegen und hörte sie ohne Gebiss vor sich hinmurmeln.

– Hallo Oma, sagte ich und musste näher rücken, weil
   ich sie nicht verstand.

Rhabarber, Rhabarber.

Es war mir nicht recht klar, was sie meinte. Banane,
Banane.

– Oma?

– Banane, Banane.

– Oma … was sagst du da …? Willst dou eine Banane …?

Da begriff ich auf einmal. Sie sagte:

– Erbarmen. Erbarmen.

Ich war entsetzt.

– Oma, bist du verrückt??!!

Der Westerwald kannte kein Erbarmen.

– Erbarmen, Erbarmen, Erbarmen.

Ich packte sie am Handgelenk und rüttelte sie:

– Oma!! Hallo!! Ich seyn's, Marie! Komm zu dir!

– Banane, Banane.

– Oma, hör auf damit! Was hat der Dr. Samstag dir
   gespritzt? He?

Aber meine Oma Apollonia brabbelte unaufhörlich »Erbarmen«, sie wiederholte das Wort wie ein altes Kirchenlied,
mit dem sie nichts am Hut hatte, oder vielleicht doch, was
wusste ich denn schon. Erbarmen. Aber vor Gott auf den
Knien herumrutschen und um Gnade bitten, das war überhaupt nicht Apollonias Stil. Das sah ihr überhaupt nicht ähnlich, sie hatte da irgendwas aufgeschnappt, wie eine alberne
Schallplatte.

Ich wusste nicht, wie ich die seltsame Wolke durchdrin-
gen sollte, die sie einhüllte, und ich zog an einem der Zöpfe
und tupfte mit dem Finger auf ihren Kopf und die Nase.
Aber sie sah seltsam durch mich hindurch und lächelte hin
und wieder.

Mir war nicht klar, was in ihr vorging, wo ihr Geist schwebte und ob sie mit offenen Augen träumte. Oder hatte die Spritze vom Dr. Samstag sie auf eine Reise geschickt in Richtung Erbarmen? Ich wollte, dass Apollonia von ihrer seltsamen Reise zurückkehrte und wieder mit mir sprach und mir noch antworten würde auf meine Fragen.

– Sag mal, hast dou denn irgendwelche .... irgendwelche Erinnerungen oder was geht dir gerade durch den Kopf?

Oma schien von meiner Frage nicht weiter betroffen, ich war in ihrer Welt nur ein Schatten oder eine Randfigur, die etwas sagte, nicht weiter von Belang.

Ich konnte mir nicht vorstellen, dass es auf einmal so schlimm geworden war mit meiner Oma und dass sie überhaupt solche Schmerzen gehabt haben sollte, dass die Spritze notwendig gewesen war. Ich begann den Nachttisch durchzuwühlen. Ich musste herauskriegen, was Dr. Sonntag in sie hineininjiziert hatte. Das konnte nicht mit rechten Dingen zugehen, wie sie hier vor sich hinfaselte mit ihren Zöpfen wie ein Hippie auf LSD im Alter von fünfundsiebzig Jahren.

– Erbarmen, Erbarmen, sagte Oma.

– Banane, Banane, sagte ich. Hier ist eine Schachtel ... Fortral, mal sehen, Packungsbeilage, da steht: ... wirkt wie ein Morphin ... das müsste die Ursache sein, zusammen mit diesen komischen Pillen hier ... ich frage mal in der Apotheke nach, ob dou so harte Drogen überhaupt nehmen darfst, Oma.

Und ich nahm die Packungsbeilagen aus den Schachteln und steckte sie in die Tasche.

– Weißt du was, schlaf einfach. Wenn was ist, kannste mich rufen oder klingeln, ich seyn ja nebenan. Mor-

gen besuche ich meinen Jim. Da musst dou mir die
Daumen drücken, da will ich hinauf auf die Kaserne!!
Da besuche ich den!! Hoffentlich hat er das überlebt
mit dem Sergeant! Drück mir die Daume!

Oma lachte seltsam und schaute mich an mit glasigem
Blick und schaute wieder fort und erfasste den Ernst der
Lage nicht. Ich sagte Gute Nacht und ließ die Nachttischlampe an, und als ich noch mal wiederkam, war sie einge-
schlafen und träumte vom Wind vom Westerwald oder von
Frankreych oder von der versoffenen Prinzessin Margarethe,
das wusste nur der liebe Gott allein.

Am nächsten Morgen erwachte ich mit einer großen Aufregung und lief barfuß in die Kellerbar neben den Öltanks
und tastete nach der verstaubten Flasche Asbach Uralt und
packte sie in den Schulranzen. Dann entdeckte ich noch
eine Flasche Stonsdorfer und eine Flasche Maria Cron und
überlegte, ob ich sie nicht auch noch mitnehmen sollte.
Vielleicht musste ich ja noch einen Soldaten bestechen, für
den Fall, dass ich eine Stunde länger bleiben wollte, oder ich
könnte Jim eine Flasche schenken, oder wir beide könnten
uns in einem verbotenen, umzäunten, amerikanisch besetzten Gebüsch heimlich einen hinter die Binde gießen. Ich
stopfte die Flaschen zu den geklauten Packungsbeilagen und
den Geschenken für Jim und warf die Schulbücher raus. Ich
hatte Bedeutenderes vor als den Trojanischen Krieg oder
mathematische Ableitungen mit Differentialquotient. Als
meine Mutter mir die Schulbrote in den Ranzen stecken
wollte, klirrte es, und ich musste ihn ihr schnell wegnehmen
und sagte, ich würde den ganzen Tag in der Schule bleiben,

bis nachts, wegen einem Projekt namens »Konrad Adenauer und die Versöhnung mit den Franzosen«.

Ich wollte mir am Nachmittag in Wällershofen eine Currywurst holen und brauchte noch fünf Mark, aber Mama hatte kein Kleingeld und sagte, ich solle mir rasch bei Oma was holen. Ihr Geldbeutel war in der Schublade neben den Palottinerheften in der Küche.

    – Oma?, rief ich ins Schlafzimmer. Guten Morgen, Oma!!! Alles klar? Kann eysch fünf Mark habe? Geht et dir gut?

Ich blickte durch den Türschlitz und sah meine Oma im verwunselten Bett mit hochgeschobenem Nachthemd daliegen, und unter dem Nachthemd kamen Verbandsstreifen heraus und auch eine Art roter Gummischlauch, es sah ganz seltsam aus. Sie schien eben zu sich zu kommen und sagte klar und deutlich:

    – Da, nimm dir, in der Küchenschublad, dou weißt doch, wo der Geldbeutel ist. Nimm dir ruhig zwanzig Mark. Wer weiß, wofür eysch noch was brauche.

Ich stutzte und wollte noch was sagen. Aber der Schulbus kam jeden Moment, und ich musste noch ins Dorf hinunterlaufen. Meine Oma war putzmunter, völlig klar, aber es kam ein roter Schlauch aus ihrem Körper und dicker Mull, und sie schenkte mir zwanzig Mark, die konnte ich jederzeit gut brauchen.

    – Danke Oma … ich komme heute Abend wieder, aber wird vielleicht spät – halt die Stellung!

Ich sah sie noch winken und dann lief ich davon.

Im Schulbus öffnete ich meinen Ranzen und las noch mal die Packungsbeilage vom Fortral durch. Da war von vielerlei Wechselwirkung die Rede, nicht zusammen einnehmen mit Bicarbonatlösungen, Diazepam, Aminophyllin, Cimetidin, Furosemid … Und was hatte ich da noch von Apollonia? Leere Schachteln von Tabletten für den Blutdruck, was gegen Verstopfung, was für das Herz, was zum Einschlafen, was für den Magen … und die Nebenwirkungen vom Fortral: Sedation, Schwindel, Verwirrtheit, unerwünschte, flüchtige toxische Symptome wie rauschartige Zustände, euphorische oder dysphorische Verstimmungen, Wachträume, Sinnestäuschungen, Gedankenflucht und optische Halluzinationen.

Wenn nun meine Großmutter Apollonia alle diese Medikamente nicht vertrug und womöglich dem Kirchhof täglich näher rückte, weil der Dr. Samstag auf seltsame Weise mit Gott im Bunde war und die Gebete der Lebensmüden erhörte und eine teuflische Mixtur zusammengestellt hatte, die ihr den Sinn vernebelte und von den zerstörten Gedärmen auf die Leber und die Lungen übergriff und sie alle miteinander erst recht verkorkste und vermurkste und völlig ruinierte? Ach, läge man doch bloß auf dem Kirchhof. Ich musste mich darum kümmern. Noch heute ging ich in die Apotheke. Das wollte ich genau wissen. Dumm nur, dass ich Schule hatte bis um vier und noch mindestens zwei Stunden in der Schulhoftoilette brauchte, um mich zu schminken und zu kämmen für mein Rendezvous hinter den Zäunen der amerikanischen Armee, die mich so einschüchterte, dass mir den ganzen Tag die Zähne klapperten.

Meine Freundinnen fragten, was mit mir los sei und wieso ich kein einziges Schulbuch dabeihatte. Da musste ich im Löwengrill bei Cola und Pommes Bea meine schwerwiegenden Geheimnisse in ihrer unendlichen Dimension offenbaren, und auch Brigitt und Stefanie hörten gefesselt zu, wie ich mich in Tragik und Liebesnot und Gefahr verstrickt hatte, und sie wollten mir gerne beistehen. Es war schwer, ihnen zu erklären, dass nun Lydia Kosslowski an meiner Seite stand, und ich war ihnen in meinem Erfahrungshorizont deutlich voraus, das spürte ich. Es war schmerzlich für mich, aber ich konnte und durfte sie nicht mitnehmen. Diesen Weg musste ich allein gehen, ich und Lydia Kosslowski, das einzige Mädchen, das im Westerwald mit rosa Lippenstift die Biergläser verschmierte.

Um genau sechs Uhr stand ich vor dem Jonnies.

Da kamen Lydia Kosslowski und der dunkelhäutige Foreman, und er war beinahe zwei Köpfe größer als sie. Und er sagte:

– So, this your girlfriend?

– Och, girlfriend ... sagte Lydia.

– Doch, schon, yes, sagte ich. We are not from the selben Dorf, but, here we kenne uns from one Dorf to the other, that is almost eins, we das andere ...

– Nice to meet you, Foreman ..., sagte er und schüttelte mir die Hand.

– Thank you so much!, rief ich und hielt ihm den Asbach hin und wollte ihm am liebsten noch die Flasche Stonsdorfer geben, die ich meinem Vater vorsichtshalber entwendet hatte.

– Ou yeah, dankescheen, Misses.

– So, sagte Lydia. Du musst jetzt einfach mitgehen, ich habe dem gesagt, was Sache ist, dass du den Schim suchst, dass der da oben irgendwie Schwierigkeiten hat ... Er sagt einfach, du bist sein Gast, du zeigst im

Wachhäuschen deinen Ausweis, und er trägt dich ein,
und du unterschreibst.

Ich nickte aufgeregt, und Foreman nickte mir freundlich
zu und sagte:

– Let's go.

Wir gingen zur Struderlehe hinauf, und der Weg war weit,
und es ging immer bergauf. Ich sah, wie Lydia mit Foreman
herumkicherte und lachte und wahrscheinlich heute noch
mit ihm anbandelte oder schon angebandelt hatte, und endlich landeten wir am Wachhäuschen der legendären amerikanischen Dornröschenstätte als Gäste von Mr. Foreman
Stunn, und ich füllte ein Formular aus mit meinem Namen
und der Ausweisnummer aus dem Personalausweis, den ich
aus der Dokumentenmappe geholt hatte aus der Schublade
mit dem Schmuck und den Karnevalsorden von meinem
Vater.

Der Soldat hinter dem gelblichen Glas mit dem Draht-
gitter musterte uns fragend, und ich wäre beinahe gestorben,
schnell schob Foreman uns aus dem Häuschen und dann war
ich in Amerika. Alle Menschen waren Amerikaner. Ich war
die einzige Deutsche, ich und Lydia Kosslowski.

– So, my dear, sagte Foreman. As far as I know deine Jim
is cleaning the floor in the gym.

– Turnhalle!, sagte Lydia wichtig, als hätte ich nichts
verstanden.

– Wieso denn eigentlich um diese Zeit? Es ist schon
nach sieben Uhr abends!

– First he works as soldier, then he must de Strafe
macken.

Bloß weil er mich mit Blumen im Jeep von der Schule abgeholt hatte. Ich fühlte mich mitschuldig und Gott sei Dank

hatte ich noch den Stonsdorfer und eine Flasche Maria Cron und dazu Briefpapier mit violetten Federbüschen, das hatte ich im Kaufhaus Schwenn gekauft, damit er mir schreiben konnte, und dazu noch ein Bild von mir im langen Crêpe-Kleid mit schwarz eingefasstem Ausschnitt und Folklorebändern und einer massiven Lockenfrisur, mit dem Lockenstab gemacht, für den Abschlussball der Tanzstunde Stoffel.

Wir gingen vorbei an großen, hellen Gebäuden, die alle gleich aussahen, Kasernen, in denen die Soldaten in Uniformen oder in Zivil ein- und ausgingen, rechts handelte es sich wohl um ein Verwaltungsgebäude, daneben eine weit geöffnete Werkstatt, andere Gebäude hatten riesige Tore für Panzer und Jeeps, und in einem mochten noch vertrocknete Blüten liegen. Über uns brannten große Lampen, und ein hoher Turm zur Linken überwachte uns alle, überwachte die Kaserne, die Mauern, die ganze Struderlehe und schaute von hier aus bis nach Russland, immer mit dem Fernglas dem Iwan direkt ins Auge.

Weil sie im Turm nach Russland schauten, nutzten wir die Gelegenheit und schlüpften schnell in die Turnhalle, und ich konnte es nicht fassen, dass ich mit einem Mal mitten in Deutschland in einer amerikanischen Halle war, es war so dunkel und das graublaue Linoleum unter uns schien mir auch amerikanisch, die zerkratzten Fußleisten, amerikanisch, die militärischen Abkürzungen in dem viereckigen Kasten über dem Türgriff, amerikanisch, die dünne Olive-dread-Wand, amerikanisch, es roch ein wenig nach Männerschweiß. Der hätte auch deutsch sein können.

Die Halle war nicht übermäßig groß. Es war mehr eine hohe Basketballhalle als eine Fußballhalle. Sie hatte einen beinahe schwarzen Boden, der im Abendlicht aus den hohen Fenstern schimmerte und glänzte, und in der Ecke kniete mein Jim Larry David Logan und hatte neben sich einen Eimer mit allerlei Lappen und Plastikflaschen und rubbelte und polierte mit dem Cottonball. Shining, sollte es sein, SHINING.

Jim fuhr herum und der Cottonball fiel ihm aus der Hand.

- What the hell… Oh my GOD … Märreeee … what are YOUUU … Foreman!!! … What did you …
- Had to do her a favour … man … I come back in one hour – eins Stunde, girl!

Dann waren Foreman und Lydia Kosslowski verschwunden.

Jim knetete nervös seinen Bohnerlappen, sah sich dauernd um, als könnte aus jeder Ecke ein Sergeant springen, und ich hatte schreckliche Angst, er sei mir vielleicht böse, weil ich gekommen sei. Aber dann stellte er sich andächtig vor mich und sagte:

- Whow, what a surprise … Märrie. Und nahm mich in die Arme.

Und wir landeten auf stinkenden, grauen Leinenmatten voller Magnesium, zwischen Barren und Bällen, einem riesigen Ständer mit Netzkorb und einer Kiste voller Schulterpolster und Helme für den American Football.

- I am so sorry, sagte ich. So so so so sorry … dass du so bestraft wirst … bloß wegen diesem Ausflug … das war doch … nur ein kleiner Umweg mit dem Wagen.
- Oh my dear … it was worth each minute … so glad you came … you're so crazy …

Er küsste mich und wir knutschten drauflos, aber jedes Mal, wenn er etwas knacksen hörte oder als plötzlich im Haufen der Bälle einer verrutschte und davonrollte, erschreckte er sich fürchterlich und flüsterte:

– Head down, Marie!

Morgen müsse er das Office vom Sergeant streichen,
flüsterte er, und danach vielleicht Rasen mähen, jeden Tag
nach dem Dienst von 18.00 Uhr bis 22.00 Uhr, und das sei
reine Schikane. Alle hätten schon mal mit dem Jeep Mist
gemacht und nur er, er würde so ungerecht bestraft, und
seine Freunde Rick und Foreman seien auf ihn sauer, weil er
ihnen angeblich Geld schulde, das sei aber nicht wahr, weil
sie bis morgens um sechs Uhr gesoffen hatten und er, Jim, an
der Tankstelle noch Bier geholt habe und Wodka und er,
Jim, habe bezahlt, aber sie meinten, sie, Rick und Foreman,
hätten das bezahlt. Jim sei hundert Prozent sicher, dass er die
Zeche bezahlt habe, und dann sei er leider mit der Kiste Bier
den Abhang heruntergestürzt und obendrein sei die Flasche
Wodka zerbrochen und sie hätten gesagt, Jim, du machst nur
Scheiß. Das sei aber unfair, schließlich hätte er ihnen schon
oft aus der Scheiße geholfen, wenn die Mist gemacht hatten
und …

Schon wieder knackste es, und Jim flüsterte:

– Head down!!, und presste meine Nase auf die stinkende
  Leinenmatte und hielt die Luft an. Es war aber nur ein
  Vogel, der von außen an das Glasfenster geflogen war.
  Ich konnte mir aber mit der Nase in der Matte über-
  legen, ob ich alles begriffen hatte, was Jim mir da in
  Englisch und Deutsch herüberkauderwelschte, und
  ich stellte fest, dass ich überhaupt nichts kapiert hatte.
  Immerhin hatte ich die Flasche Maria Cron, und die
  holte ich jetzt aus dem Schulranzen und gab sie ihm
  und dazu das Papier vom Kaufhaus Schwenn und mein
  schönes Bild mit Lockenfrisur, wo ich aussah wie die
  Les Humphrie Singers in der Hitparade.

Jim nahm das Bild und küsste es und steckte es in sein

Uniformhemd, als sei es eine Geheimakte von der CIA, und dann öffnete er die Maria Cron und nahm einen kräftigen Schluck.

– Thanks, my love.

Er stopfte die Flasche und das Briefpapier in einen alten Kasten voller Knieschützer und wollte sie später unauffällig mitnehmen.

– I love you so much, Märree, sagte Jim, und seine Schnute näherte sich der meinen, und er wollte sich auf mich werfen in der dämmerigen Höhle der Geräte und Holmen und Barren, da ging tatsächlich die Tür auf und es wurde hell, so hell in der Halle, und der Schatten eines Sergeant erschien wie ein Riese im Lichtschein auf dem schimmernd polierten Boden.

– Oh shit, flüsterte Jim. The staff duty officer!!!

– Oh yeah, sagte eine männliche Stimme und klang sichtlich zufrieden.

– The floor is … shining … really … shining … great … Private Logan!!!

In Zeitlupe stand Jim auf und kroch aus dem Lager hervor.

– Sergeant Willborough!! … Sorry … was just … drinking something.

– Hey man …! You did a good job, this looks good! The floor is brilliant! Well done!

Ich drückte mich tief ins Matratzenlager, ich atmete weniger als die tote Fliege auf dem Linoleum, mir war schwarz vor Augen im Halbdunkel des Barrens.

– Thank you, Sergeant, sagte Jim.

– Okay man, I think it's finished. Take your stuff to the storage shed. I'll close the door. You can go.

Ich lag da und wäre beinahe gestorben und hörte, wie der Sergeant Jim lobte und nach Hause schickte und wie Jim den Eimer nahm und schließlich mit dem Sergeant und dem quietschenden Eimer verschwand und von draußen die Hallentür dreimal zugeschlossen wurde.

Ich hörte das Schloss und die Tür noch hallen, ich sah den Boden im Abendlicht schimmern und das Licht trüber werden. Da saß ich in der Turnhalle, so alleine wie noch nie im Leben, ich, mein Ranzen und Maria Cron.

Es war mir, als säße ich in der Struderlehe bis in alle Ewigkeit.

Der Weinbrand hatte mich benommen gemacht, er entschärfte meine Sinne und zeichnete das Basketballnetz im Abendlicht sehr weich und flimmerig, aber er machte mich nicht blind, er ließ mich dröge ein paar Sauflieder aus unserem Wirtshaus summen, aber er machte mich nicht taub. Und so schien nach endlosen Zeiten, in denen ich mich nicht zu rühren traute, weil mich doch niemand sehen durfte, dass ich aus der Richtung der Toiletten etwas kratzen hörte. Waren es Ratten, waren es russische Spione, war es der Staff Duty Officer, der meinen Jim so freundlich hatte gehen lassen? Ich kroch unter den Barren heraus zu den Toiletten und wagte nicht zu atmen, bis ich eindeutig das Sirren und Klingen von Lydia Kosslowskis Armreifen hörte und ihre lila Fingernägel die Scheibe bearbeiteten:

– Marie!!!… Psst!!! Marie? Bist du dadrin?

Da spürte ich es bis ins Mark. Von nun an würde ich Lydia Kosslowski so was wie mein Leben verdanken.

– Jaaaa!, flüsterte ich und kroch Hals über Kopf auf die

Männertoilette, durch deren Abluftrohr Lydias süße Mädchenstimme klang, und nie hatte ich sie so lieb gehabt wie jetzt.

– Ich bin hier!!!

Hinter ihr hörte ich Foreman knistern und daneben Jim flüstern und beide raunten drauflos:

– Gotta open the window, try to come through!!

Das Fenster war so schmal wie für eine Petra-Puppe, es war schmutzig und hatte ein Fliegengitter und war zugewachsen, aber es war die einzige Möglichkeit herauszukommen.

– Oh my God!

– Ich hoffe, ich packe das!

Ich habe mir die Hüften aufgekratzt und die Bluse zerrissen und steckte minutenlang im Rahmen fest. Der Sergeant hat seine Runden gedreht, und wir mussten uns im Gebüsch verstecken, und ich bin tausend Tode gestorben, und gerade da war Maria Cron Gold wert. Die Flasche hat die Nacht nicht überstanden.

Jim und mir blieben ein letzter Kuss, eine heftige Umarmung und ein Liebesschwur, und dann hat der große Foreman Lydia und mich hinausgebracht, und der Soldat hat Foreman ganz komisch angeschaut, weil Lydia so stark geschminkt und zerknutscht aussah und ich so zerkratzt und betrunken.

– Oh man, sagte er.

– It's not what it looks like, sagte Foreman.

Dann waren wir draußen.

Ich hätte am liebsten den Boden des Westerwaldes geküsst, so froh war ich, dass ich der Gefangenschaft entronnen war. Von nun an, so schwor ich mir, wollte ich mich ordentlich benehmen und auch auf Jim einwirken, dass uns nie wieder jemand einsperren konnte und der Wind der Freiheit uns für immer um die Nase wehen würde, so wie ich es kannte, von Kindesbeinen an.

Der Wind fegte durch die leeren Steinbrüche vom Jammertal und in die Stollen der Ellinger Grube und über das Haselbacher Feld und zerriss den Eulenbirnbaum und fuhr durch die Weidenhecken und die mächtigen Buchen und Eichenwälder ringsumher, er hörte gar nicht auf zu wehen.

Meine Großmutter Apollonia hatte erzählt, dass in Südfrankreich der Wind ganz mild und lieblich gewesen sei und das Licht so schön geschienen habe, und der Himmel war ganz blau, und die Menschen haben gesprochen, so schön, als wären sie immerzu am Singen. Es war nicht so rau, und die Menschen waren nicht so rau. Es war ein anderer Schlag. Die Franzosen waren ein wenig feiner als die Westerwälder. Man sagte nicht Brot, man sagte »Bagett«. Das war ganz weiß und lang und schmeckte nicht so gut wie unser Brot. Aber sonst. Das »Franziesische«, das war doch was Feines, und es war die schönste Zeit in ihrem Leben, damals in Frankreich.

Aber die Zimmerleute hatten Heimweh gekriegt, und es ging doch nichts über Scholmerbach, so hatten sie ihre Koffer gepackt, »Adieu« gesagt und waren sehr stolz gewesen auf ihre Brücken in Marseille und über der Garonne bei Bordeaux.

Im Jahre 1933 brachte die Dampflokomotive meinen Großvater Klemens mit meiner Großmutter Apollonia, Balduin, Dagobert, Konrad, Ewald, Hannes und Schustersch

Hermine zurück nach Wällershofen und von dort bis nach Ellingen, und von dort konnten sie ihre Pappdeckelkoffer nach Scholmerbach schleppen.

Es gab kein Lastauto und kein Benzin und kein Telefon, und keiner hatte gewusst, wann die Zimmerleute wiederkommen würden, mit ihren Fisimatenten aus Marseille, mit dem Zylinder von Onkel Dagobert und dem schönen Ring von Apollonia und dem Koffergrammophon von Onkel Hannes und der feinen Waschschüssel von Schustersch Hermine. Sonst hätten sie vielleicht die Gäule eingespannt, die prachtvollen, schweren Kaltblüter mit den langen, gelben Mähnen, die brave Liesel und den blinden Hans, aber so mussten die Brüder und die beiden Frauen zu Fuß nach Hause laufen. Apollonia aber musste sich in Acht nehmen, denn ihr magerer, hagerer Leib hatte sich in Frankreich prächtig wohlgefühlt und war im Land der Liebe erblüht und aufgegangen und hatte eine Frucht empfangen, die trug sie nach Hause auf den Zimmerplatz und in das Haus des Dapprechter Gustav, in dem sie von nun an mit Klemens wohnte, und oben wohnten noch der Gustav und Kathrein.

Meine Großmutter Apollonia war also in den Umständen aus Frankreich zurückgekehrt, aus dem Land des Südens mit all seinen Früchten und Chansons und seinem Duft von Lavendel nach Scholmerbach in das Fachwerkhaus meines Urgroßvaters Gustav, wo es dunkel war und draußen der Misthaufen vor sich hin stank wie zu aller Zeit.

Apollonia saß stolz und schwanger und alleine in der Küche am Kohleofen und dachte noch lange an die Fenetres, die sie gesehen hatte mit spitzenverzierten Gardinen, in strahlendem Weiß oder hübschem Creme und Ecru, und dann La

Toilette mit so schönen Krügen und Schüsseln aus bemaltem Porzellan, sie waren auch merveilleux gewesen, ganz zu schweigen von les Dessous de les Madames dans les Vitrines du les Magasins ....

Hier aber saß sie und schälte Bohnen in der alten, fleckigen Blechschüssel, und die alte graue und blaue Wäsche hing dampfend auf der Spinne über dem Kohleofen, und es gab keine schönen Gardinen, weil Klemens meinte, so was seien doch nur Fetzen.

Es gab keine Palmen und keine Meeresfrüchte und keinen Lavendel.

Aber es gab Wälder und Erde und Steine. Basalt und Braunkohle und Brauneisenstein. Den Bäumen war es egal, ob der Wind wehte oder der Blitz einschlug, weil die Bäume tausend mal tausend Jahre alt waren, und sie standen immer noch. Den Steinen war es egal, dass sich der Mensch welche herausbrach, um vielleicht den Kölner Dom zu bauen. Die Erde schien es nicht zu stören, dass sie durchbohrt und durchgraben und von Loren durchfahren wurde wie von eisernen Regenwürmern.

Wer keine Bäume schlug und nicht auf dem Feld und im Stall arbeitete, der ging in die Grube oder in den Steinbruch.

Die Wälder umsäumten die Dörfer und zogen sich über weite Hügellandschaften und wichen den Feldern von Kartoffeln und Weizen und Rüben und Kraut. Auf den Anhöhen waren sie zum Schutz vor dem Wind stehen geblieben und überragten sogar die Kirchtürme ringsumher, ob nun von Böllsbach oder von Linnen, von Pfeiffensterz oder von Wennerode, von Ellingen oder Hellersberg, von Wällershofen oder von Scholmerbach. Die Kirchtürme waren katholisch und evangelisch und wieder katholisch, und die Glocken läuteten am Morgen und am Abend und zum Kirchgang und zu Pfingsten und zur Wiederauferstehung und zu Herzjesu und zur Himmelfahrt und zum Weißen Sonntag und zum Sterben die Glocken.

Meine Großmutter Apollonia hat gesagt, in den schlechten Zeiten waren die Kirchen und die Wirtshäuser immer voll.

1933, als in Scholmerbach noch die Kreissäge stillstand und in den Steinbrüchen vom Jammertal kein Hammerschlag zu hören war, da waren die Bänke der kleinen Dorfkirche besetzt bis auf den letzten Platz, und die Männer mussten stehen. Mein Großvater Klemens sang die Kirchenlieder, so laut er konnte, das »Großer Gott, wir loben dich«, da schwoll ihm die Brust, da fühlte er sich dem Herrgott so nahe, so nahe wie er Gott in Frankreich gewesen war, denn Klemens war auf der ganzen Welt dem Herrgott verbunden, aber in Scholmerbach, in der Dorfkirche, da war er besonders emporgehoben, wenn der alte Heens Alwis Harmonium spielte, das alte Harmonium mit seinen rabenschwarzen Tasten.

Mein Großvater hatte es gut, denn er fühlte sich in der Kirche genauso wohl wie in der Wirtschaft und lobte den Herrgott vor dem Altar ebenso wie an der Theke vom Honiels und ließ von seinem französischen Lohn einen Wacholder nach dem anderen kommen, denn er hatte viel zu erzählen von der Herrlichkeit der Welt, vom Schong und vom Schack und vom Schorsch, den Franzmännern, die nun alle seine Freunde waren, Scheiß auf den Krieg.

»Schiss is Trumpf!«, schrie mein Großvater und hob das Schnapsglas.

»Schiss is Trumpf!«, schrien alle anderen und stießen mit ihm an.

Denn wer die Welt gesehen hatte, der konnte was erzählen, und wer einen ausgab in der armen Zeit, der hatte sowieso recht, und so hatte mein Großvater Klemens an der Theke von Honiels ein Gefühl von Freude mit dem Segen des Herrgotts.

Mein Großvater war aber nur so lange unbesiegbar, wie er an der Theke den Schnaps hochhielt, denn sobald er nach Hause kam, hatte wieder der Dapprechter Gustav das Regiment, und der wachte über den Sonnenaufgang und über den Sonnenuntergang und stand auf mit dem Hähnekrähen. Der Dapprechter Gustav fütterte wieder das Vieh und melkte die Kühe und machte den Stall sauber, mein Großvater aber blieb liegen und schlief seinen Rausch aus und meinte, es lohne sich nicht, aufzustehen, denn auf dem Zimmerplatz gab es zwar schon wieder zu tun, aber doch nicht so viel, dass man sich dafür umbringen musste, es gab wieder hier und da zu tun, das konnten aber auch ebenso seine Brüder machen, die rissen sich um jeden Balken und jeden Hammer, da wollte er ihnen nicht im Wege stehen und konnte noch ein wenig liegenbleiben.

Das brachte den alten Gustav ins Harnisch, und er wollte meinen Großvater Klemens mit der Mistgabel aus dem Bett jagen, und auch meine Großmutter Apollonia hätte es lieber gesehen, wenn er sich beizeiten aufgemacht und wenigstens im Stall geholfen hätte oder auf dem Zimmerplatz ein paar Kisten genagelt, nur um den Willen zu zeigen.

Aber der Dapprechter Gustav fand, es habe jetzt ein Ende mit der Faulenzerei. Im Jammertal hat der Steinbruch wieder aufgemacht, denn in Koblenz vergrößerten sie die Kasernen, und über Ellingen wollten sie die Reichsstraße ausbauen, und die Brücken sollten erneuert werden. Da waren doch Aufträge in Sicht, da musste man sich doch bemühen, da musste man doch Interesse zeigen und sich kümmern!

Auf dem Haselbacher Feld bauen sie Baracken, das hatte alles mit der neuen Partei zu tun, die seit 33 an der Macht war, da kam doch Bewegung in das Land. Seitdem sah man Arbeitsdienstler auftauchen, ein Haufen dünner und halbverhungerter junger Kölner und Frankfurter erschien mit Spaten und in Arbeitskluft, die machten sich an den Straßen zu schaffen, ja, es hieß sogar, sie sollten in die Sümpfe ziehen und Kanäle bauen und die vermaledeite Wiese trockenlegen, wo immer die Heuwagen umfielen. Man sprach sogar davon, sie wollten auf dem Haselbacher Feld einen Reichsarbeitsdienst aufbauen!

Da kam doch mal Hoffnung über das Land!

Denn es war ja furchtbar, wie die anderen Völker Deutschland zugesetzt hatten, und wie sie es in ein Unglück und in eine Schande hineingebracht hatten. Nach dem verlorenen Krieg war unser schönes Deutschland einer solchen Schmach ausgesetzt gewesen.

Doch jetzt ging es wieder aufwärts mit Deutschland, und es war Schluss mit der Herumlungerei, und auch für den Zimmerplatz gab es wieder Arbeit, und wenn die Arbeitslosigkeit hier ein Ende hatte und die Leute wieder in Lohn und Brot kamen, dann wurden auch wieder Häuser gebaut, dann sah es hier ganz anders aus, mit der neuen Partei und der neuen Regierung.

Da wehte ein anderer Wind über den Westerwald.

Hanjokebs Heinrich und Kebbeleins Fredo hatten das als Erste verstanden.

Sie waren dabei vom Anbeginn. Die neue Partei gefiel

ihnen ganz außerordentlich. Die Bewegung fuhr wie ein mächtiger Sturm durch das Land, und Heinrich und Fredo waren überzeugt von der Sache mit glühendem Stolz und Eifer. Und da sie nun zur Partei gehörten, hatten sie auch gleich ein ganz anderes Auftreten und kamen schon ganz anders daher, von einem auf den anderen Tag. Das lag vielleicht an den funkelnagelneuen Uniformen mit den Mützen, die um einiges breiter waren als der Schädel, und an den Stiefeln, die so viel besser waren als die genagelten Schuhe.

Damit hatte es ein Ende, wenn man in der Partei war.

Dann konnte man endlich auch mal »ein Leben führen«. Wenn man in der Partei war, ging man zu den Treffen, wusste um die geheimen Pläne, konnte im feinen Lokal essen und trinken, so viel man wollte, und ein Motorrad fahren und sogar manchmal ein Auto. Vor allem aber musste man die Überzeugung haben und sich um sein Dorf bekümmern!

Das war in Scholmerbach, zugegeben, nicht leicht, denn in Scholmerbach wählten sie Zentrum, und zwei Kommunisten gab es auch, und wie stur die waren. Das größte Problem war, dass die Partei sich in Kleppach ansiedelte und Siegfried immer Reden hielt, und Siegfried konnte keiner leiden und das Schlimmste: Siegfried war auch noch evangelisch.

Natürlich fanden es alle gut, dass die verhungerten Kölner und Frankfurter jetzt kamen und die schrecklichen Sümpfe trockenlegten. Aber warum wollte die neue Partei verbieten, dass man zur Prozession die Fronleichnamsfahnen trug? Warum sollten sie der Muttergottes keine grünen Kränze winden dürfen? Das war doch seltsam. Das war doch unchristlich. Natürlich war es großartig, dass der Steinbruch im Jammertal wieder aufgemacht wurde und alle Arbeit hatten. Aber als das schreckliche Großmaul Siegfried in Uniform mit dem Motorrad auf den Dorfplatz gefahren kam und seine Hakenkreuzfahne ausrollte und aufstellte und sein Pult hinstellte mit Tannengrün und drauflosschrie und schwadronierte und mit der Faust drohte, man müsse den Franzosen Verdun heimzahlen, da schwiegen die Zimmerleute und Apollonia und dachten an Schong und an Schack und an Schorsche. Und manche Leute drehten sich um und wollten einfach nach Hause gehen.

Denn sie wollten nichts hören von erstens: dem schrecklichen Siegfried und zweitens: einem, der von Kleppach kam und drittens: von einem, der evangelisch war.

Aber Heinrich und Fredo in ihrer Uniform tippten ihnen auf die Schulter und sagten: Du bleibst da. Und sie meinten, man solle ruhig den rechten Arm heben und »Heil Hitler« sagen, das sei jetzt besser für alle.

Auch wenn die alte Anna sagte: mache ich nicht und der dicke Willi sagte: fällt mir im Traum nicht ein und der Heinrich fragte: wieso nicht?, und die alte Anna sagte: weil ich nicht will! – so dämmerte es doch dem ein oder anderen, dass die neue Partei es nur gut mit ihnen meinte und einfach die deutsche Volksseele stärken wollte gegen den schändlichen Völkerbund. Gegen Heinrich und Fredo konnte man nichts einwenden, es waren gute, aufrechte Kerle. Natürlich hatten sie jetzt ein wenig Oberwasser. Aber sie hatten schließlich genau verstanden, was der Führer wollte. Man war sich nicht einig. Jedenfalls ging es erst einmal aufwärts, und da musste man froh sein.

Leider, so hat meine Großmutter Apollonia erzählt, hatte mein Großvater Klemens das Arbeiten nicht erfunden. Als es nach den schweren Jahre wieder losging auf dem Zimmerplatz und alle Brüder in die Wälder stürzten und die brave Liesel und der blinde Hans wieder Bäume herauszogen, Stamm um Stamm, und die Männer die Äste abschlugen und alles auf den mächtigen Höfen vor der Schneidmühle lagerten in hölzernen Gebirgen, da trollte sich mein Großvater frühmorgens schon in den Keller. Denn mein Großvater liebte nur die Dampfmaschine.

Er lag im Keller auf einer Bank und warf von Zeit zu Zeit Holz in die Flammen und träumte vor sich hin, und dann lüftete er die Klappen und sah das Feuer lodern. Ach, wie schnell verflackerte doch das Tannenholz und wie gemütlich und lange brannte die Buche, aber wer verbrannte schon das kostbare Buchenholz? Nein, mein Großvater verbrannte die Tannen und all ihre Rinden, er war stolz auf seine meisterliche Befeuerung und spielte virtuos mit den Klappen und tränkte den Dampfkessel mit frischem Wasser und wusste: Loderte die Flamme allzu hell auf, so war es mit seinem schönen Feuer rasch vorbei.

Mein Großvater las vor der Dampfmaschine heilige Bücher.

Vom heiligen Stephan, der im Todeskampf von Engeln in den Himmel getragen wurde. Von der heiligen Barbara, die von ihrem eigenen Vater enthauptet wurde. Vom heiligen Georg und seinem Kampf gegen den Drachen.

Dann las er noch einmal die Geschichten von Jesus, wie er den Lazarus von den Toten wiedererweckt hatte und wie er einem Mann die Dämonen ausgetrieben und sie in die Schweine hatte fahren lassen. Und als er las, wie Jesus auf der Hochzeit von Kanaan das Wasser in Wein verwandelt hatte, da erblickte er die Dampfmaschine mit seinem Dampfkessel und all seinen Atü. Und es fiel ihm ein, wie er mit einem Dampfkessel und ein wenig Korn vom Felde ganz leicht Wasser in Schnaps verwandeln konnte. Und da mein Großvater immer bemüht war, den Spuren des Herrgottes zu folgen, dachte er sich, man könne es doch einmal versuchen, sämtliche Werkzeuge schienen ihm wie ein Geschenk bereits zurechtgelegt zu sein.

Eine Kupferröhre fand sich oben in der Werkstatt, die konnte man zurechtbiegen, die Maische aus Korn konnte man in Apollonias Milchkanne brodeln lassen, die Milchkanne in einen Dampfkessel stellen, vielleicht nicht gerade in den Kessel der Dampfmaschine, eher in den Waschkessel im Keller des Lehmhauses. Ein Feuer anmachen... und warten... bis aus dem Dampf der Maische allmählich ein Tropfen durch die Kupferschlange emporkroch und endlich in der Mündung erschien unter den staunenden Augen des halben Dorfes wie eine Träne von reinem Gold und Glückseligkeit.

In jedem Haus versuchten sie, Schnaps zu brennen, aber er, Klemens, war eine wahre Erfinderseele, und wenn schon die Hundekisten kein Verkaufsschlager geworden waren und die Sägemehlseife nicht geglückt war und der Harzleim nicht in Produktion gegangen war, so konnte er immerhin versuchen, seinem Dorf mit dem besten Hochprozentigen das Leben ein wenig zu versüßen in dieser harten Zeit.

Jetzt hatten sie es mit dieser unguten Partei, die den Glauben verbieten wollte, das konnte ihm nicht gefallen, in Hellersberg hatte es schon eine Sturmnacht gegeben mit Glockenläuten und Pechfackeln und einem großen Feuer, das vor der neuen Partei warnte, und ein Banner war hochgehalten worden: »Kirche in Not!«.

Pfarrer Klarfeld war vor der Musikkapelle und vor der Feuerwehr gegangen, und dann hatten sie Böllerschüsse abgegeben, und Pfarrer Klarfeld hatte gesagt, die Böllerschüsse zeigten die Wut Satans, und dann hatten sie vor einem riesigen Feuer die Heiliggeistmesse gehalten, sodass alle eine Gänsehaut bekamen, und Pfarrer Klarfeld schrie und forderte auf zu immerwährendem Heldenmut der Katholiken. Hellersberg war auch Zentrum.

Hätten sie bloß in Scholmerbach auch Sturm geläutet. Hätten sie bloß überall Sturm geläutet, in allen Dörfern, hätten nur überall und überall die Glocken gedröhnt in den Nächten, als die Leute sich zur Partei gemeldet hatten. Aber man hatte es ja nicht kommen sehen.

In Hellersberg hatten sie es kommen sehen, und irgendwann war der Pfarrer Klarfeld ins KZ gekommen mit seinem Geläute.

Meine Großmutter Apollonia hat sich um all das nicht weiter geschert.

Sie trug unter dem Herzen ein Kind und hatte es in Frankreich empfangen und würde es in Scholmerbach gebären. Nun sollte das Kind bald kommen, und in dem alten Fachwerkhaus war es noch nicht so hergerichtet wie Apollonia es wollte. Müllerbachs Lene hatte schon schöne Gardinen vor den Fenstern, und Hanjokebs Martha hatte bestickte Paradekissen für ihre Betten, und ihre Schwester Hanna hatte einen Wohnzimmerschrank. Aber Apollonia hatte nur die Aussteuer, ein wenig Geschirr, einen Tisch und vier Stühle, das Bett und den Kleiderschrank und den Kohleofen und die Kammer und was sie sonst noch bekommen hatten vom Dapprechter Gustav und Kathrein. Sie hätte es sich doch ein wenig schöner gewünscht, aber Gardinen, hatte mein Großvater gesagt, seien ja bloß Fetzen vor den Fenstern, und zum Schlafen genüge die Matratze mit Haferstroh, was solle der gehäkelte Firlefanz um das Paradekissen, wenn man auf dem Paradekissen nicht schlief.

Apollonia hatte aber in Marseille Firlefanz gesehen und für schön gefunden, und nun in Scholmerbach sollte wieder Schluss damit sein und der Dapprechter Gustav konnte sehen, dass es in seinem Haus mit den jungen Eheleuten nicht recht weiterging und Klemens nichts herbeischaffte, um den Hausstand aufzubessern. Klemens war am Morgen noch immer der Letzte, der aufstand, um auf den Zimmerplatz zu gehen und endlich die Dampfmaschine anzumachen und das große Gatter anzuschmeißen, das die Bäume zersägte.

Apollonia wohnte im Fachwerkhaus ihres Vaters mit Klemens im Erdgeschoss, wo die Sonne durch die kleinen Fenster nicht recht hineinschien und der Wind durch die undichten Stellen blies. Die Lehmwände hielten die Winterkälte nicht fern, und gefrorene Tropfen bedeckten die Wände, und nur der Kohleofen heizte die Küche; wollte man es warm haben, so musste man in den Stall gehen. Doch in der Schwüle des Sommers stand der stickige Dunst von Kraut und Schweinefutter und Kernseife von gekochter Wäsche im Haus. Es war eng in der finsteren, kleinen Küche, wenn der Gustav und Kathrein bei ihnen saßen und früher die Schwestern bei ihnen gesessen hatten.

Wenn die zwei Alten mit am Tisch waren, ging mein Großvater Klemens lieber in den Stall und setzte sich zum Vieh oder in den Keller zum Waschkessel und machte Feuer und probierte ein wenig, die Maische in der Milchkanne zu verdampfen und den Schlauch in der Waschbütte zu kühlen, und dazu rauchte er sich gemütlich eine Eckstein.

Da fühlte er sich wohl und hing seinen Gedanken nach. Mein Großvater mochte nun mal das Vieh und die Waldvögelein und den Herrgott und glaubte an ihn und das »wem Gott will rechte Gunst erweisen, den schickt er in die weite Welt«. Er glaubte beispielsweise nicht an Weiberwirtschaft und an Weiberregiment und daran, dass überhaupt irgendein Mensch ihm irgendetwas zu sagen hätte. Seine Brüder nicht, die Zimmermänner nicht, der Dapprechter Gustav nicht, kein Adolf nicht, nur der Herrgott allein. Der Herrgott hatte ihm noch nie einen Schnaps verboten, so wie die Weibsleute oder der Dapprechter Gustav es wollten. Der Herrgott ähnelte vielmehr dem Wirt von der Waldeslust.

Die Waldeslust hatte neu aufgemacht, da waren Apollonia und Klemens in Frankreich gewesen, Kurt Siebert, das war ein doller Kerl, der machte einfach in der armen Zeit eine neue Wirtschaft auf, und was für eine, so was hatte die Welt noch nicht gesehen! Man muss auch mal was anderes machen, hatte Kurt gesagt und die Wirtschaft so schön eingerichtet, da musste man den Hut ziehen. Wo der Honiels seine Theke hatte und Bänke und Tische, zum Schnaps trinken und zum Kartenspielen, da machte der Kurt SEPAREES!

So was Feines! In Scholmerbach! Eine Gaststätte mit grünen Tapeten und getönten Fensterscheiben und spitzengeklöppelten Bordüren an geschnitzten Eckregalen und einem Grammophon, und dann servierte er auch noch Wein! Ganz übergeschnappt! Der erste Mensch, der in Scholmerbach Wein servierte! Kurt war ja ein ungeheuerlicher Kerl, wie er das rundgespielt hatte, schon das Geld dafür herbeizuschaffen und beiseitezulegen, um eine so prächtige grüne Häu serfassade mit Stuck herzurichten und der malerischen Aufschrift »Waldeslust«.

Woher er seine Ideen nahm, konnte man nicht wissen. Er hatte schon immer einen eigenen Kopf und war mal in Amsterdam gewesen und mit dem Schiff nach London gereist, da war so mancher von Scholmerbach nicht mal aus dem Kuhstall herausgekommen.

Der Kurt, der war ein Weltenmensch, haben sie gesagt, stattlich und herrlich anzusehen mit seinem gezwirbelten Bart. Immer hat er geträumt von einer Reise nach Südwestafrika in die Kolonien und wollte all die fernen Völker sehen. Auch war er auf die Jagd gegangen, da hatte er einen Fuchs lebend gefangen, den hielt er sich wie einen Hund, und der hatte hinten im Garten einen großen Käfig. Da kam jeder in die Waldeslust, um den Fuchs zu sehen.

Mein Großvater, der auch die vielen Völker liebte, unterhielt sich gerne mit Kurt, der schon in der Welt gewesen war, genau wie er, und mal andersherum dachte wie alle anderen. Die Spitzendeckchen und die Bordüren an den Regalen hätte er nicht gebraucht, denn das war schließlich Firlefanz. Auch Wein brauchte er keinen zu trinken, ihm reichten das Bier und der Wacholder. Aber Kurt war so großzügig, dass er meinem Großvater gerne einen ausgab, und daraufhin gab mein Großvater gleich dem halben Lokal eine Runde aus, und sie waren beide so großzügig und spendabel wie der Herrgott selbst, den die Welt gar nichts kostete und der sie erschaffen hatte mitsamt Südwestafrika, Frankreich und all den Völkern noch dazu!

Die Welt konnte meiner Großmutter »gestolle bleiwe«, sagte sie. Ihre Welt fand wieder in der Küche am Kohleofen im kleinen Lehmhaus statt, und es wurde ein kalter Winter mit gefrorenen Wänden, und sie musste dem Dapprechter Gustav erklären, warum der Klemens schon wieder in der Waldeslust war oder beim Honiels und sich anhören, dass er, der Dapprechter Gustav es ihr gleich gesagt hatte, dass der Klemens nichts taugt und alles Geld in die Wirtschaft trägt, wo er große Reden schwingt, und sie daheim noch kein Körbchen hatten und keine Bettwäsche und kein Taufkleidchen für das Kind, das sie unter dem Herzen trägt.

Bloß weil das Weiberkram war, musste sich ein Mann doch trotzdem bekümmern und für einen Waschkessel sorgen, in dem man die Lumpen ordentlich kochen konnte, der alte war schon beim Kesselflicker gewesen, man musste ein Bettchen aufstellen oder sich ausdenken, wo der Korb stehen sollte, denn Hanna in Langdehrenbach hatte sogar eine geschnitzte Wiege! Nein, Apollonia musste Klemens ordentlich bugsieren und knuffen und hieven, bis er mal bereit war, am Sonntag mit ihr zu Fuß die sechs Kilometer zum Juden Joel in Wällershofen zu gehen und was Schönes zu kaufen oder was Notwendiges für den Hausrat.

Wenn aber Klemens nicht mit ihr ging, dann musste sie warten, bis Schajs Simon durch das Dorf kam und an ihre Tür klopfte und freundlich fragte:

– Na, brauchst du was?

Dann bat sie ihn herein und ließ sich das Heft zeigen und seinen Katalog und klagte ihm ihr Leid und dass sie den schönen Porzellankrug mit der passenden Waschschüssel schon gerne hätte, für wenn die Schwestern kamen aus Wennerode und aus Langdehrenbach. Auch wollte sie gerne so ein schönes Bild haben an der Wand mit Jesus beim Abend-

mahl oder aber auch das mit den Alpen und dem Wilderer.
Oder ein schön gesticktes Tischtuch, damit man den alten
verkratzten Tisch nicht so sah. Das konnte der Simon schon
gut verstehen, denn er war ein feiner Mann, und er hörte
Apollonia zu. Er war gebildet und hatte seine wenigen Haare
zurückgekämmt, er hatte eine Brille mit goldenem Rand
und trug als Einziger Schuhe wie der Schulmeister, ohne
Nägel. Mit denen ging er von Wällershofen über all die
Dörfer bis Ellingen und Linnen und Hellersberg. Simon
hatte ein kleines Heft, darin konnte man anschreiben, und
jede Woche wanderte er von Haus zu Haus und entweder
zahlten ihm die Leute oder sie zahlten nur ein klein wenig,
so viel wie sie gerade hatten, und meistens zahlten sie gar
nicht und sagten:

>   – Ach Simon, et geht jo net, kommst dou ein annermol
>   wieder.

    Dann verbeugte er sich artig und ging einfach weiter,
aber wenn er etwas kriegte, dann sagte er: »Merci.«

Wenn Apollonia all die schönen Sachen bestellte, dann
würde er auch bei ihr klopfen, und sie musste den Kopf
schütteln und Schajs Simon zur Waldeslust oder nach Honiels schicken, die viel früher ihr Geld kriegten als Apollonia
oder etwa der Kohlehändler. Schließlich kamen doch zur
Geburt ihre Schwestern, und Hanna und Klarissa sollten
sehen, dass etwas aus ihr geworden war. Da fasste sich Apollonia ein Herz und bestellte das Bild mit den Alpen und dem
Wilderer, der gerade erschossen wurde, in einem goldge-
färbten Rahmen und eine Spitzentischdecke noch dazu und
ein Paradekissen, darin wollte sie das Kind zur Taufe tragen.
Sie konnte nicht genug kriegen und konnte nicht mehr aufhören und bestellte noch die bemalte Waschschüssel und

lauter Fisimatenten. Der Schajs Simon hatte noch keinem
was zuleide getan. Wenn die Taufe erst vorüber war, könnte
man den Klemens anhalten, länger auf den Zimmerplatz zu
gehen und alles abzuzahlen. Denn wenn er auch die Arbeit
nicht erfunden hatte und an der Theke herumschwadronierte, so war er ja kein Unmensch, und der Dapprechter
Gustav hatte nicht in allem recht. Noch immer war der Klemens meistens gut gelaunt und brachte ihr auch mal einfach
so was mit, eine duftende Lilie, die irgendwo blühte, oder
ein Stückchen Schokolade aus der Waldeslust, und der Kurt,
der die Schönheit verehrte, ließ ihr einen Schluck Wein abfüllen, zur Verehrung, wie er sagte.

Vor allem aber freute Klemens sich sehr auf das Kind,
denn Kinder liebte er auch, und er war sehr aufgeregt, dass
er nun Vater wurde, und wenn es erst mal so weit war und
der Weiberkram fertig und das Kind da, dann wollte es her-
nehmen und stolz in ganz Scholmerbach herumzeigen und
ihm ein Wägelchen bauen und es reiten lassen auf dem blinden Hans und der braven Liesel und mitnehmen überallhin,
und dann wollten sie einen Ausflug machen, und Apollonia
musste ihr schönes Kleid aus Frankreich anziehen. Dann
wollten sie in den schönen Wald hinein, wo die Vögelein
sangen, ja, er selbst wollte dem Kind die herrlichsten Lieder
vorsingen: »Ein Vogel wollte Hochzeit machen«, »Auf einem
Baum ein Kuckuck saß«, »Weißt du, wie viel Sternlein stehen«, »Eia popeia, was raschelt im Stroh?«,»Wer hat die
schönsten Schäfchen«, »Im schönsten Wiesengrunde, dich
mein stilles Tal, grüß ich tausendmal« und dann hoch oben
im Lusthäuschchen würde es erklingen weithin über ganz
Scholmerbach, damit das Kindelein gleich spüren würde,
wie herrlich es war in Gottes weiter Welt.

Ich klappte mein Buch zu, das ich mir im Schreibwaren-
laden Kästaler in Wällershofen gekauft hatte und das sich nun
allmählich füllte, und sah zu meiner Großmutter Apollonia
herüber, die schon schlief und hoffentlich beim Aufwachen
nicht mehr so plemplem war von den Spritzen vom unbe-
gabten Dr. Samstag. Wenn sie aber wieder vollkommen bei
Verstand war und mein Buch sah und mich fragte: Was
schreibst du da für dummes Zeug?

Oder wenn sie aus Versehen das Buch finden würde und
alles las und sagen würde: Weißt du, Marie, es war alles ganz
anders …?

- Ach, würde ich dann sagen müssen mit hochrotem
  Kopf. Das hat Tante Hanna erzählt. Oder Tante Kla-
  rissa. Dou hast es mir früher selber erzählt.
- Eysch han gar nichts erzählt, würde sie sagen.
- Ihr wart die drei Schönsten weit und breit!
- Dummes Zeug.
- Hat Onkel Günther gesagt.
- Beim Onkel Günther ist immer eins schöner wie's die
  annere, je nachdem, welche er gerade vor sich hat.
- Die Dapprechter Mädchen waren immer die Schöns-
  ten, das haben alle gesagt.
- Noja, mir hatten schwere Nester im Genick. Das galt
  dann als schön. Nur Tante Klarissa nicht, dey hatte ja
  nur dünnes, futscheliges Haar.
- Dann stimmt alles, was eysch geschrieben habe.
- Jeder erzählt alles anders, Onkel Dagobert, Onkel
  Konrad, Tante Rosalia, Onkel Balduin, … jeder will
  was anders gesehen haben.

Apollonia konnte mir nicht wirklich sagen, an was sie
sich erinnerte. Sie lag auf dem Rücken, es war schon spät,
ihr Kopf lag erhöht, sie konnte immer nur schlafen mit dem

Kopfteil, und was sie jetzt träumte, das wusste kein Mensch. Ihre rechte Hand bewegte sich und zuckte, und vielleicht war sie gerade dabei, meinen Großvater zu verhauen, vielleicht schälte sie im Traume Kartoffeln oder zählte die Groschen, die übrig waren vom Lohn meines Großvaters, damit war sie schnell fertig.

Ich konnte mir vorstellen, dass sie im Schlaf womöglich glücklicher war als im Wachen, dass es ihr mit der Spritze von Dr. Samstag besser ging, als wenn sie wütend an ihr schlechtes Leben dachte und an das, was ihr alles verdorben war daran. Denn nichts anderes beschäftigte sie ja als das, was ihr am Leben verdorben war. Vielleicht war es doch gut, wenn ihr der Dr. Samstag noch eine Spritze verpasste. Vielleicht konnte sie sich das Leben ein klein wenig schöner phantasieren in einem gnädigen Rausch durch die Zaubermittel in der Doktortasche. Mein Großvater Klemens hatte sich sein ganzes Leben durch allerlei Rausch und Räusche verschönert.

Ganz Scholmerbach hatte eine große Begabung zum Rausch und konnte in einer einzigen Nacht in einen so starken Sinnestaumel verfallen, dass niemand mehr aus der Betäubung erwachte, und das nannten wir Sommernooscht und Bloiteduft, und wir gaben den Blumen und der Nacht die Schuld, und tatsächlich waren es die blühenden Blumen und die ausschlagenden Bäume und die duftenden Heuwiesen, die meinem Dorf den Verstand raubten. Niemand hatte dem Hopfen befohlen zu wachsen, und niemand hatte der Gerste gesagt, sie solle derart ins Kraut schießen, aber aus Wasser Wein zu machen, war die Idee des Herrgotts allein, und dann kam mein Großvater noch dazu und hat mit dem Schnaps angefangen, und das war der Anfang vom Ende. Dass Apollonia nicht mitgemacht hatte und der Herrgott und mein Großvater kein Maß und kein Ziel hatten, das war ihr Unglück allein.

Meine Großmutter durfte nicht sterben, denn wenn sie starb, würde sie beide wiedersehen müssen, den Herrgott und meinen Großvater. Wenn das geschah, dann konnten die sich in Acht nehmen, beide hatten sie ihr das Leben versaut.

Aber der Schlaf war kein Tod, und der Schlaf war kein Wachen, und vielleicht sollte ich jetzt auch ein wenig schlafen, ich war ja noch müde von gestern, von Maria Cron, aber ich wollte auf einmal nicht neben Apollonia schlafen, die dem Tod und dem Herrgott und dem Großvater näher gerückt war. Ich wollte zurück in mein Mädchenbett, in dem der Tod so fern war und in dem kein Blut und kein Sägemehl und keine schwere Krankheit je ihren Geruch im Kissen hinterlegt hatte. Nur meine Träume und meine Sehnsucht und ein wenig Maiglöckchenduft hingen über den Federkissen, und meine blumenbedruckte Leinenbettwäsche roch nach dem frischen Wind von den Wiesen und Feldern des Westerwaldes, und darin hatte niemals jemand anderer gelegen als ich mit meinen sechzehn Jahren.

Mein Jim war nun schon seit fünf Tagen hinter den Toren der Fivel Fox-Kaserne verschwunden, und wie ich hörte, musste er das Office vom First Sergeant streichen, weiß, ganz weiß, und dann das Office vom Corporal und dann das Office vom Commander. Ich wollte Jim ein Brieflein hineinschmuggeln, aber ich wagte es nicht, noch mal einen von den Amerikanern zu belästigen, und Lydia Kosslowski hatte das ihrige getan. Vielleicht konnte man bei den Amis einfach anrufen, aber das schien mir so vermessen, dass ich lieber warten wollte, bis Jim entlassen wurde und wir Wiedersehen feiern konnten, dass es nur so krachte.

Mir blieb nur, nachts schwülstige, sehnsuchtsvolle Liebeslieder zu hören, »Love hurts« von Nazareth und »I am sailing« von Rod Steward hörte ich tausendmal, und die Zeit schien nicht zu vergehen. Mein Schwarzweißbild von Jim aus Minnesota war schon geknickt, weil ich es unter das Kopfkissen gelegt und darauf geschlafen hatte, und der Bierdeckelfetzen, auf den er seine Telefonnummer geschrieben hatte, klebte in meinem Tagebuch, und ich füllte Seite um Seite mit meiner großen Liebe und schrieb auch noch am Buch über meine Oma, ich schrieb und träumte und sehnte mich. Dass ich noch in die Schule ging, erschien mir ein höchst lächerlicher Nebenzweck meines Lebens, der sich gelegentlich am Rande meines Bewusstseins störend bemerkbar machte.

Am Samstag ging ich mit Bea und Stefanie und Brigitt zum Polters in die Dorfdisko und wir tanzten auf »Tanze Samba mit mir« und »No woman, no cry« und auf »Daddy Cool«, und dann hatten wir keine Lust mehr. Wir wollten viel lieber mal in die Waldeslust gehen und auf der Musikbox das »Knallrote Gummiboot« drücken oder den »Radetzkymarsch« oder »Weine nicht, kleine Eva«.

Wenn man in der Waldeslust irgendeinen Musikwunsch hatte, konnte man drücken, was man wollte, es kam sowieso immer nur der »Radetzkymarsch« oder »Knallrotes Gummiboot« oder »Kleine Eva«. An der Musikbox stand der Sumpfgraf mit seinen silbernen Haaren, dem konnte man immer gut einen Schnaps rausleiern. Wenn man den Sumpfgrafen anlachte und ein wenig herumstand, dann rutschten ihm seine weißen Haare über die Brille und er rief den Wirt und sagte:

— Geb den Maadschern mol einen!

Der Sumpfgraf war unser würdig betrunkener Bürgermeister, aber in der Waldeslust war sowieso jeder betrunken, deshalb ging man ja dahin, wir waren auch gerne betrunken. Es war eine Opa-Wirtschaft, mit vielen alten Leuten, aber das war uns vollkommen wurscht, wir fühlten uns wohl unter der Wand mit den unzähligen abgeschnittenen Schlipsen vom Altweibertag und den blässlichen Bildern von den Fußballmannschaften mit fürchterlichen Koteletten über den Backen und den schwimmenden, schwebenden Soleiern im bräunlichen Glas an der Theke. Hier war immer Stimmung, und die Alten waren immer die Lustigsten. Man sollte ja von dem Alter lernen, hatten sie in der Schule gesagt.

— Alt und lustig muss man sein, sagte Bea.

Der alte Theo mit seiner Zigarre im Mund schmunzelte unentwegt und machte uns bereitwillig einen Lumpenschnaps, denn der Lumpenschnaps war seine Spezialität. Er hatte ihn selber erfunden. Der leuchtete und war grün und roch ein wenig nach Pfefferminze und Lakritze und konnte den stärksten Mann umhauen. Darum kniff Theo ein Auge zu und sagte:

— Gefft Ooscht – Ihr Maarerscher!

Wir sollten Obacht geben, wir Mädchen. Aber wir, Bea und Stefanie und Brigitt und ich, kannten uns schon aus mit Schnaps. Das kann passieren, wenn man in einem Dorf lebt, wo der Schnapsteufel zu Hause ist seit Hunderten von Jahren. Man lernt das einfach. Wie die Alten sungen, so zwitschern auch die Jungen. Der Sumpfgraf erzählte uns, dass wir in Scholmerbach die schönsten Mädchen hätten, die allerschönsten Mädchen weit und breit, viel schöner wie die von Ellingen oder Linnen und noch viel viel schöner wie die von Pfeifensterz oder Böllsbach oder Wennerode. Ja, wir wären überhaupt die schönsten Mädchen vom ganzen Westerwald.

Dann rief der alte Honiels Franz aus seiner Ecke:

– Auf, Theo – mach den Maadschern noch in, irgend-
wott!

Man brauchte überhaupt einfach nur aufzutauchen und bekam immer was geschenkt, ein Solei, ein Bier, Erdnussflips oder ein Nappo. Um elf Uhr waren wir betrunken, denn wir waren ordentliche Töchter unseres Dorfes, richtige Scholmerbacherinnen, die Freundinnen vom Schnapsteufel, der nicht starb in all den Jahren. Wir zogen weiter durch das Dorf und suchten Lichter, die noch brannten, und es war uns ganz egal, wer feierte: der Gesangsverein halbe Lunge oder die Schlümpfe, Hugos fünfzigster Geburtstag, Tante Hedwigs Grillfeier, Wurschtsuppentreffen von den Fleisch-wurstweibern, egal. Bei Honiels konnten wir bis vier Uhr nachts noch an die Fenster klopfen, auch wenn die Tür schon verschlossen war, und wir hatten einen Riesenspaß und fühl-ten uns prächtig in unserem Scholmerbach und stolperten herum und sangen die schönen Lieder, die wir von unseren Vätern und Müttern gelernt hatten: »Es gibt kein Bier auf Hawaii« »oder »Anneliese, ach Anneliese« oder »Kann off kaanem Baa mie stieh, allweil giehn mer goonetmie, allweil giehn mir goonetmie, goonetmie noh haam«. Wir sangen auch, dass wir Westerwälder seien und keinen Lippenstift bräuchten und erst recht keine Augenbrauen. Wir sangen alles, denn es war Sommernacht und Blütenduft, Sommer-nacht und Blütenduft das ganze Jahr, auch im Winter, ganz egal, und wir konnten nie genug kriegen, wir nicht und die Alten nicht, und wir sangen und feierten und sangen und feierten und liebten die Nacht, und es ging nur darum, dass wir jene störten, die nachts im Bett lagen, denn in der Dorfnacht hatte keiner was in seinem Bett zu suchen, nicht mal die Kranken, die erst recht nicht, man musste sie auf die Straße werfen mitsamt ihrem Bettgestell, denn dann wurden sie gesund auf der Stelle.

Am Sonntag war ich krank. Schrecklich krank. Mein Kopf schmerzte höllisch, und ich hatte dieselbe Krankheit wie nach der Kirmes, und in ganz Scholmerbach sah man auf der Straße nur Hunde und Kinder.

Leider war wieder nur ein Tag vergangen, und ich musste noch acht Tage warten, bis mein Jim wieder frei sein würde. Und während er sich zu Tode schuftete in den Barracks, lebte ich ein lustiges Leben und betrank mich und verjubelte mein Taschengeld für Schnaps und Bier, und jetzt ging es mir elend.

Meine Großmutter Apollonia hat immer gesagt, unser Dorf sei dem Untergang geweiht und der Suff hätte schon Dutzende von ordentlichen Menschen in den Abgrund gerissen und der Teufel hat den Schnaps gemacht. Kein anderes Dorf sei so schlimm wie Scholmerbach, und mir würde es eines Tages genauso gehen wie meinem Großvater Klemens oder der immer betrunkenen Großtante Aloysia, die hätten sie gefunden im Wohnzimmer im Delirium.

Das Wort Delirium schwebte als ewige Drohung über uns allen.

Im Augenblick aber hörte ich aus dem Schlafzimmer von Apollonia nur ein Gesäusel, und nun war sie es, die klang wie im Delirium oder sonstwie nicht ganz bei Sinnen.

Sie sagte nicht mehr Erbarmen und Erbarmen, aber es klang wie: Ich mache mir Gedanken, ich mache mir Gedanken, ich muss mich bekümmern.

Ich lag auf dem roten Schesselong unter der klappernden Mühle am rauschenden Bach und hob meinen ungekämmten Kopf und rief herüber:

– Ei Oma! Warum machst dou dir Gedanken?

– Eysch mache mir Gedanken, eysch mache mir so sehr Gedanken!

Ich schlurfte zu ihr herüber und sah, wie sie an die Decke starrte und mit dem linken Arm unentwegt über die Decke fuhr.

– Ei Oma, über was machst du dir denn Gedanken?

– Ei um euch!!! Was soll denn einmal aus euch werden! Was soll nur aus euch werden!?

– Ja, Oma, wieso denn, wir gehen doch alle in die Schule, gut, meine Noten sind im Augenblick … aber egal … du musst dir doch keine Sorgen machen!

– Eysch mache mir Gedanken…ich mache mir so Gedanke … was soll nur aus euch werden??

– Aber Oma, et ist doch alles in Ordnung, Papa hat eine gute Arbeit, meine Brüder und ich sind auf der Schule … warum soll nichts aus uns werden??

– Ach, sagte sie und ihr Arm lag endlich still. Ihr seid doch alle so dumm! Ihr seyd doch su domm wie Bohnenstroh!

Ich wusste, dass Dr. Samstag auch am Sonntag kam, um seine Spritzen zu geben, und dass es mir in meiner kläglichen Verfassung nicht möglich sein würde, ein vernünftiges Wort mit ihr zu reden. Das gefiel mir nicht, das gefiel mir gar nicht. Ich wollte sie noch nicht gehen lassen in eine nebelige Welt, in die ihr Geist entglitten war. Ihre matten Augen sahen mich nicht mehr, und ihr Gesicht ähnelte mehr und mehr einem kleinen, alten Mädchen. Da war kein Stolz mehr, das Insignium der Dapprechter, er drohte dieser schwindenden, schrumpfenden, blasser werdenden Gestalt verloren zu gehen.

Morgen musste ich zur Apotheke und die Schachteln auf der Theke ausbreiten und sehen, was Dr. Samstag ihr verschrieben hatte, um sie herauszureißen aus der verschwommenen Milchsuppe ihres Bewusstseins, in der wir ihr alle so schrecklich dumm vorkamen, einer wie der andere, allesamt, so dumm wie Bohnenstroh.

Am nächsten Tag ging ich zur alten Apotheke »Hui Wäller« in Wällershofen und legte die Beipackzettel auf den Ladentisch aus schwerem Eschenholz.

– Guten Tag, sagte ich, und dass ich mich erkundigen wolle, ob diese Medikamente zusammenpassten oder wirklich notwendig seien. Meine Oma benehme sich nämlich sehr seltsam, obwohl sie ja eigentlich am Darm operiert sei und bis dahin immer noch ganz klar in der Birne war.

Die Apothekerin nahm ihre Brille an der Goldkette von ihrem ordentlichen Busen und setzte sie auf und las die Zettel durch und ging dann zu einem dicken Buch, das links auf einem Stehpult lag, ebenfalls aus Eschenholz. Es sei, sagte sie, auf den ersten Blick nicht mit einer Medikamentenunverträglichkeit zu rechnen, aber man wisse ja nie und sie müsse erst mal blättern und wer denn der Hausarzt sei. Ich zögerte. Wenn ich »Dr. Samstag« sagte, dann hatte ich schon gleich alle Karten aus der Hand gegeben.

– Dr. Neumann, sagte ich.

– Ach, sagte sie. Den kenne ich gar nicht.

– Ist, glaube ich, ein Neuer im Krankenhaus Limburg. Der hat ihr das so mitgegeben.

Sie biss sich auf die geschminkten Lippen und blätterte und blätterte, dann rief sie den alten Apotheker Marksen zu Hilfe und der sah auch noch mal nach. Schließlich schüttelten beide den Kopf und sahen zu mir herüber und meinten:

– Den Wirkstoff Proxdymentaris darf man eigentlich nicht zusammen mit dem Fortrat geben, das beschleunigt die Dysphorie ..., Gedankenflucht und optische Halluzinationen ...

– Gedankenflucht!, sagte ich. Das besonders!

– Es könnte auch ..., sagte sie, ... eine Stoffwechselerkrankung auslösen und die Organe in Mitleidenschaft ziehen, gerade bei einer Darmerkrankung muss sie ja auch abführende ... ich weiß nicht, wie häufig hat Ihre Großmutter denn Stuhlgang? Hat sich da was verändert, konnten Sie da etwas beobachten?

Ach du lieber Gott. Über so was redete man bei uns nicht. Gewisse Vorgänge in der unteren Hälfte des Leibes waren praktisch unaussprechlich, da war dann »was« und wurde großzügig unter »Kinderkriegen«, »Klo« und »Tage« abgelegt und fertig. Ehrlich gesagt, hatte ich meine Oma überhaupt nicht mehr auf dem Klo gesehen, sie ging ja nie gerne aufs Klo.

– Keine Ahnung, sagte ich.

– Also man sollte diese Medikamente auf gar keinen Fall zusammen einnehmen, sagte die Apothekerin, und der alte Apotheker Marksen schien zu überlegen und meinte dann, bei so was müsste man glatt die Ärztekammer informieren. Wenn er nicht gehört hätte, dass es ein Dr. Neuman aus Limburg sei, würde er glatt auf Dr. Samstag tippen.

Aber gut, jetzt mal die Kirche im Dorf lassen, aber bitte sofort meinen Eltern Bescheid sagen und entweder einen anderen Arzt holen oder dem Neumann ans Herz legen, sich noch mal die Standardwerke der Pharmakologie anzusehen und in den Pschyrembl zu schauen.

Dann verschwand er wieder in seinem eschernen Labyrinth mit bräunlichen Flaschen und Mixturen und Schubladen.

— Ich meine, flüsterte ich, ... kann das meine Oma umbringen?

— Naja, sagte sie. Die Diagnose dürfte ja ungünstig... vermutlich würde es sich auf das Ableben vor der Zeit ... begünstigend auswirken.

— Ah, sagte ich.

Dann ließ sie ihre Brille wieder auf den Busen fallen, und die Audienz war beendet. Ich wusste nun, was ich bereits vermutet hatte, und warf mir vor, einen Tag verloren zu haben. Bestimmt hatte Dr. Samstag schon wieder gespritzt. Was sollte ich nur machen?

Sollte ich zu meiner Mutter sagen: Oma wird gerade um die Ecke gebracht, wir müssen Dr. Samstag verklagen, ich habe ihre Tablettenschachteln geklaut, ich weiß genau Bescheid! Wir brauchen einen anderen Arzt! Nach Scholmerbach kam aber nur der Dr. Samstag, das war schon immer so, und es war wie eine geheime Bestimmung, dass im Leben meiner Oma Apollonia bis zum Ende hin immer Murks passierte. Vielleicht sollte es ja auch so sein, dass sie am Ende ein wenig lustig werden sollte, und vielleicht tat es ihr gut, wenn es schneller zu Ende ging.

Als ich aus der alten ehrwürdigen Apotheke in Wällershofen an die frische Luft trat, war ich mir gar nicht mehr genau sicher, ob ich mein Geheimnis verraten sollte oder nicht. Was war nur richtig im Angesicht des Herrn?

Wer konnte mir das sagen? Die Muttergottes oben auf dem Hügel? Auf dem Liebfrauenberg?

Seit vielen Jahrhunderten thronte sie auf ihrer Burg hoch oben über dem Jammertal, und ich beschloss, die serpentinenartigen Wege hinaufzulaufen, um im Wind und in dem Geruch der Brennnesseln und der Dornschlehen und der weiten Wiesen und lieblichen Blumenfelder meinen Kopf zu klären und dann Hilfe und Beistand und Eingebung von der Muttergottes zu bekommen.

In der Marienkirche war es dunkel, und nur die Fenster zum Tal hin ließen Licht hinein wie das Licht Gottes in das Dunkel der Seele in einer schweren Zeit. Maria saß auf der rechten Seite in einer Nische und trug schwer am gekreuzigten Christus, der im Laufe der Jahrhunderte fahl geworden war, ein fahler, beinah grauer Jesus hing mit seinem ganzen Oberkörper in ihrem rechten Arm. Nur mit göttlicher Kraft war es ihr möglich, dass sie ihn so lange hatte tragen können, sonst wären beide schon längst umgefallen, aber in Gott war alles möglich.

Ich war durch den stillen, durchsichtigen Nebel der Eucharistie gegangen, es roch immer ein wenig nach Kloster und nach Mönchen und nach Kerzen und Gebet. Ich hörte im Dunkeln noch Gebete, die waren längst schon verstummt, aber Rosenkränze hört man immer weiter, sie murmeln immerzu … du bist gebenedeit unter den Weibern, und gebenedeit ist die Frucht deines Leibes ... Anmut ist ausgegossen auf deinen Lippen ... wie eines schnellen Schreibers Griffel eilt meine Zunge ... ach, das war die Marienandacht, siehe, du bist die Schönste unter den Menschenkindern, und Anmut ist ausgegossen auf deinen Lippen. Sobald ich die Marienkirche betrat, waren die Worte wieder da, und es waren diese Worte, die mich in die Marienkirche zogen. Seit die betende Maria in meinem Dorf von Haus zu Haus geschleppt wurde und wir gebetet haben, seitdem höre ich diese Worte, und ich habe niemals schönere Worte gehört und muss immer wieder herkommen, immer wieder.

– Maria, ich habe dir was zu sagen, bat ich und machte das Kreuz und sank auf das Bänkchen, auf dem sonst die Brautpaare knien, und vor mir brannten siebenundzwanzig Kerzen mit inniglichen Wünschen, und nun kam meiner noch dazu und musste noch viel inniglicher brennen.

– Maria! Meine Großmutter muss sterben!!!

Maria hörte mich und schien mich zu verstehen, und ich spürte die Heiligkeit im Kerzenschimmer golden flackern, und um das gekrönte Haupt mit dem blauen Schleier schienen weißliche Nebel zu ziehen, das waren vielleicht zerfallene Engelsgewänder, vielleicht war es nur Kerzenrauch, wer wusste das schon, es war fein, so fein. Schon war es mir ein wenig leichter, und es war gut zu wissen, dass meine Großmutter nicht irgendwohin gehen würde, sondern dahin, zu Maria, und dass nicht nur der Herrgott mit seinem Wein und Großvater mit dem Schnaps, sondern auch noch Maria und die Engel warteten und ich ihnen Apollonia anvertrauen konnte.

– Der Dr. Samstag macht nur Mist, liebe Muttergottes,

und ich weiß nicht, ob das der göttlichen Vorsehung entspricht! Maria! Ist Dr. Samstag ein Handlanger Gottes? Wird er meiner Oma auf Umwegen einen Haufen Leid ersparen? Oder soll ich alles meiner Mutter sagen, und wir müssen Dr. Samstag das Handwerk legen? Meine Oma wollte immer auf dem Kirchhof liegen, aber nicht neben dem Opa, dabei ist da schon der Grabstein mit Platz für ihren Namen! Kann man da irgendetwas machen? Gib mir ein Zeichen!!! Bitte, gib mir ein Zeichen!!!

Aber die weißlichen Nebel zu Marias Haupt schienen nur mild und mitfühlend zu treiben und ergaben kein Bild. Vielleicht sollte ich stattdessen in den Kerzenschein unter der Muttergottes sehen. Die Flamme flackerte und strömte und tanzte, wie in der Dampfmaschine meines Großvaters, mal schien sie meterhoch zu wachsen und dann verwandelte sie sich in eine kleine Feuerfee, aber sie sagte nicht, was ich tun sollte. Dann schaute ich endlos in Marias Gesicht, aber Maria war entrückt, als könnte sie sich jetzt nicht mit mir befassen, als sei sie mit den Jahrhunderten beschäftigt, mit allen Jahrhunderten und ihrem sterbenden Sohn auf den Knien, der nun schon so lange dalag, dass ihr schier den Arm abbrach.

Ich wusste nicht weiter. Neben mir stand der verwaiste Beichtstuhl, in dem ich keine einzige Sünde gelassen hatte, denn alle meine Sünden waren in unserer Dorfkirche in Scholmerbach geblieben, aber mir war nach Beichten. Ich hatte viel auf dem Kerbholz, ich zog mit den Soldaten herum, belog meine Eltern, knutschte liederlich und betrank mich, machte keine Hausaufgaben mehr und war unlängst in die Fänge der Besatzungsmacht geraten; ich war in Gefangenschaft gewesen und hatte mich unerlaubt entfernt wie der Graf von Monte Christo von der Teufelsinsel.

Das musste ich beichten. Jetzt. Sofort. Ich nahm ein Gebetbuch, und da außer mir keiner da war und der Beichtstuhl offen stand, konnte ich mich hineinsetzen und beichten. Im Beichtstuhl stand der Putzeimer mit einem Schrubber, das war ja ein starkes Stück, ich stellte den Putzeimer zum Pfarrer herüber und kniete mich auf die Gebetsseite und schlug den Gewissensspiegel auf. Es war so dunkel, dass ich beinahe nichts sehen konnte, aber das meiste kannte ich auswendig. In der Kirche war mir als Kind immer so langweilig gewesen, da war der Gewissensspiegel im Gebetbuch eine aufregende Sache.

– Gelobt sei Jesus Christus, betete ich und antwortete mir selber:
– In Ewigkeit Amen.
– In Demut und Reue bekenne ich meine Sünden. Ich habe der Trunksucht gefrönt.

Ich habe Vater und Mutter durch Verstellung und Lüge hinterhältig hintergangen und bin ohne ihr Wissen in die Wirtschaft gegangen und habe dort liederliche Reden geführt, mich unmäßig dem Rausch hingegeben und bin in schlechte Gesellschaft geraten. Ich habe durch Faulheit und Geschwätz und unreine Gedanken meine Pflichten in der Schule versäumt. Ja, ich hatte unreine Gedanken. Ähm. Ich habe daran gedacht … Ich möchte beichten, dass … es mir … süß und schön … und … göttlich vorgekommen ist … und dass es mir schwergefallen ist, … dass ich noch Jungfrau bin … und beinahe wär's passiert, … also gerade noch so … mit Ach und Krach. Amen.

Im Allgemeinen fühlte ich mich besser nach einer Beichte. Leichter und wie gereinigt nach einem Bad im Fluss, wie ein Vogel im Wind. Jetzt aber fehlte was, natürlich, es war kein Priester da, der mir die Buße auferlegt hätte, ich hatte nur Beichten gespielt, und es fehlte die Reue im allerletzten Augenblick. Ich wollte mir wohl ein Geheimnis vor dem Herrgott bewahren, er sollte mir nicht überall zuschauen, er hatte mir die Dornenhecken und die Wildbeeren und die Schafgarben geschickt, um Jim und mich zuzudecken, da brauchte ich ihm nicht alles zu sagen.

Zum ersten Mal verweigerte ich dem Herrgott die Beichte aus ganzem Herzen. Ich ließ ihm bloß die Trunksucht da und die Hausaufgaben, die konnte er meinetwegen haben, wenn er so erpicht war auf meine Schlechtigkeiten, wenn er so darauf aus war, meinetwegen. Aber meine Jungfräulichkeit nahm ich wieder mit, darüber sprach ich sowieso lieber mit Maria; auch sie hatte dem Herrgott und der Menschheit da etwas vorenthalten, niemand konnte wirklich wissen, was in ihrem Schoße vorgegangen war.

Und so kniete ich mich wieder hin und las die Votivtafeln: Maria hat geholfen, Bölsbach 1910. Maria, wir danken dir, Linnen 1924. Maria, Hilfe in tiefster Not, Wällershofen 1934. Maria, unsere Rettung, Scholmerbach 1942.

Was konnte Maria mir sagen? Welchen Hinweis mochte sie mir geben? Vielleicht würde ich ihre Antworten nicht im Nebel finden, vielleicht würde sie sie mir auf dem Nachhauseweg senden, mit einem Vogel oder einem Busfahrer oder einem Lied im Radio. Vielleicht schickte sie Dr. Samstag einen platten Reifen oder ließ die Apothekerin am Elternabend auf meine Mutter treffen, oder meine Großmutter ereilte ein Schwächeanfall. Vielleicht schickte sie mir auch ein sicheres Gefühl, was zu tun sei ... Noch wusste ich es nicht.

Ich bekam Hunger, und an meiner Wange herunter fiel mein ungekämmtes Haar mit den vielen kleinen Knötchen, das nicht so schön aussah wie das prächtige Haar von Apollonia, selbst jetzt, wo es grau war und zu albernen Zöpfen geflochten. Ich musste nach Hause gehen und mich waschen und etwas essen, dann meine Hausaufgaben nehmen und mich zu meiner Oma ans Bett setzen und lernen. Dann war sie nicht so allein, und wenn sie einen Wunsch hatte, dann wollte ich ihn ihr gerne erfüllen.

Meine Mutter legte mir einen Brief hin:

Er war dünn und hatte einen Luftpostrahmen und war abgestempelt in Wällershofen und hatte als Absender die U. S. Kaserne Fivel Fox auf der Struderlehe. Mir klopfte das Herz bis zum Hals, und mir wäre lieber gewesen, meine Mutter hätte nicht so komisch geguckt und ich hätte ihr den Brief nicht derart aus der Hand gerissen und wäre so die Treppe hinaufgerannt, dass ich mir fast den Hals gebrochen hätte. Jetzt wussten alle, dass ich was mit einem Ami hatte. Ich hatte mich saublöd verraten. Bald schon würde ich mich rechtfertigen müssen, ich war kein Soldatenflittchen wie Hennegickels Marlene und würde lauter schreckliche Fragen beantworten müssen, und meine Familie würde unsere tiefe Liebe mit ihren furchtbaren Verdächtigungen überschütten.

Aber ich konnte kaum abwarten, was Jim mir geschrieben hatte und riss den Umschlag mit zitternden Fingern auf. Er hatte drei getrocknete Blümchen hineingesteckt und da stand:

Roses are red,

violets are blue

sugar is sweet

and so are you.

I come back on Friday – I want to see you in the

Jonnies – I miss you, my Marie …

Love forever,

Jim.

Überglücklich bedeckte ich den Brief mit Küssen und steckte ihn in meine Schmuckschachtel und verschloss sie mit meinem kleinen goldenen Schlüssel und hoffte, dass meine Brüder sie nicht fanden. Dann holte ich den Brief wieder heraus und nahm ihn mit zu meiner Oma, um ihn ihr vorzulesen. Sie würde ihn ja nicht verstehen, aber ich musste mein Glück mit jemandem teilen.

Oma lag auf dem Rücken wie immer, und ihre blässlichen Lippen waren mit rosa Glyzerin eingepinselt, und ihre Zöpfe lagen albern links und rechts auf dem Kissen, und sie schnarchte ein wenig oder atmete einfach sehr laut. Ich setzte mich an ihr Bett und sagte:

– Oma, eysch hab en Brief bekommen, einen Brief von Jim, von meinem Liebsten!! Er kemmt bald frei! Und er hat mir ein Gedicht geschrieben, ein AMERIKANISCHES!!! Roses are red, violets are blue, sugar is sweet and so are you!!

Oma schlug die Augen auf und sagte:

– Die Amerikaner schwetzen immer, als hätten sie Kaugummi im Mund.

Ich war schockiert. Oma war glockenklar.

– Hä?? Hast dou mich verstanden?

– Eysch verstehn doch kaa Englisch.

– War der Dr. Samstag heute hier?

– Ach, der sollte hau Nachmittag kommen und mir eine
Spritze geben, aber dann es auf einmol ein ganz annern Doktor gekommen, der Dr. Samstag ist mit dem
Auto in den Graben gefohren. Da kam so ein Junger,
der macht die Vertretung. Der hat gesagt, eysch brauche gar keine Spritze, jetzt geht et mir viel besser, vorher war mir immer so durmelig.

Maria hat geholfen, Scholmerbach 1977.

Ich war vollkommen baff.

– Aber Oma, hast dou denn keine Schmerzen?

– Hm ... et zwickt mich manchmal in der Seite ... aber
so richtige Schmerzen ... et ist mehr, ... dass man nicht
mehr richtig, ... wenn dey Natur nicht mehr richtig
ihren Lauf nimmt, ... dann ist et einfach ... kein Leben
mehr ...

– Ach so ...

Ich wagte nicht zu fragen, was sie meinte mit: Die Natur
nimmt nicht mehr recht ihren Lauf. Wir sprachen doch
nicht über das Untenherum! Diesen Bereich gab es praktisch
nicht.

– Ach, dey Gemeindeschwester kreygt das schon hin.
Oder ist das auch en Trampeltier?

– Ach, sagte sie. Das da ist alles ... einfach ... nichts mehr
nütze ...

– Naja, sagte ich. – Dann ... dann ... denk einfach an
was anneres, es gibt ja noch schöne Sachen. Bloß, weil
da ... irgendwo was nicht so klappt – hast du doch
noch andere Stellen, wo was geht! Zum Beispiel kann
man sich schön unterhalten! Erzähl mir was!

– Ach, was soll eysch erzählen?

– Vom alten Haus.

- Ach, das aale Haus. Ja, da habe ich noch lange Heim-
  weh nach gehabt.
- Es hatte ja auch schönes Fachwerk.
- Mit geschwungene Bögen. Das hatte nicht jeder.
- Aber es war zu kalt.
- Ach naja, man konnte sich ja an den Kohleherd setzen.
- Aber es war zu klein!
- Man konnte ja in den Stall gehen.
- Aber ihr habt kein Wasserklosett gehabt!

Da schwieg meine Großmutter, denn das Klo war eine
schreckliche Angelegenheit und hatte im alten Haus die
Romantik schlussendlich doch beeinträchtigt.

- Schließlich musste man nicht im Winter über den Hof
  off den kalten Abtritt. Da konnte man sich immer
  noch in den warmen Stall bei dey Kuh setzen. Aber
  irgendwann hatten wir ja keine Kühe mehr.

Im Frühling 1935 bekamen die Zimmerei Heinzmann und
der Steinbruch vom Jammertal und die Maurer und Anstreicher von Böllsbach und die Rohrverleger und Heizungs-
bauer von Wällershofen den Auftrag, vierzehn Baracken auf
das Haselbacher Feld zu stellen. Hier wollte der Reichsarbeitsdienst ein großzügiges Gelände errichten mit einem
großen Kasino zum Essen und Trinken, mit Schlafsälen und
einer Werkstatt und Wachhäusern und Geräteschuppen und
Garagen und einem Übungsplatz zum Exerzieren. Die Übun-
gen sollten der Vorbereitung für den Wehrdienst dienen und
der Ertüchtigung und Stärkung der verweichlichten, ausge-
hungerten, schwächlichen, bleichen und arbeitslosen jungen
Männer aus Köln oder Frankfurt.

Die Männer sollten die Sümpfe trockenlegen, Gräben schaufeln durch die feuchten, brackigen Wiesen, und das Wasser sollte abfließen. So konnten die Bauern mehr Wiesen abernten, und die Heuwagen blieben nicht mehr stecken, und das Gras war nicht mehr sauer und verursachte den Kühen Koliken, das war ein Segen für die Scholmerbacher. In der alten, heruntergekommenen Grubenvilla wohnten noch ein paar alte Witwen von ehemaligen Steinbrucharbeitern aus dem Ruhrgebiet. Nun dachte die Partei, dass man die hochherrschaftliche Villa prächtig sanieren könnte für ihre Führungsspitze, und es wäre doch wunderbar, wenn man die alten Ruhrpottwitwen rausschmeißen und das Haus im ganz großen Stil wiederherrichten und Empfänge darin ausrichten würde. Der Feldmeister Schröder könnte da wohnen und auch der Obertruppführer Vogler und der Hauptmann Tomaczek, wenn er zu Besuch kam.

Die Arbeiten auf dem Haselbacher Feld waren also in vollem Gang, und es war ein Hämmern und ein Sägen und eine Aufbruchsstimmung und eine neue Hoffnung, und mittendrin die aufgescheuchten Ruhrpottwitwen, die nun keiner mehr brauchte und die man irgendwohin stecken musste.

Da kamen Heinrich und Fredo, die treuen Parteimitglieder auf den Gedanken, Apollonia zu besuchen:

– Apollonia, sey mal, dou hast doch noch Platz in deinem Haus, dou musst die Witwen aus dem Ruhrgebiet aufnehmen. Es reicht doch hinten nicht und vorne nicht, und so kriegst du noch ein wenig Miete.
– Mir han keine Platz, sagte Apollonia. Mir han oben zwei Zimmer und unten zwei Zimmer. Wo solle dey denn wohne? Sollen mir im Stall schloofen?

– Dou kannst es dir noch mal überlegen, sagte Fredo. Aber nächste Woche werden in der Villa die Wände eingerissen, dann müssen die Witwen raus, bis dohin kannst dou Platz schaffen. Wenn die Partei was anordnet, dann muss man auch gehorchen.

– Ach, ihr könnt mir doch den Buckel runterrutschen mit eurer Partei, sagte Apollonia.

– Das will eysch nicht gehört han, sagte Heinrich.

– Lona, sagte Fredo, eysch muss schon sagen! Ich komme nächste Woche wieder! Dann hast dou Platz gemacht für wenigstens eine Witwe und ihren halbwüchsigen Sohn. Für den Führer müssen wir alle Opfer bringen! Die anderen müssen auch Leute aufnehmen!

Damit verschwanden Heinrich und Fredo, und ihre Drohung blieb im Raum stehen und vermischte sich mit in den dampfenden Schwaden der Bohnensuppe auf dem Kohleherd. Meine Großmutter Apollonia wollte keine Fremden im Haus und schon gar keine aus dem Ruhrpott mit ihrem Woll und Watt. Sie spürte im Leib das Kind treten, und das Kind hob ihr die Schürze, und das Stehen war schwer, und das Gehen war schwer, und das Wäschewaschen war schwer, und das Schweinefüttern war schwer. Klemens war auf dem Zimmerplatz und der Dapprechter Gustav auf dem Feld, und ihre Mutter Kathrein hatte sich mit einem unaussprechlichen Gedöns wegen dem Untenherum ins Bett gelegt. Da sollte sie sich auch noch um Anderleuts kümmern, eine Frechheit war das, so konnten sich nur Mannsleute aufführen.

Wenn es jetzt losging mit dem Kind, dann war sie womöglich ganz allein, und einer musste die Hebamme rufen, die wohnte ganz oben in der Straße, oder die Therese, die wohnte in Hellersberg, da musste einer drei Kilometer zu Fuß gehen, und bis sie dann da war, wer weiß. Es wäre besser gewesen, sie hätte rechtzeitig ihre Schwestern gerufen, Hanna und Klarissa. Kinderkriegen war keine schöne Sache, und Apollonia stellte das Wasser hin und die Schüsseln und die Wäsche und die Lumpen, wie man ihr aufgetragen hatte, aber ihr war nicht wohl dabei. Wenn sie nun die Hebamme zu spät rief, war es nicht gut, aber wenn sie sie zu früh rief, dann war es erst recht eine Schande, und die Hebamme musste wieder gehen. Apollonia hatte nur gehört, es geht los, wenn man Rückenschmerzen bekommt, sie hatte aber keine Rückenschmerzen. Sie hatte nur allmählich starke und immer stärkere Schmerzen im Untenherum und fühlte, wie sich ihr Leib zusammenpresste, aber darüber sprach man nicht, und solange ihr der Rücken nicht wehtat, konnte es auch noch nicht losgegangen sein.

Als am späten Nachmittag der Dapprechter Gustav vom Feld kam, hörte er seine Tochter unstet in der Küche herumpoltern, und als sie beinahe den Spülstein abgerissen hätte, da dachte er sich seinen Teil. Er wollte gleich die Hebamme aus Hellersberg holen, weil die Berta aus Scholmerbach verreist war, und dachte, er könnte die Kuh vorspannen, damit die Hebamme nicht den ganzen Weg zu laufen brauchte. Lore, die Kuh, aber war noch immer gekränkt, denn weil sie auf dem Acker keine geraden Furchen gezogen hatte, hatte der Dapprechter Gustav sie geschlagen.

Er wollte sich beeilen und sie aus dem Stall holen, da rutschte er in der schleimigen Rinne aus und fiel hin, und Lore sah ihre Gelegenheit gekommen und trat auf ihn drauf. Dabei erwischte sie ihn derartig am Kopf, dass er an Ort und Stelle sein Leben ließ, und es war ein schreckliches Unglück, und der Dapprechter Gustav schied dahin im Kuhmist auf dem Boden von seinem frisch gekalkten Stall.

Apollonia aber rang auf dem Küchenstuhl, und wäre nicht Tante Lisa von nebenan vorbeigekommen und hätte Urgroßmutter Charlotte vom Zimmerplatz geholt, die schon vierzehn Kinder geboren hatte, wer weiß, was geschehen wäre. Meine Mutter Marianne erblickte das Licht der Welt auf dem Küchenboden, weil meine Großmutter die Kurve nicht mehr gekriegt hatte und nicht mehr hochgekommen war und keine Rückenschmerzen gekriegt hatte und vielleicht, weil sie in den schwersten Augenblicken ihres Lebens am liebsten an ihrem Kohleofen war.

Nun war im kleinen Lehmhaus im oberen Stockwerk genügend Platz für zwei Ruhrpottwitwen und den halbwüchsigen Sohn, und kaum dass die Kirchturmglocken verklungen waren und man den Dapprechter Gustav begraben hatte, zogen sie auch schon ein.

Die alte Kathrein, die mit den Jahren an der Seite ihres gestrengen und polternden Mannes mit dem Kaiser-Wilhelm-Bart immer bleicher geworden war, hatte ihre Krankheit am Untenherum mit zusammengepressten Lippen der ganzen Welt verheimlicht, und sie lag im Bett und stand nicht mehr auf und verbot jedem Doktor, sich zu nähern. Nur Großtante Hanna hatte sie irgendwann mal gestanden, da sei etwas »herausgefallen«. Darüber durfte aber niemand reden. Lieber blieb sie im Bett, und jeder musste sie bedienen, aber sie verlangte so wenig, dass sie bald niemand mehr bemerkte.

Meine blässliche Urgroßmutter Kathrein wurde also mitsamt ihrem herausgefallenen Untenherum im Bett nach unten gebracht und mit Schränken und Waschtisch und Nachtgeschirr und Schüsselbank und Sessel in das eine Zimmer verfrachtet, und meine Großmutter Apollonia und mein Großvater Klemens mit meiner Mutter Marianna legten sich in das andere Zimmer, und meine Mutter sollte vom ersten Atemzug an zwischen der nach Stall und Kappes duftenden Apollonia und dem nach Wacholder, Sägemehl und Eckstein riechenden Großvater liegen, der schnarchte wie der ganze Zimmerplatz.

Und die Ruhrpottwitwen hießen Wilhelmine Wratzlaff und Luise Auguste Nowak, und deren Sohn Jakob und sie wohnten im Mobiliar vom Dapprechter Gustav und sagten vom ersten Tag an laut Watt und Woll und machten es sich ordentlich bequem.

Meine Großmutter Apollonia hatte also meine Mutter Marianne geboren, und mein Großvater nannte sie sein Paradiesengelchen. Sie hatte weißblondes Haar, und es sollte so dünn und futschelig werden wie das von Großtante Klarissa.

Wenn ein neuer Mensch geboren wird, muss ein alter Mensch sterben, aber so wie es gekommen war, so hatten sie es nicht verabredet, und Klemens hatte sich um so vieles zu kümmern und dann auch noch der Einzug der Witwen und des Jungen, das konnte kein Mann auf einmal bewerkstelligen.

Da half nur ein Stoßgebet, und die Brüder vom Zimmerplatz kümmerten sich um die Beerdigung und um das Grab des Dapprechter Gustav, und die Schwestern Hanna und

Klarissa halfen im Wochenbett und bei der Pflege der alten Kathrein, und zwischendurch musste mein Großvater Klemens mal zum Honiels gehen und sich einen trinken, damit er bei Verstand blieb und alles durchhielt, was da von ihm verlangt wurde. Taufe und Beerdigung, das war ja wie Ostern und Pfingsten und Himmelfahrt an einem Tag. Man wusste nicht, ob man jetzt Beileid wünschen oder gratulieren, weinen oder lachen sollte, ehrlich gesagt, war mein Großvater Klemens nicht sonderlich traurig, denn der schreckliche Gustav hatte ihm das Leben schwer gemacht.

Jetzt war er einen fürchterlichen Moralapostel losgeworden, der immerzu das Regiment führte und einen anständigen Menschen nicht ausschlafen ließ – und hatte dafür einen kleinen Engel auf Erden, ein Goldkind, ein Bobbele, ein Herzele, einen Sonnenschein im Haus. Wenn man darauf nicht mit dem ganzen Dorf anstoßen musste! Es durfte ihn nur kein Dapprechter dabei erwischen, die nahmen es ihm womöglich übel. Wenn ihn also ein Dapprechter sah, dann weinte er, und wenn ihn ein Paulinchens sah oder ein Schlossens, dann lachte er und prostete, und wenn Hanna ihn sah, dann weinte er wieder, und wenn ihn der Müllerkoll sah, dann lachte er wieder.

Nur die Ruhrpottwitwen, die hatten ihr eigenes Schicksal, und es scherte sie nicht, ob es nun eine Taufe oder eine Beerdigung gegeben hatte, sie polterten in ihren schweren Steinbruchschuhen Apollonia auf dem Kopf herum und schrien und gaben dem frechen Jakob von Zeit zu Zeit eine Ohrfeige und rückten die Möbel gerade so, wie es ihnen passte.

Mein Großvater Klemens hatte ein schwarzes Gebetbuch voller Sägemehl, und darin stand: Klage nicht. Du sollst dein

Los auf dich nehmen und nicht aufbegehren gegen die Prüfungen und die Heimsuchungen Gottes. Übe Geduld und Langmut, vertraue dem Herrn dein Schicksal an auf all deinen Wegen, denn Er weiß, wie es kommen muss in seinem göttlichen Ratschluss.

Dieses Gebetbuch hat meine Großmutter Apollonia niemals gelesen.

Die Grubenwitwen mitsamt dem nicht recht gescheiten Jakob waren ihr von Anfang an zuwider, und sie hätte sie am liebsten mit dem Stocheisen aus dem Haus gejagt. Denn es konnte doch nicht sein, dass da oben zwei armselige Witwen und der blöde Sohn zwei Zimmer und die Küche bewohnten und sie dagegen im eigenen Hause zu viert nur zwei Zimmer. Da hatte Klemens bei der Verteilung wieder mal geschlafen, der gutmütige Simpel.

Ach, es war alles anders gekommen, als sie gehofft hatte, damals, als sie auf der Kirmes im Saal gestanden hatte, und sie waren die drei Schönsten gewesen vom ganzen Dorf, Hanna, Klarissa und Apollonia, und die Freier kamen von nah und fern und sogar noch von Langdehrenbach.

Der Freier von Langdehrenbach, der meine Großtante Hanna zu sich geholt hatte in das schöne Tal, wo der Elbbach fließt, hatte eine Schneidmühle und eine Dampfmaschine und war ein fleißiger Mann. Darum lebte meine Großtante Hanna nun in einem großen Haus und hatte zwei prächtige Söhne und eine Tochter, die sah aus wie das Rosenresli, mit zwei Grübchen, und sollte später noch schöner werden als Hanna, Apollonia und Klarissa zusammen. Sie hatten einen riesigen Hof und ein stattliches Haus aus Stein mit einem Walmdach und Gauben, und was sonst niemand hatte weit und breit: Sie hatten ein Wohnzimmer! Ein Wohnzimmer mit einem Buffetschrank und einem Sofa mit Kissen von Brokat und einem Ohrensessel, mit einem reich geschnitzten Tisch und Stühlen aus Ebenholz und spitzengeklöppelte Decken und Gardinen und Vorhängen. Tante Hanna hatte es weit gebracht. Manchmal kamen sie nach Scholmerbach, und dann musste Apollonia ihnen Kaffee kochen aus gespelzten Gerstenkörnern, die sie in der Pfanne briet und mit heißem Wasser übergoss, den konnte man gerade wieder ausspucken. Daher brachte Tante Hanna den Kaffee mit und ließ ihr gleich ein paar Pfund da. Auf Klemens war ja kein Verlass, und Apollonia musste ein wenig sparen, denn wenn der Jude Simon vor der Tür stand, wollte Apollonia ihn auch nicht immer wegschicken.

Tante Hanna hatte alles vom Juden Joel aus Wällershofen, dem feinsten Geschäft weit und breit, die schönsten Kleider, einen Wintermantel, ein Kleidchen für ihr Töchterlein und Sonntagsanzüge für die Buben, Tante Hanna war fein raus. Warum hatte man der nicht ein paar Ruhrpottwitwen ins Haus gestopft? Tante Hanna hatte viel, viel mehr Platz, da passten gut und gern noch zwanzig Witwen rein, das war eine Ungerechtigkeit im Leben, das sollte Apollonia mal jemand büßen, am besten der Klemens, der war an allem schuld.

Apollonia war immer so verstockt, haben die Leute gesagt. Sie bot auch nicht jedem einen guten Tag, und wen sie nicht leiden konnte, den konnte sie nicht leiden. Genau wie Tante Hanna. Die Leute sagten: Hanna und Apollonia waren nicht gerade gnädig. Man konnte mit ihnen nicht gut Kirschen essen. Sie wollten sich nicht »gemein machen«. Es

war, als müssten sie sich von den dummen Menschen fern-
halten, denn in Scholmerbach wurde viel zu viel gelacht.
Selbst in der schlechten Zeit brach es immer wieder durch,
und allzu schnell fiel man dem Pöbel anheim. Man musste
auf sich halten. Am besten hielt man auf sich, wenn man auf
die dummen Menschen im Dorf schimpfte.

Wenn Großtante Hanna zu Besuch kam, begann sie mit
meiner Großmutter Apollonia bereits beim ersten Schluck
aus der Kaffeetasse auf die Leute zu schimpfen, und sie begannen in der Hauptstraße und machten in der Lindenstraße
weiter und fuhren mit der Schafsbachgasse fort und hörten
nicht auf, und passten auf, dass sie auch keinen vergaßen
vom ganzen Dorf und auch keinen aus der missratenen Verwandtschaft, bis es endlich Nacht geworden war. Apollonia
und Hanna wurden im Laufe der Jahre immer hagerer und
dünner und kleideten sich eher dunkel und ihrem Alter
gemäß. Beim Schimpfen schienen sie auf ihren Stühlen vorwärts und rückwärts zu kippen und auseinander und wieder
aufeinander zu mit erhobenen, dünnen Zeigefingern, und
ihre Stimmen wurden lauter und lauter und höher und
höher, bis sie sich derart in Rage geredet hatten, dass Tante
Hanna ein ganz feuchtes und rotes Gesicht hatte und sich
aus ihrem Dutt Strähnen lösten und ihr in die Stirn fielen
und sie nach Luft rang.

Tante Klarissa hingegen war so gut, dass sie gut war, sagten
die Leute. Ihre Stimme war sanft und still, und es war manchmal ärgerlich, dass sie immer nur Gutes über jedermann
sagte. Sie war früh Witwe geworden und hatte drei Kinder
und aus dem Dachdeckerbetrieb eine recht gute Rente, und
sie lebte in einem großen, schmuckvollen Reihenhaus, das
war mit Schiefer beschlagen. Sie marschierte allein die sie-

ben Kilometer durch die Hecken nach Scholmerbach, um Apollonia zu helfen und den Garten umzugraben und die Mutter Kathrein zu pflegen, und wenn es Apollonia schlecht-ging und sie gar nicht mehr weiterwusste, wollte sie nieman-den um sich haben als nur Klarissa. Diese verströmte einen Sanftmut und eine Hoffnung, und um ihre Stirn lösten sich immer einige von den zurückgezurrten Haaren und ringel-ten sich hell und freundlich um ihr Gesicht. Wenn sie einen Nachmittag dagewesen war, dann schien das Haus nicht mehr so schmutzig zu sein wie zuvor. Nicht, dass es schmut-zig gewesen war. Das auch wieder nicht. Es hatte sich aber verändert, und Tante Klarissa hatte Lieblichkeit und Milde zurückgelassen, und Apollonia sah noch den ganzen Abend so weich und hell und lieblich aus.

In den folgenden Tagen verlor sich das wieder, und sie wurde härter und verstockt.

Meine Mutter hat gesagt, dass Tante Klarissa immer lä-chelte, alles verzieh und alles duldete, während Tante Hanna so schimpfte, dass sie fast vom Stuhl fiel. Einmal hatte Onkel Balduin sie gerade noch aufgefangen, sonst hätte sie sich die ganzen Knie zerfallen.

Es war gut, dass mein Großvater Klemens ihr nicht unter die Hände geriet, sonst hätte sie vielleicht Hackfleisch aus ihm gemacht. Aber vielleicht hat sie auch meiner Großmutter zuliebe nur geschimpft, wenn er nicht dabei war. Jedenfalls konnte Apollonia es nicht vertragen, wenn Hanna sich über ihn ausließ, und fing an, meinen Großvater Klemens zu ver-teidigen. Man könne ja nicht den lieben langen Tag ein ernstes Gesicht machen und ein Mann, der immer nur zu Hause hockt und nicht gesellig ist und keine Kameraden hat, der sei ja auch langweilig. Daraufhin war Großtante

Anna verschnupft gewesen und hatte gemeint, ein Mann, der redlich ist und viel Arbeit hat, der hat auch auf der Arbeit seine Freunde und macht da schon mal einen Scherz, ist aber am Abend von der getanen Arbeit müde, so wie einstmals der in Ehren gehaltene Vater Gustav!

Hanna meinte, es sei eine Schande, dass der Klemens so faul sei und dass er die Ruhrpottwitwen ins Haus gelassen hätte, so ein Gesocks, und Apollonia meinte, wenn die Partei was anordnet, hätte man überhaupt keine Wahl. Außerdem seien die Ruhrpottwitwen arme Christenmenschen und nur verjagt worden, und denk an unsere Klarissa, die hätte die bestimmt aufgenommen. Hanna jedenfalls fand das alles nicht gut, bis Apollonia aus Trotz am Abend sagte, man müsste den armen Witwen auch mal ein gutes Wort sagen, und da kam Klemens herein, und Apollonia sagte:
— Man muss auch mol ein wenig gesellig sein! Da staunte Klemens, was in sie gefahren war, aber sie fuhr fort: — Wir können ja dey Witwen mal einladen und einen Aufgesetzten trinken und ein paar Eier braten.
Und Klemens und Apollonia lachten, und Klemens holte voller Stolz seinen selbst gebrannten Schnaps, und Apollonia ging zögernd zur Treppe und rief die schmalen Stufen hinauf:
— Hier … Wilhelmine, Luise … wollte ihr mal nunterkomme?
Es dauerte einen Augenblick und war wie eine Starre, und Tante Hanna sagte missbilligend: Na!
Und dann kam von oben:
— Watt?
Und schon winkte Klemens mit dem Schnaps, und Tante Hanna griff nach ihrem Mantel und schickte sich an, das Haus zu verlassen. Für ein Besäufnis mit den hergelaufenen

Weibern aus den Steinbrüchen war sie nicht zu haben, da ging sie lieber wieder nach Langdehrenbach, dort hatte sie es schöner, und es gab ganz allgemein gescheitere Menschen als hier.

Als aber mein Großvater und Apollonia mit den Ruhrpott-witwen und ihrem Sohn Jakob beisammensaßen und gebratene Eier und gebratenes Brot mit Zucker aßen und dazu den Aufgesetzten tranken, da erfuhren sie, wie es den Witwen ergangen war, wie sie von Herne und Gelsenkirchen gekommen waren mit ihren Männern, um in den Steinbrüchen zu arbeiten. Dann starben sie und das war's.

— Wat willße machen.

— Ma' wierd ja nich gefracht.

— Es et da met der Rente genouch?, fragte mein Großvater.

— Nä, sagten die Witwen. Dat mit die Rente kannße vergessen. Da musse dich anders zu hällfen wissen.

— Wie dann?, fragte Apollonia.

Als gelte es, ein großes Geheimnis zu verraten, winkte Wilhelmine und hob ihre Schürze.

— Kumma!

— Wott da?

— Hab ich genäht, woll! Ich hab en Nähmaschienken! Da mach ich wat für'n Aabeitsdienst un da kann ich mich wat von abzwacken.

Sie kniff ein Auge zu.

— Kann ich dich au' mal wat nähen, ich seh schon, wie dich dat Blüsken ausenander fällt. Dat kann ich dich richten!

Apollonia zuckte zusammen. Dass womöglich ihre Schwester den Riss in der Bluse gesehen hatte, war ihr gar nicht recht. Einen neuen Rock brauchte sie schon lange, ein feines Kleid für sonntags wäre gar zu schön.

— Willsde noch'n Schnaps? Könne ach noch e Ei in de Pann haache!

Wer weiß, vielleicht hatte es ja mit den Witwen auch was Gutes. Man muss sehen, wo man bleibt, und nehmen, was kommt, und das beste draus machen. Not kennt kein Gebot. Die Witwen sollten ruhig ihre Schuldigkeit tun, weil Apollonia ihnen das halbe Haus geräumt hatte und sie sich unten knäulen mussten. Es war nicht mehr als recht und billig, dass Luise Auguste Nowak sich den Nähkasten griff und den Blusenärmel schnappte und ein paar Stiche machte und dann das Maßband holte und Apollonia um die Taille griff und ihr nebenbei im Modeheft schöne Kleider zeigte, wofür sie die Schnittmuster hatte.

Derweil war es Wilhelmine Wratzlaff schon ganz schwindelig, und sie erklärte meinem Großvater Klemens, wie herrlich und großartig unser neuer Führer sei und dass man ihm bedingungslos folgen müsste und sie könnte sich gerade umbringen für ihn. Der vierzehnjährige Jakob aber aß ein gebratenes Brot nach dem anderen und gebratene Blutwurst dazu und hatte auch nichts dagegen, noch zwei Eier in die Pfanne zu hauen, und probierte gleichfalls einen Schnaps, während nebenan Marianne im großen Bett meines Großvaters versank und schlief, und die Schweine grunzten im Stall.

Klemens sagte, Wilhelmine sei wohl nicht ganz bei Trost, denn der neue Führer mache zwar den Steinbruch wieder auf und baue den Arbeitsdienst, aber er würde den Marienverein verbieten und die Triumphbögen, und Fahnen an Fronleichnam sollten bald nicht mehr erlaubt sein, und den Dernbacher Schwestern hätten sie die Fensterscheiben eingeschmissen; da sei doch was nicht rechtens bei der Sache! Der Hitler wollte bloß Krieg, das könne man doch hören, bloß wieder Krieg! Wilhelmine Wratzlaff aber meinte, wir müssten alle hinter dem Adolf stehen wie ein Mann, und mein Großvater sagte: Wofür, er brauche keinen Krieg! Und Wilhelmine fand, so was dürfe der Klemens nicht sagen, das sei gegen die Sache, und wenn er so an unserem herrlichen Führer herummeckere und schlechte Reden über ihn führe, dann könnte er eingesperrt werden. Und mein Großvater meinte, unter seinem eigenen Dach dürfe er ja wohl reden was er wolle und wenn ihr das nicht passe, könne sie aus seinem Haus verschwinden!

Da sagte Wilhelmine Wratzlaff:

– Dat könnt dich so passen, woll, dat is getz ma' so, datt der Führer dat so bestimmt hat, dat is getz unsern Reich hier ohm, un da kannze dich auf'n Kopp ställen, da wer'n mir dich noch auf'm Kopp drauf rum tanzen!!

Da hob mein Großvater Klemens die Pfanne und schleuderte Wilhelmine Wratzlaff die Eier mitten ins Gesicht. Luise und Apollonia und Jakob schrien, und Marianne wurde wach und schrie auch, und die Kühe muhten im Stall.

Datt wäre unerhört und eine Frechheit, schimpfte Wilhelmine, und Luise meinte, sie müsse sich ja auch nicht so aufführen und so frech sein. Das sei schließlich das Haus vom Klemens und Apollonia, und sie seien nur zur Miete, und Jakob sagte genau, und bekam von Wilhelmine eine Ohrfeige, während sie sich noch die Eier aus dem Gesicht wischte.

Meine Großmutter Apollonia aber freute sich, dass mein Großvater der Wilhelmine die Eier ins Gesicht geworfen hatte, nicht wegen der Partei, sondern nur so. Da konnte man mal ordentlich lachen, und er hatte wieder einen Stein im Brett bei ihr. Trotzdem hatte sie die schönen Kleider aus dem Modeheft im Kopf und wollte es sich nicht ganz mit den Ruhrpottwitwen verderben. Ihre eigenen Kleider waren gar so zerschlissen, sie wünschte sich ein neues Sommerkleid und eine schöne Bluse oder ein Kleidchen für Marianne. Daher verständigte sie sich stumm mit Luise, und beide nickten sich zu, und Wilhelmine kippte ihren Schnaps herunter und goss sich noch einen nach, bevor sie beleidigt nach oben ging und lautstark überlegte, das alles dem Heinrich oder dem Fredo zu melden. Oder dem Feldmeister Schröder oder dem Obertruppführer Vogler, wenn sie ihn morgen sah. Denn morgen gab es wieder karierten Stoff zu holen, um Vorhänge zu nähen für die Baracken und für das funkelnagelneue Kasino vom Reichsarbeitsdienst. Sie musste sich das sehr überlegen. Das ging nämlich echt zu weit. Mit Eiern werfen. Der Klemens, was für ein Unhold und ein Grobian. Beim nächsten Mal haute sie ihm gleich die Schnapsflasche über die Rübe, das war ja mal klar, woll.

Auf dem Haselbacher Feld standen nun die neuen Baracken, und einige alte Gebäude von der ausgeschöpften Braueisengrube wurden auch hergerichtet und dazu die prächtige Villa der ehemaligen Steinbruchbesitzer auf der anderen Seite, und alles zusammen war für den Reichsarbeitsdienst.

25 Pfennich ist der Reinverdienst, ein jeder muss zum Arbeitsdienst – und dann zum Militär.

Und alsbald sah man über Scholmerbach eine prächtige

Fahne mit einem riesigen, weithin sichtbaren Hakenkreuz mit Spaten und Ähre, die wehte weithin im Wäller Wind.

Der Feldmeister Schröder war von der Wesel und hatte sich in den Dienst von Reichsarbeitsführer Hierl gestellt und war nun auf das Haselbacher Feld gekommen, um die Verwaltung zu übernehmen und das morgendliche Exerzieren mit dem Spaten.

In der alten Villa erinnerte nichts mehr an die Witwen, den Dreck der Steinbrüche und die schäbige Fürsorge. Die Decken waren neu verputzt, und Kronleuchter hingen, und es wurden Tapisserien angebracht und die Säulen mit ihrem Stuck erneuert, und der Anstreicher hatte zu tun, und die Maler hatten zu tun und der Fenstermacher auch. Obertruppführer Vogler und Feldmeister Schröder zogen in das Herrschaftsgebäude und ließen ihre Möbel aus dem Ruhrgebiet kommen, und die Scholmerbacher standen an der Straße und staunten, denn noch nie hatten sie ein so schönes Sofa gesehen, noch nie ein so herrliches Gemälde mit dicken Damen, nie ein so teures Radio, und keiner im Dorf hatte einen so prächtigen Wohnzimmerschrank und so glänzende, gestickte Teppiche. Was dann kam, verschlug allen die Sprache, und sie machten ehrfürchtig einen Schritt rückwärts:

Aus Dortmund geliefert von einem Fahrzeug der reichsdeutschen Armee, fuhr in den Hof eine noch nie zuvor gesehene, ja die allererste jemals erblickte, funkelnagelneue, schöne, auf vier Füßen stehende weiß glänzende Emaillebadewanne.

So war also der Erste, der in Scholmerbach in einer Badewanne saß, ein Nationalsozialist auf dem Haselbacher Feld.

Meine Großmutter Apollonia freute sich, weil auf dem Zimmerplatz die Kreissägen liefen und das Gatter stampfte und alles auf den Beinen war und die alte Charlotte ihnen Butterstücker und Malzkaffee hinausbrachte, damit sie Kraft hatten und weiter hobelten und hämmerten und sägten und die Getreidemühlen laufen ließen. Es war der reine Unverstand, dass mein Großvater Klemens noch immer so lange im Bett lag, bis der letzte Hahn sich die Kehle heisergekräht hatte und man ihn mit dem Knüppel aus dem Bett holen musste. Und Apollonia musste allein den Stall machen und das Vieh auf die Weide bringen und den Kühen gegen den Kopf gehen. In der Scheune hing das Heu vom letzten Jahr noch schmutzig von den Balken, und alles, was der Urgroßvater Gustav gemacht hatte, verkam. Die Spaten fielen von der Wand, und die Sau machte die Stallwand dreckig, und die Kuh riss den Eisengurt aus der Wand, und all das scherte meinen Großvater nicht. Kann man ein andermal machen, sagte er. Oder das sei nicht notwendig oder das sei Kappes. Oder Weibergeschwätz oder Käse oder Kokolores. Mein Großvater hatte auf dem Zimmerplatz genug zu tun mit seinen Brüdern, die sich beschwerten, wenn Klemens das Gatter immer bloß im ersten Gang laufen ließ, weil er noch den Nassauer Boten fertig lesen wollte, und wenn das Gatter im ersten Gang lief, dann sägte es ewig und ewig an einem Baum herum, und solange das Gatter noch sägte, brauchte er nicht hochzukommen, um seinen Brüdern zu helfen.

Es gab ja noch andere Arbeit für ihn: die Sägeblätter schärfen, die Balken hobeln, das Pferdegeschirr reparieren, Stämme aus den Wäldern holen, seiner alten Mutter auf dem Feld helfen und die Getreidesäcke abfüllen.

Aber Klemens ist ein Faulenzer, hieß es immer wieder. Er schafft die Hälfte und verdient das Gleiche, sagten die

Brüder. Er soll weniger haben. Er soll nach Stunden bezahlt werden!

Die alte Mutter Charlotte ging dagegen: Wir müssen alle gleichhalten. Es ist nie ein Kind wie das andere. Aber die Brüder sagten: Er hat schon immer das Gleiche gefressen und erst recht gesoffen, aber nichts dafür tun müssen, so lernt er es ja nie! Die Mutter Charlotte seufzte: Aber dafür hat der Herrgott ihm andere Gottesgaben gegeben, und mit den Gottesgaben muss er ja auch von Nutzen sein, und leben muss er schließlich auch!

Die Brüder verstanden es nicht und sagten: Gottesgaben, Gottesgaben, Schnaps brennen und saufen, was sind das für Gottesgaben? Klemens ist nichts als ein Drückeberger, und wir sollen ihn durchfüttern, und du steckst ihm noch das Geld zu!

Die alte Mutter Charlotte sah die Ungerechtigkeit nicht, und so wuchs der Zorn von Balduin und Dagobert und Konrad und den anderen an jedem Tag ein wenig mehr, und sie nannten meinen Großvater Klemens einen Simpel und einen Taugenichts, einen Langschläfer und einen Faulenzer, einen Säufer und einen Fantasten, einen Trottel und einen krummen Hund und einen Holofernes, einen Dummkopf, einen Tölpel, einen Esel, einen Blödmann und Querschädel, der nur da ist, um alle zu ärgern.

Mein Großvater schien das alles nicht zu hören – als würde das Stoßen der Maschinen, das Dröhnen der Gatter oder das Schlagen der Hämmer seinen Kopf nicht erreichen und das Lamentieren von Apollonia ebenso wenig. Es konnte ihm nichts anhaben, als wäre sein Kopf von den Jahren auf dem Zimmerplatz ganz wie aus Holz. Ganz westerwäldisch, so unbeugsam und vom Wind umhaust, kriegte er nicht mit, was sie wollten. In ihm ging ganz etwas anderes vor, aber was, das war keinem klar, außer dem Herrgott allein oder seiner alten Mutter oder dem Kurt von der Waldeslust.

In der Waldeslust standen Tische und Stühle aus fein gedrechseltem Teakholz, und die Separees waren ausgestattet mit grün und weiß bedruckten Tapeten und von Schnitzereien aus Palisander umrahmt. In jedem Separee konnten sechs oder sieben Leute sitzen, drei davon auf einer Bank, die war mit Samt bezogen. Über ihnen hing ein Lampenschirm, der sich nach außen wellte wie der Unterrock einer Magd, und links und rechts ragten zweiarmige Kerzenleuchter in den Raum hinein. Es war sehr heimelig in diesen Separees und man konnte, wenn man wollte, so für sich sein, dass einen im Gastraum niemand sah. Das Separee im hinteren Schankraum hatte von Anfang an etwas Verbotenes. Etwas Gefährliches und Unerhörtes. Es war unerhört und so vornehm, dass sich von den Scholmerbachern niemand hineinsetzte. Jeder sagte nur: ach und oh und wie hast du das nur fertiggebracht, Kurt? So was in Scholmerbach, das ist doch Perlen vor die Säue geschmissen!

Das stimmt nicht, hatte der Kurt gesagt. Jeder kann sich mal am Sonntag ein wenig herrichten und ordentlich hinsetzen und sich was gönnen. Man muss ein Bier ja nicht saufen wie eine Kuh, man kann Wein trinken wie etwas Kostbares und jeden Schluck genießen, Wein ist nicht da, um möglichst schnell besoffen zu werden.

– Ach, Wein, sagten die Leute. Der is viel zu teuer. So was hat et hier noch nie gegeben. Das sind doch Fisimatenten. Obwohl … man kann ja mal was Neues probieren.

Apollonia war sehr dafür. Denn der Wein kam aus Frankreich, und man konnte in Scholmerbach mal etwas Feineres lernen. Mein Großvater Klemens, der so stolz war auf sein Paradiesengelchen, auf seine Marianne, sein Bobbele, seinen Sonnenschein, ließ es sich nicht nehmen, meine Großmutter Apollonia in ihrem schönen Sonntagskleid und das Kind mit einem Propeller im Haar in die Waldeslust auszuführen.

Das war dann doch was Besonderes: An einem Sonntag nicht einfach die lahmen Knochen strecken, sondern mal was Schönes machen. Es war beinah so wie in Südfrankreich, wo man sich den Luxus gönnte, mal zur Madame Tintin ging und draußen saß und Cidre trank, und die Männer kriegten einen Cognac.

Nun gab es also beim Kurt Siebers Wein, das war so besonders wie die ganze Wirtschaft. Klemens trank natürlich Bier, aber die kleine Marianne bekam einen »Quatsch«, das war ein Himbeersaft, aber das größte Wunder von Scholmerbach wartete im Garten: Als der Siebert die Tür aufmachte und die Sonne hereinschien, da hing draußen ein geschmiedeter Käfig, und darin saß ein bunter Papagei. Im Schuppen war hinter einem Gitter der Fuchs, und in einem anderen Käfig hatte Kurt ein Eichhörnchen. Außerdem gab es im Garten einen kleinen Teich, darin schwammen zwei Goldfische, wie sie kein Scholmerbacher je gesehen hatte. Wie hatte der Siebert das Geld zusammengekriegt, und wie war er auf die Ideen gekommen für etwas so Ungeheuerliches?

Mal was ganz anderes!

Schon bald hatte sich herumgesprochen, wie schön und besonders dort alles war, und so war es kein Wunder, dass sich die Waldeslust füllte, nicht nur mit schüchternen und gleichwohl aufgekratzten Scholmerbachern, die bescheiden ein Getränk bestellten. Bald fanden sich auf der einen Seite die Jagdgesellschaft ein und auf der anderen die National-sozialistische Deutsche Arbeiterpartei. Sie bestellten Wild-fleisch und Klöße und den Wein, den sich sonst niemand leisten konnte, und schütteten ihn herunter, dass alle nur den Kopf schüttelten. Sogar Heinrich und Fredo saßen da und der Feldmeister Schröder und der Obertruppführer Vogler, der Kreisleiter Müller aus Wällershofen, Gauleiter Mörser und Hillemann von der Kleppacher SS.

Meine Großmutter Apollonia war mit Marianne in den Garten gegangen, um den Papagei zu sehen und das Eich-hörnchen. Was die Partei verzapfte, interessierte sie nicht. Kurt Siebert aber machte ein ziemliches Geschäft, und er zwirbelte seinen Bart und wusste, das reichte, um reichlich einzukaufen für die nächste Woche.

In der Waldeslust saßen aber nicht nur die Jagdgesell-schaft und die Nationalsozialisten, sondern auch die Schol-merbacherinnen Malwine, Theodora und die leichtsinnige Kunigunde und ließen sich von dem Obertruppführer Vogler und Feldmeister Schröder einen ausgeben. Auch der evangelische Mörser versuchte sein Glück, und Heinrich und Fredo prahlten, dass sie ja die Dorfschönen kannten, und holten Malwine, Theodora und Kunigunde an ihren Tisch.

Die ließen sich nicht lange bitten und bald saß man im Separee.

Meine Großmutter hatte ausnahmsweise einen Wein bekom-men, was ganz Besonderes, wo sie höchstens gewagt hätte, ein dunkles Bier zu bestellen. Der Wein aber war ihr zu Kopf gestiegen, und sie sah die schönen Spitzen, die der Sie-bert an die Regale gemacht hatte, und die bemalten Vasen und die Hirschgeweihe und die Deckchen und sagte zu meinem Großvater, so laut sie konnte:

– Und, Klemens? Sind das etwa Fetzen, die hier an der Wand hängen, oder Spitzen und Gardinen? Wieso gehst du so gerne in die Waldeslust, wenn nur Fetzen an der Wand hängen, he? Lässt hier dein Geld? Für das Geld, wo du hier lässt, könntest dou mir auch ein paar Fetzen kaufen vom Schajs Simon oder vom Joel in Wällershofen.

Da machte Klemens: Schd-tschschd!! Sei still!!

Aber Apollonia hatte den Wein in sich und sagte:

– Jaja, das willst dou nicht hören, das hast dou extra nicht verstanden, aber der Kurt, der Kurt versteht meysch ganz genau!

– Kurt!, rief sie durch die ganze Wirtschaft. Kurt! Sag mol dem Klemens, dass eysch auch so schöne Gardinen haben will und dass eysch sie mir morgen beim Schajs Simon bestellen tue!

Doch es war schon zu spät. Die Leute von der Partei sahen herüber und machten eigenartige Gesichter, und einer musste was tun, und das war Heinrich. Er erhob sich in Zeitlupe und ging zu meiner Großmutter und erklärte ihr mal die Sache mit den Juden. Wie das war mit dem Führer und wie der die Sache sah und dass es noch andere Geschäfte gab und dass die von nun an aufgesucht werden müssten, denn die Juden müssten nun bald fort von hier.

– Was dou nicht sagst, meinte Oma, aber die gehen doch wenigstens von Haus zu Haus, ich kann doch net immer nooh Wennerode laafen oder nach Wällershofe!

– Et wärd nicht mehr beim Simon gekaaft!!! Sonst wärst dou bestraft!!

Heinrich war auf Zack. Ein starker Mann, der wusste, worauf es ankam. Auf den konnte man sich blind verlassen, der parierte, der war ein glühender Anhänger, den musste man doch fördern, den musste man doch was werden lassen, der gehörte doch was aus sich gemacht!

- Heinrich, sagte der Hillemann von der SS. Willsde dann net zu uns komme?? Dann kommst dou gleich weider, mir sind die 78ste Standarte, musste nur ne Ausbildung durchlaufe in so'm Lager in Bayern, dann kriegste so'ne anner Uniform, die is schwarz, aber da gehste rein, kommst raus, bisde en Sturmmann!!
- Hab ich dann so'n Totekopp am Hals?
- Naja, des is dann die Uniform mim Todekopp am Hals, des is richtich.

Das musste Heinrich sich überlegen, das Wort Sturmmann gefiel ihm ganz außerordentlich und eine prächtige schwarze Uniform, die so einen Eindruck machte, auch. Da würden sie daheim staunen, wenn er zu seinem alten Vater in die Küche kam. Dann hatte er wirklich was zu sagen! Ein Sturmmann. Ihm gefiel ja sowieso, was der Führer sagte, dass man Danzig zurückholen musste zu Deutschland! Die Kommunisten und die Zigeuner mal Mores lehren, mal aufräumen mit dem ganzen Gesindel, da war er sehr dafür, da durfte man keine Gnade haben, im Gegenteil! Als Sturmmann wäre er womöglich Leibstandarte Hitler, das mussten besondere Burschen sein, stählern, stark und stramm. Das konnte Heinrich sich vorstellen, ein stolzer Sturmmann, das war schon was. Für die Sache musste man einiges auf sich nehmen und auch einmal den Westerwald verlassen. Da wurde man nicht gefragt. Heinrich straffte sich. Kratzte sich im Nacken. Räusperte sich und meinte:

- Dat wär schon en Sach. Wat müsste man denn da mache, muss ich da e Papier unnerschreiwe oder mich irgendwo melde?

– Ei kommst morje mal bei mir in der Stubb vorbei, dann könne mir des rechele, sagte Hillemann.

Kurt Siebert war indessen an seinen Buffetschrank gegangen und holte aus der dritten Schublade von unten zwei Gardinchen heraus mit Bordüre und feinster Kopenhagener Spitze.

– Guckemal, Apollonia, was ich hier hun!

– Ouh!, sagte Apollonia. So ein schön Gardin.

– Kannste gern haben!!

– Ouh danke schön!

– So en schön Frau wie dou das bist, muss es auch zu Hause ein bisjen schön habe.

– Ach, Kurt! Dou verstehs das.

Da kicherte Apollonia, und Marianne bekam ein Stückchen Schokolade.

Kurt hatte die Gardinen übrig, er hatte sie noch an die Seitenfenster anbringen wollen, aber das war zu viel des Guten. Meiner Großmutter gefielen sie ausnehmend gut, und beinahe hätte die kleine Marianne ihren Himbeersaft darübergeschüttet. Der Kurt war ein feiner Mann, ein sehr feiner Mann und wusste eine Frau wie Apollonia zu behandeln wie eine Dame, während mein Großvater Klemens schimpfte:

– Da nimmt mer dich einmal mit, un dann beschwerste dich aach noch, nie kann man dirs recht mache … und dann fängste aach noch an mit den Jude … da darf mer net von schwetze, wenn die Simpeler doo sitze … verstehst dou dann garnix, was in der Welt passiert??

Aber Malwine und Theodora und Kunigunde verstanden auch nicht, was in der Welt passierte, und im Separee amüsierten sie sich köstlich und schäkerten und lachten und verbrachten einen überaus lustigen Abend mit Mirabellen-schnaps und dem ungeheuerlichen Wein vom Erbfeind aus Frankreich, und dazu rauchten sie Overstolz und Eckstein und Zigarren, und in der Waldeslust hat noch lange bis in die Nacht das Licht gebrannt, da haben sie es noch heim-lich gackern und kichern und prusten hören in ganz Schol-merbach.

Ich hatte mich sehr bemüht, dass meine Oma Apollonia gut lag und das Kissen ihr angenehm im Rücken steckte und sie immer etwas zu trinken in der Tasse hatte und keine kal-ten Füße und frische Luft von dem geöffneten Fenster her wehte.

Da sagte mein Vater, es sei vielleicht nicht gut, dass ich dauernd an ihrem Bett sitze, das sei auch nicht ganz normal, ich solle lieber mal wieder mit meinen Freundinnen weg-gehen und ein wenig Spaß haben.

– Ach, sagte ich. Am Freitag wollte ich sowieso nach Wällershofen.

– Aber dou wirst dich doch wohl nicht mit den Soldaten treffen, sagte meine Mutter. Bei denen muss man auf-passen! Dey wollen immer nur »lecker lecker schmeckt gut!« und dann sind se verschwunden!!

– Ach … nee, … das war nur … nix Ernsthaftes.

– Dey haben dich ruckzuck am Schlafittchen und ma-chen dir schöne Augen und doy seyst ein dummes Hinkel und fällst auf alles rein, und hinterher seyst dou abgelecktes Butterstück, und dann will dich keiner mi, und dir geht et wie Hennegickels Marlene!

Hennegickels Marlene war nämlich ein Flittchen geworden und musste dann in Frankfurt wohnen, wo alle Flittchen sind. Da hatte sie einen Ami nach dem anderen, und es soll nicht aufgehört haben bis auf den heutigen Tag.

Damit ich nicht alleine zu den Soldaten ging, fuhr mich mein Vater zusammen mit Bea, Stefanie und Brigitt zum Jonnies. Offenbar war es den Eltern wohler, wenn ich mit den Dorfmädchen zusammen war, und dann gab er mir noch zehn Mark.

Mir war alles egal, Hauptsache, ich sah Jim wieder, und ich war so ungeduldig und sehnsuchtsvoll, wie man mit sechzehn nur sein kann. Ich hatte mich in meine engste Jeans gequetscht und meine schönste Folklorebluse angezogen mit Schnürbändeln und Knöpfen und türkiser Stickerei überall, und meine Clogs klapperten so laut auf der Straße, dass überall die Fensterläden herunterfielen. Meine Wimpern hatte ich rabenschwarz getuscht und mit einer Zange so nach oben gebogen, dass sie über den leuchtendblauen Lidschatten ragten, und ich hatte Armreifen und an den Ohren Kreolen, die glänzten und rasselten wie bei Lydia Kosslowski. Außerdem duftete ich derart nach My Melody, dass Bea unterwegs sagte, wir müssten das Fenster aufmachen, sonst würden wir ersticken.

Doch als wir in die Kneipe kamen, war da leider nicht Jim, sondern nur seine Kumpel Rick und daneben Foreman, der mir mit Lydia geholfen hatte, Jim zu besuchen.

– Hallo!, winkte ich und machte beinahe einen Knicks.
Rick und Foreman wirkten fast erschrocken, und meine

außerordentlich bemalte Augenpartie schien sie womöglich zu hypnotisieren. Rick sagte was, was ich nicht verstand, und dann lachten sie.

— Are those your girlfriends?

— This is my girlfriend Bea and this is Stefanie and Brigitt!

Wir winkten hin und her, aber sie sagten mir nicht, wo mein Jimmy war, und ich schielte nach Lydia Kosslowski, ob sie nicht irgendwo herumstand und was wusste.

— Ach, sagte Bea. Wir können doch erstmal tanzen.

— Nee, sagte ich. Bloß nicht verschwitzt sein, wenn Jim kam. Wir mussten noch so viel küssen heute Abend. Bestimmt wollte er auch tanzen und trinken und feiern. Ungeduldig ging ich auf Foreman zu:

— Where is Jim? Is he there?

— Oh, ick glaube, der is schon in Kucke gewesen von der Jonnies. Kannst du fragen.

— In der Kucke?

— Kucke. Kitchen.

— Ach so.

Jim war also schon frei, frei! Ich musste ihn finden, und dann würden wir einander in die Arme fallen, bestimmt hatte er die ganze Zeit auf mich gewartet, und dann kam ich erst um sieben, das war ja viel zu spät! Aber da tippte Rick mir auf die rechte Schulter und sagte:

— Girl, kännst du deine Boy sagen, der sollt mir meine fifty bucks wiedergeben.

— C'm on, sagte Foreman. It's not her business.

— She can tell him. I've been waiting long time, man!

Ich verstand nur die Hälfte. Jim sollte ihm was wiedergeben? Hatte Rick ihm was geliehen? Ich dachte an die zehn

Mark, konnte ich vielleicht irgendwie aushelfen? Und was war ein buck? Patronen? Moneten?

- Dass nisst so sslimm, sagte Foreman. Forget it.
- Ich glaube er hat gesagt, der Jim schuldet ihm fünfzig Dollar, sagte Stefanie.
- Oh jeh, das ist aber viel, wo isser denn?
- Der kommt gleich, der hat von der Gisela ein Spiegelei gekriegt, das isst er noch auf, sagte Lydia Kosslowski, die gerade aus der Küche kam. Wir haben dadrin Wiedersehen gefeiert. Ich hab schon einen Schwips!

Na, das fing ja gut an. Jim als Schuldenbuckel, der sich mit Lydia Kosslowski betrank, und ich konnte draußen warten, bis er fertig war.

- Ich kann ihm ja sagen, dass du da bist, sagte Lydia gönnerhaft und verschwand wieder in der Küche.

Seit wann durfte sie überhaupt in die Küche, was hatte sie da verloren? Lydia schaffte es immer, dort zu sein, wo andere nicht hinkamen. Barrieren wie Tresen, Theken, Wachzäune und Grenzpfosten schienen für sie nicht zu gelten.

- Brigitt, sagte ich, das gibt's doch nicht, dass dey jetzt mit meinem Kerl in der Küche ist.
- Ach, lass sie. Der findet die bestimmt doof und sitzt da, weil dou noch nicht da warst.
- Ja, hoffentlich.

So saßen wir bei Cola und Schussbier an der Theke, und ich fuhr mir unentwegt durchs Haar, damit es auch locker und duftig fiel, wenn er aus Giselas Küche kam und sein schreckliches Ei endlich gegessen hatte. Wenigstens Lydia konnte schon mal kommen, die aß ja kein Ei. Aber sie kamen und kamen nicht, bis ich so eingeschnappt war, dass ich gar nicht lachen konnte, als Jim endlich aus der halboffenen

bräunlichen Falttür kam und gleich hinter ihm die ange-
trunkene Lydia und er mit theatralisch ausgebreiteten Armen
in die Kneipe torkelte:

– My Marreee! My Marreee!! My sweetheart! My baby!!

Ich genierte mich ein wenig, wie er sich auf mich stürzte,
und alle sahen, wie betrunken er schon war, und zwar genauso wie Lydia Kosslowski, und je lauter er mir die Liebe
schwor, umso mehr geriet ich in Verlegenheit.

– Ooookay Jim!! Ooookay!

Ich konnte von Glück sagen, dass ich aus Scholmerbach
kam und Besoffene in jedem Stadium schon gesehen hatte,
deshalb war ich nicht so erschrocken. Nur hatte ich mir
unser Wiedersehen bedeutend romantischer vorgestellt, und
dass er sich so zurichtete, das hätte wirklich nicht sein müssen. Er war ja schon erwachsen, einundzwanzig!! Ein richtiger Mann!!

Meine Mutter hatte gesagt, die Amis wollten nur ein
»lecker-lecker-schmeckt-gut«, aber was meinte sie damit
eigentlich?! Und dass ich ein abgelecktes Butterstück werden würde. Aber ich hörte natürlich auf nichts, was meine
Mutter sagte, sondern vielmehr auf meine Freundinnen, und
Stefanie meinte:

– Ach, das war jetzt mal nur der Duft der Freiheit. Wenn
einer so lange eingesperrt war, kann man doch verstehen, und Lydia hat ihm ja bloß Gesellschaft geleistet,
und von den fünfzig Dollar hat der bestimmt die Blumen bezahlt, für die er den Arrest bekommen hat! Du
bist undankbar!!

Da hatte Stefanie aber so was von recht. Wie sollte Jim
etwas zurückzahlen können, wenn er eingesperrt war? Das
mussten die Jungens unter sich ausmachen. Darum sagte ich
auch nichts, als Jim an der Theke noch eine Runde Asco

schmiss, obwohl der ja viel teuerer war als Bier! Er hielt mich im Arm, und die Strähne fiel ihm immer wieder ins Gesicht, und er roch nach Bier und Zigaretten und sah aus wie der Marlboro Man.

– So glad you've been waiting for me, sagte er, und dass wir doch mal einen schönen Ausflug machen müssten, nach Heidelbörg, und auf dem Neckar fahren und das Schloss sehen. Da seien viele von seinen Kumpels stationiert, und wir würden unsere T-Shirts im Partnerlook anziehen, und seine braunen Augen schimmerten so sehr, dass ich mich darin spiegeln konnte. Wenn er mich küsste, stand seine Oberlippe immer ein wenig vor, wie bei einem aufmüpfigen Jungen, und man hätte meinen können, er habe indianisches Blut. Ja, sagte er, er sei halber Cherokee, daher sein glattes braunes Haar, und er könne sich auch nicht unterordnen und daher hätte die Army so ihre Last mit ihm.

– Ah!, sagte ich bewundernd und erinnerte mich an seinen Oberkörper, wie glatt er war und ohne jegliches Härchen, ich konnte gut glauben, dass er von Winnetou abstammte, denn der war auch immer sehr glatt rasiert gewesen und hatte einen blitzeblanken Oberkörper gehabt, als er im Mondsee schwamm. Noch niemals war ein Indianer über die Westerwälder Wiesen gelaufen und hatte sich auf der Kirmes ein Mädchen geschnappt, und ich war die Erste. Ich war verliebt. Da kam Lydia Kosslowski, holte ein Schachtel Marlboro aus ihrer Brusttasche und sagte:

– Guck mal, die gehören dir, wo wir an der Tankstelle waren, und du hast auch noch die Uhr bei mir vergessen.

Jetzt reichte es mir aber. Wieso ging er mit ihr zur Tankstelle, und wieso hatte sie seine Uhr, und wieso sprach sie kein Wort mit Foreman? War da etwa schon wieder Schluss?

– Thanks, Luedi, sagte er und nahm sie kurz in den Arm und strich ihr eine Locke aus der Stirn. Diese Locke wollte ich ihr mit dem Feuerzeug abbrennen. Wieso hatte er den Arm um sie gelegt? Ich trank ganz schnell meinen Asco, sonst wäre was passiert.

– Hast da 'n ganz Süßen, sagte sie und strich vorbei.

– Wir müssen sie umbringen, sagte ich zu Bea. Aus der Musikbox kam »Cocaine, running around my brain« von Eric Clapton und dann »Solsbury Hill«.

– Aber die ist doch uninteressant, sagte Bea. Das sieht doch jeder, dass die bloß so für nebenbei …

– Der will doch von der nix, sagte Stefanie. Die versucht das bloß!! Allerdings, wenn ein Mann besoffen ist, und von der Lydia kann man ja alles haben, wenn man's drauf anlegt, und der Mann, der hat ja so Drüsen, wenn das mit dem durchbrennt oder so … und wir sind ja alle noch Jungfrau, da weiß man natürlich nie!

Ich war zutiefst schockiert. Der Gedanke, mein heißgeliebter Jim, der so wunderbar küssen konnte und mich Sweety nannte und meine Sinne so verzauberte, dass ich die Füße nicht mehr voreinander setzen konnte und meine Clogs verlor, dieser Jim sollte unsere innige und heilige Liebe verraten an eine dusselige Schlampe wie Lydia Kosslowski und mit ihr über Tankstellen und in Küchen und womöglich noch Armeebetten gehen? So ein ausgebufftes und liederliches Miststück! Wie sie ihn anschaute! Nun trug ich auch noch aus Versehen die gleichen Kreolen wie Lydia, und wir sahen aus wie die Zigeunerinnen, die auf jedem nachgemachten Ölbild im Kaufhaus Schwenn im Treppengeländer zum ersten Stock hingen. Beinahe hätte ich ja auch schon, aber nein, ich war noch nicht so weit, schließlich ging es ja um Liebe! Und wenn ich mich nun beinahe an jemanden verschenkt hätte, der genauso gut im besoffenen Kopf mit Lydia Kosslowski rumspazierte, ... ich war ganz durcheinander. Am besten, ich ging erstmal mit meinen Freundinnen in die Ecke und wir beratschlagten.

> – Außerdem musst du ja auch aufpassen, damit du kein Kind kriegst!, sagte Brigitt. Das fehlt ja noch! Du bist noch nicht mal siebzehn!
> – Ja, aber beinahe!
> – Was macht man denn da??
> – Patentex Oval!!!

Ich war geschockt. Was, um Himmels willen, war Patentex Oval??! Stefanie hatte das auch nur von Lydia Kosslowski gehört. Aber die wollte ich jetzt auf keinen Fall fragen.

> – Das ist so Schaum, flüsterte Stefanie. Der quillt im Bauch auf und wird gelblich und riecht nach Katzenpisse und hilft, dass du keine Kinder kriegst!!
> – Was kostet das?
> – Ich weiß nicht, sechzehn oder achtzehn Mark, viel Geld, aber man kann es zusammenkratzen!
> – Und das Gute daran – man braucht nicht zum Doktor!! Du kannst es einfach so in der Apotheke kaufen!
> – Ja, aber dann sagen die es meiner Mutter!!!
> – Nein!!! Machen die nicht!

Wir überlegten noch lange, was man machen sollte, ob man Jimmy beobachten musste rund um die Uhr oder ob man Lydia Kosslowski mal ordentlich Bescheid sagen sollte – oder ob Jim einfach nur ein bisschen besoffen war und man Geduld haben musste, wie man ganz allgemein mit den Männern immer Geduld haben musste und nachsichtig sein. Meine Großmutter sagte ja, alle Kerle seien zu nichts nütze, im Grunde genommen, und nur da, um die Frauen zu ärgern.

Da kam Jim und stützte sich schwer auf mich und biss mir ins Ohr und sagte dann: Marree … me … I am … a little bit … schlecht … es geht mir … I feel bad … Dann fiel sein Kopf auf die Tischplatte, und ich hatte Angst, er könnte sich womöglich auf meine Knie übergeben. So was hatte ich mal auf einer Kirmes gesehen. Mit einundzwanzig musste man doch nicht so unvernünftig saufen, auch nach zwei Wochen. Ich meine, er war ja nicht in Alcatraz gewesen! Aber irgendwie hatte er sich die Kante gegeben und machte jetzt keinen guten Eindruck mehr und konnte auch bei Lydia Kosslowski keine nennenswerten Schäden mehr anrichten. Ich war froh, dass Rick und Foreman ihn irgendwann von einem Jeep abholen ließen, so war er wenigstens aus den Füßen.

Also so hatte ich mir unser Wiedersehen nicht vorgestellt. Warum hatte ich mir stundenlang die Haare gebürstet, bis die Funken sprühten, und dann winzige Zöpfe hineingeflochten? Die Jeans waren so eng, dass sie am Becken tiefe Striemen hinterließen, die ich mein Leben lang behalten sollte. Ich knöpfte erlöst den obersten Knopf auf und dachte an den knackigen Hintern, den Jim in seiner Jeans hatte, an seine ewigen einfachen T-Shirts mit den Lederbändern am Hals und am Arm ein paar weiße und braune und türkisblaue Perlchen. Wie herrlich er daherkam, mehr Cowboy als Indianer, mit dem leichten Flaum auf der Oberlippe und den braunen Augen, von denen man das eine immer sah und das andere manchmal, und dann lachte er, und dann musste man ihn lieben, von ganzem Herzen und aus aller Seele.

Als ich nach Hause kam, versuchte ich, bei Oma ins Schlafzimmer hineinzulauschen, ich hatte von draußen den Schein
ihrer Nachttischlampe gesehen. Vielleicht war Oma ja schon
tot.

    — Dou brauchst gar nicht so leise zu machen, ich kann
       deysch hören, sagte Oma.

Ich kriegte beinahe einen Herzinfarkt.

    — Mensch, Oma, jetzt hast dou mich aber erschreckt, ich
       dachte, dou schläfst.

    — Eysch hab nur bisje gedöst.

    — Ach so.

    — Und … wo kommst dou her, wo hast dou dich he-
       rumgetrieben, du Nachteule?

Ich setzte mich ans Bett, es war erst zehn Uhr, viel zu
früh für einen Freitagabend.

    — Naja, wir waren in Wällershofen und ich wollt de Jim
       wiedersehen, weißt du.

    — War das dein Kirmeskerl?

    — Ja, genau. Mein Kirmeskerl.

    — Und? War es nicht schön? Oder gefällt er dir nicht
       mehr?

    — Ach …doch … aber sey haben sich besoffen, und wie
       ich kam, war der schon voll.

    — Ja, das kenne ich, da ärgert man sich, da könnte mer
       die kaputtschlagen, wenn die sich immer so besaufen
       für nix und wieder nix. So ein brauchst dou nicht.

Ich wollte Jim verteidigen und meinte, dass er ja nur
betrunken war, weil die ihn so lange eingesperrt hatten.

    — Eingesperrt? Was hat er denn angestellt??

    — Das han eysch dir doch schon erzählt.

    — Ach, was weiß eysch, mir war die letzten Tage so
       dusselig. Eysch kann mir nicht mehr alles behaalen.

– Geht es dir denn jetzt besser? Doit dir was weh? Willst
    dou was trinken?
– Ach dou kannst mir mal… sieh mal… eysch hab da
    ein Bettjäckchen, mir sind die Schultern so kalt,
    und… ich habe so einen Knuddel unter der Decke…
Ich half ihr in das Jäckchen und zog die zerstrampelten
Laken und das Biberhemd zurecht und fragte mich, ob
Oma nie mehr aufstehen wolle. Immer liegen, das war doch
nichts.
– Dou kriegst ja ganz dünne Beine! Fenster auf und
    frische Luft und mal die Muskulatur ein bisschen be-
    wegen!!
– Hör off, da kommen die ganzen Mücken rein!!
– Wieso liegst dou immer auf dem Kreuz? Du musst mal
    wieder raus aus dieser Muffbude hier!
– Ach, da muss eysch ja auf den Stuhl und da sitze ich
    nicht gut…
– Dou musst das Leben ein bisschen mehr… gutheißen,
    und deysch nicht hängen und bombeln lassen!
– Ach, das es so unbequem, ich bin da nur zur Last, ich
    wollte nie einem zur Last sein.
– Last, Last, so ein Quatsch, dou musst mithelfen, dou
    musst nur wollen!
– Ich will nicht mehr viel. Mir hat et gelangt.
– Ja, egal. Morgen komme eysch, und dann üben wir mal
    und gehen ans Fenster oder in die Küche, das hier es
    doch nix, deine Herumliegerei macht meysch ganz
    verrückt.
– Marie, hol mir mol die Kaffeebüchse, eysch will dir
    was geben.
– Ach was, brauchst du nicht.
– Doch, hol mir die Kaffeebüchse, ich brauche nicht

mehr viel Geld. Dou willst dir doch vielleicht was Schönes kaufen, ein junges Mädchen braucht immer was.

– Ach nee ... obwohl.

Mir fielen gleich drei Sachen ein: Es gab einen neuen Duft, der hieß Hallo Janine Day. My Melody hatte ich endgültig über mich ausgeschüttet. Vielleicht probierte ich einen neuen Lidschatten im Kaufhaus Schwenn. Und noch was fiel mir ein, das kostete genau sechzehn oder achtzehn Mark. Man konnte das Geld vorsichtshalber ... Ich holte die Kaffeebüchse, und unter dem Nähgarn und den Flicken holte Oma zwanzig Mark heraus und drückte sie mir in die Hand.

– Hier, hast du was. Aber verplempere et nicht an deinen Kirmeskerl. Wenn der schon eingesperrt war und beim Stelldichein besoffen es, dann taugt er nichts.

Ich warf mich unzufrieden auf Opas Bett und zerdrückte das hohe Federbett, aber ich war noch nicht müde und wusste nicht, was ich mit dem angebrochenen Abend machen sollte. Ich betrachtete die blöden Zöpfe meiner Oma und sagte:

– Morgen machen wir dir mal wieder einen ordentlichen Dotz, die Zöpfe, das sieht jo nichts aus.

– Ach so ein Dotz, der es mir eigentlich zu schwer, seit Jahren schon, er zeyt mir den Kopf in den Nacken, ich kreyn ein steifes Genick ...

Irgendwie schien sie sich aufrichten zu wollen, um mir zu zeigen, wo im Nacken ihr der Dutt immer zu schwer gewesen war, oder vielleicht war ihr ganz allgemein der Körper ein wenig zu verknickt. Plötzlich stöhnte sie und meinte, ach, das sei doch alles Mist und sie müsse jetzt mal aufs Klo, einfach nur mal aufs Klo, aufs Klo!

– Ja … dann … dann gehen wir doch, ich stütze dich, …
eysch bringe dich hin!

– Dou Schaf Gottes!!

– Ja, tut es noch weh??

– Et geht net! Garnet! Eych kaa garnet off de Kloo gieh!!

– Ach.

Ich konnte es mir nicht erklären. Die geheime Angelegenheit zwischen Krankenhaus, Gemeindeschwester, Gott und Bettdecke. Tatsächlich hatte ich Oma nie mehr auf das Klo gehen sehen, und stattdessen war die Gemeindeschwester mit geheimen Verrichtungen beschäftigt und mengte herum an der Stelle, wo Oma einen seltsam dicken Packen von Mull und Binden an der Seite hatte.

– Oma, sey lassen dich schon nicht platzen. Irgendwo muss ja alles wieder heraus, die Kartoffeln und die Eier und die Möhren …

– Ja, aber wo!! Das es doch unnatürlich, widernatürlich, wider die Natur!!

Da begriff ich erst, wie sich alles verhielt und welchen Weg man meiner Großmutter zugemutet hatte und dass dieser Ausweg wohl endgültig sein sollte.

– Da werd ich nicht mit fertig!!!

Im Augenblick, wo sie das sagte, erschien ein feuchter Glanz auf ihrem Gesicht, ein beinahe bläulicher Schimmer, der sie durchsichtig machte, und gleichzeitig schien sie vor lauter Anstrengung und Abwehr ein wenig anzuschwellen. Es war, als wollte sie diesen Körper mit seinen unsäglichen Ausscheidungen an der verkehrten Stelle irgendwo am Bauch abstrampeln oder forttreten. Aber er blieb an ihr kleben, und das Leben in ihr wurde schwächer und wich aus ihrem Blut und ihrem Geist. Sie fing an, den Kopf nach links und rechts zu drehen, und sagte, die Mücken, die machten sie verrückt, aber es waren gar keine Mücken da, nicht eine einzige.

> – Die sollen sich fortmachen, sagte sie. Wech, all … all, ab!

Und ich sah, wie sie sich wehrte und wehrte und nach jemandem schlug, aber ich war mir nicht sicher, wen sie sah in ihrem Geiste.

Am nächsten Tag saß Jim vor dem Kaufhaus Schwenn auf einem steinernen Blumenkübel mit einem dürren Rhododendron und wartete.

Wir kamen mit der ganzen Familie im Auto angefahren, um einzukaufen, Pullover oder Tischdecken oder neue Schuhe oder Schulranzen oder Lockenwickler, was man eben braucht. Jim hatte gewusst, dass wir samstags immer da waren und seit elf Uhr herumgelungert.

Mein Herz machte einen Satz, und ich hoffte, dass mich mein Bruder nicht verriet, der die ganze Sache vom Schulhof her schon gepeilt hatte, aber natürlich fing er sofort an zu singen: »Love me tender«.

> – Seid nicht so albern, sagte mein Vater und parkte ein, und sobald wir alle im Schwenn waren, lief ich durch den Hintereingang wieder nach draußen und fiel meinem Jim in die Arme.
>
> – I am so sorry, Marree, flüsterte er. Marree, I was so drunk, like ten bottles of rum, I'been waiting soo long … dänn ick habe getroffen die people in the Jonnies and then … Oh – I am such an idiot …!! Dabei ick wollte nur dir uidersähn!!! Nun ick habe gewartet de ganze morning for you!

– Egal, flüsterte ich und lag an seiner Brust, und obwohl er Amerikaner war, roch er nach Irischer Frühling. Ich hatte alles vergessen und löste mich nur von ihm, um im Kaufhaus zu sagen, ich hätte meine Freundinnen getroffen und wolle hierbleiben.

– Was denn für eine Freundin?, fragte mein Vater, und ich sagte: Lydia, Lydia heißt die, Kosslowski.

– Habe ich gesehen, sagte mein Bruder. Die Lydia, die kann gut englisch und schießt mit einer MG – haha!

– Was hast du gesagt?, fragte mein Vater.

– Gar nichts!, rief ich. Ich gehe jetzt!

Dann war ich verschwunden. Es war ein strahlend schöner Tag, und wir saßen im Eiscafé und aßen Pfirsich Melba und Bananensplit. Jim erzählte, wie er tagelang die Offices gestrichen hatte vom Commander und vom Corporal und wie ihm der American Football vom Sergeant in den Farbeimer gefallen war, und ich bewunderte ihn, wie lustig er erzählen konnte und an seinem Schirmchen drehte und bei den kleinsten Bewegungen seiner Hände die Sehnen sich anspannten und wieder verschwanden, der Mittelfinger und der Ringfinger sich hoben, und wie kräftig die Hand war und wie schön braun. Als hätte ich noch nie die Hand eines Jungen gesehen, und mit seinem Lederperlenband schien sie mir vollkommen. Ich wollte sie gerne in meinem Haar spüren oder an meiner Hand, oder auf meinem Bauch, wenn die Sonne darauf schien.

Jim nestelte an seiner Jeansjacke und holte ein Kästlein heraus und legte den Arm um mich und hielt es mir auf der anderen Seite unter die Nase.

– This is for you, mei Little one – meine Kleine …

– Ouh … oh … oh!!!

Und er hatte mir ein silbernes Herz gekauft, und auf dem Herzen stand:

– Für mein Kleines

Jim.

– Look, sagte er. In German!

Er hatte mich »sein Kleines« genannt wie Humphrey Bogart, und er sagte, ich erinnere ihn an Casablanca, da hätte Humphrey Bogart das irgendwann gesagt, und deshalb habe er mir heute morgen das Kettchen machen lassen beim Juwelier Steinfeld.

Ich fiel ihm um den Hals und warf den leeren Becher Pfirsich Melba um und küsste ihn überschwänglich. Nun stand für mich fest, dass Jim mein Einziger sein würde, für immer und ewig, und dass ich die sechzehn Mark von meiner Großmutter riskieren musste, irgendwann.

Jim hängte mir das Herz um, und als das Schloss einklickte, da war ich sein.

Meine Großmutter Apollonia hatte in den letzten Jahren tunlichst mit keinem von der Verwandtschaft, von der Nachbarschaft oder aus dem Dorf mehr geredet. Nur Tante Klarissa und Tante Hanna durften noch kommen, aber Tante Klarissa war nicht mehr gut auf den Beinen, und Tante Hanna klagte über die Galle und musste immer nach Gießen zur Bestrahlung. Es schien wie ein kläglicher Wetteifer, wer von ihnen es noch am längsten aushielt auf der Welt. Meine Großmutter war die Jüngste, aber es hieß, sie hätte sich am meisten geärgert, während Hanna am meisten geschimpft und Klarissa am meisten erduldet hatte. Wenn nun Klarissa an Apollonias Bett erschien, dann könnte Apollonia durchaus noch ein wenig länger machen, denn wann immer das geschah, gab es eine Art Wunderheilung, und meiner Oma ging es auf unerklärliche Weise besser und die Wände sahen aus wie frisch gestrichen.

Also wollte ich meinen Vater überreden, dass er Tante Klarissa herkutschierte, und vielleicht erzählten die beiden noch ein paar alte Geschichten für mein schönes, blumenbedrucktes Leinenbuch von der Schreibwarenhandlung Kästaler.
— Wer weiß!, sagte ich. Sie sind doch schon so alt! Du musst sie holen!
Tatsächlich gerieten meine Eltern ins Überlegen, wer denn das Auto hätte und ob vielleicht Mama meinen Vater zur Arbeit fährt oder Onkel Günther Klarissa bringt ... und hin und her ... jedenfalls kriegte ich es hin, und am Ende der Woche sollte meine blässliche und dünne Tante Klarissa aus ihrem Lehnstuhl aufgescheucht werden, um ihre kärgliche Lebenskraft auf meine Großmutter Apollonia zu übertragen.

In all den Jahren hatte Klarissa immer ein Pfund Kaffee mitgebracht und Weintrauben oder Plätzchen. Nun war es ihr ganz furchtbar, dass sie nichts dabei hatte und ihr Haar noch dünner war als früher, und sie fuhr sich mit der mageren Hand immer über den schmalen Kopf und versuchte, das Haar in den dünnen, hohen Dutt zu stecken, aber es wollte nicht halten und rutschte immer wieder heraus.
— Ach, man ist gar nicht mehr gerichtet, für Besuch zu machen, sagte sie, und auch die Schleife am Hals schien nicht recht zu sitzen, das dunkelblaue Kleid war größer geworden, aber dunkelblau hatte ihr immer gut gestanden, denn sie war blond und schlank gewesen. Jetzt wollte sie sich immerzu entschuldigen, dabei hat-

ten wir sie doch nur herbeigeschafft, um ihren Segen auf Apollonia herniederzuzerren.

— Ei Lona!, hauchte sie und setzte sich mit ihren spitzen Knien auf den Stuhl an ihrem Bett, und der Anblick schien ihr nicht zu bekommen, und sie suchte nach Worten, und zum ersten Mal in ihrem Leben schienen sie nicht von selber zu kommen, und die Seele versagte die tröstlichen Worte, und sie fehlten wie der Kaffee und die Plätzchen und die Mandarinen. Der Heiligenschein meiner Großtante hatte eine gewisse Brüchigkeit bekommen, eine Durchlässigkeit, als hätte sich eine gewisse Essenz darin schon ins Jenseits verflüchtigt, um sie dorthin zu locken, als sei das hier alles schon ohne Belang. Der Anblick meiner Großmutter schien sie darin zu bestätigen, und sie sagte schließlich unbehaglich:

— Jo, su kanns komme, mir sein net mehr viel wert.

— Ach, sagte meine Großmutter, es ist ein Kreuz mit dem Leben, was muss mer net alles mitmache …

— Wat hat mer net alles erlebt …

— Wat hette mir dat so schie habe könne …

— Habe mer damals wirklich de richtiche Freier genomme …?

— Mir hätte andere habe könne …

— Et kommt immer anders, als wie mer denkt.

— Hier liecht mer, en kemmt nicht mehr off.

— Furchtbor, furchtbor …

— Des es mol su komme muss …

Und ich hörte ihnen von der Küche aus zu, und es war ein solches Gejammer, dass ich mir wünschte, ich hätte Tante Hanna eingeladen. Die hätte ihnen mal ordentlich Dampf gemacht.

Ich überlegte, ob ich Onkel Günther bitten sollte, auch Tante Hanna herzukarren. Leider war es schon halb vier, und bis Tante Hanna von Langdehrenbach herüberkam! Aber das Schicksal meinte es gut mit uns, und sie war sowieso heute zur Bestrahlung gewesen und noch vom Doktor gut angezogen und wollte gerne ihre Schwestern wiedersehen und sagte: In Gottes Namen, Amen.

Es dauerte eine Weile, bis Tante Hanna die Treppe heraufgestiegen war, sie hatte einen eleganten Stock mit einem goldenen Ring am Knauf. Meine Mutter hatte Bohnenkaffee gekocht und beim Bäcker Puffertchen geholt, das nannte man anderswo Berliner. Tante Hanna musste man auf eine halbe Tasse Jakobskaffee eine halbe Tasse heißes Wasser schütten, und Tante Klarissa konnte nur noch Kaffee Haag trinken, und Oma bekam Fachinger Wasser, also trank ich die ganze Kanne Bohnenkaffee alleine. Tante Hanna war ein voller Erfolg.

– Sieh mal, wie dou da hängst! Ist es dann die Möglichkeit? Dou bist doch jünger als ich! Dou musst mal zur Bestrahlung kommen! Das hilft! Dou musst zum Professor nach Giessen! Bist dou bei Dr. Samstag, dem Kurpfuscher, dem Quacksalber, dem Scharlatan??!! Der hat mehr Leute auf den Kirchhof befördert, wie er ihnen geholfen hat, wenn ich noch an den armen Sepp denke!!

Bei dem Namen Sepp schienen Apollonia und Klarissa ein wenig lebendiger zu werden, und sie dachten an den Josepp von den Paulinchens, den auf offenem Felde der Blitz getroffen hatte. Als sie den Dr. Samstag holten in ihrer Not, da sagte der, der Josepp wäre am helllichten Tage ins Delirium gefallen, das käme von zu viel Saufen, und er müsse jetzt in die Säuferheilanstalt nach Neuenaahr. Josepp aber hatte nie viel getrunken, und in der Säuferheilanstalt hatten sie nichts mit ihm anfangen können, und wenn ihm nicht ein Sanitäter ganz rasch eine Spritze und die Sauerstoffmaske verpasst hätte, dann hätte er den nächsten Tag nicht mehr erlebt.

Mein Onkel schob Tante Hanna einen Stuhl so nahe an den Bettrand, dass er nicht umstürzen konnte, aber Hannas Knie immer noch genügend Platz hatten, und während Apollonia vergnügt im Kissen höherrutschte und Tante Klarissa an ihrem Puffertchen mümmelte, erzählte Hanna die gar schreckliche Geschichte vom Kartoffelaustun im Jahre 1937, als der junge Dr. Samstag zum ersten Mal nach Scholmerbach gekommen war.

Im Jahre 1937 waren die Kartoffeln besonders dick, und man musste sie nur herauswühlen aus den Feldern unter dem Kappesgarten, und es roch nach Erde und Kartoffeln, und das brennende Kartoffelkraut knisterte laut, und die Kinder schrien, wenn die Alten die gesammelten Mistkäfer einfach ins Feuer warfen.

— Dott seyn Schädlinge, die musse mer kabutt mache.

Es war eine gute Ernte gewesen, und die Zimmerleute hatten ihre brave Liesel und den blinden Hans, die konnten die schweren Säcke nach Hause fahren, denn wenn einer im Dorf was hatte, das der andere nicht hatte, dann konnte er sich das holen. Die alte Lene hatte Schusterleisten und der alte Hannes eine Backmuhle und der Eggeseppel einen besonders guten Wetzstein, und der Lehrer konnte Briefe schreiben an die Ämter. Die Zimmerleute hatten eben die Gäule, und die brachten jetzt die Säcke von Haus zu Haus, und Balduin musste sie führen, denn die brave Liesel konnte auch im Dunkeln sehen, für den blinden Hans aber war es immer Nacht, und er musste geleitet werden, oder er hielt sich an Liesel, die angeschirrt mit ihm die Wege ging, die sie kannte. Heute ging es aber immer woandershin, und in jedem Haus bot man den Zimmerleuten zum Dank einen Schnaps.

Großonkel Konrad trank drei Schnäpse, und mein Großonkel Hannes trank fünf Schnäpse, Großonkel Ewald sieben, Willi acht, Dagobert neun, Balduin elf und mein Großvater Klemens trank dreizehn Schnäpse vom selbst gebrannten Kartoffelschnaps. Der schmeckte schauerlich, aber da musste man durch.

— Schiss ist Trumpf!, schrien sie, tranken den Schnaps und dann warfen sie den Kartoffelsack vom Wagen, und wer unten stand, musste den Sack auffangen. Als mein Großvater nach dem dreizehnten Schnaps beim Schlossens Wilhelm den Sack werfen wollte, fiel er selber von dem Wagen und überschlug sich und landete ohnmächtig unter dem Kartoffelsack.

Darüber erschraken sich die Schlossens und die Kollsens, und alle schrien und eilten ihm zu Hilfe. Darüber erschreckte sich der blinde Hans so sehr, dass er einen Satz vorwärts machte und sämtliche Zimmermänner mit ihren Kartoffelsäcken zu Fall brachte und immer mehr Zimmermänner und Kartoffelsäcke stürzten vom Wagen auf die Schlossens und auf die Kollsens drauf, und alles schrie, und niemand wusste, wer gerade wen womit erschlagen hatte. Noch nie hatte das Dorf so ein Unglück erlebt.

Da hieß es, dass ein Student angekommen war, der schliefe in Böllsbach in einer Pension und solle der nächste Doktor hier werden. Den holten sie nun aus dem Bett und der hieß Samstag.

Der junge Samstag aber konnte kein Blut sehen, und als sie ihn – noch in Schlappen und das Hemd über der Hose – aus dem Haus gezerrt hatten, sah er einen Haufen Leute, die die Köpfe zerdetscht hatten von den Kartoffeln, und das Blut lief in Strömen, und im Dunkeln konnte man nicht erkennen, wer sich noch regte und wer nicht mehr bei Sinnen war. Vor Aufregung wurde ihm so schwindelig, dass er begann, einen Kartoffelsack zu untersuchen, und wollte ihm das Herz abhören und erklärte ihn für tot.

Als sie schließlich meinen Großvater zuallerunterst herauszerrten und sahen, ob noch irgendetwas an ihm heilgeblieben war und ob er noch zu retten war, da glaubte der junge Samstag schon nicht mehr an seine Rettung und erklärte ihn ebenfalls für tot.

Und als er den Schlossens Konrad mit der ausgerenkten Schulter und der blitzeblau geschlagenen und mit Erde bedeckten Nase sah, da erklärte er ihn auch für tot. Und weil er nicht wusste, wo und wie er mit den Rettungsmaßnahmen beginnen sollte und wo ein Ende und ein Recht war, erklärte er jeden für tot, der sich nicht sofort rührte, und die anderen schickte er zur schönen Malwine, die beim Reichsarbeitsdienst an einem Lehrgang vom Roten Kreuz teilgenommen hatte und Hilfsschwester geworden war.

Meine Großmutter Apollonia, die an jenem Abend meinen Großvater sternhagelvoll und grün und blau geschlagen in Empfang nehmen durfte, war so wütend, dass sie ihm gleich noch eine mit dem Küchenbrett obendrauf gab, denn sie hatte seine Fisimatenten endgültig satt. In ihr regte sich die Wut der Dapprechter, und wenn eine Dapprechter erst mal die Wut gepackt hatte, dann gnade Gott! Man denke nur an das Dapprechter Mienchen, wenn die böse wurde, dann nahm sie den glühenden Schürhaken aus dem Feuer, und sie sagte: Ich haue ihn euch auf den Kopf, bis das Blut zur Decke spritzt!!!

Aber meinem Großvater schien es nicht viel auszumachen, oder er war von dem Sturz noch so betäubt, dass er keine Hiebe und Püffe mehr spürte. Er fiel ins Bett mit all seinen Klamotten und schlief ein, nur bedauert von der kleinen Marianne, die nicht verstand, was ihrem Vater Schreckliches geschehen war.

Nach dem Kartoffelunglück von Scholmerbach, bei dem es viele zerdetschte Köpfe und ramponierte Knochen gegeben hatte und der Schlossens noch tagelang eine dicke Nase und verquollene Augen hatte und einen Arm in der Schlinge trug, Großonkel Konrad am Stock humpelte wie ein alter Mann und Kollsens Veronika ein Jahr lang nichts Schweres heben konnte, weil ihr der Kartoffelsack samt meinem Großonkel Dagobert ins Kreuz gefallen war, sagte meine Großmutter, jetzt müsse Schluss sein mit der Sauferei.

Sie war es leid mit Klemens, der ihr nicht im Stall half, nie das Kummet reparierte oder den Misthaufen aufschichtete oder die Sense schleifte und den Schweineeimer hi-

naustrug oder das schiefe Scheunentor wieder richtig ein-
hängte.

Sie wollte meinem mit Beulen und Wunden übersäten
Großvater das Leben schwermachen, sprach vier Wochen
lang kein Wort mit ihm, wärmte ihm nicht das Bett mit
der Zinkbettflasche und kochte nur Milchbrei und Gers-
tenkernsuppe und Kappeskraut und alles, was ihm nicht
schmeckte. Marianne sollte einen anständigen Vater haben,
wie nebenan den Wisselmanns Konrad, der blieb zu Hause
und flickte den Zaun, band die Bohnenstangen an und fütterte die Sau, das war ein feiner Mann. Aber nein, Klemens
musste ja das ganze Dorf unterhalten, und daheim konnte
alles verkommen, der Stall und die ganze Hauserling.

Es fiel meiner Großmutter Apollonia gar nicht schwer, vier
Wochen lang kein Wort zu sagen und wenn, dann mit dem
Vieh oder mit Marianne und manchmal mit den Ruhrpottwitwen, wenn sie kamen, um Maß anzulegen für ein Kleid
oder einen guten Rock. Es war ihr sogar lieber so, stumm
die Brennnesseln auszureißen und die Kappesköpfe abzu-
schneiden, als so zu tun, als müsste sie über Klemens' betrunkene Späße lachen. Ihr war nicht zum Lachen, wenn sie
sich alleine im Stall herumquälte und ihr der Mist auf der
Mistgabel zu schwer war. Sie malte sich sogar aus, wie sie
ihm mit der Mistgabel so zusetzte, dass es ihm noch viel
schlechter ging als an dem Tag, wo er besoffen vom Gäulskarren gefallen war und ihn der Kartoffelsack unter sich begraben hatte. Gerade, als sie so schön in Schwung war und
mit der Gabel in ihn hineinfahren wollte, hörte sie jemanden rufen.

– Könnt Ihr mir sagen... ob da die Frau Apollonia
Heinzmann wohnt, seid Ihr das, vielleicht?

Es war eine kleine, dunkelhaarige Frau mit einem blauen Mantel, die scheu und ängstlich um die Ecke sah.

— Was wollt Ihr dann, fragte Apollonia missmutig.

— Ich, sagte sie, ich habe hier den Simon, und wir wollten höflich ersuchen um das Geld, das wir noch in Rechnung haben, und ob wir um der Gnade willen dieses eine Mal vielleicht einen etwas höheren Betrag einsammeln dürften, wenn es Ihnen möglich ist.

Dann verbeugte sich die kleine Dame ganz höflich und ganz tief. Apollonia stellte die Mistgabel hin und kam aus dem Stall und sagte:

— Was ist dann mit dem Simon? Ist der nicht da?

Aber der Schajs Simon stand an der Ecke, ganz kerzengerade, und sprach nicht und war wie versteinert.

— Es ist ihm nicht gut, sagte die Frau.

— Na, Simon, sagte Apollonia. Hast dou deine Frau mal mitgebracht. Heut hun ich aach wott fier dich. Hun isch meinem Mann aus der Tesch geklaut, wie der besoffen war. Fünf Mark!! Wott is dann los mit dir??

Da drehte Simon sich um, und er trug eine große Brille. Sie hatten seine Augen ganz zerschlagen, und er war blind und konnte kaum gehen.

Apollonia erschreckte sich und sagte:

— Erbarme dich unser, was han se dir den getan, wer hat dann das verbrochen?!

Die Frau flüsterte und sagte:

— Es war die SS von Wällershofen, die hatte ihn in der Mangel!

Mehr sagte sie nicht und wartete nur stumm, bis Apollonia rasch mit den fünf Mark zurückkehrte und noch drei Mark aus der Küchenschürze holte.

Apollonia sagte:

– Ei Simon, dann schwetz doch, was habt Ihr dann vor?

Und er tastete nur immer wieder über den Rand seiner Brille und es schien, als schmerze sein Kopf unaufhörlich und als könne er das Tageslicht nicht aushalten.

– Apollonia, wir müssen sehen, dass wir fortkommen, in Wällershofen ist bald keiner mehr von uns, die Synagoge ist zerstört, es will uns keiner mehr leiden …

– Ei Simon, das doit einem ja in der Seel leid, mer weiß garnet, was dene in den Kopp herein kommt, so mit dene Mensche umzugehen, dou hass doch keinem was gedan! Hass dou dann Schmerzen?

– Ach, sagte die Frau. Er kann ja nichts mehr sehen, und das Laufen fällt ihm schwer, die Schmerzen halten ihn wach in der Nacht und die Gedanken …

– Der Mensch ist schlimmer als das Vieh, sagte Apollonia.

– Man müsste nur gucken, sagte Schajis Frau zögerlich, wo der Joseph Heidrich wohnt, und die Berta Hering. Ich habe gar keine Courage zu fragen.

– Naja, ich weiß, wo die wohne, sagte Apollonia. Die Schajs taten ihr leid und es war ihnen nicht recht geschehen. Aber sollte man sich einmischen? Und sich Scherereien machen? Sie hatte genug Zores mit Klemens und mit der kranken Mutter und mit den Ruhrpottwitwen, die man ihr unters Dach gesetzt hatte. Nun ja, sie wollte der Frau vom Schaj Simon aber wenigstens den Weg zeigen und ging mit ihr hinauf zum Joseph und zur Berta, und beim Joseph bekam Simon zehn Mark und bei Berta fünf Mark, und dann mussten sie zum Bertels Franz, doch als der Franz sie kommen sah, schrie er:

– Ihr könnt gleich wieder gehen! Dem Juden brauchen

wir kein Geld mehr zu geben, der kommt sowieso
weg!

Da sagte meine Großmutter:

— Dou seyst en schlechter Hund und warst es dein Leb-
tag!!

Da lachte der Bertels Franz nur. Das Geld hatte er sich
gespart. Die anderen aber, die sahen, dass man dem Simon
die Augen zerschlagen hatte, gaben ihm alles Geld, das sie
hatten, damit er fortlaufen konnte und fliehen nach Amerika.

— Ach, sagte Apollonia später. Man weiß nicht, was aus
ihm geworden ist. Ob der es geschafft hat mit dem
Geld, das er noch hat einsammeln können an jenem
Tag. Am Bahnhof von Wällershofen hat man sie zum
letzten Mal gesehen, da wurden sie hingetrieben, die
feinen Leute vom Bekleidungshaus Joel und die Abra-
hams, die die Doktoren hatten, und auch die ärmeren
Fellhändler, und der Religionslehrer, alle neunzig Juden von Wällershofen sind nie wiedergekommen und
die von Ellingen nicht und die von Wennerode nicht
und nicht die von Linnen und alle, die man so gekannt
hatte, ringsumher.

Mein Großvater Klemens war auf dem Zimmerplatz und
warf im Keller der Dampfmaschine mit dem Treibriemen
das Schwungrad der Gatter ordentlich an, so dass überirdisch die mächtige, stampfende Säge eine schwere Fichte in
frisch glänzende Bohlen zerteilte. Mit diesen Bohlen konnte
man ein Gerüst bauen, oder man konnte sie über eine Bau-
grube legen, oder man konnte mit ihnen eine Diele oder

einen Stall auslegen oder eine Kiste für Maschinen nach Übersee.

Dann wechselte Klemens die Schnittbreite der Sägeblätter und schnitt dünnere Bretter, daraus konnte man Kisten bauen, um Haushaltswaren darin zu transportieren oder Nägel und Schrauben aus der Hellersberger Schraubenfabrik oder auch einen Hund. Er grübelte noch immer darüber nach, wie man die Hundekiste an den Mann bringen konnte, bestimmt war niemand in Deutschland auf die Idee gekommen, Reisekisten für Hunde in Serie zu verkaufen. Er musste jemanden fragen, der über den Tellerrand hinausdachte, der etwas verstand vom Handel oder allgemein von weltmännischem Denken, kurz und gut:

Kurt Siebers von der Waldeslust schien ihm der Richtige zu sein, um Kontakte zu knüpfen und vielleicht einen Prospekt zu entwerfen, um in Köln oder Koblenz einmal vorstellig zu werden. Wenn mein Großvater die Hundekisten verkaufen wollte, dann zweifelsohne an reiche Leute, die oft auf Reisen gingen und ihre Hunde mitnehmen wollten, und solche Leute konnte man ja nun einmal in Scholmerbach nicht finden.

Aber beim Kurt kam mein Großvater nicht zu Wort, denn im Separee, wo der Feldmeister Schröder saß vom Reichsarbeitsdienst und der Obertruppführer Vogler und die von der Partei, da ging es hoch her. Kurt musste auftischen, was die Küche hergab, Wildfasan und rheinischer Sauerbraten und Hirschgulasch, und es floss der Schampus, sie ließen es nur so krachen, und Malwine und Kunigunde kamen dazu.

Da ging es richtig rund oder so …

– Hol deinen Papagei, kreischte der Gauleiter Mörser. Hol den Papagei!!

– Was will er denn mit dem Papagei?, jauchzte Malwine, als ob nun etwas besonders Köstliches kommen könnte.

Da kam es einem zum ersten Mal so vor, als ob der Kurt gar nicht bei der Sache war und als ob es ihm gar nicht recht war, den Papagei zu holen, und das musste man sich mal vorstellen: Die Partei kehrte bei ihm ein, aß und trank nach Herzenslust und hatte in ganz Deutschland das Sagen, und der Kurt zögerte und brachte nicht augenblicklich das Vieh herbei. Musste man etwa einen Kniefall machen, bis er sich mal bewegte?

– Wozu wollt ihr den Papagei haben? Er ist im Käfig im Garten bei den anderen Tieren.

– Ja, bring ihn halt her!, schrie Mörser unbeherrscht. Was wartest du noch?!?

Da drehte sich Kurt langsam um, sehr langsam, und brachte es fertig, erst noch dem Klemens einen Schnaps einzugießen und danach in den Garten zu gehen, um den Käfig abzuhängen und den Papagei hereinzubringen.

– Na, dann komm mal her mit dem lieben Vieh!

– Prost – du Kakadu!, schrie der Obertruppführer, und das hielt Kunigunde wiederum für einen unglaublichen Witz und lachte sich schier halbtot.

Kurt wollte den Käfig nicht loslassen, aber Mörser griff in den Käfig hinein und packte den Papagei gegen den Widerstand seiner heftig schlagenden Flügel und sah ihn verliebt an.

– Na du du du du?

– Kakadu??, sagte Vogler, und Kunigunde wollte wieder sterben.

– Ich wollt' ich wär ein Huhn, ich hätt' nicht viel zu tun …, sang Malwine …

– Na!, sagte Feldmeister Schröder.

– Wieso, was denn?, fragte Malwine.

– Das ist doch von den Comedian Harmonists!

– Ja, herrlich!!

– Die sind doch jüdisch!

– Waas?, rief Malwine. Ei, ja meine Güte, nein, aber das ist doch ein schönes Lied, …wollt', ich wär ein Huhn … ich legte jeden Tag ein Ei, und Sonntag hätt ich frei!!

– Ich verbiete dir, das hier zu singen!, sagte Feldmeister Schröder entschieden.

– Pfft, sagte Malwine. Man kann doch mal singen.

– Sag Heil Hitler!, sagte Mörser zu dem Papagei.

Aber der Papagei flatterte und krächzte und hackte nach Mörser.

– Sag Heil Hitler. HEIL HITLER! Heilhitler. Hoilhütler …

Der Papagei krächzte und hackte.

– Wenn er Angst hat, lernt er nichts, sagte Kurt.

– Misch du dich nicht dazwischen, sagte Mörser! – Wir müssen dem Vieh das beibringen! Du musst es dem Vogel vorsagen!! Jeden Tag! Bis nächste Woche muss der das gefälligst können!!!

Da lachten alle Leute, bloß nicht Kurt und bloß nicht Klemens an der Theke, und man konnte nicht begreifen, warum Kurt überhaupt keinen Spaß verstand. Warum lachte er nicht? Das gefiel Mörser gar nicht. Fressen und Saufen, das ließ sich der Kurt gerne gefallen, aber im Großen und Ganzen war der Kerl undurchsichtig und hielt hinter dem Berg. Man konnte nicht sicher sein, was er dachte.

Argwöhnisch stopfte Mörser den Vogel wieder in den Käfig und ließ ihn zurückgehen, aber er nahm sich vor, Fredo Bescheid zu sagen. Der sollte den Kurt unter der Woche im

Auge behalten. Ob man ihm wirklich trauen konnte, und wenn nicht, dann musste man ihm mal auf den Zahn fühlen.

Mein Großvater war mit seiner Idee von den Hundekisten nicht weit gekommen, auch wenn der Kurt die Kisten sicher gut hätte brauchen können, für seinen Fuchs und für sein Eichhörnchen, die er hegte und pflegte, dann konnte er den Fuchs ja mal mitnehmen auf Reisen. Kurt träumte ja immer von Südwestafrika, und dort hätte er bestimmt einen lebenden Tiger gefangen und ihn auch mit nach Hause gebracht und in seinen Garten gesetzt und vielleicht noch ein Zebra dazu oder eine Antilope.

Dann dachte mein Großvater Klemens wahrscheinlich, ach, hat doch alles keinen Zweck, trinken wir lieber noch einen, und erzählte beiläufig von den Kisten, und die sonst noch in der Waldeslust waren und es hörten, tippten sich an die Stirn und der Kurt Siebert hörte gar nicht zu.

Er nämlich dachte an nichts anderes, als dass er auf keinen Fall seinem Papagei beibringen würde, Heil Hitler zu sagen.

Meine Großmutter Apollonia aber hatte bald eine hübsche neue Bluse und einen schönen schmalen Rock wie in dem einen Heft die Olga Tschechowa. Die Ruhrpottwitwen Wilhelmine Wratzlaw und Luise Auguste Nowak hatten einen feinen Stich, und gegen den selbst gemachten Käse und Butter aus der Kirn und die Milch von der Lore und die Eier von den braunscheckigen Hühnchen und ab und zu ein wenig Schinkenspeck sonderten sie gerne mal eine Tischdecke oder einen Vorhang aus dem Kasino vom Reichsarbeitsdienst aus. Als aber die neue Bettwäsche kam für die

Arbeiter aus Köln und Frankfurt, da hatte meine Großmutter Apollonia auf einmal ein wunderschönes blauweißrot kariertes Kleid mit einem Glockenrock, so frisch und munter mit einem roten Gürtel, und Marianne bekam ein passendes Schürzlein auf einem weißen Rüschenkleidchen mit einem Propeller dazu.

Damit gingen sie am Sonntag auf dem Zimmerplatz zum Kaffeetrinken.

Meine Urgroßmutter Charlotte und mein Urgroßvater Josef aber hatten ganz andere Sorgen. Ihr Betrieb ging gut, aber sie hatten vierzehn Kinder geboren und fünf an Scharlach verloren. Je länger sie im Volksempfänger den Reden von Adolf Hitler zuhörten, umso mehr wurde ihnen klar, dass es wieder Krieg geben würde, und dann konnten sie noch mehr Kinder verlieren. Mein Urgroßvater betete jeden Tag auf seinem Sessel einen Rosenkranz und begann darum zu beten, dass es keinen Krieg geben werde. Es begann das Jahr 1938, und immer mehr Einberufungsbefehle kamen in die Dörfer, und viele Freiwillige gingen, und Hitler verstärkte sein Heer unaufhörlich. Je mehr da draußen auf dem Haselbacher Feld die Jungen das Strammstehen mit dem Spaten und das Links-Zwo-Drei und das Hebt-das-Gewehr! übten und alles mit Heil-Hitler, umso mehr wurde klar, dass es nicht darum ging, die Sümpfe trockenzulegen und deutsche Tugenden wie Sauberkeit und Fleiß zu wahren.

Tatsächlich hatte mein Urgroßvater schon seit Tagen einen Brief daliegen, den musste er seinen Söhnen nun vorlesen.

Der Brief war von der Organisation Todt aus dem Reichsministerium, und die Organisation sollte im Auftrag von Adolf Hitler den Westwall errichten, eine Befestigung gegen den Angriff des französischen Heeres auf deutsches Territorium, immer entlang der Maginotlinie! Und alles sollte beginnen mit dem Bau der Hunsrückhöhenstraße.

Während Josef der Sache nicht traute, bot man Konrad, Dagobert, Hannes und Ewald einen ordentlichen Sold an, mehr als sie auf dem Zimmerplatz verdienten, und sollte der Krieg ausbrechen, so wären sie nicht an der Front, sondern waren nur eine Art Facharbeiter in Uniform. Sie waren gleich begeistert, denn man musste etwas tun und dabei sein, wenn es losging für Deutschland. Die Begeisterung für Hitler hatte doch jeden erfasst, nur Klemens nicht, aber Klemens war schlichtweg für nichts zu gebrauchen, er hatte keinen Verstand.

Also ließen sich die vier ihre Uniformen geben mit der breiten Armbinde mit der Aufschrift OT, und sie fragten auch gar nicht weiter nach, zogen sie sofort an und hingen sich die langen Mäntel über die Uniform.

Bevor sie also losfuhren, um die Hunsrückhöhenstraße zu erbauen, ging es nach Wällershofen zum Fotografen, und sie ließen ein schönes Bild machen, mit rausgestreckter Brust und ernster Miene schauten sie stolz ins Okular. Nur Onkel Dagobert, der sich von all seinen Brüdern die meisten Finger abgesäbelt hatte, stützte die Hand auf in einer Art Herrscherpose, sodass man nur den Handrücken sah. Er wirkte dadurch noch majestätischer, und auch seine Nase war viel größer als die der anderen. Dann fuhren sie los und fühlten sich großartig und beinahe ein wenig so wie damals, als es nach Frankreich ging. Nur manchmal kam ihnen wehmütig in den Sinn, dass es nun wieder darum ging, Frankreich zu bekämpfen, den Schong und den Schack und den Schorsche.

Meine Mutter sagte, dass sie mich mit Jim gesehen hätte, und ich brauche ihr jetzt nichts mehr vorzumachen. Auch Tante Hedwig hätte ihn gesehen, im Eiscafé in Wällershofen und danach noch beim Spazieren. Er sei ja kein schlechter Junge, soweit sie das durch das Fenster und durch den Blumenstock erkennen konnte, aber sie hätte auch schon Schönere gesehen. Und er wäre doch bestimmt ein Ami, das sähe man schon am Haarschnitt.

Jetzt war es also raus. Mein wundersames, zauberhaftes Geheimnis meiner geschwätzigen Familie preisgegeben und entweiht durch ihre nichtswürdigen Kommentare. Sie hätte auch schon Schönere gesehen. So was konnte nur meine Mutter sagen. Und dann meinte sie noch, der sei es ja wohl gewesen, der mir den Brief geschrieben habe mit dem Luftpostumschlag, aber von der Struderlehe bis nach Scholmerbach hätte man ja wohl kein Flugzeug gebraucht. Aber ich müsse schwer aufpassen, denn die Amerikaner hätten gerne mal ein Liebchen, dann würden sie versetzt, und dann hätten sie anderswo ein Liebchen, und dann hat er dich vergessen, und du sitzt da und heulst dir die Augen vor den Kopp.

Ich sagte, bei uns sei das anders, und meine Mutter schimpfte, das meint man immer, und wenn man jung ist, hängt der Himmel voller Geigen, und jedes Jahr fällt eine runter. Lass dir bloß nichts erzählen, kennst du einen, kennst du alle, erst große Liebe, und auf einmal muss er wieder nach Amerika, und aus den Augen aus dem Sinn.

Hätten wir doch im Eiscafé die dicken Gummibäume vors Fenster gestellt. Vielleicht konnte ich mit Jim auswandern, dann müssten wir uns derartigen Fragen und Verdächtigungen gar nicht mehr aussetzen. Schließlich trug ich ein silbernes Herz um den Hals und darauf stand »Für mein Kleines – Jim« und auf der Rückseite »Love – forever«. Ich würde ihm folgen um die ganze Welt, das stand schon mal fest. Allerdings würde ich dafür Scholmerbach verlassen müssen, und da musste ich schlucken.

Scholmerbach verlassen? Das ging ja gar nicht.

Das war geradeso, als müsste ich mir das Herz herausreißen.

Wenn man in Scholmerbach geboren war, dann musste man in Scholmerbach bleiben, auch wenn man ging, ich war noch nicht einig, wie sollte das gehen, ich beschloss, nicht weiter zu denken, als der Sommer lang war, ja, ich konnte mir überhaupt nicht vorstellen, dass es irgendetwas anderes gab, als diesen einen Sommer in meinem siebzehnten Lebensjahr.

Jimmy war auf jeden Fall wichtiger als das, was meine Mutter sagte und was womöglich mein Vater sagen würde, wenn er heimkam, und erst recht, was meine Brüder sagten. Ich hörte sowieso bloß auf meine Großmutter Apollonia, und die war nicht mehr ganz bei sich. Vielleicht konnte ich mich trotzdem mit ihr verbünden. Wenn ich ihr erzählte, dass mein Kirmeskerl ein richtiger Freier war, einer von weit weg, noch hinter Langdehrenbach, noch hinter dem großen Teich, wo mein Großvater damals in Gefangenschaft war. Der war doch … in Amerika war der doch. Kein Ort war unmöglich, wenn ein Scholmerbacher schon mal dort gewesen war.

Meine Großmutter aber lag den ganzen Tag da und schnarchte, und ich konnte ihr gar nichts sagen, und noch bevor mein Vater nach Hause kam, hatten meine Brüder mir schon erzählt, dass er vorhatte, mich vor Jim zu warnen. Das war ja schließlich seine Vaterpflicht. Ich war für heute schon genug gewarnt worden und wollte keine schrecklichen Verdächtigungen und Voraussagen mehr hören.

Also traf ich mich mit Bea und Brigitt und Stefanie am Bushäuschen und schilderte ihnen die Verschärfung der Lage. Von nun an drohte meine Familie alles zu verderben durch ihre unqualifizierten Bemerkungen. Wie konnte ich meine Eltern und Geschwister dazu erziehen, mich in meinem Liebesleben nicht weiter zu belästigen?

Brigitt schlug vor, ich solle behaupten, wir hätten schon wieder Schluss gemacht, und Bea meinte, sie würden sich vielleicht an ihn gewöhnen, und Stefanie sagte, nach dem Krieg hatten alle einen Soldaten.

Da kam mein Vater in unserem gelben Ford Taunus an der Bushaltestelle vorbei und hielt an und meinte, wir sollten hier nicht so rumlungern wie die Gammler, und überhaupt sei ich in letzter Zeit kaum noch daheim, und er müsse mal mit mir reden, und ich solle jetzt einsteigen. Das Schicksal war wirklich gnadenlos mit mir. Es war fünf Uhr, und ich wollte abends noch meinen Jim sehen und hoffentlich machte mein Vater mir keinen Strich durch die Rechnung.

– Ich weiß schon, sagte ich bockig auf dem Beifahrersitz, – Hennegickels Marlene … und wenn ich ein Flittchen werde, dann muss ich nach Frankfurt, wo alle

Flittchen wohnen, und wenn ich erstmal ein abgelecktes Butterstück bin, dann will mich keiner mehr, und
ich muss aufpassen und darf kein Wort glauben, was
die Kerle mir erzählen …

– Nein, aber nein, Marie, sagte mein Vater. Ganz im
   Gegenteil. Ich habe gehört, du hast da einen netten
   jungen Mann aus Amerika, der dir gefällt. Aber ich
   möchte nicht, dass du heimlich mit ihm herumziehst,
   und wir wollen ihn doch gerne mal kennenlernen. Es
   wäre schön, du bringst ihn am nächsten Samstag mal
   mit, wenn wir im Garten grillen. Was hältst du davon?

In Wahrheit hielt ich gar nichts davon und hätte ihn am
liebsten nur mal an Omas Krankenbett gezerrt, denn ich
wollte ein Geheimnis haben, und nun durfte ich es nicht behalten. Ob Jim überhaupt kommen wollte? Keine Ahnung.
Mir war sehr unwohl. Ich konnte mir nichts anderes vorstellen, als dass sie meinen Jim mal ordentlich prüfen und
austesten wollten, um ihn mir hinterher auszureden und zu
sagen, sie hätten aber auch schon Schönere gesehen. Von
meinen Brüdern erwartete ich nichts anderes, als dass sie
mich blamierten und ihm verrieten, dass ich heimlich
Schönheitsmasken auflegte, oder ihm erzählten, was ich ins
Tagebuch geschrieben hatte. Ich wünschte mir, dass es am
Samstag in Strömen regnete und die Wurst und die Grillkohle
und die Klamotten klatschnass würden, ja, ich wünschte mir
einen Wolkenbruch herbei.

Aber leider war kein Wölkchen am Firmament zu sehen,
und die Sonne schien auf den Fingerhut und die Schafgarben und die Holundersträucher, die Lupinen blühten am
Wegesrand und die Margeriten wiegten sich im Wind. Es
würde wohl kaum ein einziges Lüftchen wehen, das ein paar
Regentropfen herbeitreiben mochte.

Im schummerigen Abendschein beim Kerzenrauch stellte ich die alles entscheidende Frage:

- Jim ... - Do you want to meet my mother and my father and my brother and my grandma?
- Ouh yeah! Why not?, sagte Jim und lachte. Wann ick sehe dein Mama, dann ick sehe, wie du sehst aus in swanssig Jahre.
- Dreißig. Also, ich werde eher dicker als dünner.

Wir saßen in der Ellinger Disco mit den schwarzgoldenen Grotten aus Stanniolpapier und hörten »Living next door to Alice« von Smokie. Jim war wohl nicht klar, was meine Eltern im Schilde führten und dass sie glaubten, er hätte niedere Absichten, vor denen sie mich bewahren mussten, damit ich kein abgelecktes Butterstück würde, und dass dies der einzige Sinn und Zweck der Übung war.

- I want to maken eine gute Eindruck ... und ick bin eine good boy.
- Yes, sagte ich. You will be a good boy.

Aber dann kam das Lied von Foreigner, und wir tanzten, und die Foreigner sangen:

- I want to kiss you all over and over again.

Da sang Jim immer mit und sang: Kiss you all over and over and over again, und da wurde mir ganz schwindelig, und ich spürte, was damit gemeint war, und in den Ellinger Stanniolgrotten konnte man kaum etwas sehen, und daher glaubten wir auch, dass man uns nicht so sieht, wenn wir herumknutschten, bis uns die Sinne schwanden. Wovor wollten meine Eltern mich warnen? Es schien mir sowieso nicht in ihrem Ermessen zu liegen, es war meine eigene Entscheidung und mein eigenes Gefühl, wann es so weit war, und meine innere Uhr, mein innerer Glockenschlag sagte etwas von Junimond und dann August, es war etwas dazwischen, heute nicht oder beinahe nicht oder noch nicht, aber beinahe doch, aber nicht nebenbei, nicht einfach so.

- I can wait ... sagte Jim. I have time.
- Wie lange?
- What?
- Wie lange kannst du warten?
- Well ... I would never ... weißt du, ich kann dir ... nickt wehtun ... Sweety ...

Aber es konnte sein, dass er mir trotzdem wehtun würde. Egal, ob es geschah oder nicht, ob er vorher ging oder blieb, sich nach einer anderen umschaute oder mich von zu Hause fortriss, auf die eine oder andere Weise würde er mir wehtun. Für alle Fälle hatte ich mir in der Apotheke mithilfe von Bea und Stefanie unter unsterblicher Peinlichkeit die Schachtel Patentex geholt, heimlich, und das Geld aus Omas Kaffeebüchse dafür ausgegeben. Man wusste ja nie.

Als wir einen Augenblick innehielten und auf den Stühlen nach Luft schnappten, tastete ich nach meiner Handtasche und flüsterte:

- I have a secret – pscht – es ist geheim!!

Und unter dem Tisch zeigte ich ihm heimlich die Schachtel und er sagte:

- Oh my god ... Marree – what did you do?? Das häs du gekauft??
- Nun ja ... für alle Fälle ... nicht für gleich ... aber ...
- You think ...??

Jim sah auf einmal ganz nervös aus und packte sich ins Genick und schien abzuwägen. Er nahm mir die Schachtel aus der Hand, als auf einmal Rick hinter uns auftauchte und sagte:

– Jim – I told you something, man! I'm waiting!!

Ich riss ihm blitzschnell die Schachtel weg und ließ sie in der Tasche verschwinden.

– Hast du ihm immer noch nicht die fünfzig Dollar gegeben?, fragte ich.

– Oh shit!, sagte Jim. Sorry man!! Next friday, I swear! Just have to do Foreman a favour ... but – hey man!! What's up?? I told you, I'm in trouble, I give you that shit, as soon as I can!!

– You're always in trouble!! I tell you something, I give you one more day! ONE day!! Otherwise you're in REAL trouble!

Damit verschwand er und hinterließ eine richtige Rauchwolke von Ärger und Drohungen. Ich fragte Jim, wie viel denn fünfzig Dollar seien, richtig viel Geld?

– Well, sagte er. We get zweihundertfünfzig Dollar in a Monat. Dänn ick muss dem geben in July. Damned.

Jetzt war er wirklich nervös, denn Rick sah nicht aus, als ob er noch bis Juli warten wollte, und dass amerikanische Soldaten sich öfter mal prügelten, das war nichts Neues. Ich wollte aber nicht, dass mein Jim verprügelt wurde, denn dann sah er auf der Grillparty am Samstag ganz zerbeult aus und machte nicht den Eindruck, den ich mir wünschte, und außerdem hatte ich Angst, dass ihm was passiert. Mein schöner Jim, wer weiß, wie Rick ihn zurichten würde! Also, wir brauchten dringend fünfzig Dollar!

– Wie viel Mark sind das denn??

– Maybe hundert Mark.

Ach du Schreck. Hundert Mark. Ein Vermögen. So viel hatte auch meine Großmutter Apollonia nicht in der Kaffeebüchse. So viel hatte niemand, den ich kannte. Ich wusste mir keinen Rat. Jim aber schien etwas einzufallen, denn er

sprang auf und ging an die Theke, wo noch andere Amerikaner standen.

Na gut, dachte ich mir und verschwand auf die Toilette
und schminkte mich neu und kämmte mir die Haare, und es
dauerte nicht lange und herein kam Lydia Kosslowski, um
sich die Lippen wieder knatschrosa anzumalen.

– Hallooo, sagte sie, na?!

– Hallo, antwortete ich. Warum hattest du letztens die
   Armbanduhr von Jim?

– Hä? Ach die war doch am Verschluss kaputt. Da hat er
   die in der Küche vom Jonnies liegengelassen. Das
   konntest du ihn aber auch selber fragen.

– Ach naja, nicht so wichtig.

– Der hat wohl wieder Probleme, sagte sie. Wenn der
   die fünfzig Dollar morgen nicht wiedergibt, kriegt der
   echt die Fresse voll, aber nicht nur von Rick, der Rick
   hat einen, der ihm hilft.

Warum wusste Lydia immer alles? Wieso tauchte sie immer dann auf, wenn es irgendwo brannte? Allmählich wurde
sie mir unheimlich.

– Sag mir lieber, wo man so viel Geld herkriegt!!

– Ist doch ganz einfach.

– Hä?? Einfach?? Wieso!! Wie denn??!?

Lydia malte in Ruhe weiter und machte einen Abdruck
auf einem Tempotaschentuch.

– Ich kann ihm das Geld besorgen. Kein Problem.

– Woher kriegst du denn Geld?

– Ach, ist nicht schwer, mein Vater ist doch im Eisen-
   handel, Autoverwertung und so und macht da ganz
   gute Geschäfte, da muss ich nur vorbeigehen und sagen, Papi, ich möchte mir 'n schickes Kleid kaufen
   und ein paar Stiefel … oder ich brauch was, … dann

klimpere ich mit den Wimpern, … und dann gibt der mir das.

— Ouh, Lydia …, das wär ein echt feiner Zug!! Aber ich weiß nicht, wie der das zurückzahlen kann, also vom nächsten Sold oder so!

— Der kann auch aufm Schrott arbeiten … mal 'n Tag, kein Problem …

Lydia war unbeschreiblich. Der Herrgott hatte sie mir geschickt. Nun war sie schon zum zweiten Mal aufgetaucht wie ein Engel und half uns aus der Klemme. Das musste ich Jim unbedingt erzählen!

— Ich werde es ihm selber sagen, erklärte Lydia. Er hat mir sowieso gerade eine Asco bestellt. Wir müssen das klarmachen. Am besten gehst du erst mal tanzen. Mal gucken, ob der das überhaupt annehmen kann von mir. Das ist ja auch Vertrauenssache, weißt du. Aber er ist ja auch ein ganz Süßer, ich meine, ich mache das ja nicht für jeden. Tschühüss!!

Damit verschwand sie und war noch nicht mal austreten gegangen. Ich war mir gar nicht mehr sicher, wie dankbar ich ihr sein sollte. Auf dem Boden lag noch das Tempo mit ihrem verschmierten Lippenstift und ich ließ es liegen. Wenigstens wurde mein Jim nicht verkloppt, das immerhin.

Man durfte vielleicht nicht immer so schlecht von jemandem denken und einfach tanzen gehen. Denn egal, was die beiden besprechen würden, das Herz am Hals trug schließlich ich, und bald wollten wir nach Heidelberg fahren und Boot fahren auf dem Neckar und auf den Berg hinauf aufs Schloss klettern.

Meine Mutter fühlte sich in ihrer rosa Kittelschürze so wohl, dass sie sie dauernd trug. Ihr war nämlich immer zu warm, und der Kittel war so schön luftig. Selbst die Haare hatte sie sich luftig hochtoupiert, und ihre Füße steckten in Klapperlatschen. Dass ausgerechnet sie am Feuer stehen sollte, um die Würste umzudrehen, das gefiel ihr gar nicht, weil sie immerzu fürchtete, einmal in der Hitze umzukommen. Deshalb hatten wir den Grill an der »Quelle« aufgebaut. In unserem Garten gab es nämlich ein Loch, in dem ein schwaches Rinnsal die Wiese ein wenig feucht machte, da hatte mein Vater einen hellgrauen Plastikbottich in die Erde gelassen und ein Rohr gebohrt: Das war jetzt die »Quelle«, und es saß sogar ein Frosch darin, und die Katze trank daraus. In der Quelle lagen jetzt auch fünf Flaschen Hachenburger Flaschenbier und fünf Sinalco Cola und zwei Fanta.

Mein Vater trug kurze Hosen und ein weißes T-Shirt mit grünen Ärmeln und der Aufschrift »Trimm dich« und drehte die Koteletts um und die Würstchen, und oben im Schlafzimmer stand das Fenster weit auf, sodass zumindest der Würstchenduft meine Großmutter Apollonia erreichte, so hatte sie auch was davon. Meine Brüder ließen sich zunächst nicht blicken, weil der eine noch Fahrrad fahren war und der andere alles doof fand, und ich saß allein auf der Wiese und durchlitt einen Alptraum, weil in wenigen Augenblicken Jim erscheinen sollte. Sein Kumpel Foreman wollte ihn mit dem Jeep bringen auf einer geheimen Spritztour. Dank Lydia Kosslowski und dem Alteisenhandel ihres Vaters war mein Jim heil geblieben, aber nun war Jim bei Lydia verschuldet und hatte auf dem Gelände zwischen dem Jammertal und Pfeifensterz den ganzen Morgen Auspuffteile und Heizungsrohre geschleppt, und Lydia hatte ihm Kaffee gekocht, und am Nachmittag sollte er bei uns erscheinen und

aussehen wie ein netter Junge, dem man seine Tochter anvertrauen kann.

Aber mein Jim kam schon mal gleich eine halbe Stunde
zu spät.

– Der Ami, sagte mein Vater, ist ja nicht so verrückt wie
   der Deutsche, dass er zum Würstchengrillen stramm-
   steht und eine Viertelstunde zu früh da ist, das sehen
   wir ganz locker! Wir haben doch Zeit!!
– Du kannst ja der Oma mal ein Würstchen hochbrin-
   gen, sagte meine Mutter, du kannst es ihr ja klein-
   schneiden, nimm Senf mit.

Es roch über ganz Scholmerbach nach Würstchen und
Bier, und die Rasenmäher dröhnten, und aus den offenen
Autos hörte man abwechselnd die SWR3-Spitzenreiter mit
Frank Laufenberg oder Blasmusik. Ich brachte das ange-
brannte Würstchen hinauf zu Oma, von da aus konnte ich
auch sehen, ob sich ein Jeep näherte.

Ich ging hinauf und fand meine Großmutter Apollonia
ein wenig aufgedeckt, aber sie trug trotzdem das rosa Bett-
jäckchen, als würde sie frieren.

– Oma, der es immer noch nicht da!
– Wott?!
– Der Jim!! Mein Kerl! Den sie zum Grillen verdonnert
   haben! Jetzt kommt er nicht!!
– Ach, sagte sie. Junge Kerle … der kommt schon.
– Hier ist Wurscht.
– Will ich nicht.
– Mit Senf.
– Kein Hunger.
– Dann werfe ich sie weg.
– Mir egal.
– Man wirft aber kein Essen weg, hast dou gesagt.

– Ach, jo, man kann es doch nicht reinwürgen, dann gib
  sie deinen Brüdern.
– Da liegt noch so viel Wurscht aufm Grill.
– Wenn dein Kerl kommt, frisst er sie alle auf.
– Hoffentlich kommt er!
– Wenn nicht, such dir einen anderen.
– Oma! Wie kannst dou so was sagen!!

Ich war wie vor den Kopf geschlagen. Meine herzlose
Familie. Wie konnten sie nur so über meine große Liebe
reden. Habe ja auch schon Schönere gesehen. Kirmeskerl.
Kannst dir einen anderen suchen. Womit hatte ich das verdient? Sie wussten nicht, was Liebe ist.

– Der Berthold kommt gleich.
– Was für ein Berthold? Der heißt Jim!! Jim kommt
  gleich!!
– Ach, der.
– Ich schneide die Wurst jetzt klein, vielleicht willst du
  ja doch was.
– Ach. Ja … eysch weiß nicht. Kann der Berthold essen.
  Der kommt gleich.
– Berthold, Berthold, von wem schwetzt du?

Ich kannte keinen Berthold. Es gab Onkel Balduin und
Onkel Dagobert und Onkel Konrad und im Dorf noch den
alten Theo oder den Sumpfgrafen oder sonst welche alten
Knaben, aber keinen Berthold.

– Weiß eysch nicht.

Auf einmal dämmerte es mir.

– Sag mal, war der Dr. Samstag heute morgen da?
– War der Dr. Samstag heute morgen … der war … war
  der do?
– Oma, fragte ich. Oma, ICH habe gefragt, ob der
  Dr. Samstag da war!

– Ob der Dr. Samstag da war… war der, habe eysch gefragt, sagte Oma.

Ich war mir nicht sicher, ob Oma ganz richtig war. Warum sie mir dauernd nachsprach und meine Worte umdrehte, als hätten sie ihren Sinn verloren. Sie hielt sie ja vor sich wie eine Girlande, die sich ineinander wand.

– Ich will mal nach Jim gucken, sagte ich. Mal sehen, ob er schon draußen ist.

– Ob der schon draußen ist, will eysch mal sehen, ist denn der schon draußen, eysch muss doch mal sehen, wo ist der denn, ist der draußen!!

Ich stand auf und ging. Als ich in den Hof kam, kam der Jeep den Weg hinaufgefahren und rollte mir entgegen, und die ganze Nachbarschaft staunte nicht schlecht, als Jim herausgesprungen kam.

– Oh my love!, rief er und küsste mich auf die Stirn.

Am Arm hatte er noch schwarze Wagenschmiere und seine Hose war nicht ganz sauber, aber wenigstens war er jetzt da.

– Hallo!, sagte ich. Wie schön, dass du da bist!! Wie war es heute Morgen?

– Great!, rief er. I like that job! Liddi's father is funny! Jetz ick muss nur nock dreimal kommen, dann ick habe nock mehr Geld.

– Du willst da noch dreimal hin??

Jim sah mich verdutzt an, als könnte er sich gar nicht vorstellen, dass es mir nicht gefiel: er mit »Liddi« und ihrem Vater auf dem Schrottplatz. Meine Hoffnungen für den Nachmittag schwanden, er hatte sich für Lydias Familie verausgabt und kam für die meine schmutzig und zu spät. Aber da bog schon mein Vater übertolerant um die Ecke und rief: – Hello – welkam – ich… Vater… Daddy!! Come in!!

Und bald darauf kam meine Mutter aus dem Garten, und meine Brüder tauchten ebenfalls auf, und die Grillparty nahm ihren Lauf, und wir saßen an der Quelle und aßen Würstchen und Kotelett und redeten mit Händen und Füßen. Jim trank mit meinem Vater drei Hachenburger, und meine Brüder wollten wissen, welche Musik er gerne höre, und Jim meinte Foreigner und meine Mutter sagte, sie höre gerne den Jämes Last und ob er von dem schon mal in Amerika gehört hätte. Mein Vater erklärte, dass er schon seit Jahren Readers Digest liest, und zwar besonders gerne die Rubrik »Humor in Uniform«, und dann musste ich den Witz übersetzen: Sitzt der wachhabende Soldat in seinem Häuschen mit der Hand am Gewehr und schläft. Als ihn der Sergeant anschreit, hebt der Soldat geistesgegenwärtig den Kopf und sagt »Amen«. Dann lachten sie alle.

Alles in allem schien die Grillparty doch sehr schön, und etwas in mir freute sich und löste sich, und ich war auf einmal sehr stolz. Meine Brüder hatten sich wider Erwarten einigermaßen benommen, und Jim war freundlich und lustig, und das mit der Wagenschmiere und der Verspätung hatte ich mit einem Motorschaden am Jeep erklärt. Nun fehlte nur noch meine Großmutter Apollonia, und ich wollte ihr unbedingt meinen Jim zeigen.

– Come on, sagte ich zu Jim, als meine Mutter bereits das Fett vom Grill kratzte.
– Wir gehen zu meiner Oma.
– Aber mach sie nicht wieder so durcheinander, sagte meine Mutter. Sie ist sowieso … in letzter Zeit … nicht mehr ganz …
– Ist der Dr. Samstag zurück?
– Der kommt jetzt wieder, jaja.
– Ah so.

Also ging ich mit Jim hinauf, und es war noch immer hell im Zimmer mit der blauweißen Blumentapete. Apollonia saß kerzengerade im Bett und fixierte uns, und ich dachte, ich müsste ihr vielleicht das Nachthemd geradeziehen. Sie strampelte jetzt immer so. Aber es war schon zu spät, sie hatte ein nacktes Bein unter der Decke hervorgestreckt und schien keineswegs mehr liegen zu wollen.

– Eysch muss jetzt mol off.

– Oma, das ist der Jim. Jim, das ist meine Oma Apollonia.

– Och wott.

– Hello, gutten Tag.

Jim griff ihre Hand und machte eine Verbeugung.

– Eysch will mol … guten Tach, … ist das der Berthold?

Ihre eine Hand lag in Jims Hand, und mit der anderen fasste sie in Jims Haare und streichelte sie, als wäre er ein Kind oder ein Hund. Ich wusste nicht, wen sie da sah und ob ich nicht besser sagte, jaja, es ist der Berthold.

– Seyt er aus wie der Berthold? Wie der Berthold? Ist der das doch?

– Oma, der heißt Jim Berthold David Logan.

– Hi Mam.

– Eysch gehen mit, sagte Oma. Eysch will mitgehen.

– Aber wir können jetzt nicht mehr fort. Es ist schon Abend.

– Ach, stöhnte sie. Dann machte sie irgendwelche Bewegungen, als ob sie schon ging, sie lief, sie war schon unterwegs, ohne uns, ihre Beine strampelten, und sie beschwerte sich und stöhnte und war halb aus dem Bett, und ich war froh, als meine Mutter kam und sich kümmerte. Mir war schon ganz blümerant.

– Ick dänken, ick haben kennengelernt dein Ouma. Jim

war ein wenig betrunken und ein wenig verschwitzt und ein wenig schmutzig und roch nach Würstchen.

— Ja, sagte ich und zog ihn hinaus in den frischen Duft des Westerwaldes, wo es egal war, ob man betrunken ist oder schmutzig oder verwirrt.

Ich war froh, dass ich den Nachmittag hinter mir hatte und es dunkel wurde. Wir nahmen noch drei Bier und eine Sinalco mit aus der Quelle, und dann sagte ich, ob er überhaupt schon mal das Lusthäuschen gesehen hätte, das hatten meine Großonkels oberhalb von Scholmerbach gebaut, da wuchsen schon die Zweige hinein und alles war ziemlich schief, aber wir konnten unsere Namen hineinkratzen, wir mussten nur ein Messer mitnehmen und eine Kerze. Im Lusthäuschen waren abertausend Herzen in die Wände und in die rotbraunen Balken geritzt, nur das unsere noch nicht, das mussten wir tun, bevor das Lusthäuschen zerfiel. Wenn wir ganz still darin waren, konnten wir sogar die Eulen hören oder das Käuzchen, und manchmal flogen hier auch die Fledermäuse.

Dann konnten wir immer noch überlegen, ob wir im Polters auf der bunten Tanzfläche tanzen wollten oder in die Waldeslust laufen oder durch ein Maisfeld streifen oder uns in den vom Blitz geschlagenen dicken Baum setzen oder was. Mir klopfte das Herz bis zum Halse. Denn ich wusste nicht, was geschehen würde. Das wusste man nie, wenn es Nacht wurde über Scholmerbach.

Eine Weile hörte man nur das Rollen der Bäume von den Ständern, das gewaltige Getöse der Stämme, wenn die Eisenpfähle gelöst wurden, wie sie vom Stapel herunterdonnerten auf den Vorplatz und die hölzernen Leiber umeinanderschlugen. Es hieß, dass Onkel Balduin einmal darunter begraben wurde. Die Stämme sollten meinem Großonkel Balduin das Rückgrat dreimal brechen, aber der Herrgott hat es verhindert, die Rosenkränze meines Urgroßvaters Josef haben es verhindert, der Herrgott war nämlich stärker als die Bäume ringsumher.

Josef hielt es für rechtens, niemals gegen die göttliche Allmacht zu murren oder sich seinem göttlichen Ratschluss zu widersetzen. Wenn der Herr etwas in seiner unergründlichen Weisheit beschlossen hatte, dann durfte der Mensch nicht urteilen, denn schon in der Bibel sagte Hiob: »Wer bin ich, deine unermesslichen Pläne zu verstehen, sie sind zu hoch für mich und übersteigen meinen Verstand«, und bei Jesaja stand: »So hoch der Himmel über der Erde ist, so hoch erhaben sind meine Wege über eure Wege und meine Gedanken über eure Gedanken.«

Als der Herrgott sich entschlossen hatte, vier ihrer Kinder durch den Scharlach zu sich zu holen, da war auch das sein unergründlicher Plan gewesen, der Herr hat's gegeben, der Herr hat's genommen. Und der Herr hatte noch unergründlichere Pläne in diesem Jahr, und niemandes Verstand reichte aus, um zu begreifen, was nun kommen sollte.

Mein Urgroßvater Josef betete und betete.

In 1939 verkündigte Adolf Hitler an irgendeinem Tag, dass ab 5.45 Uhr zurückgeschossen werde, und in Scholmerbach und Linnen und Hellersberg und Ellingen und Wennerode und überall flatterten die Einberufungsbefehle stündlich ins Haus.

In den Dörfern ließen sie furchtbar die Köpfe hängen, und alle fragten sich:

Was kommt jetzt?

Mein Großvater Klemens aber hatte Glück, denn die Leute vom Zimmerplatz wurden wegen der Aufrechterhaltung der staatswichtigen Produktion von der Einberufung verschont. Da Dagobert, Konrad, Hannes und Ewald bereits am Westwall arbeiteten, blieben Balduin, Willi und Klemens und der alte Josef in Scholmerbach zurück, alle anderen mussten ein oder zwei Söhne hergeben, und wenn einer fünf Söhne hatte, dann musste er alle fünf Söhne schicken. Kaum war der Einberufungsbefehl im Briefkasten, da waren sie auch schon fort.

Meiner Großmutter Apollonia wäre es recht gewesen, wenn Opa mit zum Westwall gezogen wäre, weil man dort ein ordentliches Geld verdiente, aber überall, wo es Geld zu verdienen gab, war mein Großvater nie zu sehen gewesen. Wenn etwa Onkel Konrad im Winter ins Ruhrgebiet ging, um in den Fabriken zu arbeiten, dann konnte man sicher sein, dass sich mein Großvater mit dem Schlechtwettergeld zufriedengab und gemütlich zu Hause blieb.

Da er nun einmal in Scholmerbach war und es die anderen Männer erwischt hatte und sie gleich an die Front mussten, ab nach Polen, und die anderen Richtung Belgien und Niederlande, musste Klemens nun seinen Mann stehen und den Leuten die Getreidesäcke packen und die Witterungsschäden in den Häusern reparieren und die bestellten Vordächer aufstellen und neues Holz zum Trocknen lagern.

Leider hatte mein Großvater Klemens die Getreidesäcke nicht recht aufgestellt, und sie stürzten um, und wenn er ein Vordach zusammenfügte, dann stimmte der Dachüberstand nicht, und wenn er Balken ablängte, machte er so viel Verschnitt, dass der alte Josef mehr Brennholz für die Dampfmaschine hatte als im ganzen Winter davor.

– Der stellt sich an, sagte Willi. Man kann ihn nicht gebrauchen, sagte Balduin.

– Ja, weil er nicht will, sagte Willi. Wenn einer nicht will, dann kann man sich auf den Kopp stellen. Er schafft dagegen!

Da die Arbeit aber gemacht werden musste, nahmen sie Klemens mit, ob er nun wollte oder nicht, und wie er sich auch anstellen mochte, dann konnten sie ihn nicht bei der Dampfmaschine liegen lassen. Denn er konnte wenigstens was festhalten, den Gaul oder einen Balken oder die Zimmermannsbleifeder, immerhin hatte er ja noch alle seine zehn Finger. Großonkel Balduin hatte nur noch sieben Finger und Onkel Ewald nur noch sechs, und Onkel Willi hatte an einer Hand nur noch den Daumen. Die fehlenden Finger hinderten sie aber nicht am Arbeiten. Mit seinem einen Daumen konnte Dagobert immer noch einen Nagel festhalten und die Wasserwaage halten, er konnte damit ein Lot pendeln lassen und den Zollstock ausklappen und mit dem Bleistift Markierungen auf einen Balken malen. Den Hammer und den Hobel klemmte er unter den Arm, und den Winkel konnte er zwischen Knie und Handballen stützen, so konnte er akkurat arbeiten; da hat ihm keiner was vorgemacht, da war er immer noch der Schnellste.

Mein Opa aber hatte sich keinen Finger abgeschnitten, weil er einfach zu selten in die Nähe von gefährlicher Arbeit kam, als dass ihm etwas hätte geschehen können, oder aber weil er die Finger doch einmal für irgendwas würde brauchen müssen. Da hatte der Herrgott seine schützende Hand über ihn gehalten, das konnte man nicht wissen – reicht doch der Verstand des Menschen nicht aus, um die Pläne Gottes zu begreifen.

Meiner Großmutter Apollonia wäre es lieber gewesen,

mein Großvater hätte sich einen oder zwei Finger abgeschnitten und benommen wie ein ordentlicher Mensch,
Krieg hin oder her. Ihr Vater, der Dapprechter Gustav, war
schon eine Weile unter der Erde, und er hatte in allem recht
gehabt, was er ihr über Klemens prophezeit hatte. Darüber
konnte sie sich halbtot ärgern. Die anderen hatten ordentliche Männer und mussten sie hergeben für den Krieg, sie
hatte Klemens, und der blieb daheim.

Krieg das recht, dass sich die einen in Gefahr begeben
mussten und die anderen konnten verschont bleiben, das
fragte man sich auch in Scholmerbach. Die einen waren mit
Überzeugung in den Krieg gezogen, und die anderen bedrückt, und die geblieben waren, hörten immerzu Nachrichten, was nun geschah mit den ihren. Die Zimmerleute
hatten einen Volksempfänger, und Klebbels hatten einen
Volksempfänger, und in der Waldeslust hatten sie einen Volksempfänger, und natürlich hatte der Bürgermeister einen und
wer sonst noch im Dorf. Fredo war da, um aufzupassen,
damit keiner den Feindsender hörte. Er ging jeden Abend
durch das Dorf und lauschte, ob einer etwas Falsches sagte
oder den Führer kritisierte oder freche Reden hielt, ob einer
heimlich eine Sau schlachtete oder Schnaps brannte oder zu
Fronleichnam eine Fahne heraushängte. Denn Fredo war ja
jetzt der Ortsgruppenleiter und ein wichtiger Mann, so wie
früher der Gendarm, nur noch mehr. Fredo war dem Adolf
so ergeben wie andere Leute dem Herrgott, konnte man
meinen, und dessen Wort war Fredo wie das Vaterunser,
und was der Adolf sagte, war ihm Befehl bei Tag und bei
Nacht, sogar noch im Ehebett. Der Führer hatte nämlich
gesagt, das Volk muss wachsen, also zeugte Fredo Kinder für
das Reich, und seine Frau Else wurde schwanger ein ums
andere Mal, beinahe wie Magda Goebbels, Kinder musste

man kriegen, Kinder für Adolf, noch eines und noch eines und noch eines!

Meine Mutter Marianne war das einzige Kind der Eheleute Klemens und Apollonia Heinzmann, mehr hatte ihr dürrer Schoß nicht hervorgebracht, und wo hätte es auch noch hingesollt, wo doch das einzige Kind in das Bett der Eheleute hineingestopft wurde, Jahr für Jahr, und zwischen Klemens und Apollonia lag, zwischen meinem Großvater, der in seinem langen Unterhemd und der Unterhose schlief, und meiner Großmutter im dünngeschabten Nachtgewand, das sie seit ihrem zwanzigsten Jahr trug. Während sie größer und größer wurde, wälzte sich Marianne immer mehr auf die Seite meiner Großmutter, und Apollonia lag immer dichter an der Bettkante. So schliefen sie all die Kriegsjahre hindurch, und meine Mutter wurde älter und größer und immer älter und schwerer.

Meine Urgroßmutter Kathrein lag nebenan, eingepfercht zwischen ihren Schränken und Kisten und der Flickwäsche, und rührte sich nicht, aus Angst, es könnte ihr noch mehr aus dem Leib herausfallen. Man musste ihr alles bringen, die Kartoffeln und die Schmalzbrote und die Waschlappen und das Bettgeschirr, und was sie von sich gab, musste man wieder fortbringen, ohne dass ein Wort darüber verloren wurde, und ein Doktor durfte nicht kommen, weil man sich so schämte über das, was da unter der Decke im Stillen geschehen war.

Während also draußen in der Welt der Krieg tobte und Adolf mit den Scholmerbacher Männern alles zuoberst und zuunterst warf und der Welt mit Panzern, Mörsern und Granaten beizubringen versuchte, dass wir ihr überlegen seien, herrschte bei Klemens und Apollonia eine stickige Enge, die meiner Großmutter immer dringlicher zusetzte. Es war ihr, als müsste sie mal um sich schlagen, mal irgendeinem den Knüppel vor den Kopf hauen, aber das konnte sie ja nicht. Sie war wie von allen Seiten eingepfercht, man rückte ihr so zu Leibe, und zu Leibe rücken, das konnte sie nicht vertragen, und sie wurde steifer, so steif wie ein Stecken.

Da geschah es, dass meine Großmutter Apollonia in den Keller ging, um im moderigen Verschlag ein paar Kohlen zu holen, während nebenan mein Großvater Klemens wieder einmal mit dem Schnaps herumexperimentierte, und der Waschkessel brodelte, und die Maische in der Milchkanne vergor, und plötzlich erschütterte eine Explosion den kleinen, massiven Keller des Lehmhauses, und ein Schrei fuhr durch das Haus, und Marianne, Jakob und die Ruhrpottwitwen zitterten um ihr Leben. Nichts anderes glaubten sie, als dass nun der Krieg mit Bomben und Granaten nach Scholmerbach gekommen sei. Als sie jedoch hinunter in den Keller rannten, fanden sie meinen Großvater Klemens auf dem Rücken liegend und die Milchkanne zerborsten in Hunderte von Teilen und den Keller voller Bröckchen vergorener feuchter Gerste, und der Deckel vom Waschkessel hing über dem Regal mit dem eingekochten Kesselfleisch. Da ist es gewesen, dass auch meine Großmutter Apollonia zum allerersten Mal explodiert war, und alles, was in ihr war, ist ebenso aus ihr herausgefahren wie die vergorene Maische aus der Milchkanne. Apollonia brannte lichterloh in ihrer Dapprechter Wut, und da hat man gesehen, dass ihre Fäuste flogen, und sie hat sich auf meinen Großvater gestürzt und ihn im niedrigen Keller verhauen und verkloppt, was das Zeug hielt. Da war es so weit. Meine Großmutter hat meinen Großvater verdroschen, so was hatte die Welt noch nicht gesehen.

Meine Großmutter Apollonia drängte im Jahr 1940 sehr darauf, den Ruhrpottwitwen endlich zu sagen, dass sie sich ein anderes Quartier suchen sollten. Es war ja kein Leben, wenn man zwischen Kuhstall und Kohleofen und der kranken Mutter immer um die Stangen mit den Handtüchern und dann um den Spülstein und um das Bänkchen mit der Schüssel und dem Schälmesser und dem Kartoffelsack rennen musste, und dann sollte man nicht das Kind verbrühen, wenn man das Kraut vom offenen Feuer nahm. Die Witwen aber hatten oben ein herrliches Leben, die alte Wilhelmine Wratzlaff hatte ein Zimmer und die Luise Auguste Nowak eines, und nur der Junge Jakob schlief bei seiner Mutter. Sie konnten in der Küche sitzen und hatten jeder genug Platz, und die Alte konnte die Füße ausstrecken und der Junge seine langen Gräten und Luise ihre Beine in den löcherigen Wollstrümpfen.

Meine Mutter Marianne wollte mit aller Macht dem Ehebett von Apollonia und Klemens entfliehen und nicht mehr neben seinen langen Unterhemden und dem Geschnarche liegen und nicht mehr neben der Mutter, die beinahe aus dem Bett fiel. Sie träumte sehnsüchtig von einem eigenen Zimmer, und da meine Mutter noch immer für meinen Großvater das Paradiesengelchen war und ihre blonden Haare behalten hatte und ihre roten Pauswangen, konnte er ihrem Drängen und Protestieren nicht mehr widerstehen. Also gab er sich eines Tages geschlagen und machte sich auf, den Kampf zu beginnen, und die Witwen aus ihren Stuben hervorzuholen.

– Konnt ihr mol komme?!, rief er die Treppe hinauf.
– Watt is?, schallerte es von oben.
– Mir muss mol wott schwetze!!
– Is gut!
Die Witwen kamen mit Jakob die Treppen hinunter und

grüßten und sagten, watt gibt es Neues und erzählten, dass Jakob jetzt auch zum Reichsarbeitsdienst auf das Haselbacher Feld müsse und dann sicher bald an die Front.

- Dat bricht eine Mutter dat Härz! Wofür ha'm wir'n groß gezohng... un unter all die Entbehrungen gelitten!!

- Ei – ihr hatt doch de Krieg gewollt!, rief mein Großvater wutentbrannt.

- Et kann nur heißen: ein Volk, ein Reich, ein Führer!! Da fraachße nich, ob eim dat gefällt! Da heißt et nur: Führer befiel – wir folgen, woll? Der weiß schon, wat gut is für uns! Wir wer'n siegen!! Siegreich wer'n wir Frankreich schlagen, woll!

Da kam meine Oma Apollonia und schubste meinen Großvater in das Kreuz, damit er sich nicht wieder verzankte und endlich sein Anliegen vorbrachte:

- Hörte mal, Wilhelmine und Luise, vielleicht, ... harre mir gemaant, braucht ihr obe nicht gar so viel Platz wie mir unte brauche, wenn jetzt noch euer Bub fortgeht, könnte mir doch noch ein Zimmer wieder krieche, oder vielleicht könnde mer auch mal überlege, ob net woander noch a Plätzche für euch ze finde wär.

Wilhelmine und Auguste ließen sich auf die Stühle fallen und sagten: Ach du Schreck! Und – Ach du Herr und mein Vaterland!!

Und sie begannen zu jammern, wie schwer man es hat als Witwe, und auf den Schreck müssten sie erstmal einen trinken, und Klemens holte seinen Selbstgebrannten hervor und goss jedem einen ein. Keiner wollte sie haben, sagte Luise Auguste. Obwohl ja ihr Mann eigentlich von hier sei und in jungen Jahren aus Ellingen in den Ruhrpott gegangen sei, um Arbeit zu finden, hätte man sie nicht wie seinesgleichen aufgenommen. Und dabei, meinte Wilhelmine, hätte schon der Herr Jesus gesagt, dass das zur Barmherzigkeit gehöre: Hungrige speisen, Durstige tränken, Fremde beherbergen und so weiter. Das stünde schon in der Bibel geschrieben. Derer sei das Himmelreich. Prost.

Da hatte Wilhelmine aber mal ausnahmsweise recht, und wie sie das so sagte, machte es Klemens zu schaffen, denn mit dem Herrgott wollte er es sich nicht verderben. Er überlegte, wo man die Witwen unterbringen könnte. Man müsste vielleicht einmal mit dem Bürgermeister reden oder mit Fredo, den konnte er zwar nicht leiden, aber jemand musste ihm helfen. Sonst machte Apollonia ihm noch einmal die Hölle heiß, und der Buckel tat ihm immer noch weh.

Mein Großvater wollte sich die Sache noch mal überlegen, denn er war ja ein Christenmensch, und man konnte ja nichts übers Knie zerbrechen.

Aber leider wollte Apollonia nicht mehr überlegen und hatte es satt, dass die Witwen dasaßen und sich betranken und ihr was vorheulten, jeder hatte seine eigene Plage, was fiel ihnen ein, und Klemens war so töricht und fiel auf alles herein. Immer scherte er sich um das Gedöns von anderen Leuten, aber um die eigenen kümmerte er sich nicht, immer waren ihm wildfremde Leute wichtiger als der eigene Hausstand und die eigene Frau und das Kind, die konnten sehen, wie sie zurechtkommen. Apollonia spürte wieder die Wut in ihr hochsteigen, aber wenn Klemens es nicht fertigbrachte, dann würde sie gleich morgen selber den Fredo und den Bürgermeister aufsuchen, damit sie ihr halfen, die Ruhrpottwitwen aus dem Haus zu schaffen.

Fredo und der Bürgermeister aber waren gerade sehr beschäftigt, denn sie hatten ein schweres Amt in diesen Zeiten.

Nicht nur, dass sie sich um das Dorf kümmern mussten und darum, dass alle auf Linie blieben und der Partei den absoluten Gehorsam entgegenbrachten, nein, sie bekamen nun auch immer diese Briefe aus dem Felde, die sie persönlich den Leuten überbringen mussten. In denen stand geschrieben, dass der Müllerschorsch ein Bein verloren hatte und dass Ruhrersch Ernst auf Leben und Tod in Majidanek im Feldlazarett lag.

Als aber die Nachricht kam, dass die Franzosen besiegt waren in sechs Tagen, da fiel der alte Hanjokeb draußen beim Heuwagen auf die Knie und schrie: Oh mein Gott!! Dann warf er die Heugabel fort und ließ seine Magda und das Vieh und den Heuwagen stehen und rannte nach Hause. Dort zog er seine Uniform aus dem Ersten Weltkrieg an und traf sich mit den anderen Kriegsveteranen, und dann zogen sie zum Honiels und soffen eine Woche lang. Was war der Adolf für ein Kerl, dass er ihnen Somme und Verdun heimzahlte, dass sie das noch erleben durften, da mussten sie weinen und trinken und feiern, sieben Tage lang.

Während die Männer bei Honiels betrunken herumlagen, gab es schon Häuser in Scholmerbach, wo das Entsetzen Einzug hielt, und sie weinten und schrien, und die Trauer begann, weil schon der Fünfte aus dem Dorf gefallen war.

Meine Mutter Marianne brachte morgens die Kanne an den Milchtisch, wo sie der Milchmann abholte, und die Frauen versammelten sich in der Herrgottsfrühe, weil der Milchmann, der aus Wällershofen kam, die Gefallenenlisten schon kannte. Da gab es ein fürchterliches Weinen um die Milchkannen herum und ein grausames Geschrei, und wer später die Milch trank, der musste die Scholmerbacher Schreie aus tiefem Seelengrund mittrinken.

Nur wer niemanden im Felde hatte, der konnte getrost

wieder nach Haus gehen, dazu gehörten meine Großmutter oder meine Mutter, und sie wurden von den anderen beneidet, und es hieß, wieso muss der deine nicht hinaus an die Front? Der will sich doch nur drücken! Und unsere riskieren ihr Leben!

– Was kann eysch dafür, sagte Apollonia. Aaner muss doch off dem Zimmerplatz bleiwe und Klemens wor der Jüngste.

– Dann soll er wenigstens bei us mal helfe, wenn der Ochse offs Feld muss. Der Viehwagen so schwer ze lenken. Ich kann aach mol einen Mann bei der Arbeit gebrauche, der kann mir mol helfe.

– Das doit der beim beste Wille auch derhaam net. Brauch ich dir garnet ze schicke.

– Ja, wo es der dann, wenn der gebraucht wärd?

Klemens war im Wald und auf dem Feld, er war auf dem Zimmerplatz und auch bei seinen Brüdern, er war im Stall und auch bei seiner Mutter, er war bei Apollonia am Küchentisch und saß gerne bei Honiels und in der Waldeslust. Aber er ließ sich so wenig festnageln wie das Sägemehl, das aus der Schneidmühle tanzte, und er trabte durch das Dorf, so eigensinnig wie der Schafsbock von Lennards Klärchen, und sagte keinem seine Wege.

Er setzte sich gerne in die Dorfkirche, denn dort war er alleine und konnte er schön denken und fühlte sich verbunden mit etwas Höherem vom lieben Gott, das man nicht begreiflich machen konnte, das war so heilig und auch so süß, es waren eine Herrlichkeit und eine Glücklichkeit und eine Andacht und ein Geheimnis, die er mit dem Herren teilte.

– Der sitzt einfach da, sagten die Leute. Statt was zu schaffen, sitzt der einfach da.

Immer mehr Leute sahen ihn so sitzen, denn je länger der Krieg dauerte, umso mehr Gesellschaft kriegte er, und sie saßen um ihn herum und beteten und weinten und beteten und weinten.

Nur am Sonntag, da standen sie alle auf und erhoben ihre Stimmen zum »Großer Gott, wir loben dich«, und mein Großvater sang immer am lautesten.

Etwas aber fehlte. Hatten sie nicht immer zu den wundersamen Tönen vom alten Harmonium gesungen, das auf der Empore stand und sie so herrlich begleitete beim Kyrie Eleison und beim Agnus Dei, hatten sie nicht immer die Augen geschlossen, wenn sie den Leib Christi als Hostie im Mund zergehen ließen und Hehns Aloysius versunken noch das Ave Verum spielte? Nun war es ganz still, und man hörte nur die Absätze des Pfarrers von Marienfelde, der zur Aushilfe kam, weil doch der Pfarrer von Hellersberg im Umerziehungslager war. Man hörte die Messdiener schnaufen und die Gebetbücher rascheln und fragte sich, wieso der Pfarrer Klarfeld erzogen werden müsse. Nur weil er gegen die Radikalisierung der Jugend war und freundliche Worte für die Juden hatte und es schrecklich fand, wie man Schajs Simon blindgeschlagen hatte, hatten sie ihn abgeholt. Es war nicht rechtens, und das wusste Fredo ganz genau, und man konnte ihm nicht mehr trauen, man konnte niemanden mehr trauen. Ruckzuck konnte man auch wegkommen, so wie der Kommunist aus Ellingen und die warmen Brüder aus Wennerode, man hatte sie abgeholt und nach Weilmünster geschleppt und entmannt. Nun war man ja kein Kommunist und auch kein warmer Bruder, aber man musste ja auch an die Mütter denken, einer Mutter zerriss es doch das Herz, musste man einen Menschen denn gleich verschleppen? Es war doch nun mal kein Mensch wie der andere auf der Welt.

In der kleinen Kirche von Scholmerbach war es still geworden, ganz still, denn der Hehns Aloysius stand im Felde,
und niemand konnte auf dem Harmonium spielen, und in
der unheimlichen Stille betete jeder für den Pfarrer Klarfeld,
den sie irgendwo in der Mangel hatten.

Der Partei gefiel es gar nicht, dass jetzt die Kirchen so knüp-
pelvoll waren. Es gefiel ihr auch nicht, wie mein Großvater
herumschwadronierte, dass Adolf Hitler die Völker überfiel.
Fredo hatte meinem Großvater schon oft gesagt, er solle das
Maul halten, und die anderen Völker hätten Deutschland
geknechtet und schmählich gedemütigt, und wir müssten
unsere Ehre wiedererlangen. Aber mein Großvater hörte ja
nicht zu und ließ sich erst recht nichts sagen. Wenn er den
Schnaps im Leib hatte, dann ging ihm der Mund über, und
dann sagte er allen alles, was er dachte, und da er den Herrgott in sich fühlte, sagte er auch dem Fredo ins Gesicht:
— Der läuft ins dolle Hundert!, und meinte nichts anderes als dass alles, was der Führer für ein großdeutsches
  Reich und die Weltherrschaft beschlossen hatte, ohne
  Sinn und Verstand sei und in ein schreckliches Unheil
  führe. Mein Großvater fand alles, was er sagte, richtig
  und wichtig, und es platschte gewissermaßen aus ihm
  heraus. Dass es gar niemandem half und er sich um
  Leib und Leben redete, das merkte er nicht. Und nur
  weil die Leute ihn für einen fürchterlichen Simpel
  hielten, der nicht wusste, was er sagte, und im besoffenen Kopf herumschwadronierte, geschah ihm lange
  Zeit nichts, und sie ließen ihn gewähren, als wäre er
  nichts anderes als wie der scheppernde Dampfkessel
  oder der spuckende Zapfhahn oder die Marschmusik,
  die aus dem Volksempfänger lief.

Meine Großmutter Apollonia lebte inzwischen vollends in der Meinung, dass sie sich in ihrer Wahl vertan hatte. Aber was hätte das genützt? Sie wäre nicht ins schöne Frankreich gekommen und hätte dafür aber einen besseren Mann bekommen. Aber der fiel dann wiederum an der Marne oder an der Maas, und sie wäre Witwe wie all die anderen, die herumsaßen und heulten und ihre Kinder nicht satt kriegten. Es war ja ganz gleich, wie es kam.

Meine Mutter Marianne hatte einen gesunden Appetit, aber meine Urgroßmutter Kathrein, die nun schon seit sieben Jahren im Bett lag, aß kaum mehr als zwei Kartoffeln und ein paar Bohnen, und sie wurde weniger und weniger und glich mit den Jahren ihrer verschlissenen Bettwäsche. Nur Tante Klarissa konnte ein wenig helfen. Die kam und bekümmerte sich und wusch ihre Schüsseln und kämmte ihr das Haar und ging in den Garten und riss das Unkraut aus und klaubte die Erbsenschoten von den Stängeln.

Dann ging es wieder für einen, zwei oder drei Tage. Danach wurde meine Großmutter Apollonia wieder ungnädig und verdrießlich, und schließlich half nur, dass sie meinem Großvater, wenn er betrunken war, mal wieder ordentlich das Fell versohlte. Sie wollte mit seinem Geld im Honiels Kramladen Seife kaufen oder Waschmittel oder Ersatzkaffee, eine Haarspange für Marianne oder beim Wichsgritt ein paar Strumpfhalter, überhaupt nur das Nötigste. Aber da konnte sie lange warten. Mein Großvater Klemens hingegen glaubte allmählich, dass er daheim ein böses Weib hatte. Sein Kind, das war das Paradiesengelchen, aber seine Frau vertrug keinen Spaß und kommandierte und verkloppte ihn auch noch, bloß weil er mal einen über den Durst trank. Als er ganz betrunken war, sagte er zu ihr:

– Erst kemmt mein Mariannchen, dann kemmt meine

Kuh, das Lorchen, dann kemmt mein Schwein, die Berta, dann kemmt noch lange niemand, und dann kemmst erst dou.

Da verkloppte sie ihn gleich noch mal.

Von da an machte Klemens sich überall lustig über Apollonia.

– Eysch hun ein böses Weib!

Da lachten sie alle.

– Sie ranzt mir das Fell!

Da lachten sie noch mehr.

– Sey mol hey … ein blauer Fläcken!!

Und er zeigte ihnen zum Beweis einen Fleck auf der Schulter, da konnten sie sich vor Lachen nicht halten. Da beschlossen seine Saufkumpane, heute noch erheblich einen über den Durst zu trinken und sich zu verstecken und zuzusehen, wie Apollonia meinen Großvater beim Heimkommen verdreschen würde.

Das Haus hatte einen Vorbau mit einem Flur vor der Haustür, und wenn die Kumpel meines Großvaters etwas sehen wollten, dann mussten sie sich die Hälse verrenken und sich hinter dem Lattenzaun von Kleppels verstecken.

Aber an dem Abend tat Apollonia ihnen den Gefallen nicht. Sie hatte sich stumm zu dem Vieh im Stall gesetzt und war bei der Kuh geblieben, die Leibschmerzen hatte vom sauren Gras der Sumpfwiese. Die Ruhrpottwitwen aber, die haben oben im ersten Stock das Gekicher und das besoffene Geschwätz gehört.

Da haben sie die Fenster aufgerissen und heruntergeschrien:

– Macht, datt ihr wechkommt – ihr Drecksgesindel!! Watt habt Ihr da verlor'n!! Ich komm euch da runter!! Wir hol'n dem Schandarm, da könnt ihr wat erlehm!! Da

kricht ihr den Marsch geblasen! Schert euch wech, ihr
Gesocks un Lumpenpack!!!

Und dann kippten sie einen Eimer voll Putzwasser aus
dem Fenster.

Die Burschen aber trollten sich aus dem Gestrüpp, sie
waren klatschnass, und das Schauspiel war anders ausgefal-
len, als sie es sich erwartet hatten. Da kamen sie so bald nicht
wieder, und Apollonia hatte für eine Weile ihre Ruhe, und
manche im Dorf sagten auch, egal ob und wie sehr sie ihn
verdroschen hatte, der Klemens hatte sie auf jeden Fall verdient.

Meine Großtante Hanna war lange nicht mehr nach
Scholmerbach gekommen. Sie hatte zwei prächtige Söhne
zu versorgen und eine Tochter, so schön wie das Rosenresli,
und noch einen Sohn aus der ersten Ehe ihres Mannes. Sie
wohnten auf einem großen Anwesen in Langdehrenbach,
und der schöne Elbbach, der floss am Tal vorbei, wo die wilden Weiber wohnen, und dann floss er an Dorndorf vorbei,
wo sich einstmals die Hildegardis vom Felsen stürzte, weil
der rothaarige Ritter Ruprecht von Ellar ihre Liebe verraten
und zusammen mit dem Grafen von Wällershofen ihre Stadt
geplündert hatte. Hinter Langdehrenbach war nämlich alles
möglich, da begann die Welt, da war man beinahe schon in
Limburg, da fing schon immer der Frühling an, wenn bei
uns noch Winter war, und Tante Hanna hatte Kaffee, als es
bei uns noch Gersten- und Haferkörner gab.

Aber meine Großtante hatte Maläste. Sie klagte über
Unwohlsein, Schwindel und unerklärliche Ermattungszu-
stände. Angesichts dieser Schwäche sah sie sich immer wieder ohnmächtig ausgeliefert den Bergen von Wäsche, die sie
im Kessel kochen und durch die Mangel wringen und auf
die Wiese zum Bleichen legen sollte. So viele Körbe, so viel

Arbeit allgemein, und dann sollte sie noch in den Kuhstall gehen, jeden Tag, das war ihr zuwider, das war unter ihrer Würde, und es befiel sie diese unerbittliche Entkräftung. Sie musste sich hinlegen, immerzu, und war ganz seltsam bleich, es war wohl der Kreislauf, wieso war sie auch so groß, manchmal war ihr ganz schwarz vor Augen, und schließlich sagte sie es allen, ausdrücklich, ganz vornehm und in hochdeutsch:

Ich bin »überarbeitet«!

Aber da gab es zum Glück eine neue Heilmethode in Wällershofen und die nannte sich: Bestrahlung.

Die Bestrahlung war für Tante Hanna ein großer Segen. Sie kam aus einer großen halbrunden Kugel und hatte innen drin eine Quecksilberdampflampe und wirkte heilend auf rachitische und entkräftete Menschen, die vom Krieg oder der Blutschwäche ausgezehrt waren. Von dieser Lampe konnte Tante Hanna nicht genug bekommen und fuhr täglich mit dem Zug nach Wällershofen zur Bestrahlung und ließ die Wäsche Wäsche sein und überließ sie der Tochter Resli mit ihren neun Jahren und den dünnen Armen. Sie sollte sich halt anstrengen, früh übt sich, schön sittsam und fleißig, dann hat man dich lieb, ohne Fleiß kein Preis, ein Kind muss seiner Mutter helfen, tüchtig, tüchtig, das würde sie schon schaffen!

Wer aber so eine Anstrengung hatte, durch das Leben zu kommen mit vier Kindern, und immer zur Bestrahlung musste und ein Geschäftsleben in Langdehrenbach hatte, der konnte nicht noch nach Scholmerbach laufen.

Nur an Ostern kamen Hanna und Klara und Apollonia zusammen, das war der einzige Tag während der Kriegsjahre, wo sie immer die Mutter besuchten, und dann saß man beieinander, und es gab Krümelkuchen und sie erzählten, was geschehen war in Wennerode und in Langdehren-bach.

Hanna meinte, es werde eine böses Ende mit uns allen nehmen, und aus Langdehrenbach seien jetzt alle Männer an der Ostfront, und Tante Klarissa war unglücklich, weil ihr Mann schon vor dem Krieg verstorben war, und sie durfte nicht murren und nicht klagen und nicht aufbegehren gegen die Wege des Herrn. Aber Klarissa hatte wohl auch eine gewisse Demut des Herzens von Natur aus und nahm ihr Schicksal hin, während Tante Hanna zeterte und schimpfte in der kleinen Küche vom Scholmerbacher Lehmhaus.

Sie beschwerte sich über die unzumutbare Drangsal des Lebens, bis meine Großmutter Apollonia meinte, sie könne doch von Glück sagen, denn sie habe den reichsten Mann bekommen und das größte Haus und wohne im schönen Elbbachtal und sogar noch in Langdehrenbach!

Das aber wollte Hanna nicht einsehen und meinte, dass sie mit der gesundheitlichen Schwäche geschlagen sei und die langen Söhne und die Berge von Wäsche, und sie musste arbeiten wie keine von ihnen, keine, und sie wurde krumm und lahm dabei, ja, lahm, und dann sagte sie auf hochdeutsch:

– Ich bin überarbeitet.

Apollonia fing lauthals an zu lachen und meinte, dass Hanna überarbeitet sei, das sehe man ihr aber nicht an, und Tante Klarissa meinte, das sei sicherlich der neumodischen Quecksilberdampflampe zu verdanken, man könne auch Höhensonne dazu sagen, und als mein Großvater Klemens hereinkam, um sich ein Stück Streuselkuchen zu holen, meinte Tante Hanna:

– Also, der ist mal nicht überarbeitet!, und damit ging das Theater los am heiligen Ostertag.

Mein Großvater meinte, sie solle die Nase nicht so hoch

tragen und mal lieber in Langdehrenbach so gnädig sein, im Kuhstall eine Mistgabel in die Hand zu nehmen. Es wisse ja jeder, da sie sich zu vornehm sei, um in den Kuhstall zu gehen. Dabei musste sie, Hanna, früher jeden Tag den Kühen die Schwänze waschen, stimmt's oder stimmt's nicht? Bevor der Dapprechter Gustav mit den Kühen durchs Dorf ist wie die heilige Prozession, musste Hanna der Kuh den Mist vom Schwanz und vom Hinterteil waschen, bis es das schönste Hinterteil von ganz Scholmerbach war, stimmt's oder stimmt das nicht? Die drei schönsten Töchter von Scholmerbach haben jeden Tag jeder Kuh den Bobbes sauber gewaschen!! Ha!

– Ja, das stimmt, sagte Tante Klarissa einfältig lächelnd.
– Siehst dou?, meinte Klemens. Schiss is Trumpf.
– Aber der Vater hatte das Haus und die Felder in Ordnung!!, schrie Tante Hanna. Und dou lässt es verkommen! Seyh mal, wie die Scheune aussieht!! Oben die
    Tenne es durchgebrochen, und die Leiter ist nicht mehr
    fest! Und draußen der Misthaufen, den jeder seyt!! Ein
    stinkender Platsch vor dem Haus, und die Brühe läuft
    überall hin!!
Tante Klarissa neigte sich begütigend vor.
– Im Augenblick sieht ja kein Misthaufen so akkurat
    aus ... wenn dey Männer im Krieg sind ... da bleibt
    die Stallarbeit liegen ... da macht ein jeder nur so, wie
    er durchkommt ... schmeißt einfach obendrauf ...
– Der Klemens es doch gar nicht im Krieg!!, schrie
    Hanna. Der ist doch daheim! Unser Apollonia kann
    alles allein machen!!
– Aber dou hilfst mir ja aach nicht bei unserer Mutter,
    sagte Apollonia. Et ist immer unsere Klarissa, das von
    Wennerode zu Fuß kommt und mal im Garten schafft

und dey Mamme versorgt und dann in der Nacht durch die Wälder läuft, das ist ja auch gefährlich …

– Ich bin überarbeitet, sagte Hanna.

Aus der offenen Schlafstube rief die schwache Kathrein:

– Bleibt euch einig! Et ist der Ostertag! Macht sinnig!!

– Dey wollen hier das Weiberregiment einführen, resümierte mein Großvater. Da habe ich naut mit zu schaffen. Wäre ja noch schöner. Dass man sich von Weibern was sagen lässt.

– Dou könntest aber mal denen da oben sagen, dass wir mehr Platz brauchen, schimpfte Apollonia. – Dey sollen sich was anneres souchen.

Klarissa nahm meinen Großvater sanft am Arm und sagte:

– Weißt dou, Klemens, dou meinst es sicher gut und weißt, wie es für alle richtig ist. Wir wollten deysch nur bitten, weil es ja für euch doch so eng ist und die kleine Marianne immer noch in eurem Ehegemach liegt, ob dou nicht die Witwen über euch in ein anderes Haus bitten könntest, dou wirst sicherlich etwas für sey finden.

Da war Klemens machtlos. Gegen Klarissa und sein Paradiesengelchen konnte er nichts ausrichten. Er grummelte noch ein wenig vor sich hin, aber in seinem Inneren wusste er: Es war Zeit für ein klares Wort.

Nach der Osterwoche sollten die Ruhrpottwitwen endgültig das Fachwerkhaus verlassen und Apollonia, Klemens, Marianne und der Mutter Kathrein wieder erlösende Freiheit und Raum in ihrem eigenen Haus verschaffen.

Es war im Mai 1941, als Heinrich das erste Mal Heimaturlaub hatte, und er kam zurück in einer pechschwarzen Uniform und mit Schulterstücken und einem verzierten Koppelschloss mit Eichenlaub, alles saß wie angegossen. Auf seiner Mütze blitzten der Reichsadler und das Hakenkreuz, und auf seinem rechten Kragen war eingestickt ein weißer Totenkopf auf schwarzem Grund.

So hatte Heinrich noch keiner gesehen, und man bekam eine Ehrfurcht vor ihm, so ein Auftreten hatte er, so ein Kerl war er geworden, aufrecht und groß, und einen Schritt hatte er, da wagte keiner mehr zu sagen, was ihm nicht passte. Das Wiedersehen wurde groß gefeiert, und es musste natürlich ein Wildbraten sein in der Waldeslust. Heinrich war längst keine Sturmmann mehr in dem großen Arbeitslager in Bayern, nein, er war Oberscharführer unter Eicke, und er wusste, was von einem verlangt wurde, er hatte die Worte von Himmler selber gehört, der hatte sie besucht. Er war weit gekommen, unser Heinrich.

– Naja, da kreyn die mal Zucht und Ordnung beigebracht in so einem Arbeitslager!, rief Schustermichels Albert in der Wirtschaft und wollte Heinrich zuprosten.

– Da muss mol aufgeräumt werden mit dem arbeitsscheuen Pack!

Heinrich nickte bedeutsam und prostete zurück und zischte mal so ein richtiges Bier aus der Hachenburger Brauerei und sagte, mein Gott, das schmeckt doch viel besser als in Bayern. Die können da kein Bier machen, ein Westerwälder Bier, das ist doch das einzig Wahre, also, da kriegt man ja schon mit dem Heimweh zu tun, Bier und Brot, Brot und Bier, das schmeckt nirgendwo so wie bei uns.

– Ja, was machen dey denn da in dem Lager, fragte Albert

und kam näher. Müssen dey da ordentlich Steine schleppen und … Tüten kleben oder … Briketts schaufeln? Wen habt ihr dann da? Zigeuner? Vagabunden und so?

Heinrich aber war danach, mal wieder mit seinen alten Freunden eine Runde Karten zu spielen, und er wollte auch eigentlich kein Wild oder Wein, sondern Speck und Eier und gebratene Blutwurst, und womöglich wollte er auch statt der Uniform mal wieder die alte Strickjacke anziehen und im Stall helfen. Aber da hatten sie ihn schon am Schlafittchen, und Feldmeister Schröder und Obertruppführer Mörser und Hauptmann Tomaczek luden ihn ein, und sie wollten mit ihm das Neueste von der Front besprechen und hören, was Himmler erzählt hatte.

– Aus Wennerode haben sey die warmen Brüder abgeholt, waren solche auch in Bayern in euerm Lager?, fragte Schustermichels Albert und näherte sich dem Separee.

– Frag nicht so dumm!!, rief Heinrich aufgebracht. Ins Lager kommt jeder, der die Volksgesundheit schädigt! Und wer dumme Fragen stellt! Oder nicht pariert!!

Da lachten alle, und spätestens da tauchten auch Malwine und Kunigunde auf und begrüßten den Heimkehrer Heinrich, der sich so verdient gemacht hatte um das Vaterland und so todschick und ehrfurchtgebietend und fast ein wenig unheimlich aussah in seiner schwarzen Uniform. Albert fragte noch:

– Aber den Pfarrer von Hellersberg, hat den denn kaaner gesehen? Den Pfarrer Klarsfeld?

Das wollten sie im Separee nicht hören. Wer sich ordentlich benahm, nicht wie das Ungeziefer und die Volksfeinde und Verräter und die ungehörigen Pfaffen, die das Maul aufrissen, dem geschah nichts. Man war schließlich großzügig und gut gegen die Menschen und auch gegen die Tiere.

– Kurt!!, schrie Obertruppführer Mörser. Hol deinen Papagei!! Ich will wissen, ob er es endlich begriffen hat! Vielleicht müssen wir ihm Schampus geben, damit er besser quatschen kann! Los, Kurt! Hol den Vogel! Er soll ein Schlückchen mit uns trinken!!!

Aber Kurt schien auf dem Ohr taub zu sein, er stellte sich wohl extra blöd, so blöd wie sein Vogel, der sich seit geraumer Zeit weigerte, der Partei Folge zu leisten und ein »Heil Hitler« von sich zu geben.

– Ach naja, dann lass ihn doch, sagte Feldmeister Schröder. Es ist ja nur ein Tier.

– Aber der Kurt hat ihm doch auch Worte beigebracht: Er sagt: Merci, er sagt: Casanova, er sagt: Pardon, er sagt: Bonjour, er sagt lauter französische Wörter, aber kein einziges deutsches, wie kommt mir das denn vor??

– Ach ja, sagte Kunigunde. Bei uns im Wald der Vogel sagt immer nur Kuckuck, da kann man gar nichts machen.

– Sie sind selber ein ganz reizendes Vögelein, sagte Hauptmann Tomaczeck.

– Wer – ich?, kreischte Kunigunde. Ach wirklich?

– Darf ich Sie zum Tanz auffordern?, fragte der Hauptmann und da kicherte Kunigunde. Kurt Siebers hatte nämlich einen Volksempfänger und da konnte man am Knopf drehen, bis Musik lief. Vielleicht Marika Rökk, und sie sang »Musik Musik Musik«. Oder Rudi Schuricke, »Ein Stern von Rio«.

Der Volksempfänger stand auf dem Eckregal mit der geklöppelten Spitze, und wenn man an dem Kopf drehte, dann rauschte es erst vom Großdeutschen Sender, aber dann sang ganz herrlich Heinz Rühmann »Das kann doch einen Seemann nicht erschüttern«. Da mussten alle mal drauf tanzen, und vom Mirabellenschnaps war ihnen schwindelig, und der Papagei hatte Glück gehabt, aber Heinrich wollte nicht tanzen. Er war kein Tänzer vor dem Herrn, ihm gefiel nicht, dass sie ihn alle fragten nach dem Lager und immerzu nach dem Lager.

– In Polen sind wir gewesen!, schrie er und ging an den Tresen.

– Wir haben die Front verstärkt!! Nachgerückt!! Die Wehrmacht unterstützt! Was meint ihr, weshalb ich befördert bin – doch nicht, weil ich da Aufseher war oder was!

– In Polen!, sagte der Franzens Julius. Da kannst du stolz drauf sein!! Ha! Die waren frech, die Pollacken! Haben uns Danzig weggenommen! Das haben sie sich anders vorgestellt! Aber nicht mit uns!

– Das war eine ganz schöne Sauarbeit!, sagte Heinrich.

– Naja, an der Front, sagte Julius und ließ noch zwei Schnäpse bringen für den Heinrich und sich. Das ist immer ein Abschlachten, das kann ich dir sagen, ich war 14/18 in Frankreich dabei, im Stellungskrieg, zwei Wochen im Regen, ich träume da heut noch von …

Heinrich trank einen Schnaps und noch einen Schnaps und meinte, der Julius werde ihn schon verstehen, und fing auf einmal an zu lachen.

– Aber Polen …, sagte er verschwörerisch. – Die Polen haben wir auch bald geschafft!

– Wieso, sagte Julius. Polen ist doch schon besiegt.

Heinrich tippte sich an den Kragen.

– Ich meine, wir haben da mal schön aufgeräumt!

Dann grinste er.

– Ja wie denn, aufgeräumt??

Heinrich kippte den nächsten Schnaps und wischte sich den Mund ab und stützte die Hand auf den Schenkel und prahlte:

– Na, wir haben sie alle erwischt!! Hier, … Posen, die Gegend … Bekämpfung aller reichs- und deutschfeindlichen Elemente rückwärts der fechtenden Truppe!

Julius kapierte nichts:

– Wer sind denn das?

– Na, Juden vor allem, Kommunisten, Zigeuner! – Die aus den Dörfern und aus der ganzen Gegend da! Da haben wir gute Arbeit geleistet – die tun keinem mehr was! Das Unheil ist ausgerottet.

– Aber wie – was habt ihr denn gemacht da, mit eurer Truppe?

Heinrich kniff ein Auge zu, grinste verschwörerisch und mimte, einen Spaten in die Hand zu nehmen. Leute ein Loch graben lassen. Leute rein in das Loch. Maschinengewehr anlegen. Pengpengpengpeng. Alle mausetot. Gut gemacht.

Schustermichels Albert hatte es gehört und gesehen, und Julius hatte es gehört und gesehen, und Kurt wusste Bescheid. Heinrich war in dem großen Lager in Bayern befördert worden für seine Verdienste im Rahmen der Säuberungsaktionen und dann Unterscharführer geworden. Aber er hielt es für richtig, nicht allzu viel darüber zu reden in Scholmerbach, denn da waren sie nicht gescheit genug, um die wahre Größe der Angelegenheit zu verstehen. Die waren hier einfach zu beschränkt. Das kam davon, wenn man nichts gesehen hatte als höchstens mal Böllsbach oder Linnen oder Pfeifensterz.

Mein Großvater Klemens hatte von Kurt gehört, was Heinrich erzählt hatte, und sie konnten nicht begreifen, was Heinrich für ein Mensch geworden war und was ihm in den Sinn gekommen ist. Da ging er hin und erzählte es seinem alten Vater Josef, und Josef in seinem Sessel hörte auf, Rosenkränze zu beten. Er saß am Abend immer daheim und ging nicht mehr fort, während meine Urgroßmutter Charlotte Sauerkraut stampfte und Sauerteig walkte und Geschäftsbücher vollschrieb.

Da aber auf einmal, es war schon dunkel, verlangte Josef nach seinen genagelten Schuhen und seinem Überzieher und seinem Stock und der Laterne.

– Es ist nicht recht, sagte er immer wieder. Es ist nicht recht.

Dann ging er die Straße hinunter und die Leute warnten:

– Was schaffst dou nur, hör doch off!!

Aber Josef folgte nur seinem eigenen Kopf, obwohl er schon schwach war auf den Beinen und seine eigenen Söhne für Hitler an die Westküste zogen. Er klopfte zu später Stunde beim Heinrich und wartete, bis ihm aufgemacht wurde. Es war aber der alte Vater von Heinrich, Jakob, der in der Tür erschien, und der verwunderte sich sehr, als ausgerechnet der alte Zimmermann vor ihm stand.

– Ei Josef, wott willst dou dann bei mir? Hasd dou dich verlaufen?

– Nein, ich wollt emal mit deinem Heinrich schwetzen.

Der alte Jakob konnte gar nicht ahnen, was denn der Josef von seinem Jungen wollte, er konnte es sich beim besten Willen nicht vorstellen.

Aber da kam Heinrich schon selbst in die Tür und fragte, was er denn will, und Josef wurde das Herz schwer, denn er war selbst Vater.

– Heinrich, sagte er. Ich han was gehört, datt lässt mer
 kein Ruh.
– So? Was is das dann??
– Dou warst in Polen, hat mer mir verzählt.
– Jaja, sagte Heinrich misstrauisch. Und?
– Sey mol, dou bist doch aus Scholmerbach, da weiß mer
 doch, wie man sich benehmen muss, den Mensche ge-
 genüber, das weiß dou doch, oder?

Der alte Jakob verstand nichts mehr.

– Was will der dann?
– Heinrich, ich kenn dich schon von klaa auf. Du hassd
 mer aach schon geholfe auffem Zimmerplatz. Du warst
 immer en ehrliche Kerl. Wenn dou jetz nausgehst in
 die Welt, und da kommt irgend en Drecksack, und der
 sacht dir, du sollst einfach so die Mensche sinnlos tod-
 schieße, dann machst du das? Heinrich, hast dou dann
 unsern Herrgott vergesse?

Heinrich wurde kreidebleich.

– Wer hat dir das gesacht? He? Wer erzählt dir dann so
 was? He?

Der alte Jakob war ganz verwirrt und wusste nicht, gegen
wen er zuerst schauen sollte, gegen seinen Sohn oder Josef,
und Josef sagte:

– Der Klemens hot es mir verzählt, von dem weiß ich es.
– Der Klemens, so so, sagte Heinrich.
– Im Krieg da zählt doch kei Menschelewe, sagte der alte
 Jakob. – Josef, was willst dou uns dann verzähle?

Heinrich schob seinen Vater zur Seite.

– Josef, ich han en hoch Meinung von dir, schon immer
 gehatt, deshalb sach ich jetz nix, aber watt da war in
 Polen, un die da umgekommen sind, dat waren Feinde,
 verstehste – FEINDE!!! Und mir hamse erledigt, dat

war unser Pflicht un unsern Befehl, da is mer doch stolz un freut sich, wenn mer so viel wie möchlich davon erledigt hat! Wenn ich eins nicht leiden kann, is, wenn mer unserer Sach' und unserm Führer ins Kreuz fällt!

— Ist dir dann der Mensch nichts wert, sagte Josef, dass man ihn abschießt wie das Stück Vieh? Kennst du denn keinen Gott und kein Gebot mehr?

— Josef geh haam! Ich weiß ja, dou meinst es gut, aber hier geht es um Größeres, da kann mer nicht um jeden Itzig und jeden Bolschewik heulen, der ins Gras beißt, je schneller mir das Gesocks los sind, umso besser!

— Heinrich, sagte Jakob, man muss awer aach die Kirche im Dorf losse, wir sind schließlich …

— Vater, davon verstehst dou naut, dat sind Volksschädlinge! Die muss man vernichten! Was schert mich da noch ein heulendes Zigeunerweib, das in die Grube fällt!!

Da erbleichten beide, der Jakob und der Josef. So hatten sie Heinrich noch nicht gesehen, und er hatte so viel Kraft und er war einen Kopf größer als sie.

— Wenn dou das so siehst, sagte Josef, dann will ich dich off dem Zimmerplatz nicht mehr sehn, dou kemmst mir nicht mehr in det Haus enein, so lang wie ich lebe, das ist mein letztes Wort. Aber ich werd fier deych beten an jedem Dag, den Gott werden lässt.

Meine Mutter Marianne erzählte mir viele Jahre später, in der Waldeslust wäre es so schön gewesen, dass man sich immer nur verwundert hätte, und sie hätte den Papagei und das

Eichhörnchen und die Goldfische und den Fuchs im Garten so lange bestaunt, dass sie noch tagelang davon geträumt hätte.

Wenn ich an die Waldeslust denke, dann waren da nur vergilbte Tapeten und dicker Zigarrenrauch und Radetzky-marsch, und von einem Separee wusste kein Mensch mehr was. Auf dem Klo hingen lange Streifen von Zeitungspapier auf einen Nagel gespießt, das war das Klopapier und wir, Bea, Stefanie, Brigitt und ich, fanden das immer zum Tot-lachen.

Nun war es Zeit, Jim endlich einmal diese herrliche Gast-wirtschaft zu zeigen. Als wir hereinkamen, musste er als Erstes die Musikbox bedienen, so warf Jim fünf Groschen ein und es kam »Er hat ein knallrotes Gummiboot« von Wencke Myhre. Der Sumpfgraf stand an der Theke in seinem hellen Anzug und seinem gebräunten Gesicht, er verbeugte sich würdevoll, und eine Silberlocke fiel quer über seine Brille, und er fragte:

– Darf ich darum bitten, dass man mir den jungen Mann einmal vorstellt!

und ich sagte: Das ist Jim! James Larry David Logan!

– Börthold Logan, sagte Jim und neigte den Kopf.

– Sehr erfreut, sagte der Sumpfgraf. – Handelt es sich bei dem jungen Herrn um einen Amerikaner?

In gewissen Situationen sprach der Sumpfgraf immer hochdeutsch.

– Yes Sir!

– Oh, sagte der Theo hinter der Theke und fing an zu singen. – Dängderängderängderäng, Bonanza!!

Und schon bekamen wir einen Lumpenschnaps zu trin-ken.

– Den hat dein Opa auch immer getrunken.

Mein Großvater hatte den Lumpenschnaps nur in dem Maße bekommen, wie er ihn bezahlen und wie viel Deckel er beim Theo stehen lassen konnte.

Ich brauchte meinen Schnaps so gut wie nie zu bezahlen, es gab immer einen Opa, der zahlte. Meinen Jim hieben die Lumpenschnäpse vom Theo und vom Sumpfgrafen nach drei, vier Gläschen aus den Latschen, als wäre er ein kleines Mädchen. Er stolperte herum und stieß sich die Nase am Eckregal, wo ein alter Fußballpokal stand und ein paar Wimpel hingen und wo früher mal das Radio war. Da sah ich überhaupt erst, dass Jim immer noch schmutzig war vom Schrottplatz und sein glattes Haar fettig runterhing. Angeschlagen, wie er war, sah er im Augenblick nicht gerade aus wie ein Hauptgewinn.

– Sag mal, fiel mir auf einmal ein. – Wie war es denn jetzt genau mit der Lydia Kosslowski heute Morgen?
– Och, lallte er. She's okay, that girl, really.
– Sie ist ... ehrlich gesagt ... nicht in ORDNUNG, ... sie ist ... ganz schön ...
– She's helped me so much – such a good girl!
– Hm.

Da war ich beleidigt. Er musste doch erkennen, dass sie ein durchtriebenes, billiges abgelecktes Butterstück war. Aber nein, nun hielt er auch noch mordsmäßige Stücke auf sie. Ihr Plan schien aufzugehen.

– Junger Mann!, sagte der Sumpfgraf und hieb Jim auf die Schulter. – Darf ich mal bitte eines sagen?! – Darf ich mal eines sagen?
– Okay, lallte Jim.
– Ich war ja auch hier beim Bund ... langjährig ... wir hier ... und die Amerikaner ... da oben. Immer – bestens!! Very good!! Very good!! Offizier .... Äppeljack ...

und ich ... friends. Gud friends ... immer ... friedlich ... hier. Okay!! Prost!!

Jim prostete ihm zu und machte einen lustigen militärischen Salut. Da kam Müllersch Schorsch und meinte, hey,
der, wie heißt der, Schim, der kann auch mal mit auf den
Fußballplatz und da mitspielen, vielleicht spielt der ja gern?

– Ouh yeah, sagte Jim, und er liked soccer und er can
try, und ich sagte:

– Die Lydia Kosslowski, die ist so geschminkt, dass einer
drauf ausrutscht, wenn er die knutscht.

Da meinte Jim, das stimmt nicht, das ginge ganz gut.

Ich dachte, dass ich vielleicht besoffen sei und mich verhört hätte, und Jim meinte, nein, seine Antwort sei so zu
verstehen gewesen, dass generell bei Frauen mit Schminke
das Knutschen gut gehe und the girls from here sich wohl
nicht so gerne schminken würden, here in the Western-
woods, only the eyes, und ich sagte, das ist richtig, und sang:
Wir sind die Westerwälder und haben frohen Mut, frohen
Mut – wir brauchen keinen Lippenstift und auch keine
Augenbraun, das ist nicht für uns Wäller, ach nein, ach nein,
ach nein.

Jim drückte auf der Musikbox herum und versuchte, ein
anderes Lied zu finden, aber im Inneren der alten Drehorgel
griff der gelbe Plastikgreifarm immer ins Leere.

Ach, ich konnte einfach nicht aufhören damit.

– Weißt du, das hat sich eben so angehört, als hättest DU
Lydia schon geknutscht und wärst nicht abgerutscht!
Haha!! Das hätte mich ja nicht gewundert! Die knutscht
nämlich jeden! Die ganze Army, wenn es sein muss!
Die hat ja einen Ruf wie Donnerhall!! So ein abge-
lecktes Butterstück!

– You think so?, fragte er.

– Das ist so! Das weiß jeder!!

Aus irgendeinem Grunde mochte er mir nicht beistimmen, und das machte mich fuchsteufelswild. Wieso kriegte ich ihn nicht dazu, schlecht von ihr zu denken?

– Ah well, sagte er und strich sich über sein T-Shirt. Dann meinte er, es sei schon spät und er müsse noch auf die Struderlehe, immerhin drei bis vier Kilometer. Er sei ein wenig kaputt von der Arbeit heute auf dem Schrottplatz und dann die Anstrengung, ein guter »Schwiegersohn« zu sein, und jetzt die Sache mit dem Lumpenschnaps. Mein Gott. Scholmerbach hätte es ja schon in sich.

Ich war enttäuscht und unzufrieden. Seit wann war eine Dorfnacht in Scholmerbach so kurz? Hatte ihr Zauber nicht verfangen?

– Ich gehe mit dir, sagte ich. Ich liebte es nun mal, durch die Nacht zu stolpern. Ich war ja auch ein wenig durcheinander, aber vielleicht konnte ich ihn noch ein wenig vom Wege abbringen. Aber es gelang mir nicht.

War es der Lumpenschnaps, war es das Hexenwerk der Lydia Kosslowski, war es meine eigene Einfalt oder hörte ich das Sorgengeflüster meiner Eltern in der Nacht – es war jäh vorbei.

Eine große Müdigkeit überkam uns und ließ uns nach Hause gehen, wir trennten uns auf dem Haselbacher Feld, oben bei den drei Eichen, wo es zum Silbersee geht, und rochen noch ein wenig die Nachtluft und erschraken, wenn wir in nasse Spinnweben hineinliefen.

Am nächsten Morgen schien es Apollonia schlechter zu gehen. Ich war früh aufgewacht und hörte in der Küche die Schwester herumgehen und wie sie sagte:

– Ach, der Verband hält nicht mehr. Kann man so nicht lassen.

Dann lief meine Mutter die Treppe herunter und wieder hoch, auf einmal war mein Vater oben in der Küche, und ich hörte ein Gestöhne. Ich wagte mich im Nachthemd um die Ecke und schielte ins Zimmer.

– Wo kann man mal telefonieren?, fragte die Schwester.

Sie hielt eine Nierenschale mit einer Mullbinde voller kleiner Blutflecke in der Hand.

– Ich gehe mit Ihnen, sagte mein Vater.

– Kann man denn da nichts machen?, fragte meine Mutter.

Ich ging hinein und sah, dass meine Oma an der Seite des Nachthemdes auch Blut hatte, und zwar dort, wo man der Natur einen anderen Verlauf aus dem Leib herausgezwungen hatte. Sie hielt sich den Flecken und versuchte hinzusehen und sagte etwas wie oh weh und au wei, und man hatte ihr schon einen gelben Strickpullover angezogen und über die Beine eine braune Strumpfhose, für den Krankenwagen. Wenn die Sanitäter kamen und sie mitnahmen, dann sollte sie nicht frieren. Das verhasste, vermaledeite Krankenhaus sollte sie wieder aufnehmen, und die Schwestern und Doktoren konnten sich wieder auf was gefasst machen, und es wäre gut gewesen, der Dr. Samstag wäre gekommen und hätte ihr vorher noch eine schöne Spritze verpasst, damit sie sich ein wenig freute, ganz gleich, was geschah.

– Kommt der nicht, der Dr. Samstag?, fragte ich.

– Der kann jetzt auch nicht helfen, sagte meine Mutter.

Sey muss bestimmt noch mol operiert werden, die Wunde es aufgebrochen.

– Oh jeh.

Es dauerte nur zwanzig Minuten, dann kam der Krankenwagen von Limburg, und die Sanitäter brachten meine Oma die Treppen hinunter, und man konnte sehen, wie dünn sie geworden war, als die sie auf der Trage herunterschleppten wie eine ältliche Puppe auf einer Liege, doch schon als die Flügeltüren vom Krankenwagen aufgingen und ein Sanitäter ein wenig stolperte, sagte sie:

– Pass doch auf, du Simpel!

Meine Mutter stieg ein mit der überstürzt gepackten Tasche und hielt noch die Schlappen in der Hand, und dann rollte der Krankenwagen auch schon aus dem Hof und hatte ein stummes Blaulicht angemacht. In dem Milchglasfenster versuchte ich noch einen Blick auf meine Großmutter zu erhaschen, aber ich sah nur einen Schatten bitter und hadernd und krumm nach dem Sanitäter treten, der sich an ihrem Untenherum zu schaffen machen wollte. Meine Mutter Marianne musste eingreifen und mit diesen Handgreiflichkeiten waren sie schon unterwegs nach Limburg an der Lahn.

Da ich ja nun ausgeschlafen war und Oma nicht besuchen konnte, fühlte sich der Sonntag seltsam leer an, und ich konnte den ganzen Tag mit Jim verbringen. Es war ausgemacht, dass wir uns am Silbersee treffen.

Die Schachtel mit der seltsamen Tube war schon ganz verknittert und ich fragte mich, wann wohl der geheimnisvolle Tag kommen würde, an dem wir das unschuldige Fest unserer Liebe feiern sollten, an dem ES geschah. Noch immer wussten wir ja nicht, wo um alles in der Welt wir ein

Himmelbett aufschlagen sollten, um die Seligkeit des Paradieses zu erleben, von dem ich so viel hatte munkeln hören und dessen Preis ich zahlen wollte, um der großen Liebe willen.

Der Silbersee schien mir geheimnisvoll genug und versunken und auch menschenleer, niemand ging dorthin, warum auch immer.

    – Here is nobody, sagte ich. Keiner kommt her, because so many jumped into die Tiefe and have killed sich.

Sie waren in die Tiefe gesprungen und nun lagen sie auf dem Grunde des alten Steinbruches, und das Wasser tränkte sie für tausend Jahre zum ewigen Stillschweigen, und niemand wusste mehr, warum sie so unglücklich gewesen waren. Vielleicht schimmerte ja das Unglück noch durch das Wasser, und es war deshalb so seltsam grün und schillerte manchmal blau wie ein Edelstein. Das Wasser schien immer mehr Verzweifelte zu rufen, als sollten sie sich auch auf den Grund des Silbersees legen, denn er war so ungeheuerlich tief, so tief, als hätte man der Erde eine Ader aufgerissen.

Es wäre seltsam gewesen, hätte uns hier ein Spaziergänger gefunden, unsere weißen Leiber vor dem unheimlich, unheimlich grünen Wasser, umringt von tiefgrünen, tiefgrünen Tannenwäldern und einigen wenigen Felsbrocken vor den steil aufragenden Wänden. Es wäre mir ein seltsames Liebeslager gewesen und ich hätte für immer an die Skelette denken müssen, die wir glaubten, im Wasser schimmern zu sehen.

    – Hm …, sagte Jim. – Maybe … vielleickt … ick habe ein andere Idee … hast du deine Passport nock?

Mein Herz schlug bis zum Halse. Sollte es womöglich heute geschehen? Heute? An diesem Sonntag? Es war noch immer der Sommer 1977, und so hatte ich es mir gewünscht.

Es sollte nun geschehen, mit dem Kerl, den ich liebte, es war der richtige Augenblick, das richtige Jahr, der richtige Blütenstand der Butterblumen, der Margariten und der Himmelsschlüssel. Ich war so aufgeregt, dass ich Blumen ausriss und sie mir wild ins Haar steckte als Verzierung.

Da packte er meine Hand, und wir rannten los wie von Sinnen zur Struderlehe, hügelauf und hügelab, und ich fragte mich, was mit meiner Großmutter sei und ob sie schon operiert wurde und ob man ihr, wie sie sagte, wohl gerade den Leib verkrotzte. Als wir an der Liebfrauenkirche vorbeirannten, da winkte ich der Muttergottes einen Gruß zu und rief »Maria hilf!«, und in weniger als siebenundvierzig Minuten hatten wir es geschafft, vom Silbersee am Haselbacher Feld vorbei durch das Jammertal den Liebfrauenberg hinauf zur Struderlehe, und wir standen vor den Toren der amerikanischen Kaserne Fivel Fox, und es wehte die Flagge mit ihren fünfzig Sternen und dreizehn roten und weißen Streifen.

– My girl!, rief Jim stolz und warf dem Wachhabenden meinen Ausweis hin und den seinen gleich daneben.

– Okay, sagte der Soldat und ließ uns einen endlosen Bogen ausfüllen, ich schrieb zitterig und drückte die Nummern von meinem Ausweis mit dicken, verschmierten Ziffern in das Papier. Und so geschah es zum zweiten Mal, dass die Vereinigten Staaten von Amerika mir erlaubten, durch ihre Tore zu gehen und hinter all den Hecken und Zäunen die geheimnisvolle Struderlehe zu betreten.

– Okay!, sagte Jim und er kam mir so unheimlich erfahren vor.

Aufgeregt schritt ich an seiner Seite über das amerikanische Gelände mit den breiten Betonwegen, durch die alle

Meter die Grasfugen wuchsen, ich sah die hohen, einförmigen Bauten, in denen lauter Menschen vom anderen Ende der Welt uns bewachten, damit wir nicht wieder was anstellten oder um uns vor den Russen zu schützen. Da war der Exerzierplatz, und dort gab es ein Schulungsgebäude, dann kamen wir zur Rückseite eines Gebäudes mit großen Garagentoren und einem Türchen in der Ecke.

Unvermittelt riss Jim das Türchen auf und schubste mich hinein und nahm mich ungestüm in die Arme, und wir küssten uns wie Romeo und Julia im dritten Akt, kurz bevor der Vorhang fällt

– Ha!, schrie er. This is the perfect place!! Nobody will see us!!

– Was?, rief ich. Eine Werkstatt??

– It's the motorpool!!

Er sagte, dass ich warten und mich hinter einem Stapel riesiger Lasterreifen ducken solle, der so groß war wie unser Öltank im Keller.

– Wenn uns einer sieht!!! Dann kannst du gleich noch mal vierzehn Tage Böden schrubben und Wände streichen!

– Oh no!, sagte Jim, und dass er es sich diesmal genau überlegt hätte. Dann verschwand er, und irgendwann hörte ich ihn nebenan herumwerkeln und montieren und Absätze aufknallen, und dann klickte etwas, und er rief:

– Marree!!!

Jim kam zurück und zog mich in die Garage, und dort stand ein mordsmäßiger Truck von zweieinhalb Tonnen und sein Führerhaus ragte über mir zwei Meter in die Höhe. Jim schob mich auf die Rückseite, sprang auf einen kleinen Tritt und war im Nullkommanichts auf der Ladefläche. Er zog mich hoch, unter die Plane, und bald saßen wir auf einer Holzbank, auf der Bank hatte er eine Decke ausgebreitet und Blumen und zwei Büchsen Budweiser daraufgestellt.

Als Krönung zündete er nun eine Kerze an, und aus einem kleinen Werkstattradio klang leise: »California, California …«

Jim sagte feierlich:

– I love you, Maree from the Western Woods.

– I love you too, Jim Larry David from Minnesota from Amerika.

Dann fielen die Butterblumen und die Kuckucksblumen und die Margeriten aus meinem Haar auf den stählernen Boden des Trucks, und ich las auf der grünen Wolldecke die schwarzgedruckten Buchstaben: US.

Ich vergaß, wo ich herkam und wie ich hieß, wie man den Namen meines Dorfes schrieb und vergaß meinen Verstand und mein Vaterland und was einmal aus mir werden sollte, und ich glaubte, dass es beschlossen sei, da nun das indianische und das irische Blut mit dem meinen so inniglich an der Haut entlangströmte und sich vereinigen wollte, während das Radio von Boston sang »More than a feeling … loving and dreaming …«, waren wir der Verschmelzung so nahe und beinahe … wäre ich keine zauselige Jungfer mehr gewesen.

Da klopfte es fürchterlich. Es klopfte so ohrenbetäubend laut, dass wir glaubten, die Russen seien da, in die Garage einmarschiert an einem friedlichen Sonntag, in der bis zum Halse gerüsteten Struderlehe.

– Shit! Oh Shit!!, flüsterte Jim.

Verdammt noch mal!! Immer wurden wir erwischt!! Gab es denn keinen Gott??!!

Es war aber nur der Staff Duty Officer, der seinen Rundgang gemacht hatte und mit seinem Schlagstock die Garagenwände entlanggefahren war, was in der Halle entsetzlich lärmte. Wir fühlten uns schrecklich ertappt und bloßgestellt und rafften unsere Sachen zusammen, unsere Innigkeit war gestört, und Jim meinte, so was sei für einen Mann wie zehn kalte Duschen auf einmal und deutete auf seine Hose.

– Dead fish.

Die Kerzen brannten weiter und weiter, aber wir wagten es nicht, unser Unternehmen fortzusetzen, denn Uncle Sam war überall. Jim meinte, er könnte seinen Kumpel im Zimmer bestechen, damit der abhaut, für ein Bier oder so. Aber ein Kasernenzimmer schien mir auch nicht das Rechte zu sein, außerdem beschlich mich das Gefühl, meiner Großmutter Apollonia würde gerade der Bauch aufgeschnitten. Ich fühlte mich mit einem Mal schlecht und wollte nach Hause und hören, wie es ihr ging. So wie ihr heute Morgen das Blut aus dem Verband gelaufen war, das hatte nicht gut ausgesehen.

– Ok!, rief Jim fröhlich. Then I go to the Jonnies!

Er schien gar nicht traurig zu sein, eher sogar erleichtert, und es war, als ob die schwere Bürde, einer Jungfrau mit all ihren emotionalen Zuständen in einen anderen Seinszustand zu verhelfen, auch moralisch sehr schwer auf ihm lastete.

Ich war ein wenig beleidigt, dass er nicht enttäuschter war.

– Ick bringe dir nock bis uber die Felder, sagte er.

– Na gut!

So brachte er mich noch bis hinters Jammertal, zur Gemarkung von Scholmerbach, und rannte dann nach Wällershofen zum Jonnies, da konnte er sich frei bewegen. So was muss ein Mann mal dürfen, hatten mich die Weiber von Scholmerbach gelehrt. Man musste einen Mann von Zeit zu

Zeit in Ruhe lassen, denn ein Mann war wie ein Ziegenbock, und wenn man ihn zu stark anbinden wollte, dann riss er den Pflock aus und verschwand ganz und gar.

Ich aber wollte wissen, wie es meiner Oma ging.

»Den Umständen entsprechend« sagte meine Mutter und dass man sie operiert habe bis halb drei. Dass der Doktor noch nichts sagen könne, sie müsse bestimmt mindestens ein, zwei Wochen dort bleiben und man müsse die Gewebeprobe abwarten. Sie sei jetzt wieder bei sich und brauche Ruhe.

– Oh jeh, sagte ich. Hat sey schon irgendwas gesagt?

– Sey es nur so im Dussel. Morgen fahren wir wieder hin.

Was für eine Aufregung. Und warum ich überhaupt Motoröl auf der Bluse hätte und auch am Ärmel? Genauso ein Schmier, wie ihn der Schim bei seinem Besuch an der Hose gehabt hätte.

– Ach, das, sagte ich. Bei der Army war Tag der offenen Tür. Da durfte ich mol in so en Panzer rein ... die sind ganz eng drin! Da hab ich mich schmutzig gemacht!

– Erzähl mir nichts, sagte mein Vater. Im Panzer werd man nicht schmutzig! Wenn heut nicht gerade der Operationstag deiner Oma gewesen wäre und wir nicht sowieso so viel Aufregung gehabt hätten, dann müsste ich mol en ernstes Wörtchen mit dir schwetzen.

– Hä?!

Ein ernstes Wörtchen. Ich wollte kein ernstes Wörtchen. Ich ging in die Küche und schmierte mir ein Brot mit Rama und Streichkäse und Tomaten und eines mit selber gemachtem Zwetschgenkraut und suchte nach Bohnenkaffee, denn den trank ich genauso gerne wie Apollonia. Ich trank überhaupt am liebsten Kaffee mit Apollonia. Nun sollte ich ihn mit meiner Familie trinken. Das gefiel mir gar nicht, ernstes Wörtchen, wie ungemütlich. Bei meiner Großmutter war alles viel besser, obwohl sie schon eine Weile nicht mehr so war wie früher.

- Dou musst dich mal mit annern Dingen beschäftigen als immer nur mit dir selbst oder der Krankheit oder dem Lewe deiner Großmutter. Und ob dein neuer Freund der Richtige ist für deysch ... wenn ich das so sey ... der ist doch viel älter als dou.
- Wieso, ich seyn bald siebzehn!
- Dou seyst immer noch sechzehn, und er ist einundzwanzig, und da hat ein junger Mann schon ganz andere ... andere ... Vorstellungen und ... Ansprüche an ein Mädchen oder eine junge Frau, die dou noch nicht erfüllen kannst!
- Ich dacht, ihr habt euch so gut verstanden, beim Grillen! Readers Digest, Humor in Uniform! Amen!

Meine Eltern machten sich Fleischwurst warm, und Vater nahm sich noch einen Brathering, dazu tranken sie Bouillon und Bier, und meine Brüder aßen Brot mit Eszettschnitten und verschwanden dann wieder zum Fernseher und sahen Raumschiff Enterprise.

- Das es ja auch ein netter junger Mann. Aber Marianne und ich, mir sind uns nicht sicher, ob er dich nicht ... in Bedrängnis bringt ... also, ob he dir nicht zousetzt ... Aber darüber wollte eysch eigentlich ein andermal mit dir reden, man ist jo ganz kaputt.
- Schon gut! sagte ich. Schon gut!! Wir brauchen gar nicht reden. Et ist gar nicht so ernst mit uns. Jim wird sowieso bald versetzt. Das hat sich dann erledigt! In ... vier Wochen.
- Ach ... wirklich?!

Ich musste meinen Eltern das Thema entziehen. Nichts gegen meinen Vater. Er war keinesfalls ein Unmensch. Er fuhr mich nach Ellingen in die Höhlendisco, er half mir bei den Schularbeiten, er gab mir Taschengeld, er verteidigte mich gegen meine Mutter, wenn ich Mist gebaut hatte, er reparierte mir das Regal, er tanzte auf dem Tanzschulabschlussball den Pinguintanz. Er verstand bloß nichts von der Liebe. Was er sagte, galt für Hennegickels Marlene oder Lydia Kosslowski, nicht aber für mich, und ich konnte es nicht ertragen, wenn er oder meine Mutter etwas sagten über meinen Jim. Meine Großmutter Apollonia hatte gesagt: Die Menschheit will belogen sein. So war das auch bei uns, mir war die Lüge schneller über die Lippen geschlüpft, als ich denken konnte. Es ging ganz einfach.

Meine Mutter sagte, naja, es wäre ja gut, wenn ich es nicht so schwer nähme. Beide sahen sehr überrascht und doch recht erleichtert aus, und dann meinten sie, als Elvis Presley wieder nach Amerika gegangen sei, da hätten sie hier alle geweint. Der wäre ja in Friedberg gewesen, von hier ein Katzensprung.

Nee, log ich tapfer weiter. So schlimm sei das nicht. Ich hätte den ja nur mal soo … nur mal sehen wollen, aus Interesse an Amerika, auch wegen Englisch und so. Naja … und am besten nicht immer daran denken. Ich wollte mich ablenken und ein wenig aufschreiben, was die Oma Apollonia früher alles erlebt hätte.

Mein Vater runzelte schon wieder die Stirn.

– Also, ich weiß nicht. Et ist ja schön, dass dou dich so sorgst um deine Oma, aber diese dauernde Beschäftigung mit ihr … mir wäre et lieber, dou gehst mal mit deinen Freundinnen ins Eiscafé … oder schwimmen … so wie früher immer!

– Das Leben von der Apollonia aufschreiwen ... da war
wirklich naut Schönes dran, sagte meine Mutter. An
die Zeit will keiner mehr denken. Hör doch auf mit
dem alten Kram, der interessiert doch kaanen.
– Mutter, wie alt warst dou noch mal, als dou zum ersten Mal in einem eigenen Bett geschlafen hast?
– Ach, wie alt war ich? Elf oder zwölf. Aber das musst
dou nicht schreiwen.

Als meine Mutter Marianne zum ersten Mal in einem eigenen Bett schlief, war sie beinahe dreizehn Jahre alt.

Sie wälzte sich noch den ganzen Krieg über auf den drei
Bettkeilen zwischen Klemens und Apollonia auf der Seite
ihrer Mutter hin und her, bis im Jahre 1943 in der Nähe
einige Bomben fielen und ihren Schlaf zerrissen und der
Schrecken sie für Stunden so überwach hielt, dass sie glaubte,
nie mehr schlafen zu können.

Das war im Mai, als bei der Angriffswelle auf das Ruhrgebiet auch drei Bomben auf den kleinen Flughafen hinterm Jammertal niedergingen. Es war, als würden die Steinbrüche gesprengt, und meine Mutter war so schrecklich erschrocken, als würde die Welt untergehen, und sie wollte
sich nur noch verstecken, unter dem Bett oder im tiefsten
Keller oder bei meiner Großmutter Apollonia unter der
Schürze.

Seit dieser Nacht glaubte sie, dass die Bomben sie treffen
konnten, sobald sie schlief. Sobald sie die Augen schloss und
in den ersten Schlaf hineinglitt, schreckte sie auch schon
wieder hoch und trat dabei Apollonia und Klemens derart,
dass beide abwechselnd die ganze Nacht wach waren und

erst im Morgengrauen schweißgebadet ein wenig Schlaf fanden, bis das Vieh erwachte und lauthals schrie im Stall.

Am dritten Morgen sagte Apollonia, dass die Ruhrpottwitwen endlich in das alte Schulzimmer vom Backhaus ziehen sollten, wie es schon lange versprochen war. Der Bürgermeister hatte ihnen den Raum fest zugesagt, und der Spülstein war gerichtet, und die Tür hing wieder in den Angeln, jetzt mussten sie gehen.

Großonkel Balduin kam und half Apollonia und Klemens, den Witwen den Tisch und den Schrank die Treppe herunterzutragen, und hatte den Wagen vorgespannt mit der braven Liesel und dem blinden Hans, und Wilhelmine Wratzlaff und Luise Auguste Nowak hatten ihre Nähmaschine und ihre Flickwäsche vom Reichsarbeitsdienst zusammengepackt und eine Kleidertruhe hinausgestellt.

Da kamen Fredo und der Bürgermeister gelaufen und schrien:

– Halt! Halt! Alles Retour!! Aufhören!!

Meine Großmutter Apollonia glaubte, nicht recht zu hören:

– Seid ihr verrückt geworden, wieso dann? Et war alles ausgemacht!! Alles besprochen! Dey zwei gehen ins alde Schulhaus!!

– Nein! Nein! Das alte Schulhaus wird gebraucht! Ganz!

Denn vom Bahnhof in Ellingen und von der langen Straße aus Hellersberg herunter kamen schon die ersten Menschengestalten mit Koffern und Karren aus dem zerbombten Wuppertal, aus Wattenscheid und Gelsenkirchen und mussten Zuflucht finden. Da ging es den Paulinchens und den Schlossens und den Müllerkollens und den Honiels und allen gleich: Man stopfte ihnen Ruhrpottwitwen und Waisenkinder und Hungerleider bis unters Gebälk. Man wusste nicht, wohin mit ihnen, und sie zogen durch Linnen und durch Wällershofen und durch Böllsbach und Pfeifensterz. Kaum dass man ihnen irgendwo einen Schuppen gegeben hatte, schon kamen die Kölner und die Frankfurter, die hatten auch kein Dach mehr über dem Kopf. Es schien, als sollten sie alle auf die Dörfer kommen, von überall her, und Ellingen und Scholmerbach und Hellersberg sollten es richten.

In der schweren Zeit, erzählte meine Großmutter Apollonia, waren die Kirchen gerammelt voll.

Mein Großvater Klemens setzte sich hin und unterhielt sich mit dem Herrgott, als hätte er sonst nichts zu tun. Es war still geworden. Die Glocken waren abgehängt, und ein Lastwagen hatte sie abgeholt, damit sie eingeschmolzen wurden für Munition. Aber eine Glocke hatten Willi, Klemens und der alte Honiel heimlich mit dem Gäulskarren geholt und hinter den Weidehecken vergraben. Von Langdehrenbach über Wennerode, Böllsbach und Scholmerbach wurde es still im Westerwald, und keine Hochzeitsglocken und keine Totenglocke und kein Abendläuten erklang mehr.

Mein Großvater saß also in der Dorfkirche, die hatte vorne in einem wunderschönen Gewölbe die Muttergottes mit einem Strahlenkranz, und auf der Empore stand das Harmonium, und das Harmonium schwieg, weil der Heens Aloysius im Krieg war, und wer weiß, ob er je wiederkommt. Man weiß nicht, wann es meinem Großvater in den Sinn kam, aber eines Tages ging er hinauf auf die Empore und betrachtete sich das Harmonium. Es war ein besonderes Harmonium, denn es hatte nur schwarze Tasten, lauter schwarze Tasten. Es war aus dunklem Holz und hatte ein geschnitztes Gitterornament über den Tasten, und das Ornament war mit türkisem Stoff hinterlegt. Es war schwer, die Tretschemel zu bedienen, um den Saugwind zu entfachen, und gleichzeitig das Orgelpedal zu treten, eine Kunst für sich, und wenn man es verkehrt machte, hörte man einen Ton und den Saugwind, und der Saugwind war lauter als der Ton.

Mein Großvater setzte sich an das Harmonium und arbeitete sich mit dem Tretschemel und mit dem Blasebalg und mit seinen wie durch ein Wunder in der Schneidmühle unversehrt gebliebenen Zimmermannshänden durch die Tastatur und brachte einige schiefe Töne zustande. Ein jeglicher Ton aus der freudigen Schöpfung des Herrn, und war er noch so misslungen, war ihm lieber als die lähmende Stille und das grauenvolle Entsetzen, das sie alle befallen hatte, und er konnte nicht anders, als dem schiefen und schnaufenden und ersterbenden Ton einen weiteren an die Seite zu setzen und immer und immer wieder in das hölzerne Pedal zu stampfen, bis das verstaubte Gerät sich ächzend und stöhnend an seine Bestimmung erinnerte, zu neuem Leben erwachte und mächtig ein vieltönendes Getöse aus seinem Leib herausdröhnte, wie es nie zuvor ein Mensch gehörte hatte.

In der Dorfkirche war das Gebet verstummt, und die Mütter auf den Kniebänken waren in der Andacht gestört und wussten nicht mehr, an welcher Stelle sie am Rosenkranz gewesen waren, und beteten »der für uns gegeißelt worden ist« und »der für uns Blut geschwitzt hat« durcheinander und sagten: »Oh Maria, hilf«, und beteten die Litaneien »heilige Agathe, bitte für uns, heiliger Barabas, bitte für uns, heiliger Stephanus, bitte für uns, heiliger Zebedäus, bitte für uns«.

Mein Großvater aber freute sich über jeden Ton, den er getroffen hatte, unbändig, und er konnte nicht aufhören, und die Weiber dachten, lass doch den Simpel, und wenn ihm drei Töne hintereinander gelangen, so tat es ihrer Seele gut und fiel in ihr Herz hinein und linderte den Schmerz und klang gerade so wie: Oh Maria, hilf uns allen, in unsrer tiefen Not.

Maria Muttergottes war die Himmelskönigin, die wundervoll prächtige, hohe und mächtige, allzeit jungfräuliche, himmlische Braut. Mein Großvater übte alle Lieder, und die Marienlieder waren ihm so in die Hände gegangen und in das Harmonium gefahren, als wäre ihm der Herrgott selber beigesprungen und hätte mit auf die Tasten gedrückt.

Es blüht der Blumen eine, auf ewig grüner Au.
Wie diese blühet keine, so weit der Himmel blau.
Wenn ein Betrübter weinet, getröstet ist sein Schmerz,
wenn ihm die Blume scheinet ins leidenvolle Herz …
Und wer vom Feind verwundet … zu Tode niedersinkt
von ihrem Duft gesundet, wenn er ihn gläubig trinkt.
Die Blume, die ich meine, sie ist euch wohl bekannt:
die fleckenlose Reine … Maria wird genannt.

Die heilige Maria Muttergottes stand stumm auf ihrer Weltkugel und neigte den Kopf, sie trug ein rotes Kleid und einen blauen Mantel und eine goldene Krone auf dem braunen, langen Haar. Auf dem Arm hatte sie den kleinen, halbnackten Jesus und mit den Füßen zertrat sie eine Schlange. Es schien, als sei ihr schon viel zu Ohren gekommen, und ihr Gesicht war voller Anteilnahme, der Kerzenschein erhöhte den Ausdruck von Heiligkeit, und die schiefen Töne meines Großvaters konnten sie wohl nicht stören. Mein

Großvater war auch nicht mehr abzubringen von dem Harmonium. Er übte besessen, Tag für Tag, bis er einzelne Lieder begleiten und am Sonntag sogar bei dem Pater aus Marienburge im Hintergrund mitspielen konnte. Übers Jahr spielte er sämtliche Kirchenlieder nach dem Gehör und begleitete die Messe und hatte sich alle Akkorde selber erfunden. Die ihn hörten, sagten: Sieh mal einer an, der Klemens, das hätten wir ihm nicht zugetraut, und sie bewunderten ihn: Wie kann sich einer selber das Orgelspielen beibringen, das muss doch gelernt sein, aber für Scholmerbach reicht es allemal. So haben wir doch wieder ein Harmonium und schöne Musik in der Kirche!

Die Glocke aber, die die Männer von Scholmerbach von der braven Liesel und dem blinden Hans zu den Weidehecken hatten ziehen lassen und dort nachts in einem tiefen Graben versenkt und mit Schaufeln und Spaten zugeschüttet hatten, diese Glocke hieß: »Maria, bitte für uns«.

Dort musste sie nun ruhen, es durfte niemand von der Glocke etwas wissen, und sie musste tiefer und tiefer sinken wie ein stummes, vergessenes Gebet.

Malwine, Kunigunde und Theodora waren nicht umsonst auf der Welt, und wenn es anderswo nicht rosig aussah, so musste man sich ja nicht die Laune verderben lassen, und warum immerzu Trübsal blasen, davon wurde es ja auch nicht besser.

In der Waldeslust im Separee war noch immer was los, und Deutschland wird siegen, und wenn auch der Papagei nicht Heil Hitler sagen wollte und man von Stalingrad besser schwieg, so flogen die Korken umso lauter. Der Krieg war ja kein Kinderspiel, und irgendwo musste man es sich mal gutgehen lassen. Malwine hatte daheim hinter dem Ofen die rote Wandfarbe abgekratzt und sich damit die Wangen rot gefärbt und die Eisen in den Kohleherd gelegt und sich Locken damit gemacht und dabei beinahe die Haare abgebrannt. Theodora trug eine Frisur wie Marika Rökk, das Haar an den Schläfen mit Kämmchen zurückgesteckt und einige lustige Löckchen in die Stirn. Kunigunde aber hatte sich das Haar auf Holzstöckchen aus dem Wald gedreht und mit Gummistreifen aus einem kaputten Schlauch festgemacht und so Locken gemacht, die kringelten sich jetzt um ihr Gesicht, und auf dem Hinterkopf trug sie eine rote Schleife.

Feldmeister Schröder starrte schon eine Weile vor sich hin und wollte nicht recht mitmachen bei dem lustigen Treiben, und obwohl Kurt Sieber schon das fünfte Bier brachte, schien es Schröder nicht zu schmecken, als hätte er Magenschmerzen oder es drückte ihn die Leber, und es war gerade so, als wollte er den anderen die Moral verderben.

– Schröder!, rief der Obertruppführer Vogler. Was Schlechtes gegessen, oder was? Oder warum machst du so ein sauertöpfisches Gesicht?
– Ach, sagte Schröder. Geht schon.
– Stehen die Truppen schlecht…?, gurrte Malwine.
– Davon verstehen Frauen nichts, sagte der Gauleiter. Der ist nur sauer, weil er schon seit zwei Jahren kein Weib mehr hatte, haha!
– Blödsinn!, schnauzte Schröder ihn an, und Malwine und Kunigunde sahen sich an, denn eine jede hatte heimlich schon mal mit Schröder poussiert. Der Truppführer war ja auch kein Kind von Traurigkeit, und

überhaupt war ja niemand am Tisch ein Kind von Traurigkeit, und im Krieg nahm man es nicht so genau, da wusste man nicht, was morgen geschah und wann womöglich Bomben auf Scholmerbach fielen, nicht wahr? Da konnte alles schneller vorbei sein, als es einem lieb war, oder es nahm einem den Liebsten schneller, als es einem lieb war, und ruckzuck stand man da und hatte niemanden mehr. Besser, man drehte sich noch die Locken auf glühendem Eisen, und besser, man kratzte das Rot von den Wänden, um es auf die Wangen zu schmieren. Schließlich musste man sich rühren, wollte man noch einen Kerl haben, der nicht zerschossen und zerschlagen im russischen Feld oder im belgischen Chausseegraben oder in der afrikanischen Wüste lag.

Feldmeister Schröder war ein braver Mann und vom Reichsarbeitsdienst und nicht so stramm wie der Kreisleiter oder Fredo oder der Gauleiter Mörser. Ihm schlug alles eher aufs Gemüt. Seit Stalingrad schien er schwermütig zu werden, aber Schwermut konnte kein Mensch gebrauchen und Malwine schon gar nicht. Sie nahm einen Schnaps, hielt ihm die Nase zu und goss ihn einfach in seinen Mund.

– Schiss ist Trumpf!, sagte sie. Was soll's!

Der Feldmeister reagierte immer noch nicht. Da fing Malwine an zu singen.

– Wir machen Musik, da geht euch der Hut hoch,
wir machen Musik, da geht euch der Bart ab,
wir machen Musik, bis jeder beschwingt singt:
do, re, mi, fa, so, la, si, do …
Musik, da geht euch der Knopf auf …

Doch dem Feldmeister fiel das Lachen schwer.

– Vielleicht singst du einfach nicht schön genug, sagte

Kunigunde. Es liegt an deinem Gesang, da geht es ihm gleich noch schlechter.

– Ach, lass mal, sagte Schröder und sank Malwine in die Arme. Es tut gut, wie sie sich müht. Sie soll nur weiter singen.

Malwine sang:

– … da bleibt euch die Luft weg,
wir machen Musik, bis euch unser Takt packt:
do, la, so, mi, do.
Mit Musik ist ja das ganze Leben nur noch halb so schwer …

Da fand Feldmeister Schröder, dass es ihm an der Brust von Malwine und in ihren weißen Frauenarmen etwas leichter ging, und während sie an der Zigarette zog und auf Musik, Musik, Musik immer die Zigarette schwenkte, fühlte er sich auf einmal so wohl. Warum gab er nicht einfach nach und ließ sich ein, dann hatte er ein Daheim, er fiel hinein in ein Haus in Scholmerbach und war aufgenommen, als wäre er einer der ihren. Sie machten ihm die Türe auf, sperrangelweit, warum auch nicht, wen scherte es noch? Nach dem russischen Winter glaubte er im tiefsten Herzen nicht mehr an den Endsieg, aber das durfte er an diesem Tisch nicht sagen. Verräter sein, das bedeutete, in Langenberg im Steinbruch zu stehen und sich erschießen zu lassen vom Standgericht der Wehrmacht.

Malwines Brust war weich, und der Feldmeister hatte sein sehr müdes Haupt daraufgelegt. Malwine glaubte schon, den stillen Triumph auskosten zu können, und zwinkerte Theodora zu, und Kunigunde und trat ihnen unter dem Tisch ans Bein.

Da meinte Fredo, der furchtbare Gesang von Malwine sei ja nicht auszuhalten und Kurt habe doch den schönen Volksempfänger, den wollten sie doch mal anmachen, und schon stand er auf, aber der Kurt rief:

— Das mach ich selber!

Und Fredo meinte – lass mal, ich muss mir sowieso die Volksempfänger ansehen, mein lieber Freund!!

Und er ging zu dem schönen Eckregal mit der Schnitzerei und der Bordüre aus Kopenhagener Spitze und schaltete mit einem Ruck den Volksempfänger an, und Kurt stand stumm und starr hinter der Theke, und der Ton rauschte und kratzte, bis das Gerät aus weiter Ferne einige Stimmen aufnahm und in die Waldeslust holte. Alle verstummten schlagartig, als ein deutliches Klopfen erklang, dreimal kurz und dreimal lang, ein Klopfen von Paukenschlägen, und eine Stimme schallte durch die Waldeslust: »Hallo, hier ist England!« Fredo schrie, was soll das heißen, und im Radio sprach die Stimme ungerührt weiter und sagte dem deutschen Volk, das industrielle Kernland Deutschlands, nämlich das Ruhrtal, sei durch den Angriff der Royal Air Force endgültig zerstört, und die Waffen- und Munitionsversorgung für die Front massiv gestört. Deutschland habe in der Schlacht um Stalingrad 150 000 Mann verloren und sei nun dabei ...

— Was soll das?, schrie Obertruppführer Vogler, rannte in Riesenschritten zum Volksempfänger und riss den Stecker heraus. Wer hat den Feindsender eingestellt??

— Das weiß ich doch nicht, sagte Kurt mit großen Augen, ich bin nicht immer im Schankraum, ich gehe in den Keller Wein holen oder in die Küche, die Leute bedienen sich selbst ... so ein Sender kann ...

— Der war auf BBC eingestellt, du Lügner mit deinem frechen Maul! Du bist mir nicht geheuer!, schrie Vogler, du bist mir nicht geheuer!

— Ich kann doch nicht die ganze Zeit vor dem Volksempfänger stehen und aufpassen, dass keiner an ihm herumdreht. Ich muss nach den Tieren sehen, ich hole das Gulasch. Ich habe noch keinem verboten, ein wenig Musik zu machen. Ihr seid doch bei mir wie zu Hause, vielleicht hat einer von euch den Sender verstellt, vielleicht wollt ihr ja auch mal was von der Front hören.

– Halt's Maul!, rief Gauleiter Mörser. Hast du den Verstand verloren?! Wir wissen genau, was los ist an der Front, wir werden den Endsieg erringen, und wir stehen wie ein Mann hinter dem Führer und dem Großdeutschen Reich, wir sind in der Offensive an der finnischen Front!! Wir stehen mit deutschen Panzern vor Kursk! Italien hält treu die Stellung!! Sieg Heil!!

Kurt verzog das Gesicht, und Fredo sagte:

– Kurt, füg dich. Dou weißt, der Sender ist verboten und uns noch frech ins Gesicht zu lachen, das es allerhand.

– Der Afrikafeldzug ist auch verloren, sagte Kurt, Rommel ist raus, und es war die totale Kapitulation. Das muss man doch einsehen. Ob ich jetzt an dem Knopf da drehe oder nicht.

Da ging der Gauleiter Mörser ganz langsam an die Theke und packte Kurt am Kragen, und Kunigunde und Theodora schrien vor Entsetzen. Dann sagte Mörser:

– Kurt, weißt du was: Dein Essen schmeckt mir nicht mehr!!

Kurt wollte ihm auch keines mehr kochen und sagte:

– Dann iss eben woanders, mir doch egal.

Fredo schimpfte:

– Jetzt leg deysch doch nicht mit ihm an, dou hast gut an uns verdient, hör mal!

Und der Feldmeister Schröder meinte:

– Das hat doch keinen Zweck, hört auf. Kurt, du darfst keinen Feindsender hören, und du darfst keine Wehrkraftzersetzung betreiben, du darfst auch keine Reden gegen den Führer halten, ganz egal, wie uns dein Essen schmeckt.

Und Malwine sagte, es könnte genauso gut der Klemens gewesen sein oder der Julius, die würden auch immer am Volksempfänger herumdrehen …

– Dann gehen sie eben alle ins Zuchthaus!, schrie Gauleiter Mörser. Wo kommen wir denn da hin?!

– Ihr könnt jeden einsperren, der die Wahrheit sagt, sagte der Kurt Siebers da. Aber ihr verliert den Krieg doch.

So musste Kurt Siebers ins Zuchthaus nach Diez, es half ihm alles nichts, und sie hatten kein Erbarmen mit ihm, denn wer so frech war und gegen die Sache, dem gehörte es nicht anders. Das ließ die Partei sich nicht bieten, schließlich gab es noch andere Lokalitäten in Wällershofen und auf dem Mäusestein, und im Walprechter Hof konnten sie genauso einkehren. Schließlich und endlich hatte auch der Reichsarbeitsdienst auf dem Haselbacher Feld ein herrliches Kasino mit einem schönen, glänzenden Boden, da legte Malwine mit dem Hauptmann Tomaczek eine flotte Sohle aufs Parkett, und Feldmeister Schröder konnte auch mal in der Villa einen Empfang geben. Dem Kurt Siebers in der Waldeslust, so hatten sie seit langem das Gefühl, waren sie offenbar nicht genehm für seine Tapisserien und Kopenhager Bordüren und seine Separees. Man konnte ihm nicht hinter die Stirn sehen, man wusste nicht, was er dachte, ein zwielichtiger Bursche, und wie er immer seinen Bart zwirbelte. Kurzum, sie hatten sich schon länger nicht mehr wohlgefühlt bei ihm.

Das hatte er nun davon: In Diez würden sie ihn wochenlang durchprügeln und ordentlich grün und blau schlagen.
Da würden sie ihm, bei Wasser und Brot und auf der kalten
Pritsche, schon beibringen, was es hieß, der Partei zu wider-
sprechen. Da konnten sie keine Gnade walten lassen, denn
alles musste sein Recht haben, und den Kurt musste man mal
ordentlich Mores lehren.

Die Straßen von Scholmerbach wurden zertrampelt von den
Dorfleuten und von den Menschen aus den Städten, die bei
den Bauern etwas zu essen suchten, von russischen Zwangs-
arbeitern und von vereinzelten Soldaten, die zum Heimaturlaub von der Ostfront kamen.

Meine Großmutter Apollonia führte ihre Kühe Lore und
Bella durch das Dorf, als sie auf einmal vor sich einen Gaul
sah, dürr wie ein Gerippe, mit nichts als einem zerschlisse-
nen Halfter und einem abgerissenen Riemen um den Leib,
der am Boden schleifte. Apollonia ließ Lore und Bella los,
die weitertrotteten und den Weg zum Stall alleine fanden.

– Na …, sagte Apollonia. Haben sey deych vergessen?
   Bist dou fortgelaafen? Dou host jo nur noch en Rieme
   um de Bauch.

Aber das Pferd konnte ihr keine Antwort geben, und da
sich niemand kümmerte und es auch nicht vor ihr davonlief,
nahm Apollonia vorsichtig das Seil und sagte:

– No wott da? Seys jo so dünn! Weiß dou was, eysch
   hun noch ein Säckche Hafer in der Scheune. Kemmsde
   mol met mir met, kriegste auch mal ordentlich was zu
   fresse … du schönes Gäulchen du … musst ja net ver-
   hungern … wer weiß, was dir passiert ist, da draußen

in der Weltgeschicht... do ist jo nur Schlechtigkeit rundherum... kommst dou met mir met.

Der Kriegsgaul, von dem man nicht wusste, ob er eine Feldküche gezogen hatte oder eine Haubitze oder eine Kanone oder ob er den Sümpfen von Wlodawa entkommen war oder den Bombardierungen der Militärtransporte zur Westfront, der ließ sich von Apollonia einfach mitnehmen in den Stall.

Meine Großmutter glaubte, noch nie so etwas Großes und Besonderes besessen zu haben wie das dürre, klapprige Pferd. Es hatte einfach dagestanden, elend und erbärmlich, und musste gefüttert werden, und wenn sie, Apollonia, sich des Tieres erbarmte, dann sollte es auch ihr gehören, ihr alleine. Dann durfte sie es behalten.

Meine Großmutter band also das Pferd neben Lore und Bella an einen Eisenring an die Stallwand und gab ihm Heu und Hafer und einen Eimer voll Wasser und Äpfel und eine Rübe vom Feld noch dazu. So viel hatte sie keinem Frankfurter gegeben, der nach Essen fragte. Das Pferd bekam den Namen Frieda, und Marianne und Apollonia wussten sich vor Glück nicht zu fassen. Nur die Zimmerleute hatten noch zwei Gäule und der Pitsches Bauer und sonst keiner. Gut, sie hatten keine Deichsel, und so konnte Frieda keinen Wagen ziehen, und der Stall war ein Kuhstall, und Frieda konnte den Kopf nicht so recht heben, man musste sie in der Scheune stehen lassen oder hinterm Haus auf der Wiese. Aber was machte das schon, wenn man ein Pferd sein Eigen nennen konnte? So ein prächtiges Tier, das man streicheln und bewundern konnte und anschauen und hegen und pflegen. Da musste ein Gaul nichts können. Es genügte, dass er da war, und man konnte mit ihm durchs Dorf gehen, und wozu sollte Frieda was können außer saufen und fressen?

Frieda war das große Glück und der Beweis dafür, dass es einen Gott gab und dass Gott herrlich war und groß, und Gott hieß Frieda und war ein Gaul.

Meine Großmutter hatte nie ein Pferd geritten und wollte es auch nicht, denn noch immer war Frieda so mager, dass der Dapprechter Gustav zwei Hüte an seine Kruppe hätte hängen können. Die kleine Marianne und ihre Freundinnen Irmchen und Herta spielten mit dem Gaul und zogen mit ihm auf den Sumpfwiesen herum, und mein Großvater Klemens liebte Frieda auch, vom ersten Tag an, und anstatt das ganze Korn zu Schnaps zu machen, ließ er was übrig, damit das Pferd zu Kräften kam, und Apollonia sagte:

Ein wenig brauchen wir auch, um Brot zu backen. Jeden Tag ziehen die Kölner hier durch und die armseligen Frankfurter, wir müssen auch fressen.

Da meinte mein Großvater, er wolle sehen, wie viel in der Schneidmühle noch herumstünde und ob er dem Balduin was abschwatzen könne, aber Apollonia meinte, er solle stattdessen das Schnapsbrennen sein lassen. Das fiel meinem Großvater Klemens aber im Traum nicht ein, denn wie sollte einer diese schwere Zeit ertragen, wenn er nicht ab und zu ein Schlückchen zu sich nahm, und auch die Ruhrpottwitwen waren dankbar, wenn sie sich mal einen genehmigen konnten, denn wer trinkt, der vergisst, was nicht mehr zu ändern ist. Sonst kann man das ja alles gar nicht aushalten. Sonst verliert man ja den Verstand und überhaupt, Weibergeschwätz.

Da schwieg Apollonia, denn wenn mein Großvater »Weibergeschwätz« sagte, dann waren seine Ohren verschlossen, da konnte sie genauso gut mit der Wand reden oder dem alten Kolle seinem Ochsen.

Klemens hatte einen Holzkopf, sagte Apollonia, und je

mehr er nicht hörte und je mehr der Westerwälder Wind an seinem Schädel vorbeirauschte und alle Worte davontrug, als gelten sie ihm nicht, umso mehr stieg die Dapprechter Wut in ihr empor, und wenn die Dapprechter Weiber wütend werden, dann gnade einem Gott.

Das Korn auf dem Speicher war beinahe verbraucht, nur Mäusedreck fand sich noch im Sieb, sie hatten noch drei Laibe Brot, die waren vom letzten Backhaustag vor drei Wochen und inzwischen hart wie Stein. Wenn die neue Ernte kam, musste sie das Korn vor Klemens verstecken und die Zimmerleute warnen. Wenn das Korn aus der Dresch-maschine kam, durften sie Klemens nicht jeden Sack mitge-ben, er kriegte sie nicht alle mit heim. Die Männer sollten das Korn in die Säcke füllen, während er an der Dampfma-schine stand. Mit der Dampfmaschine lief nämlich auch die Dreschmaschine. So konnte er die Säcke nicht zählen.

Nun aber war Apollonia für das Backhaus gemeldet, am nächsten Donnerstag frühmorgens, und hatte schon das Reisig für den Ofen gesammelt und den blauen Steintopf mit dem Sauerteig vom letzten Brotbacken hervorgeholt und den schweren Backtrog die steilen Treppen heruntergetra-gen. Wenn sie aber nicht genügend Korn hatte, um es in der Schrotmühle mahlen zu lassen, dann brauchte sie am Don-nerstag auch gar nicht erst ins Backhaus zu gehen. Klemens hatte nämlich wieder fleißig geräumt und war im Keller am Waschkessel zugange gewesen, und es brauchte viele Milch-kannen voller Maische für ein paar Flaschen Schnaps, da vergor so einiges, bis man ein paar kostbare Tropfen gesam-melt hatte. Und eines musste man ihm zugute halten: Korn schmeckte um vieles besser als der schreckliche Kartoffel-schnaps, und der Kartoffelschnaps erinnerte alle nur an das schreckliche Unglück, als sie von dem Wagen gestürzt waren nach dem Kartoffelnaustun und sich beinahe gegenseitig mit den Säcken erschlagen hätten.

Als aber Apollonia auf den Speicher kam und auf dem ausgebreiteten Korn eine ganze Schaufel voll fehlen sah, die mein Großvater soeben im Keller verbrannte, da konnte sie es erst nicht glauben. Warum hatte sie sich im Backhaus eingeschrieben, nur für einen einzigen Laib Brot? Wozu hatte sie das Reisig gesammelt und war aufgestanden in der Frühe? Da begann in ihr die Dapprechter Wut zu schwelen. Sie stieg den steilen Boden hinab und ging in die Küche und steckte den Schürhaken ins Feuer, und stocherte so lange darin herum, bis mein Großvater aus dem Keller kam.

— Wer in der Not das Korn verbrennt, um es zu versaufen ...

— Was dann??

— Der gehört grün und blau geschlagen!!

— Da ist doch noch Korn, da ist noch Brot, was willst dou dann?!

— Den muss man umbringen!!

— Hör dou doch offf!!

— Totschlagen muss man so einen!!

Meine Großmutter war wie von Sinnen und riss den glühenden Schürhaken aus dem Kohleofen und wütete gegen meinen Großvater und musste nach ihm schlagen wie nach einem Lumpenhund und das rot glühende Eisen gegen ihn erheben und ihm drohen um sein Leben.

— Totschlagen muss man den!!!

— Dou Dapprechter ... Deiwels ... Weib!!

— Eysch bringen dich em!!

Da merkte mein Großvater Klemens, dass es meiner Großmutter Apollonia ernst war und sie ihn mit dem glühenden Stocheisen umbringen wollte. Es war, als sei sie aus dem

Höllenfeuer gesprungen und prügele ihn eigenhändig dem Teufel vor die Füße.

Mein Großvater, der dem Weibsmensch entkommen musste, das wie eine Besessene auf ihn einschlug, nahm sie kurzerhand und hob sie hoch, sodass sie mit ihren Schlägen nur seinen Buckel traf, sich aber in der aufgehängten Wäsche über dem Kohleofen verfing und mit Unterhemden und Handtüchern weiter drosch. Mein Großvater nutzte ihre vorübergehende tobsüchtige Blindheit, um sie wieder abzustellen und zu fliehen.

Er war noch einmal mit dem Leben davongekommen.

Apollonia musste zusehen, dass sie ihren jämmerlichen Brotteig am Donnerstag früh ins Backhaus trug, bevor jemand sah, wie sie nur einen einzigen Laib buk, der reichte für drei Tage. Dann, so hatte Balduin versprochen, würde er ihr drei Säcke Korn bringen, denn es gab die neue Ernte, sie wollten aufs Feld gehen, das Korn stand hoch.

Der Westerwald hatte Korn, er hatte Gerste, er hatte Weizen, er hatte Hafer. Kartoffeln, Wirsing, Erbsen, Rüben, Kappes, Beeren, Bohnen, Zwetschgen.

Die hungrigen Frankfurter und die mageren Kölner streunten um die Äcker, und entlaufene Zwangsarbeiter versteckten sich in den Wäldern. Die Kartoffeln wuchsen quälend langsam, und die Krautköpfe suhlten sich elend lange im Sonnenschein, jede Rübe versteckte sich scheinbar für immer in der Erde, und jede Kirsche wurde von den Spatzen gefressen. Es blieben nur die Brennnesseln, die Brennnesseln vor den Sümpfen wuchsen in riesigen grünen Meeren, und Apollonia riss sie ab mit bloßen Händen, sie fuhr immer wieder in die sengenden Büsche hinein und verbrannte sich die Arme und spürte es kaum, die Brennnesselmeere machten die Leute satt. Apollonias Hände schienen für immer ein wenig versengt zu bleiben, rot außen und innen verschnitten wie von Abertausend kleinen Messern. Die Brennnesseln ergaben eine bittere Suppe und ein tiefgrünes Mus und waren wie Spinat. Man kann das essen wie Spinat, sagte meine Großmutter leichthin, mir schmeckt das genauso gut wie Wirsing, wo ist da der Unterschied? Wenn die Brennnesseln nicht gewesen wären, dann wären das ganze Dorf und alle verreckt.

Die Brennnesseln haben mein Dorf Scholmerbach gerettet, und alle fraßen Brennnesseln, jeden Tag, um sich durchzubringen, und die Brennnesseln bedeckten das ganze Tal und wuchsen den Schafsbach entlang bis zu den Weidenhecken.

Die Weidenhecken aber hatten die Glocke begraben, und die alten Scholmerbacher hatten an der Stelle einen Stein in die Erde gehauen, damit sie sie wiederfanden. Wer wusste schon, wie lange der Krieg noch dauerte und wie lange die Glocke noch schweigen musste und wie lange noch Stille war über den Dörfern an jedem Sonntag und an jedem Feiertag. Selbst wenn die Gefallenenliste kam und die Toten verkündet wurden, gab es keine Glocke, die um ihretwillen läutete.

Für jeden Scholmerbacher, der gefallen war, sang mein Großvater in der Kirche ein Totenlied.

Er sang das »Herr erbarme dich« und »Befiehl du deine Wege« und »Herr, du bist meine Zuversicht«.

Es fielen der Otto Hering und der Hubert Klees, der Erich Schmidt, der Paul Hans, der Johannes Dapprecht, der Fritz Höhn und der Josef Theis, der Edi Hölper und der Ewald Forst, der Josef Kraus und der Josef Groth, der Josef May, der Alois Seelbach und der Helmut Leukel und der Albert Lass, der Rudolf Lehnhard und der Edi Groß. Und der Bernhard Schamp und Willi Walbrecht waren vermisst.

Da standen die Leute am Kirchentor und warteten, bis mein Großvater herauskam und dankten ihm, weil er so schön gesungen hatte, und dann sagten sie:

— Warum gehst dou dann nicht in den Krieg?

Mein Großvater blieb stumm.

— Kriegswichtige Produktion ... murmelte er dann. Eysch muss hey bleiben.

— Bretter und Kisten, sagten die Leute dann. Bretter und Kisten sind kriegswichtig.

— Ich hun den Krieg net gewollt, sagte Klemens. Ich war immer dagegen. Der Herrgott hat net im Sinn gehabt, dat mir die Völker überfallen, einfach so ...

— Na und?, sagten die Leute. Do wird man nicht nach gefragt, ob man das will oder nicht! Aber unsere Männer werden totgeschossen und dou sitzt daheim und drückst dich vor deine Vaterlandspflichten, so sieht et aus!!

— Vaterlandspflichte ... Vaterlandspflichte ... Ich kämpfe für mein Vaterland, solange wie die sich in Berlin rechtens benehmen ... aber das sind doch Verbrecher und Verrückte. Sich für die zu opfern und in den Krieg zu ziehen, weshalb denn?

— Ach dou machst es dir einfach! Das es net recht.

— Ach, losst mer doch mey Rouh.

Mein Großvater fühlte sich zu Unrecht gescholten, denn der ganze unchristliche Aufmarsch von diesem braunen Pack war ihm zuwider – ja, ihm war es gerade so, als sei Adolf

Hitler der Antichrist selber. Wer hatte schon soviel Mord- und Schandtaten über das Land gebracht, wer hatte so viel Unrecht und Gräuel befohlen, wie viel galt ihm ein Menschenleben und wie viel Gottes Kreatur? Geradezu abscheulich fand mein Großvater ihn, und abscheulich fand er jeden, der für ihn die Fahne schwenkte, und einer davon war Fredo, und der bog gerade um die Ecke und fragte:

– Was ist das für ein Aufstand!? Ihr dürft euch nicht versammeln!

Und mein Großvater sagte:

– Ach Fredo, halt doch dein Maul.

Er hätte genauso gut fragen können:

– Fredo, wo geht es denn hier ins Zuchthaus?, oder: Fredo, wann darf ich Kurt in Dietz besuchen? Wo fährt der Zug zum Arbeitslager?

Denn Fredo zeigte jeden an, ob er nun schwarz schlachtete oder Feindsender hörte oder nicht verdunkelte, Fredo nahm es ernst, ganz ernst und immer ernster, und nun war mein Großvater Klemens reif.

– Deych hun ich schon lange im Visier.

– Dann hun ich ja bis jetzt noch Glück gehott.

– Eych weiß, wat dou so von dir gibst. Ich weiß das. Dou hast Zweifel an der Partei. Dou hast Zweifel an der Weltanschauung. Dou verbreitest Zweifel an der Berechtigung des uns aufgezwungenen Lebenskampfes, und dou hast Zweifel an unserem Führer! Dat schwächt den Mut und die Widerstandskraft unseres Volkes, dat steht unter Strafe!

Mein Großvater war sich nicht sicher, wie sehr er weiterhin Widerworte geben konnte oder ob er doch besser still war, aber das war schwer für ihn, wo er doch wusste, dass er recht hatte, und einer musste schließlich die Wahrheit sagen.

Ganz gleich wo er hinkam, es wurde ungemütlich für ihn. Da tanzte Apollonia mit dem Schürhaken, und hier beschimpften ihn die Dorfleute, weil er nicht in den Krieg zog, und dort stand Fredo und zieh ihn wegen seiner Aufsässigkeit. Vielleicht war es auch schon zu spät.

— Ich weiß, es ist schwer für Scholmerbach, sagte Fredo. Und dou bist ein frommer Mensch. Aber dou seys mir ein Dorn im Auge. Dou hintertreibs die Sach. Man kann dir net traue. Klemens … dou musst fort.

— Mir machen doch … landeswichtige … Produktion!

— Ach was. Das bisjen Bäume sägen, geh haam, pack dein Zeuch.

— Wo soll ich dann hin?!?

— Ich schick dir'n Befehl.

— Wohin dann???

— Dou kannst dir schon mal ein Brikett unter den Arm klemmen. Dann geht's nach Hadamar.

— Mach doch ka Sache …

— Mach dich ab. Dou kriegs Bescheid.

Da wurde es meinem Großvater anders, und er ging nach Hause und setzte sich in den Stall zum Vieh. Klemm dir ein Brikett unter den Arm und fahr nach Hadamar, immer dieses Geschwätz. Es fuhren viele graue Busse nach Hadamar, und es hieß, dass dort immer der Schornstein raucht und immer neue Leute gebracht werden, aber es kam keiner je wieder raus. Aber das war nur so ein Hörensagen. Vielleicht war Kurt dort? Es wusste ja keiner so recht, wo sie Kurt hingebracht hatten. Nur weil er Radio gehört hatte, konnten sie ihn doch nicht gleich umbringen.

Aber mein Großvater kam nicht nach Hadamar und nicht nach Dietz.

Noch am selben Abend bekam er den Einberufungsbefehl, und er wurde nach Ostpreußen an die Memel geschickt, und dann wurde es Winter.

Als mein Großvater in den Krieg musste und das kleine Lehmhaus mit dem schön geschwungenen Fachwerk verließ, da wurde es seltsam still in dem kalten Schlafzimmer zu den Wiesen hin, wo der Schafsbach floss. Aber es war meiner Mutter Marianne und meiner Großmutter Apollonia, als könnten sie sich zum ersten Mal seit endlosen Jahren ausstrecken und dehnen und hätten viel längere Gliedmaßen, als würden sie sogar ein wenig wachsen unter den Federbetten.

Niemand mehr nahm ihnen das Korn weg, um es zu Schnaps zu brennen, und keiner stolperte nachts besoffen zur Tür herein und stank nach Eckstein und lag morgens noch eine Stunde länger in den Federn. Aber es nannte auch niemand mehr meine Mutter ein Paradiesengelchen, und keiner spielte mehr das Harmonium, und keiner sang das Ännchen von Tharau, und die Dampfmaschine hörte auf zu dampfen und zu zischen und wollte das Gatter nicht mehr treiben.

Am Zimmerplatz sollten sie Mühe haben, die schweren Tannen und Fichten von den Wagen auf den Vorplatz zu ziehen, zu mächtigen Gebirgen zu lagern und auszutrocknen, ihre Stämme auf die eisernen Gleiswagen zu schaffen und dann dem Fraß der Sägen anheimzugeben. Es war schwer, auf die Dächer zu steigen und ein Gerüst aufzubauen, wenn einer auf den First musste und nur einer unten anhalten konnte und keiner einem einen Schlaghammer reichen konnte oder eine Wasserwaage oder ein Lot. Darum nahmen sie nun immer den kleinen Egon mit, mit seinen vierzehn Jahren, er war Willis ältester Sohn, und er konnte schon mit dem Winkelmesser umgehen und mit dem Rechenschieber und turnte durch ein Dachgerüst wie ein Alter, ohne dass ihm schwindelig wurde. Sogar einen Richtspruch konnte er schon auswendig:

Mit Gunst und Verlaub!

Verhallet sind des Beiles Schläge,
verstummt ist die geschwätzige Säge;
drum preiset laut der Zimmermann
– so gut, wie er es eben kann –
den herrlich schönen, stolzen Bau,
der sich erhebt zum Himmelsblau,

Mög' Eintracht und Zufriedenheit
darinnen herrschen allezeit.
Mög' Gott in diesem Hause sein! –
Darauf trink ich den Becher Wein.
Allen ein dreifaches Hoch! Hoch! Hoch!

Wenn also Willi mal krank war oder Großonkel Balduin heiser und Großvater Josef nicht wollte, dann konnte er, der kleine Egon, auf das Dach steigen und vor dem mit Stanniolbändern geschmückten Bäumchen den Richtspruch aufsagen. Nur wenn sich die Hitlerjugend traf, dann konnte Egon nicht kommen, denn Egon war Pimpf, und er hatte eine schöne kurze Hose und ein braunes Hemd und ein Halstuch und vor allem aber, und das war das größte: ein HJ-Fahrtenmesser! Um nichts auf der Welt war Egon davon abzubringen. Sie machten Bootsfahrten und Ausflüge und Sportnachmittage. Egon konnte die germanischen Götter aufsagen, Thor, Wotan, Freya, und er wusste, wer die großen Deutschen waren: Armin, der Cherusker, Friedrich der Große, Bismarck, und er konnte Lieder singen aus voller Brust:

»Der Franzmann zieht dahin daher, daher …

der Tommi kann nicht mehr,

die Deutschen schlagen zu, die Welt hat Ruh.«

Er hatte außerdem eine Sammlung von Kriegerheftchen aus dem Geschäft von Honiels, in denen lauter Geschichten standen: Wie sie die feindlichen U-Boote versenkt und die Flieger von den Tommies abgeschossen hatten. Die las er jeden Abend und fand nichts schöner, als für Hitler in den Krieg zu ziehen, und er kletterte eifrig vom Dach, wenn der Gruppenführer alle auf dem Milchplatz zusammentrommelte.

– Dou dummer Rotzbengel, sagte meine Urgroßmutter Charlotte. Was weißt dann dou vom Krieg!! Der Kleppels Berthold, der koom dumals wieder, der is so elendiglich verreckt an seine Bauchschüsse, der ist gestorwe an einem Kirmestach, der hat geweint, das hast dou in ganz Scholmerbach gehört. Der Krieg ist nix Schönes!! Bleib dou mal derheim, dat es kaa Kinderspiel!!

– Aber Oma!, sagte Egon. Mir müssen kämpfe! Die Engländer komme! De Russe sein im Vormarsch!! Mir werden gebraucht! Der Führer braucht uns! Mich aach!!!

– Bubche, hör off! Ich sag et dir! Mir dreht es dat Herz um, wenn de sowat sags!!

Und mein Urgroßvater Josef betete den Rosenkranz, einen nach dem anderen, den schmerzhaften und den glorreichen und wieder den schmerzhaften und zwischendurch das Vaterunser.

Noch einen Jungen hergeben, das ging ihm über den Verstand. Wer sollte mit dem Vieh auf das Feld gehen und wer die Mühlen mahlen? Bald stand ja alles still.

Aber da kam eines Tages Fredo und hatte einen verstörten großen Kerl dabei mit Bart und einer schmutzigen Jacke und in Stiefeln und zerrte ihn den Zimmerleuten in den Hof. Das sei ein Kriegsgefangener, den könnten sie jetzt haben für die Arbeit, und so brachte er ihnen den Russen Nikolai.

– Der darf net bei euch am Tisch sitzen. Merkt euch das!

Denn Charlotte und Josef konnte Fredo nicht trauen. Wenn man sie ließ, dann brieten sie dem Russen Kartoffelklöße und ließen für ihn womöglich noch eine Sau schlachten.

– Traut ihm nicht. Und wenn er abhauen will, dürft ihr ihn über den Haufen schießen.

Da stand Nikolai von Wolgograd in seinen abgerissenen russischen Soldatenkleidern ohne Abzeichen und war nicht gekämmt und nicht rasiert, und Charlotte sagte:

– Allmächtiger, na, watt han se dann mit dir gemacht?

Und schon saß er am Tisch, und sie machte ihm eine Kartoffelsuppe mit Speck und so viel Fleischwurst, wie sie noch in der Kammer hatte, briet ihm ein Stück Brot und ließ ihn sich erst mal sattessen und seufzte.

– Da, sagte sie zu Josef.

– Die eigenen Söhne nehmen sie einem weg, und so einen armen Deufel bringe se einem. Wer hat dann jetzt was davon? Wie heißt dou dann?

– Nikolai, sagte der Russe.

Da mussten sie nun miteinander leben, und Nikolai half brav und fleißig auf dem Zimmerplatz, und die Kinder spielten mit ihm, und er schlief im Bett von Dagobert. Der war nämlich mit seinen Brüdern mit der Organisation Todt in den besetzten Gebieten in Frankreich, um zerstörte Brücken wieder instand zu setzen und den Unterbau für die beschädigten Straßen zu erneuern und Luftschutzbunker zu bauen. Womöglich sollten sie an den Atlantikwall gehen, die Feldpost kam spärlich, und der letzte Brief war aus Metz. Aber es ging ihnen besser als an der Front, und auch das missgönnten ihnen viele im Dorf. Vielleicht waren es Josefs Rosenkränze, die ihnen geholfen hatten. Man konnte es nicht wissen. Auch Hiob war immer gottesfürchtig gewesen, und dennoch hatte Gott ihm die Plagen geschickt. Josef dachte oft darüber nach, warum seine Söhne bis jetzt verschont geblieben waren, aber er hatte ja schon vier Kinder an Scharlach verloren.

Wenn sie nur den Nikolai gut behandelten, vielleicht würde der Feind am anderen Ende der Welt auch ihre Söhne gut behandeln, wenn er ihrer eines Tages doch habhaft wurden.

Solange ich mich erinnern kann, saß Onkel Egon auf der Eckbank und erzählte vom Krieg.

– Ach, seufzten wir und krochen unter den Tisch. – Schon wieder die Geschichten vom Krieg, wie langweilig, wie furchtbar langweilig, das interessiert doch keinen.

– Ach, lasst ihn doch, sagte meine Mutter Marianne, er hat Furchtbares erlebt.

Den Krieg konnte sich keiner vorstellen. Russland und immer nur Russland. Gefangenschaft und immer nur Gefangenschaft. Hatte Onkel Egon denn sonst nichts zu erzählen?

Onkel Egon und Gefangenschaft, das war ein und dasselbe, eine Schallplatte. Immer, wenn er wach wurde, war neben ihm einer gestorben, denn alle hatten die Ruhr, und sie sind elendiglich erfroren und hungers krepiert, und alle wurden entlassen, nur er nicht, aber den Russen ging es auch nicht besser, die hatten selber nichts zu fressen, die sind selber verreckt, es war alles ein Verrecken und Krepieren, Verrecken und Krepieren. Russisch hat er noch gelernt ... Doswidanje, Spassiba ... Man hat sich ja mit ihnen unterhalten können.

- Denk an was anneres!, sagte meine Mutter Marianne zu Onkel Egon. – Marie hat jetzt ein Gebändel mit einem Ami!
- Ach, mit einem Ami!, ist es denn die Möglichkeit!! Onkel Egon lachte. Kannst dou denn amerikanisch?
- Yes, Onkel Egon, sagte ich und klebte ihm eine Prilblume auf sein Brillenetui.
- Make love not war.
- Was heißt denn das? Ich habe ja ein paar Brocken russisch gelernt, aber kein Englisch.
- Das heißt ... so was ähnliches wie: Frieden auf Erden und den Menschen ein Wohlgefallen. Bringt Blumen ... statt Gewehre ... sagt mir, wo die Blumen sind ... wo sind sie geblieben ... Bringt der Welt Liebe ... und keinen Krieg.
- Ach ja, sagte Onkel Egon.
- Wieso habt ihr nur den schrecklichen Krieg angefangen? Das war doch grauenhaft!
- Ei, unser Volk war doch in Bedrängnis! Im Osten!! Und die Franzosen, die waren doch der Erbfeind ... die haben uns doch vorher ... wenn sich der Engländer nicht eingemischt hätte ... dey waren dann auf einmal alle gegen uns ... das war nicht recht ...

– Aber Hitler hat ja die ganze Welt überfallen, habt ihr denn nicht gedacht, das ist ein bisschen viel?

– Naja, sagte Onkel Egon zögerlich. Manches Mal... In der Bürgermeisterstube hing eine Weltkarte, da sah man, wie groß Russland war und Amerika und England und Frankreich und Afrika, da dachte eysch ja schon, dass Deutschland ja nur so klein ist, ... aber sey haben uns gesagt, dass wir Übermenschen sind, da meinte eysch, es könnte schon gehen...

– Wieso habt ihr nicht aufhören können mit dem Krieg?

– Ja, wenn man doch mittendrin es – denn will man doch auch gewinnen! Wer will denn einen Krieg verlieren? Gut... hinterher...

– Ich hätte da nicht mitgemacht. Ich hätte gesagt: Ich mache da nicht mit!

– Ja dou! Dou weißt immer alles besser! Verwöhnt auf dem Sofa liegen... satt gefuttert... von nichts eine Ahnung... dann, wenn alles längst vorbei ist... Dann wisst ihr immer alle Bescheid.

– Komm, sagte meine Mutter. Das ist doch jetzt vorbei. Und du, Marie, lass ihn in Ruhe, was weißt du denn schon. Steh auf, Egon, wir sind fertig fürs Krankenhaus, lass uns fahren.

– Ja, sagte Onkel Egon. Dou hast ja recht. Ich habe ein paar Weintrauben mitgebracht. Kann sey die denn essen?

Onkel Egon, der seit dem Krieg immer nur von Russland redete und den man immer mitnehmen musste, damit er auf andere Gedanken kam, fuhr mit uns ins Krankenhaus, und Oma sollte bald wieder nach Hause kommen.

Aber ihrem Bauch fehlte wieder ein Stückchen, und sie sagte, jetzt hat sie keine Lust mehr, sie ist ganz verkrotzt.

Wenn die Doktoren in einem herumfuhrwerken wie die Metzger, dann ist Schluss.

Oma lag in Zimmer 211, und ihre Zöpfe sahen noch ein wenig dünner aus, und ich war nicht zufrieden. Wenigstens schimpfte sie wieder wie vorher, und ihr Verstand schien glockenklar, als hätten die ihr das Oberstübchen wieder ein wenig gelüftet. Solange Apollonia schimpfte, war alles in Ordnung.

– Na, Oma, fragte ich. Wie ist die Oberschwester?
– Ein Scheusal! Eysch soll immer den ekelhafte Tee trinken, ich hun mein Lebetag noch kein Tee getrunke, ich will en Bohnekaffee und net dene ihrn Puddel hey. Dann soll eysch bey der ald Tesch hey schlafen, dey schnarcht die ganze Nacht. Off de Klo kann ich aach net gehen.

Wir atmeten auf. Oma war ganz die Alte.

– Tante Lonia, sagte Egon. Hey seyn Weintrauben, wollsde die essen oder kriegste davon Braddel?
– Kann ich net essen, gibsde dem Marie.
– Oma, hast dou denn keine Schmerzen?
– Na, ich hun net ville Schmerzen, nur die Sauerei em de Klo, dot es naut. Will ich net hun.

Ich schaute ratlos zu meiner Mutter, es war doch abgemacht, dass wir über solche Dinge nicht sprachen, schon gar nicht, wenn ein Mann dabei war.

– Eysch muss mol off de Bettpfann.
– Na!, sagte Onkel Egon und räusperte sich. Er stand umständlich auf und wollte gehen. Ich sollte vielleicht auch hinausgehen. Und meine Mutter sollte vielleicht die Schwester rufen. Da wollte meine Oma aufstehen, schlug die Decke zurück und wurstelte an ihrem Nachthemd herum, und Onkel Egon ergriff die Flucht.

– Ei, Mama, was schaffst dou dann!, rief meine Mutter, und ich musste mit zupacken, sonst wäre meine Oma aus dem Bett gefallen.

– Heiliger Bimbam!, sagte meine Mutter. – Dou kannst doch net allein, dou bist doch viel zu schlabberich!

Aber meine Großmutter hatte einen Drang und wollte ihn loswerden und es musste irgendwie gleich geschehen, und wir hatten keine Ahnung, wie Apollonia jetzt funktionierte.

– Schwester?, rief meine Mutter. Schwester? Wo ist dann hier eine … drücke mer mal de Knopp!

– Geh, ich will doch off de Kloh!, rief Apollonia energisch, und dann trat sie um sich mit ihren mageren, entkräfteten Beinen und das Schicksal wollte es, dass im gleichen Augenblick der Oberarzt hereinkam, den meine Großmutter beim letzten Mal einen Grobian und einen Kurpfuscher genannt hatte.

– Der kann mer schon gleich gestoll bleiwe, sagte meine Oma. Den will ich garnet sehen.

– Ei, Mutter, jetzt benimm dich doch, es ist ja eine Schande, wie dou dich aufführst, dou blamierst uns ja bis auf die Knochen!, schrie meine Mutter. Er hat dir doch geholfen, ohne ihn wärst dou ja vielleicht gar nicht mehr am Leben!!

– Es ist nicht schlimm, sagte der Oberarzt gütig, Frau Heinzmann hat eine posttraumatische Störung, vielleicht war sie auch noch nie woanders als in ihrer angestammten familiären Situation.

– … mich mol im … kreuzweise …, sagte meine Großmutter.

– Jetzt ist aber Schluss!, schrie meine Mutter. – So ein feiner Mann! Wenn das nicht anders wird, packen wir heut noch unsere Sachen, dann kommst dou mit heim, wir können dich hier net lassen, wir müssen uns ja schämen!

Der Arzt beruhigte meine Mutter und meinte, das komme im Alter schon mal vor, dass ein gewisser Starrsinn oder eine mangelnde Einsicht sich bemerkbar mache, er nehme das nicht persönlich. Wenn aber Frau Heinzmann sich derart gegen jegliche Behandlung sträube, habe er gegen eine vorzeitige Entlassung nichts einzuwenden, auch mit Rücksicht auf das Personal.

Da war meine Mutter bedient, und ich fragte den Doktor vorsichtig, warum Oma auf einmal so aufs Klo müsse, davon sei ja vorher nie die Rede gewesen. Nun ja, liebes Kind, sagte der Doktor. Bei Ihrer lieben Großmutter…

– Dou alter Knochen… sagte meine Oma.

– … muss man wohl damit rechnen, dass die Physiognomie einer gewissen Reizsituation unterliegt und durch die angegriffene Psyche sich auch ein gewisses kindhaftes Verhalten einschleicht… man will raus… man will sich beschweren, wenn einem unwohl ist… Gönnen Sie es ihr einfach. Jetzt zum Beispiel lässt sie die ganze Station klar erkennen, dass es ihr Wunsch ist, nach Hause zu gehen. Das sollten wir ihr doch zugestehen, nicht wahr?

– Ich meinte, ob meine Oma mal muss oder ob sie nicht muss? Muss sie jetzt öfter?

– Probieren Sie es aus! Helfen Sie ihr! Ich gehe und mache den Entlassungsbrief fertig, sagte der Arzt. Sie können schon packen.

Meine Mutter war immer noch ganz verdonnert, und Onkel Egon ging auf dem Flur auf und ab, und ich wagte kaum, den freundlichen Doktor aufzuhalten, der meiner

Oma nun wahrscheinlich schon zum zweiten Mal das Leben gerettet oder verlängert hatte. Aber eines wollte ich doch wissen und so lief ich ihm nach:

– Herr Doktor, ich wollte nur fragen … ist meine Oma denn sehr krank? Ich meine, wie lange, glauben Sie, hält sie noch durch? Sie können es mir ruhig sagen, ich bin alt genug und sehe den Dingen bewusst ins Auge!

Denn ich wusste ja: Der Herr hat's gegeben, der Herr hat's genommen, da war ich ganz mein Urgroßvater Josef.

Der Doktor bremste vor dem Schwesternzimmer ab und rieb sich gestresst die gerunzelte Stirn.

– Tja, Mädchen, wenn du den Dingen bewusst ins Auge siehst, dann weißt du ja sicher, dass nicht alles ewig währt, und auch nicht das menschliche Dasein. Tja. Deine Großmutter scheint noch eine ordentliche Portion Lebenswillen zu haben im Augenblick, hier, aber es kann sein, dass in wenigen Wochen, oder auch, wenn Gott will, es zu einem allgemeinen Versagen ihrer Organe kommt.

– Okay, sagte ich.

Es war für mich ein gewisser Moment von Ehrfurcht, dass er mit mir über so bedeutungsvolle Dinge so aufrichtig sprach, und es kam mir vor, als trete meine Großmutter in ein besonders heiliges und wichtiges Stadium ihres Lebens ein, da sie dem Paradiese bald näher rücken würde.

Wir konnten sie nun wieder mit nach Hause nehmen, und meine Mutter packte den gelben Helancapulli ein und die Waschlappen und die Handtücher und den Morgenmantel, und dann zogen wir Oma einen weiten Rock an und eine bequeme Strickjacke, und Onkel Egon fuhr bis zur Pforte und machte den Sitz ganz flach, und er schimpfte:

– Wir hätten den Krankenwagen nehmen sollen. So gut geht es ihr doch noch gar nicht.

Aber wir hatten Apollonia eingepackt und fuhren ganz vorsichtig, ganz langsam mit ihr nach Hause, und Mama wollte so schnell wie möglich der Gemeindeschwester Bescheid sagen, denn wer weiß, sagte sie, ob man jetzt noch mit ihr zurechtkommt. Die Schwester soll dreimal am Tag kommen. Wer weiß, wie das alles wird in den nächsten Wochen. Das geht ja dann auch ans Eingemachte, und sie ist eigentlich gar nicht gebacken für so was, sagte meine Mutter. Während wir durch Langdehrenbach fuhren und dann, hügelauf hügelab, durch Linnen kamen und die Sonne schien und wir weiter durch Hellersberge rollten, schien Apollonia immer friedlicher zu werden und ruhiger und schlief schließlich mit offenem Mund auf dem Beifahrersitz ein.

Meine Sehnsucht, mein Sinnen und Hoffen mit dem Duft nach Kirschen, Holunder und nach Brombeeren erfüllte mich ganz und gar, und mitten in meinem Sinnen und Hoffen wuchs meine Wut auf Lydia Kosslowski wie der schlimme Geißfuß, der räuberisch alles unterwurzelt und einen Baum umwerfen kann. Einige Tropfen Blut aus dem Dapprechter Erbe schossen mir durch die Adern und ließen mich ein wenig böse werden, und ich wusste, dass ich sie mir einmal vorknöpfen musste, Lydia, Lydia Kosslowski, Lydia, du lebst nur einmal.

Vor der Schule versammelten sich die Abgänger von der Realschule, Lydia machte gerade ihren Abschluss zum zweiten Mal, und es war ihr scheinbar gar nichts daran gelegen, als könnte sie ihn auch noch das dritte oder das vierte

Mal machen. Sie lungerte in ihren engen Jeans am Torein-
gang unter den großen Kastanienbäumen herum und hatte
sich ein Kopftuch in die Locken gewunden und rauchte
eine Kim, für Männerhände viel zu chic. Ich musste mir
überlegen, was ich sagte. Mir war nur klar, DASS ich etwas
sagen wollte, aber es sollte nicht als Wust aus mir heraus-
kommen. Am liebsten hätte ich Lydia von dem Pfosten he-
runtergeschubst und einen Kübel auf sie draufgeworfen mit
ordentlich Erde und alten verblühten Disteln und fertig. Ich
wollte sie einfach ordentlich vermöbeln, das hätte mir genüge getan.

– Lass die Pfoten von James Larry David Logan, du But-
  terschlampe, du Frankfurter Flittchen, oder du erlebst
  nicht das nächste Morgenrot!!

Ich musste mich aber gewählter ausdrücken, sonst klappte
nicht, was ich vorhatte. Ich wollte sie ja auf Dauer entmuti-
gen, und wenn ich ihr mit der Keule kam, dann machte sie
alles erst recht. Also näherte ich mich ganz unschuldig, warf
mein Haar zurück, schob eine Hüfte vor und sagte:

– Ach Lydia, so ein Zufall, hast du Abschlussprüfung
  heute? Na hoffentlich geht es nicht wieder in die
  Hose!!

– Pfft, sagte Lydia. Wird nicht so schlimm. Ich weiß
  ungefähr, was drankommt.

– Und dann, fragte ich. Wenn du es schaffst? Machst du
  dann Ferien? Oder arbeitest du erst mal bei deinem
  Vater? Hab gehört, er ist schwer in Ordnung und ein
  lustiger Kerl!

– So?

Lydia war auf einmal ganz interessiert und ließ die Zigarette sinken.

– Ach ja? Sagt man das … na, das ist ja nett … Ja, mein

Alter ist okay. Und bei ihm ist immer was zu tun. Also wenn es gut geht, spendiert er mir eine Reise nach Spanien, an die Costa Brava oder so, mal sehen. Und du, was machst du in den Ferien?

— Keine Ahnung, sagte ich, auf einmal ganz ehrlich. Meiner Oma geht es nicht so gut, wir können nicht planen. Ich will auch gar nicht weg.

— Das ist ja blöd. Dann hängst du ja den ganzen Sommer hier in diesem Kaff herum, und das, wo Jim jetzt ins Manöver muss …

— Waaas?! schrie ich.

Ich dachte, ich müsste platzen. Da war ich gekommen, um Lydia mal ordentlich die Fresse zu polieren und SIE wusste, dass Jim ins Manöver ging und ich nicht … was für eine Bloßstellung!! Er würde wegfahren, und ich wusste nicht wohin, und er hielt es nicht für nötig, mir das zu sagen, und ich würde im verschlafenen Scholmerbach herumhängen, und Lydia kriegte zur Belohnung für ihre mittelmäßige Prüfung auch noch südliche Sonne am Palmenstrand … Dafür wollte ich ihr erst recht eine reinhauen. Hoffentlich fiel sie ein zweites Mal durch und verwechselte die Bauernkriege mit der Christenverfolgung unter Kaiser Augustus und hielt die Bruchrechnung für die Wurzelrechnung und die Wurzelrechnung für das Einmaleins. Auf der anderen Seite war es aber viel besser, wenn sie weit weg in Spanien war und nicht an Jim herankonnte.

Ich ärgerte mich grün und blau, dass ich mich verraten hatte. Ja, es schien mir beinahe, als sei Lydia ihm ebenso eine Vertraute wie ich, vielleicht vertraute er ihr sogar mehr an als mir. Dass ihr Urlaub mit seinem Manöver zusammenfiel, warf mich unendlich zurück, und ich wurde beinahe ein wenig mutlos. Ich hatte nur noch einen einzigen Trumpf: In der Öffentlichkeit küsste Jim mich, und ich trug sein silbernes Herz um den Hals.

Doch ich war mir nicht mehr sicher, wie es in seinem Herzen bestellt war und ob womöglich meine Großmutter Apollonia recht hatte, wenn sie sagte: Kennst du einen, kennst du alle und sei auf der Hut, Marie! Sie sagen dir alle gut, sie versprechen dir Köln und Koblenz! Schau, trau, wem! Sei auf der Hut, Marie, wem du dein Herz schenkst!

Am Abend sah ich Jim im Jonnies wieder, und er hatte sich mit einigen GIs betrunken, und er machte etwas so Furchtbares, dass ich glaubte, ich müsste an der Theke herniedersinken. Aus der Musikbox erklang: »Smoke on the Water« von Deep Purple, und Jim wankte seltsam gekrümmt auf der Tanzfläche herum, immer ein Bein nach vorne und ein Bein leicht angewinkelt nach hinten, so ähnlich wie wir schon mal beim Waldfest die Ambosspolka getanzt hatten. Nur dass er dazu den Bauch einzog, als hätte er Leibschmerzen, und die linke Hand hoch ins Leere streckte, als warte er, dass ihm jemand eine Schachtel Zigaretten hineinlegt. Mit der Rechten haute er sich wie ein Verrückter auf den Bauch und schüttelte sein fettiges Haar im Takt, als hätte er sie nicht mehr alle. Das war mir wirklich zu viel. Nicht mal beim Theo in der Waldeslust gab es einen Schnaps, nach dem man sich so benehmen musste.

— Er spielt Luftgitarre, mach dir nichts draus, sagte Stefanie, das habe ich schon mal gesehen.

Aber leider hatte das außer Stefanie noch niemand gesehen, vielleicht die Amis und noch zwei, drei Leute aus der Oberstufe. Die Leute schauten Jim an, als hätte er eine unbekannte Krankheit aus dem Ausland eingeschleppt. Womöglich war er vorher in Vietnam eingesetzt gewesen. Oder er war russischen Agenten zum Opfer gefallen und seltsamen Experimenten ausgesetzt gewesen. Vielleicht hatte er mit eigentümlichen Giften herumprobiert. Niemand wusste, was Jim da auf der Tanzfläche trieb, und ich konnte nur erschüttert zusehen und mir beim besten Willen nicht vorstellen, wer der Erfinder der Luftgitarre gewesen sein sollte und welchen Zweck dieser Auftritt hatte. Jedenfalls war es mein Jim, der ihn zum allerersten Mal im Westerwald zum Wohle aller dargeboten hatte, und niemand, der dabei war, sollte es jemals vergessen.

Nach Lydias Offenbarung seines baldigen Manövers und seiner unnachahmlichen Luftnummer, bei der er auch noch auf die Knie fiel und die Gitarre auf dem Rücken weiterspielte und schrie: The fire in the sky, war ich auf einmal irgendwie geläutert. Als sei mir eine Brille von der Nase gefallen. Oder wie meine Mutter Marianne sagte: Wenn man jung ist, hängt der Himmel voller Geigen, und jedes Jahr fällt eine runter. Genau das war in jenem Augenblick geschehen. Es hatte sich eine Geige vom Himmel gelöst.

Jim hätte sich mal die Haare waschen können, und ein Friseurbesuch hätte auch nicht geschadet, und man musste nicht um halb neun Uhr abends schon so betrunken sein, wenn man seine Freundin erwartet.

– Blödmann, entfuhr es mir, und Bea meinte, ach ja, es gibt so viele Idioten auf der Welt, die können ja nicht alle in Linnen und Böllsbach und Scholmerbach wohnen. Die gibt es sogar in Amerika und ... wir sind doch alle ein bisschen bluna.

– Genau, sagte Brigitt. Alle ein bisschen balla-balla.

– Bei uns ist in der Kirmesnacht jeder so, sagte Stefanie.

– Ja, und wer nicht so ist, sagte Bea, der fällt auf.

- Böse auf, sagte Brigitt.
- Ich weiß nicht, sagte ich. Es ist nicht dasselbe wie Lady Bump.
- Ach komm, die Les Humphries Singers waren doch auch ...
- Ja eben ... auch ... bluna ...
- Und balla ...

Ich hatte auf einmal die Idee, mit Bea, Stefanie und Brigitt nach Ellingen in die Disco mit den Stanniolgrotten zu fahren und Jim mit seinen Luftnummern alleine balla sein zu lassen. Man musste auch nicht allen Quatsch mitmachen. Da wollte ich nicht mit gesehen werden. Konnte er ja seiner Lydia zeigen. Pfft. Der Hellersberger Klaus fuhr zufällig dorthin und nahm uns mit. Leider war in den Stanniolgrotten kein Discjockey, es spielten nur Resi and the Hot Fives, aber das war uns auch egal. Resi and the Hot Fives trugen alle schwarze Afro-Perücken, hatten dunkelviolette, leuchtende Blusen und weiße Hosenanzüge an und Stiefel mit Plateausohlen und sangen: »Ole, der Straßenmusikant.«

Wir mochten lieber die Stones oder Smokey, und Brigitt mochte immer noch Showaddywaddy. Sie hatte daheim sogar immer noch ein Kopfkissen, da war David Cassidy draufgebügelt. Wir tanzten lange und hingebungsvoll mit Armschlenkern und Verdrehungen untereinander weg auf Fleetwood Mac und machten Bögen mit den Ellenbogen und glaubten, dass der ganze Saal unser geheimnisvolles und anmutiges Tun bewunderte. Aber leider sangen ja nur Resi and the Hot Fives: »Immer wieder sonntags, kommt die Erinnerung« oder irgendwas von Adamo.

- Habt ihr jetzt ernstlich Krach oder was?, fragte Brigitt beim Orangen-Flip.

— Nee, aber ich musste mal abhauen. Weißt du, er geht
ins Manöver und hat mir nichts gesagt. Nichts! Lydia
Kosslowski hat er sich anvertraut, aber mir nicht. Weißt
du was, sie darf im Sommer nach Spanien, wir fahren
ja immer nur ins Allgäu.
— Vielleicht ist das Manöver ja in Spanien... haha!,
lachte Stefanie.

Dieser Witz war nicht komisch, und mir wurde einen
Augenblick lang ganz schlecht. Aber vielleicht müsste man
tatsächlich mal nachfragen, nur um zu sehen, wie sehr man
hinters Licht geführt wurde. Es war gut, Freundinnen zu
haben. Missmutig tanzten wir auf »Die rote Sonne von Barbados«, und dann überlegten wir, nach Hause zu laufen und
lieber ins Polters zu gehen in Scholmerbach. Da konnten
wir uns wenigstens die Musik aussuchen.

Auf einmal erschien hinter dem Filzvorhang in der Tür
mein betrunkener Jim mit einigen Amerikanern, sie hatten
sich ein Taxi geteilt und waren uns gefolgt. Ich konnte es
nicht glauben.

— Hällou, sagte ich schwach.
— Hey Marree!?, rief er. You running away from me??
— Och, sagte ich. Du kannst ja zur Lydia Kosslowski ge-
hen.
— Hä? What does that mean?? Liddi? Was ick soll mit de
Liddi macken?
— Naja... Manöver in der roten Sonne von Barbados,
wo Spaniens Gitarren erklingen... immer wieder
sonntags... was weiß ich!!

Da sagte er, ich hätte wohl von seinem Manöver gehört,
und deshalb hätten sich auch alle betrunken, und er sei so
unglücklich, weil er gar nicht gewusst hätte, wie er es mir
sagen sollte.

- Why?, sagte ich. Der Liddi konnte er es doch auch sagen!
- Yes, sagte er, but the Liddi ... I don't care! Die ... die ist nickt wicktig for mir. But you ... then ... dann ick misse dir for ten days ... das ... das mir breaking the heart ...

Und um mir zu zeigen wie es ihm das Herz bricht, hielt er beide Hände auf die Brust und ging in die Knie, und ich hatte Angst, dass er gleich wieder Luftgitarre spielt.

- Aber wenn du so schrecklich traurig bist, dass wir uns jetzt zehn Tage nicht sehen, mein lieber Herr Jim David und so weiter Logan – wieso bist du dann am allerletzten Tag so furchtbar besoffen?!
- Oh ... oh ... my dear, rief Jim weinerlich. It was the whole ... all the guys around me ... all diese Jungs, ... see ... die alle habe so getrunke, denn ich habe das auck gemackt ... das war ... so blöd von mir ... kännst du mir ... versseeihn?

Ich war mir nicht mehr so sicher, ob ich mit ihm wirklich das ganz große Los gezogen hatte, und wenn ich mir die anderen GIs anschaute, dann war wirklich keiner so betrunken wie mein Jim. Wenigstens war keine Lydia zu sehen weit und breit, das blieb mir für heute erspart.

Lydia Kosslowski behielt recht, Jim musste in ein Nato-Camp irgendwo in die Wäldern, um gemeinsam mit den Belgiern und mit den Engländern und den Franzosen zu üben, den Westerwald, die Deutschen und die Russen unter Kontrolle zu halten und die westliche Demokratie vor den Anfeindungen der allzeit gegenwärtigen sowjetischen, antifreiheitlichen Bedrohung aus dem Osten zu schützen. Da klangen keine Gitarren und auch keine Kastagnetten auf Eviva Espania. Aber Lydia Kosslowski war nicht aus der Welt, denn sie war bei der Abschlussprüfung durchgefallen und durfte den Sommer im Westerwald bleiben.

Das freute mich, und es freute mich nicht. Lieber wäre mir gewesen, es wäre Verstand in Lydias Kopf hineingezogen und sie wäre ein wenig vom Weltlichen abgekommen. So aber lungerte sie herum und brachte alle Männer auf dumme Gedanken. Aber dann hieß es, dass in der amerikanischen Kaserne sogar Deutsche beschäftigt würden, auch wenn sie nichts gelernt hätten. Gerade suchte man noch Aushilfen für die Küche.

Ich weiß nicht mehr, wann es mir zu Ohren gekommen war, es muss irgendwo auf dem Weg nach Scholmerbach im Omnibus gewesen sein: Die Lydia hatte doch noch eine Arbeit gefunden, auch ohne Abschluss, und war jetzt in der Küche bei den Amis gelandet, und gleich am ersten Tag, da hatte sie auf der Stelle mitgemusst, für den Nachschub der Feldküche und ab ins Manöver.

Meine Großmutter Apollonia ging in aller Frühe durch Scholmerbach und brachte die Milchkanne zum Dorfplatz und wartete stumm mit den anderen Frauen, bis der Milchmann kam. Sie glaubte nicht, dass mein Großvater auf der Gefallenenliste erscheinen würde, denn sie war sich sicher, dass Klemens sich irgendwo herumtrieb und niemals an die Front gekommen war. Aus irgendeinem Grunde war sie sich sicher, dass der Herrgott ihn beschützte und wie einen alten Kumpel irgendwohin führte, wo der Hund begraben war. Mein Großvater konnte anstellen, was er wollte, der Herrgott hielt doch zu ihm und niemals zu meiner Oma Apollonia. Daher wartete sie gewissermaßen verstockt auf den

Milchmann und verzog kein Gesicht, und das waren die Leute ja schon gewohnt von den Dapprechter Töchtern.

Es war aber nicht so, dass ihr die anderen egal waren, sie weinte dann mit den anderen mit, und es gab immer einen zum Weinen, und wenn nicht, dann weinten sie um den von gestern oder vorgestern oder einen aus Ellingen oder Hellersberg. Dann dauerte es nicht lange und es schrie der nächste auf.

Es fielen der Franz und der Fritz und der Hans, und erst war es aus jeder Straße einer, und dann war es aus jedem Haus einer. Im Haus nebenan bei Schorschs klang des Nachts ein Weinen markerschütternd aus der Stube, das war schlimmer als am Tag, und sie heulten so laut, bis das Vieh in den Ställen erwachte und mitschrie.

Die Klausemichels verschütteten jeden Morgen die Milch und brachten keine Kanne mehr heil zum Dorfplatz, und wenn der Milchmann kam, dann schrien sie schon und rannten fort. Auf dem Dorfplatz von Scholmerbach wollten sie immer noch Erbarmen vom Herrgott und beteten still, bis das Gespann um die Ecke kam, und sie beteten und beteten, und wenn der Milchmann stumm die zerkrumpelte Liste herausholte, dann begannen sie, den Herrgott anzuklagen.

Mein Gott, mein Gott, mein Gott! Unser Seppchen, unser Seppchen, unser Franz! Wieso hast du ihn uns genommen, wieso hast du ihn nicht beschützt, er hat keiner Seele etwas zuleide getan, er war so ein guter Mann, er war so ein grundguter Vater, er hat niemandem etwas Böses gewollt, mein Herrgott, wieso hast du uns das angetan, wieso hast du mich zur Witwe gemacht und die Kinder zu Waisen und hast uns im Elend zurückgelassen, mein Herr und mein Alles, was haben wir getan ... warum nur, warum, Herrgott, was hast du uns angetan, warum nur, warum???

Der Franz und der Seppchen und die anderen lagen unter dem Sand in der afrikanischen Wüste, oder sie waren im Baltikum in den Gräben verreckt, oder ihre Kadaver lagen gefroren auf der Erde von Stalingrad, oder sie verwesten in Belgien im Gräberfeld von Bastogne.

Wären sie nur in Scholmerbach geblieben.

Das Beten hatte nichts genützt, der Wille des Herrn war unergründlich und blieb ein Rätsel, und man konnte aufbegehren und sein Geschick verfluchen oder sich fügen – es änderte doch nichts, und die Männer kehrten nicht wieder, und nun wollte der kleine Egon auch noch gehen.

– Wir müssen den Krieg gewinnen und kämpfen für den Führer!!

– Ei Egon, sagte Willi, der Russe und der Ami, wenn dey komme, watt meinsde dann, wott die mit dir mache …

– Die schießen ich alle duud!! Mir werden siegen!! Deutschland muss gewinnen, sonst will ich lieber sterwen!!

– Ach Gottchen … et sind schon so ville gestorben. Da willst dou aach noch sterben.

– Vater, wir müssen, wir müssen, lieber tot, als dem Feind unser glorreiches Deutschland auszuliefern, wir müssen an die Waffen und kämpfen bis zum letzten Mann!!!

– Dou bist noch kein Mann, dou bist fünfzehn, Egon, dou darfst noch nicht kämpfe, dou musst derheim bleiben und uns helfe, bei der Dampfmaschin!

– Aber ich muss gehen! Ich muss Trümmer aufheben in Frankfurt! Das hat der Oberscharführer befohle! Das es Pflicht!! Und die Ellinger müssen mitgehen, Stollen bauen!! Mir fahre mojen los mit dem Laster!! Ich kann net derhaam bleiben, wenn drauße der Kampf tobt!!

Der Kampf tobte überall, nur nicht in Scholmerbach, und Egon brannte es in der Brust, sich loszureißen und dem Führer zu folgen, mit den anderen Hitlerjungen auf die Laster vom Reichsarbeitsdienst zu klettern und sich mit den alten Grubenarbeitern von der Alexa aufzumachen nach Frankfurt, denn dort wurden sie gebraucht, Egon wurde gebraucht, weil doch in Frankfurt die Bomben alles in Trümmer gehauen hatten. Nur Egon konnte da noch helfen, Egon und die alten, erfahrenen Stollenarbeiter, die in der furchtbaren Häuserwüste Schächte und gut abgestützte Tunnel durch die entsetzlichen Ruinen schlagen sollten. Nur alte Bergwerksarbeiter, die nicht im Kriege kämpften, konnte man brauchen, die siebzigjährigen Ellinger mit ihren Fachkenntnissen, und die kleinen Hitlerjungen von Hellersberg und Linnen und Scholmerbach mussten kommen auf dem Lastwagen und versuchen, Frankfurt zu retten.

Grauenhaft ragten halbe Wohnzimmer über ihnen auf, und es liefen noch Mütter mit Kindern darin herum, als wäre die andere Hälfte noch da, und Egon sah staubige Oberkörper oder Arme oder Beine, die aus den Steinen ragten. Es rauchte überall und stank furchtbar, und man hörte ein ständiges Rumoren und Grollen in der Stadt von nachrollenden und stürzenden Mauern und zusammenbrechenden Decken und Stützbalken und dazu das Schreien der Leute, die einander suchten oder ihre Toten fanden.

Egon und die anderen Jungen räumten auf Geheiß des Unterscharführers Steine aus den halben Häusern, damit Mütter und Kinder schlafen konnten, und die alten Bergleute prüften die Festigkeit der Balken, damit kein Dach über den Müttern einstürzte, und so vergingen die ersten

Tage damit, einen Ort zu finden, wo niemand im Schlaf erschlagen oder vom Sturm oder vom Regen erfasst wurde. Auch Egon und seine Freunde schliefen in den Trümmern unter ein paar dünnen Decken, und als sie schweigend zwischen den alten Bergleuten hockten, wurde es ihnen ganz anders. Im Winter 1944 war es kalt, und auch im März fror es noch in den kaputten Häusern, und die vielen greinenden Alten und Brandopfer und Verwundeten waren ein schrecklicher Anblick. Man konnte vor Grauen nur flüstern.

– Siehst dou, Bubchen, sagte der alte Hanjokeb. So ist das im Krieg. Wie wir dumols im Schützegraben gelegen haben, bei Frankreich und nur im Dreck und im Schlamm ... und dann haben se neben dir gelegen ... die besten Kameraden ... tot und verwundet ... links und rechts ... der Krieg ist ... was Furchtbares ... mein Junge ... kalt und hässlich und grausam ...

– Ja, sagte Egon, ... man muss aber doch fürs Vaterland.

– Ja sicher, sagte Hanjokeb, fürs Vaterland muss man ... auch den Heldentod ...

– Den Heldentod, sagte Hanjokeb bitter. Wofür dann eigentlich.

– Aber Hanjokeb, flüsterte Egon, wegen dem Ruhm und der Ehre für Deutschland!

– Ach, Bubchen, sagte der Hanjokeb. Ehre. Siehst dou hier irgendwo Ehre rumlieche ... hier bei dene Frankfurter? Da hast dou deine Ehre, alles uffem Hund, die schöne Oper, der alte Römer, die ganze schöne Kaufhäuser ... alles dem Erdboden gleich ... jetzt komme se alle gekroche, wer noch kann ... un wofür dann das alles?

Der kleine Egon schwieg.

Morgen wollten sie einen großen Stollen vom Holzgraben bis zum Liebfrauenberg graben und räumen, was zu räumen ging. Egon taten schon die Hände weh von den vielen Steinen und die Knie und die Knochen auch, denn er schlief so schlecht auf dem kalten Boden, und sein schönes Hitlerjungenhemd und die gute Hose waren ruiniert. Es gab nichts rechtes zu essen in Frankfurt. Der Reichsarbeitsdienst brachte Erbsensuppe und Brot, aber die Frankfurter hatten gar nichts, die Frankfurter hatten immer nichts, noch nie, und schon bald hatte Egon Hunger auf die kräftigen Bratkartoffeln mit Eiern und Speck von seiner Großmutter Charlotte und das Sauerteigbrot und den Käse aus der Kirn, mit Zwiebeln und Kümmel, und auf die gebratene Wurst und das Stückchen Braten, das es am Sonntag gab. Da war er froh, dass sie nach ein paar Tagen wieder zurückfahren durften, die alten Bergleute und die Buben von der Hitlerjugend. Sie hatten geholfen, wo sie nur konnten, damit die Kinder ein wenig besser schlafen konnten und weniger Steine im Wege lagen.

Und Egon beschlich ein komisches Gefühl, was das Lied bedeuten könnte:

Vorwärts! Vorwärts! Schmettern die hellen Fanfaren, Vorwärts! Vorwärts! Jugend kennt keine Gefahren. Deutschland, du wirst leuchtend stehn, mögen wir auch untergehn.

Meine Großmutter Apollonia traute ihren Augen nicht, als der Kriegsgefangene Nikolai ihr auf dem Zimmerplatz winkte.

– Dobrey den! Applonnia!

Nikolai war nun schon eine Weile bei den Zimmerleuten. Alle kannten ihn, und die Kinder hatten ihn gern und spielten mit ihm im Sägemehl und nagelten kleine Häuser aus den Brettern.

Apollonia begriff, dass er ihr etwas zeigen wollte, er deutete auf den Stall an ihrem Haus und machte Geräusche wie ein Gaul und er sagte etwas wie:

»Fwida ... Fwida ...!«

Sollte sie Frieda herbeibringen? Frieda war hinter dem Haus auf der Wiese angepflockt und durfte fressen, damit sie es gut hatte. Nikolai hatte in der Scheune bei Max und Liesel ein altes, zerschlissenes Kummet gefunden und es wiederhergerichtet und dazu zwei Holme angebracht und Eisenketten von einem alten Wagen abgemacht und auch noch drangehauen. Das sah aus, als hätte Frieda ein richtiges Pferdegeschirr, mit dem sie ein Wägelchen ziehen konnte und auch den Pflug. Das war eine Freude! Frieda sollte ein wenig nütze sein und ihnen zur Hand gehen, sie konnte einen Getreidesack auf einem Wagen durch das Dorf ziehen oder bei der Ernte helfen! Vor allem aber konnte Apollonia jetzt mit auf das Feld und die Kartoffeln setzen gehen, das war eine Freude!

Apollonia war so glücklich, dass sie Nikolai beinahe geherzt hätte, aber so was machte meine Großmutter nicht, und Nikolai war sowieso ganz verlegen, als er sah, wie sie sich freute. Nikolai war noch ganz jung, wie alle Kriegsgefangenen ringsumher. Alte und schwache Gefangene konnten sie ja in Deutschland nicht brauchen, und die Partei hatte dafür gesorgt, dass nur kräftige Zwangsarbeiter kamen, um die Landbevölkerung zu unterstützen. Leider wollte die Landbevölkerung lieber ihre Männer heil zurück anstelle der verschleppten Fremden, aber das durfte keiner sagen, sonst war er gleich tot. Also mussten sie jetzt mit den Polen und den Russen auf die Felder, und Apollonia ging mit Marianne und Balduin und dem jungen, unrasierten Nikolai in den alten Hosen von Dagobert und dem Hemd von Hannes zum Kartoffelsetzen.

Das Pferdegeschirr saß Frieda ein wenig lose, und der Lederriemen war schon ein paar Mal geflickt, auch kam Frieda immer wieder ein wenig aus dem Tritt und schlug mit dem Kopf nach links, als kämen von dort die Räuber. Aber das Kummet hielt, und das Pferd konnte den Wagen mit dem Pflug auf der Ladefläche durch den Kappesgarten ziehen und auf die Kartoffelfelder, als hätten sie nie etwas anderes gemacht. Der Frühling kam übers Land, und der frische Aprilwind wehte ihnen um die Nase, und sie sahen durch die Buchenwälder weiß die Kuckucksblumen blühen. Der Kappesgarten lag noch brach und wartete auf die herrlichen blauen und weißen Krautköpfe, die im Sommer heranschießen würden

Der stolze Pferdetross erreichte das Feld und hielt an. Apollonia stellte ihren Korb mit alten Kartoffeln hin und band sich ein Kopftuch um, und Balduin machte den Pflug an den Wagen, und Marianne packte Frieda am Halfter.

Dann ackerte Frieda eine prächtige Furche, und Nikolai hielt den Pflug, damit die Furche ordentlich und gerade wurde. Apollonia hatte Kartoffeln in die Schürze gepackt und warf sie in die Furche, und Balduin scherte die Furche wieder zu, Marianne drehte am Ende der Furche den Gaul herum und führte ihn zurück, und so gingen sie hin und her und hin und her. Am Mittag setzten sie sich aufs Feld, und Balduins Frau brachte ihnen warme Kartoffelsuppe und Wasser und Brot. Da saßen sie zusammen auf der Scholle und haben gelacht wie schon lange nicht mehr. Kartoffelsetzen im Frühjahr war immer das Schönste, und die junge Erde, wenn sie frisch aufgeackert war, roch so gut und glänzte, und Frieda war so fleißig gewesen, da konnte man stolz drauf sein.

– Nachher ist wieder alles für die Frankfurter, sagte Apollonia.

– No ja, sagte Balduin, die können jo froh sein, wenn se ihr nacktes Lebe noch hun.

– Die wollen emmer nur Kartoffeln un Kartoffeln.

– Vielleicht kommt aach der Babba mol wieder, sagte Marianne, mir wisse garnet, wo der ist, im Krieg.

– Ja, mir müsse immer nur off die Feldpost warte.

– Der kemmt schon durch, sagte Apollonia.

– No ja, sagte Balduin. Dud dir das denn garnet ein bisjen leid, dass der jetzt im Krieg ist?? Das is doch dein Mann.

– Ach, sagte Apollonia unwillig. Dem passiert schon nichts, der ist bestimmt nicht an der Front. Der kämpft doch net, der treibt sich bloß rum.

Balduin sah sie zweifelnd an, aber die Dapprechter hatten ja manchmal den siebten Sinn. Das Dapprechter Lieschen hatte jedenfalls immer den siebten Sinn gehabt, und wenn einer der Ihren gefallen war, dann stürzte sie im Feld auf die Knie und schrie ganz jämmerlich, und es war genau die Stunde, in der ihr Bruder oder ihr Sohn oder ihr Vetter gestorben war. Womöglich hatte Apollonia einen Sinn davon bewahrt und machte sich daher keine Sorgen.

– Nach Ostpreußen haben sie ihn geschickt.

– Ja und dann … nach …

– Flandern, sagte Marianne. Hat der Fredo gesagt, hat ein Kriegskamerad gesagt.

– Ja, man kennt sich nicht aus in der Weltgeschichte.

– Hauptsache, nicht nach Russland.

Da lauschte Nikolai auf und fragte:

– Wos … was … Russki …?

– Du! Russki! Du … Iwan!!, sagte Balduin. Dou kannst jo nix derfür! Krieg ist Krieg!

Nikolai schien nicht zu verstehen und runzelte die Stirn.

– Dou hast das schön gemacht mit dem Kummet –
dou – guter Russe!!!

Und er hieb Nikolai die Hand auf die Schultern.

– Du auch … Kinder?? So wie … Marianne?

Da schüttelte er den Kopf, und es war nicht sicher, ob er
begriffen hatte, was sie meinten. Balduin schmunzelte:

– Hier Russland immer … Kosaken … Kasatschock …
Wodka …

Da tanzte Nikolai auf dem Kartoffelacker ein wenig
Kasatschock, und Apollonia und Marianna wollten gleich
vom Acker fliegen vor Lachen.

– Balduin, mach du auch mal!

Aber Balduin traute sich nicht, denn Fredo konnte durch
den Kappesgarten gehen und sehen, dass sie den Kriegsgefangenen gut behandelten, und dann gab es wieder Ärger,
und jeder war es leid, Ärger zu haben mit der Partei. Trotzdem klopfte Balduin Nikolai auf die Schulter.

– In Deutschland wird gejodelt, in Bayern, da jodeln die.
Hollerdijolleriahö!

Auf jedem Feld ringsumher wurde geackert und gegraben
und Kartoffeln gesetzt, und die Leute sagten, na, ihr habt gut
lachen. Bei euch ist ja noch nichts passiert, und die, die ihre
Toten in Stalingrad hatten, schimpften, was lacht ihr mit dem
Russen, der hat unsere Männer umgebracht, aber Balduin
sagte, was kann der denn dafür, meint ihr, der ist freiwillig da?

– Das nicht.

– Der ist ja verschleppt worden, nur mit Gewalt haben
die den doch hergeschafft, nicht, weil der aus Spaß
und Dollerei uns die Kartoffeln setzt, meinst du, der
hat daheim kein Land zum Bestellen?

– Pass bloß auf, sagten die Leute, dem kannst du nicht
trauen, das ist doch nur ein Russe. Wenn du zu freund-

lich bist zu ihm, schießt er dich ins Kreuz, in Wennerode hat ein Pole den Bauern umgebracht, pass bloß auf, du.

— Ach, sagte Balduin unsicher. Das ist doch der Nikolai.

— Jaja, der Nikolai. Heute ist er freundlich und sobald du dich umdrehst, wer weiß …

Man konnte sich doch nicht so in einem Menschen täuschen. Vielleicht hatten sie in Wennerode den Polen schlecht behandelt. Nikolai hatte ein gutes Herz, und Charlotte und Josef versorgten ihn wie einen eigenen Sohn. Wer konnte wissen, ob wirklich alle vom Zimmerplatz wieder zurückkamen, der Konrad, der Dagobert, der Hannes, Ewald und Klemens. Der Atlantikwall ging entlang der Küsten von Frankreich, Dänemark, Belgien, den Niederlanden, Norwegen und den britischen Kanalinseln. Dort irgendwo waren die Zimmerleute verschwunden und sollten die Alliierten angreifen, dann gnade ihnen Gott. Dann waren sie die Ersten, die es erwischte. Aber wer wusste schon, von wo sie angriffen und ob die Amerikaner dabei waren, wer wusste das denn schon?

Man musste den Feindsender hören, aber dann landete man im Zuchthaus, so wie der Kurt Siebert. Den hatten sie ein Jahr lang eingesperrt und schwer verprügelt, und seitdem war er nicht mehr derselbe. Die Schulter hielt er sich und war ein wenig schief, und alle Augenblicke drehte er die rechte Achsel. Der Papagei war tot, und den Fuchs hatten sie freigelassen, und das Eichhörnchen sprang im Wald umher. Kurt Siebert war zurückgekehrt in seine leere Gastwirtschaft mit den hochgestellten Stühlen und den verschlossenen Fensterläden, und sein Kopf war von Läusen zerbissen. Es ging ihm nicht gut, und er musste immer an die Luxemburger denken, die mit ihm eingesperrt gewesen waren. Seit er gehört hatte, dass man sie in die Lehmgruben der Diezer Ziegelei geschleppt und dort erschossen hatte, weil sie nicht für Deutschland hatten kämpfen wollen, da ging es ihm erst recht nicht gut. Er hörte immer noch ihren Gesang, die Luxemburger hatten immer erst recht fröhlich gesungen, und es hieß, sie hatten auch vor der Erschießung laut durch die Diezer Straßen gesungen, bis sie in der Ziegelei angelangt waren, und dann hatten sie für die Deutschen laut gebetet, bis die abgedrückt hatten.

Kurt Siebert hatte genug von der Welt, und er war bedient, und er hatte eine Wut, und die Wut war mörderisch. Von nun an wollte er seine Ruhe und niemanden mehr in seinem Hause haben. Warum hatte er alles so schön gemacht, ein Dach mit Walm und Gauben und siebenerlei Schößen und geschwungenen Fenstern, und die Waldeslust mit Stuck verziert?

Er hatte genug gehört in all den Jahren. Er war nun zu alt mit über fünfzig, als dass er noch an die Front gemusst hätte, aber leben musste man ja. Kurt Siebert dachte nach und ging mit seiner Frau in den Kuhstall und versorgte das Vieh, wenn ihn die Schulter nicht so sehr schmerzte.

— Die Wirtschaft ist doch so schön eingerichtet, sagte sein Lenchen. Und gesoffen wird immer. Mach sie doch wieder auf ... da verdienen wir noch ein wenig.

— Ich will niemanden mehr bedienen, sagte Kurt. — Ich habe genug.

— Von der Partei kommt sicher niemand mehr ... die gehen jetzt ins Kasino oder auf den Mäusestein von Wällershofen ... die feiern jetzt woanders.

— Sie feiern jetzt woanders ... was feiern sie denn?, fragte Kurt.

Dann drehte er sich wieder um und verließ den Schankraum und machte die Fensterläden nicht auf. Er sei noch nicht wieder recht beisammen, sagte sein Lenchen. Er müsse sich erst wieder sortieren. Vielleicht, wenn der Krieg aus ist. Es stehe ihm jetzt nicht der Sinn nach der Wirtschaft. Man müsse auch sehen, ob man überhaupt noch was zum Ausschenken habe, und der Zapfhahn sei nicht in der Reihe, und die Bierleitung müsse gelüftet werden, und ein Bierfass in den Keller geschleppt werden, und wie es da aussieht! Ist ja alles Kraut und Rüben, man muss sich erst mal wieder den Verstand in die Reihe schaffen, dann kommt alles andere.

Malwine Meier und Feldmeister Schröder gaben sich die Ehre, und es war eine Kriegstrauung, und Malwine hatte abermals das Rot von der Ofenwand heruntergekratzt und sich auf die Backen gemalt. Das Hochzeitskränzchen zierte ihren Kopf, und ein dünner, bestickter Schleier fiel um ihre Schultern, und das Kleid hatte sie sich machen lassen und den Stoff aus Böllsbach holen lassen mit dem Fahrrad. Um den Hals trug sie das Kreuzchen von ihrer Großmutter, und der Feldmeister hatte seine Ausgehuniform an und auf dem Kopf die Mütze mit dem Emblem vom Spaten und Ähre und dem Hakenkreuz. Da konnten alle sehen in Scholmerbach, wie weit sie gekommen war. Malwine Meier hatte den schönen, feschen Feldmeister bekommen von der Wesel an der Rhein-Lippe, und er war aufrecht und groß, und sie würde einziehen in die prächtige Grubenvilla auf dem Haselbacher Feld, wo die Hakenkreuzfahne wehte und sie Sekt trinken konnte und baden in der Emaillewanne am gusseisernen Badeofen! Das hatte aus Scholmerbach noch niemand geschafft! Niemand war je so weit gekommen, dass er in einer herrlichen Badewanne hatte baden dürfen! Natürlich war es ärgerlich, dass sie den Schröder in einer so schlechten Zeit erobert hatte. 1944, da war wirklich der Spaß vorbei, und keiner war in Stimmung. Eine Kriegstrauung, es gab nur Krümelkuchen, und keiner wollte kommen, das war so ärgerlich. Ja, man durfte noch nicht mal Freude zeigen, sonst sagten die Leute, sieh mal, die Malwine, jetzt zieht sie in die Villa, und alle waren neidisch! Man kriegte ja auch kaum einen Pfarrer, der eine saß dauernd im KZ, das war wirklich zu dumm, und der andere rannte bei den Bombenopfern herum. Schließlich hatten sie es doch geschafft, und an einem Sonntag im schönen Mai wurde Malwine Meier die Frau Feldmeister Schröder im Angesicht Gottes, und ganz Scholmerbach sah, wie sie aus der Kirche kamen, ohne Glocken natürlich, aber Malwine in einem schönen, schmalen Kleid, einem so schönen, hellen Kleid, dass sie es später zur Vereidigung anziehen konnte, wenn die neuen Soldaten an die Front geschickt wurden.

Im Kasino vom Reichsarbeitsdienst wurde kräftig gefeiert, wie es sich gehörte. Schröder war ja immerhin der Feldmeister, und Malwine bestand auf einem ordentlichen Fest mit wenigstens etwas Rinderbrühe und ein wenig Hähnchenfleisch mit Kartoffeln und Kompott und hinterher ein wenig Pudding und Rüttgers Club. Schließlich wollte man ja mal ein Leben führen, deshalb waren sie doch in die Partei gegangen: um einmal ein Leben zu führen, und zwar richtig, und nicht immer nur Erbsensuppe und Krümelkuchen.

Das Leben wartete auf Malwine, und die emaillierte Badewanne mit dem gusseisernen Badeofen in der herrlichen Villa war die Krönung all dessen, was sie sich jemals vorgestellt hatte in ihrem Leben. Nun endlich sollte es so weit sein.

Strahlend schritt Malwine zum Altar, wunderbar stellte sie sich vor, was nun kommen sollte. Wenn nur all ihre Brüder und ihre Onkel hätten herbeieilen können, ja die ganze Anverwandtschaft von nah und fern! Aber so konnten sie nur mit den Nächsten feiern, der Mutter, dem Vater, den Schwestern und den jungen Männern vom Reichsarbeitsdienst, und weil es so wenige waren, lud Malwine noch den einen oder anderen Soldaten ein, der ihr gut gefiel. Das Kasino war schön geschmückt mit seinen karierten Decken, und Malwine war kein Kind von Traurigkeit, und Kunigunde und Theodora sollten auch kommen und es sich gutgehen lassen!

Ein Schnaps und noch ein Schnaps, Feldmeister Schröder, Frau Feldmeister, Prost, Prost, wir wollen das Brautpaar hochleben lassen, hoch, hoch, hoch! Und wir wollen tanzen!

Da warfen sie im Kasino den Riemen auf die Orgel, und Marika Rökk sang: »Für eine Nacht voller Seligkeit, da geb ich alles hin ...«

Und sie tanzten auf dem Haselbacher Feld und vergaßen mal all die schlechten Nachrichten ringsumher und erinnerten sich wieder, wie schön es doch ist auf der Welt, und dann rief der Obertruppführer Vogler, dass es noch ganz viele Flaschen Rüttgers Club gebe, und alle sangen: »Das kann doch einen Seemann nicht erschüttern« und »In der Nacht ist der Mensch nicht gern alleine«. Kunigunde und Theodora hatten nicht behalten können, welche Lieder von den Juden waren, und sangen »Ein Freund, ein guter Freund« und »Mein kleiner grüner Kaktus« und »Maier am Himalaya« und »Was kann der Sigismund dafür, dass er so schön ist!«. Irgendwann gaben Vogler und Mörser auf und sangen mit.

— Hauptsache, sagte Malwine, wir hören heute Abend

mal nicht das »Westerwaldlied«. Das hören wir doch den ganzen Tag. Oh du schöhöner Wehehesterwald! Tausendmal trampeln die da an einem vorbei.

— Naja, da marschieren die gut, so lernen die das am besten, die Jungen, sagte Schröder.

— Kommt mir zu den Ohren raus.

— Naja, vielleicht, sagte Schröder, ist ja irgendwann mal ausgetrampelt.

— Schröder, was quatschst du da?!, schrie Vogler. Der Endsieg ist nah!!!

— Ja, sagte Schröder … das meine ich ja.

— Oooooh, du schöhöhöner Wehehesterwald, sang Malwine.

— Über deinen Höhen pfeift der Wind … pfft … so kalt, trällterte Kunigunde.

— Jedoch der kloinste Sooonenschaain … dringt tüüüf … ins Höörz … hinein …

— Eija … sagte Vogler. Zackig.

— Wir wissen es jetzt, sagte Kunigunde, ihr müsst das nicht immerzu singen. Ihr könnt auch mal was anderes singen, wenn ihr da rumtrampelt, wir sind schon ganz taub.

— Singt doch mal »Oh du schöner Odenwald«, sagte Theodora.

— Wir haben gar nicht mehr genug Leute zum Trampeln, sagte Schröder bedrückt, ich weiß gar nicht, wo ich so viele junge Leute für den Arbeitsdienst rekrutieren soll. Wenn ich die Sechzehnjährigen für den Wehrdienst vorbereite, dann weiß ich doch, wo die hingehen. Und immer wieder kommt der kleine Egon und fragt, ob er Soldat werden kann. Der will unbedingt, und er ist fünfzehn.

– Ein Vorbild, rief Vogler. Das lob ich mir! Unsere Jugend!!

– Ach Armin!, rief Malwine. Jetzt ziehst du wieder so ein Gesicht! Du hast mir versprochen, dass wir heute lustig sind!

Dann tanzten sie alle auf »Dackel Waldemar«, und Feldmeister Schröder gab sich die größte Mühe, ein fröhliches Gesicht zu machen. Er sagte:

– Verzeih, Malwine, ich habe so großes Glück, dass ich dich getroffen habe – du bist ja immer so voller Leben und kannst dich so freuen und stürzt dich ins Getümmel ... und tanzt und machst ... die blanke Lebenslust ... ich hoffe, dass ich dir nichts verderbe ...

– Hä?, sagte Malwine. Ich denke mal, ich habe doch jetzt das große Los gezogen! Ich bin Frau Feldmeister! Wir wohnen in der Villa! Was gibt es denn da groß zu verderben!! Wir machen es uns erst mal schön gemütlich, und wenn der Krieg gewonnen ist, dann sieht alles anders aus! Natürlich, jetzt gerade muss man die Zähne zusammenbeißen, es gibt ein Gejammer, den ein oder anderen trifft es, aber Hauptsache, wir kommen durch, nicht wahr? Man darf den Kopf nicht hängen lassen, Prösterchen, mein Süßer!!

Dann drehte sie sich zu Kunigunde und meinte, manchmal müsse sie ihm auch ein wenig gut zureden, da er schon in der Bredouille stecke. Immer der Nachschub für die Front und so, er nimmt sich das so zu Herzen ... aber dafür sei man als Frau ja da: dem Mann den Rücken zu stärken und ihn aufzumuntern, und das könne sie, Malwine, wie keine andere. Und jetzt Schluss mit dem Trübsal blasen!

Noch lange brannte Licht im Kasino vom Reicharbeitsdienst auf dem Haselbacher Feld, und in der Grubenvilla gingen erst um vier Uhr die Lichter an, aber nur schwach, und dann endlich sollte sich bewahrheiten, was Malwine schon so oft gesungen hatte: Für eine Nacht voller Seligkeit, da gab sie alles hin.

Und am Morgen wartete auf sie die Emaillewanne am gusseisernen Badeofen mit vier Füßen und einer geschmiedeten Ofenklappe.

Meine Großmutter Apollonia hatte Schmand gesammelt und in der Kirn gestampft, um Butter zu machen, bis ihr der Arm lahm war. Und sie dachte an ihre Schwester Hanna in Langdehrenbach, die schon ein Butterfass hatte mit einer Kurbel und einem Kreuz daran, womit alles schneller ging. Aber Apollonia musste stampfen. Die Magermilch, die übrig blieb, bekam das Vieh, und aus dem Sud machte sie noch Stinkkäse. Sie rollte ihn zu schönen Kugeln und setzte diese zum Trocknen auf ein Brett und danach in den blauen Steintopf aus dem Kannebäcker Land, bis sie faul waren und stanken.

Meine Großmutter Apollonia hatte den faulen Käse immer für Klemens gemacht, und Klemens hatte ihn am liebsten, wenn er durch und durch faul war, dann aß er ihn mit Zwiebeln und Butter auf frischem Brot aus dem Backhaus, das war sein Leibgericht. Jetzt stank der Käse die ganze Kammer voll, und sie konnte ihn nur den Ruhrpottwitwen geben oder den Kölnern. Irgendeiner musste ihn nehmen. Von Klemens gab es noch keine Nachrichten, nur eine Postkarte aus Metz. Bei Metz musste er zerstörte Brücken wiederaufbauen und den Unterbau von zerstörten Straßen reparieren und Brückenpfeiler und Luftschutzkeller machen, beim Pionier-Brückenbau-Ersatz-Bataillon. In einer Art Rührung formte meine Großmutter einen besonders schönen Käse aus dem Magermilchsud und setzte ihn auf das Käsebrett und dachte dabei an meinen Großvater Klemens, und sie war wieder in Frankreich und wie es ihnen doch gutgegangen war, als sie an den Lavendelfeldern vorbeigefahren waren und an der Garonne gelebt hatten und bei Bordeaux und in Marseille. Wie glücklich waren sie da gewesen. Wie mochte es Klemens jetzt ergehen? Im Krieg, da gab es keinen Schnaps, und da, wo es ihn hin verschlagen hatte, mochte es um Leben und Tod gehen. Vielleicht brachte es ihn doch zur Besinnung, und wenn er wiederkam, war er womöglich der letzte Mann von Scholmerbach?

Vielleicht durfte sie sich nicht immerzu beschweren, und wenn Klemens da war, gab es wenigstens ab und zu etwas zu lachen, und Klemens konnte doch den Kühen mal gegen den Kopf gehen und auf dem Feld die Garben binden und bei der Heuernte die schweren Fuder auf den Wagen werfen und den Wissbaum auf das Heu tun. Wenn er auch gerne einen trank, so war er doch ein Mannskerl, zwar keiner, der sich ordentlich benahm, aber doch einer, der einem Respekt verschaffen konnte, wo so viel fremdes Volk durch die Dörfer zog und so viele Hungerleider. Jetzt waren ja nur Weiber im Haus.

Vielleicht, wenn Klemens wiederkam, sollte sie ihm eine bessere Frau sein. Hanna und Klarissa hatten immer gesagt, sie solle nicht so ein stures Gesicht machen. Der Klemens sei gesellig und habe gerne Leute um sich, und da müsse man auch mal mittun, und kein Mann kommt gern nach Hause zu so einer finsteren Miene, da wird ja die Milch sauer. Sie hat schließlich vorher gewusst, dass Klemens ein lustiger Kerl ist und dass bei den Zimmerleuten viel gelacht wird, damit muss sie jetzt leben, und wenn sie es ihm ein wenig freundlicher und gemütlicher macht, dann wird er nicht immer woanders suchen, was er daheim nicht hat. So haben es ihre Schwestern gesagt, und vielleicht war da was dran. Es ging ihr jetzt andauernd durch den Kopf, sie hatte ja genug Zeit, darüber nachzudenken, und der Käse hatte lange, lange Zeit zum Faulwerden und so zu stinken, dass jeder umfiel, der in die Kammer ging.

Meine Mutter Marianne hatte lange Zeit nur ein Paar Schuhe, und sie musste die Schuhe tragen, bis sie auseinanderfielen und die Nägel einer nach dem anderen verloren gingen, erst dann konnten sie zum Schuster nach Linnen. Herminches Großmutter Berta von gegenüber hatte noch Schusterleisten vom Urgroßvater gefunden und angefangen, ein Paar alte Soldatenstiefel über die Leisten zu ziehen, und betrachtete den klobigen, zertretenen Stiefel von allen Seiten, ob sich noch etwas daraus machen ließe. Die alte Berta hatte als Kind ihrem Großvater bei seinem Handwerk immer zugesehen, und so suchte sie sich den Schusterhammer, den Klopfstein und die Ahle und überlegte, wie sie mit der Zange und dem Kneipmesser so schneiden könnte, dass das Leder für einen neuen Schuh reichte. Nach einer Weile sah man sie, die Nägel in den Mund geklemmt, klopfen und leimen, und so hat sie Herminchen aus dem alten steifen Stiefel vom verstorbenen Uronkel ein ordentliches Schuhwerk zusammengehauen. Kaum aber hatte sich herumgesprochen, dass Berta Schuhe flicken und aus einem alten Stiefel einen neuen Schuh machen konnte, schon fand der ein oder andere Scholmerbacher einen alten Stiefel aus dem Ersten Weltkrieg, und die Ruhrpottwitwen fanden ganz viele Soldatenstiefel, beim Reichsarbeitsdienst, die lagen da herum und gehörten keinem. Sie rafften sie zusammen, der Herrgott wird schon ein Auge zudrücken. In der Not ist sich jeder selbst der Nächste, Not kennt kein Gebot.

Der alten Berta aber war es zu viel, dass alle Leute ihre alten Soldatenstiefel von Verdun und von der Somme und vom Arbeitsdienst und gottweißwoher herbeischleppten. Sie war ja beinahe siebzig Jahre alt und sah nicht mehr gut, und es war schwere Arbeit, mit der Ahle die Löcher ins Leder zu stechen. Da mussten alle mithelfen, die ganze Familie, aber es wollte ja keiner bezahlen, es hatte ja keiner was, kein Geld und kein gar nichts, und auf einmal sagte die alte Berta: Leckt mich doch in die Tesch.

Also hatte meine Mutter Marianne immer noch keine Schuhe, bis sie einen Bezugsschein bekam und ein Paar Leinenschuhe kaufen durfte in Wällershofen. Das Geschäft vom Schajs Simon war leer, und das Geschäft vom Sattler Fuld war leer, und das Geschäft von Zigarrenhändler Strauss und das feine Wäschegeschäft Thalheimer waren leer, und das Haus der Doktoren Ullmann war auch leer, und das Haus vom Lehrer Silbermann ebenso, und die Häuser von den ärmeren Fellhändlern auch. Man hat nie mehr was von ihnen gehört, aber Onkel Balduin hat später erzählt, dass er gesehen hat, wie sie die Juden zum Bahnhof getrieben haben, wie lauter Verbrecher. Das weiß er bis heute.

Das Haus der jüdischen Familie Thalheimer stand noch immer in Wällershofen, es hatte nur andere Besitzer. Aber man konnte dort Wäsche kaufen, wie vor fünfunddreißig

Jahren, und so kauften wir ein geblümtes und ein apriko-
senfarbenes und ein rosé gestreiftes Nachthemd mit Volant
am Hals für meine Großmutter Apollonia, und außerdem
zwei neue Kissen- und Bettbezüge und vier Laken zum
Wechseln. Wenn nun die Gemeindeschwester so oft kam,
dann sollte Oma doch nach was aussehen, und wir mussten
genug Bettzeug haben, und alles sollte ordentlich gerichtet
sein, und wenn Apollonia geschwitzt war, konnte man sie
öfter mal umstrippen. Jetzt kamen viele Leute und wollten
Apollonia sehen, als wüssten sie, dass nun bald ihre letzte
Stunde gekommen war. Dabei konnte Apollonia doch
Leute auf den Tod nicht ausstehen, aber was wollte man
machen? Wir konnten sie ja nicht alle rauswerfen. Also kamen einige Zimmerleute und die Schwestern und alle
Nachbarn, und sie benahmen sich ordentlich. Sie wollten
nur noch ein wenig bei ihr sitzen und sagen, no, Lona, wie
is dir dann?

Auch Apollonia benahm sich ordentlich, und es war, als
hätte sie auf einmal gar nichts dagegen, dass Leute kamen,
und als wäre sie ein ganz normaler Mensch, der sich mit
jedem unterhalten konnte, und sie sagte Worte wie:

    – Ach noja, was will man machen, mer kann es jo net
    ändern …

Oder sie sagte: – Och, heut is es doch schön, was macht
denn euer Liesel, wie geht et dem Lenchen … hadd dann
der Alfons datt Vieh noch? Der hadd doch immer den
schwere Ochs …

Oder sie schnarchte einfach vor sich hin, und die Leute
saßen um sie herum und unterhielten sich über ganz etwas
anderes, über die Äpfel, die sie gekauft hatten und die hinterher ganz faul gewesen waren, und über die versoffene
Marlene und über die Vögel, die die Kirschen fortfraßen,

und über die Zeitung von vorgestern. Ich dachte mir, das ist alles ganz richtig, so wie es ist. Der Dr. Samstag kam jeden Tag und gab ihr eine Spritze, und die Spritze hat auch nichts mehr verschlimmern können und zeigte keinerlei Ausrichtung, ich habe vergessen, was sie bewirkte.

Wenn ich alleine mit ihr war, las ich ihr die »Neue Post« vor oder die »Sieben Tage« oder das »Neue Blatt«.

– Das Kind von Silvia und König Karl Gustav heißt: Victoria Ingrid Alice Désirée Kronprinzessin von Schweden und Herzogin von *Västergötland*! Die kleine Prinzessin ist schon ganz kräftig und gesund und beschert dem Königspaar einen freudigen Sommer...
oder hier: Die Todesschüsse der Ingrid van Bergen! Nun sitzt sie abgemagert im Frauenknast! Was geschah wirklich in der Todesnacht? Rasend vor Eifersucht wartete die Filmschauspielerin betrunken in der Nacht...
oder hier: Lord Snowdon und Prinzessin Margret – Scheidung!!! Nach den ständigen Alkoholexzessen von Prinzessin Margret wurde Lord Snowdon schon wieder mit seiner Assistentin Lucy in einem Londoner Nachtclub gesehen. Nun ist die Ehe des schillernden Paares endgültig zerrüttet! Das britische Königshaus zeigt sich entsetzt.

Manchmal hörte sie zu und dann auch wieder nicht, und manchmal schien sie gar nicht mehr recht da, als würde sie ihren Verstand nur noch zurechtsammeln für den Besuch. Sie sagte meinen Brüdern, sie sollten sich die Haare kämmen oder sie sollten nicht die Mädchen ärgern, und dann nannte sie meinen ältesten Bruder Berthold, und Berthold soll mal die Tür zumachen und sie kommt gleich, es ist ja schönes Wetter.

Mein Bruder meinte, er heiße doch nicht Berthold,

einen Berthold gäbe es hier nicht, er kennt keinen Berthold.

> – Ei, der ist doch …, sagte Oma und hörte mitten im
> Satz auf. Im … da ist der doch.

Sie zeigte auf die Wand. Im Schuppen. Der hat doch den
Geißbock … hat der doch.

Dann hörte sie wieder auf.

Meine Großmutter sah nun Dinge, die wir nicht sehen
konnten, einen Berthold, eine Geiß, einen Schuppen, und
sie sprach mit Leuten, deren Namen wir nie gehört hatten,
einem Friederich, einer Traudel, einer Minna, nur einen
Augenblick erschienen sie in der Schlafstube und sagten etwas, und im nächsten Moment waren sie schon wieder gegangen, und meine Großmutter Apollonia konnte sich nicht
mehr erinnern. – Datt Minna … soll das Brot … den Hefe-
ling … da steht er doch … Dann hatte Minna den Sauerteig-
rest geholt und war wieder verschwunden.

Meine Großmutter wusste nicht mehr viel von der
Königin Silvia und der Prinzessin Margaret. Mehr und mehr
schien ihr wieder der Kaiser von Deutschland in Erinnerung
zu kommen, der Kaiser ist ein lieber Mann, er wohnet in
Berlin, und wär es nicht so weit von hier, dann ging ich heut
noch hin.

Die Kaiserfamilie hatte schöne weiße Kleider mit rosé
Bändern und weißen Schuhen und bestickten Sonnenschir-
men, das hatte Apollonia auf einer Pralinenschachtel sich
einst ewig angesehen. Der Kaiser aber trug eine weiße Uniform mit einem roten Band und einen Hut mit einer prächtigen Feder und hatte die Brust voller Orden. Der Kaiser
und die Kaiserin waren zurückgekehrt in die Träume meiner Großmutter. Man wusste nicht recht, meinte sie den
Kaiser oder den Berthold, wenn sie sagte: Was für ein feiner

und guter Mann, in der Uniform, der macht was her ... da kann man sich nur verwundern ... und wie es glitzert und blinkt ...

In ihre früheste Kindheit konnte ich mit ihr nicht zurück, die Erinnerung hat sie mit niemandem mehr geteilt, doch schien es, als winke ihr am Ende noch einmal aus flüchtigen Bildern etwas zu, von einem Brot, das sie gebacken, oder einer Schüssel, die sie einmal abgestellt hatte, von einer Tür, die sie offen gelassen, oder einem Huhn, das sie verscheucht hatte. Kaum sprach sie einen Namen aus, schon war der wieder verflogen. Alles schien sich aufzulösen, im Augenblick, wo sie es dachte. Womöglich war der Eingang des Paradieses für meine Großmutter Apollonia schon erkennbar, ich konnte mir einfach nicht vorstellen, dass der Übergang in eine andere Welt so hart ist, wie wenn man eine Falltür öffnet und ins Schwarze hineinplumpst und wartet, dass ein Engel einen auffängt.

Ich hatte als Kind in einem Wilhelm-Busch-Buch gesehen, wie die Seele aus einem gemalten Körper stieg und der Teufel die arme Seele hatte holen wollen und sich die Seele in der Mistgabel verhakt hatte. Natürlich würde meine Großmutter Apollonia nicht vom Teufel geholt werden, denn schlimmer als auf der Welt konnte es für sie nicht mehr kommen, aber ich konnte mir schon vorstellen, dass die Seele dem Körper so ähnlich entweichen würde wie in dem Buch. Außerdem glaubte ich, dass Apollonia nicht erst dann in das Himmelreich entsteigen würde, wenn ihr Herz aufgehört hatte zu schlagen. Nein, ich glaubte, dass der Himmel sie nicht erschrecken wollte und daher Berthold, Minna und

Fridolin und wie sie alle hießen, Apollonia besuchten. Sie gingen bei uns schon ein und aus, wir konnten sie bloß nicht sehen. Womöglich war der Kaiser Wilhelm selber bei uns im Schlafzimmer und hielt einen Staatsempfang. Ein altes Huhn war gekommen und ein Ziegenbock, vielleicht war niemand verloren, und auch kein Brot, das sie gebacken hatte, und keine Suppe, die sie gerührt hatte. Alles war aufgehoben in einem großen himmlischen Reich. Ich glaubte das zu wissen, denn ich war sechzehn, und mit sechzehn glaubte ich alles zu wissen, wenn ich bei meiner Großmutter saß, und alles war gut, so wie es war.

Da ich mit sechzehn alles wusste, war mir auch klar, was ich zu tun hatte mit meiner großen Liebe James Larry David Logan. Ich würde ihn aufspüren müssen im Manöver und Lydia Kosslowski an den Haaren aus der Feldküche schleifen und quer über den Rübenacker zerren und sie als Russin verkleidet den Amerikanern in einen Graben werfen.

Obwohl ... Dann wäre sie ja schon wieder bei den Amerikanern. Konnte man Lydia überhaupt nicht loswerden? Oder sollte ich mir den ganzen Jim mal bei Tageslicht betrachten? Kennst-du-einen-kennst-du-alle?? Wäre es nicht am besten, ich schnappte mir meine Freundinnen und spionierte die Soldaten aus und sah, was sie dort trieben?

Wir hatten keine Angst vor Soldaten im Manöver. Im Westerwald waren sie schon immer, und die Kinder krabbelten auf die Panzer und aßen ihre Schokolade. Es hieß, die Amis seien diesmal irgendwo hinter Wennerode am Heyerberger Weiher, übten die Verteidigung der westlichen Mächte zu Wasser und zu Lande und wälzten sich durch nasse Gräser, dunkle Walderde und struppiges Gebüsch.

Bestimmt musste der Heyerberg von Soldaten ordentlich durchpflügt werden, damit die Erde im nächsten Jahr wieder Buschwindröschen und Weißbüsche und Wildkirschen und Haselwurz hervorbringen konnte. Brombeeren und Waldengelwurz und Dornschlehen wucherten überall, und durch eine dieser Dornenhecken wollte ich Lydia Kosslowski schleifen.

Ich brauchte nur meine Freundinnen, und wir mussten warten, bis die Armee ausgerückt und die Feldküche verwaist war. Am Manöver dürften gar keine Zivilisten teilnehmen, hatte irgendeiner bei Jonnies gesagt. Lydia wäre nur dabei, wenn sie Nachschub hinbringen musste, aber das Herumlungern dort musste ich ihr abgewöhnen, ein für allemal. Diesmal ließ ich mich nicht einschüchtern und auch nicht verblüffen mit irgendwelchen Neuigkeiten über Jim.

Denn egal, was sie mir über Jim verraten würde, ich nahm schon mal das Schlechteste an. Dass er womöglich ein abgelecktes Butterstück war und ein Lecker-lecker-schmeckt-gut und ein Trau-schau-wem und er verspricht dir Köln und Koblenz. Wenn das so war, dann konnte er was erleben, wenn ich hereingefallen war auf ihn wie das dümmste Dorfmädchen und das Herz um meinen Hals nichts als Lug und Trug war, dann würde er das bereuen, dann wollte ich ihm schwören, dass er es bereute, so tief bereute, und dann wollte ich ihm mit allen Mädchen aus dem Dorf Angst machen, auch wenn er Gewehre trug und Panzerfäuste.

Aber als Bea, Stefanie, Brigitt und ich auf den Fahrrädern zum Heyerberger Weiher kamen, war das Lager wie ausgestorben. In den Bäumen hingen einige Tarnnetze, wir sahen einen Panzer ohne Soldaten und ein Natoschild mit irgendwelchen römischen Ziffern, wir sahen Stiefelspuren im Wald und am Weiher entlang, einige Leute lagen auf Decken auf den Wiesen, und eine Ente watschelte querfeldein. Am Ufer gegenüber schwammen einige Kinder, und über den blauen Himmel segelte langsam ein Bussard. Bea und Stefanie wollten lieber eine Runde schwimmen gehen, und Brigitt hatte eine »Bravo« mitgenommen und wollte die Foto-Love-Story des Monats lesen.

Ich aber war unruhig und wollte sehen, wo die Soldaten waren und ob nicht doch meine Rivalin irgendwo herumlungerte, und wo die vermaledeite Feldküche war, und so ging ich schon mal auf Spurensuche.

– Lass dich nicht umballern, sagte Brigitt. Du bist doch ein böser Feind!

Aber ich ging einfach drauflos, wir hatten keinen Respekt vor den Besatzern, noch nie. Irgendwo in diesem Wald musste doch was sein, eine Hütte, ein Zelt, eine Plane, eine Fahne, ein Laut.

Ich ging durch Waldmeister und durch Schlüsselblumen und durch Laub vom vergangenen Jahr, es raschelte und knisterte, und der Kuckuck schrie, und die Meisen sangen, und Fliegen surrten an mir vorbei. Ich folgte den Trampelpfaden der Soldatenstiefel und den tiefen Spurrillen von Jeeps und Panzern zwischen Buchen und Fichten hindurch, bis ich endlich einen Unterstand fand, in dem ein Leinensack lag und ein paar Zeltstangen und ein Schlauch. Hier mussten sie gewesen sein. Vielleicht war das Manöver vorbei und sie waren längst weitergezogen? Aber da hörte ich in der Ferne Stimmen, und denen folgte ich immer tiefer in den Wald. Tatsächlich hörte ich hinter einem Baum das amerikanische Kauderwelsch unserer Befreier, und sie sagten:

– The Lions were fucking good, but they played the

second match ... und dann der andere mit ... New York Giants ... und der trainee .... und der Football und die Yankees ..., und mehr brauchte ich nicht zu wissen. Hier waren keine Belgier, keine Franzosen. Hoffentlich konnte ich irgendwie an die Feldküche herankommen und vielleicht auch an Jim. Ich wusste nicht genau, was ich tun würde, außer etwas heraus- finden und mich nicht länger belügen lassen und viel- leicht Lydia einfach mal so verdreschen.

— Liddi!!, hörte ich einen Schrei. Mit schlafwandleri- scher Sicherheit, mit dem Instinkt meiner Dapprech- ter Urgroß-Andergeschwister Tante Lieschen war ich dem Ruf des Waldes gefolgt und hatte das Luder in den schattigen Blätterhöhlen gefunden, wo Fuchs und Reh sich gute Nacht sagen. Liddi, jetzt hatte ich sie!! Nun hätte ich meine Freundinnen gebraucht, die jetzt die »Bravo« lesen mussten und nicht da waren. Wer schrie da »Liddi«?

Als ich um den Baum herumlugte, sah ich einen bläu- lichen Stoff flackern, der passte nicht zur Army-Beklei- dungsvorschrift. Das war eindeutig eines von jenen losen Verlockungsfähnchen, mit denen willenlose und willfährige Menschen männlicher Natur in den Bann gezogen werden sollten. Und dort erklang der Ruf: Liddi.

Ich war mir nie ganz sicher, ob ich das, was jetzt geschah, nur geträumt hatte oder ob es Wirklichkeit gewesen ist ..., aber ich glaubte, Lydia Kosslowski zu sehen, die sich von einem Baum löste und Jim entgegeneilte. Mein Jim, der mir die Liebe geschworen hatte, lief wie in einem alten Film, kaum dass er von einem Bein auf das andere kam, auf die violett und blau und lila beperlte Lydia zu und warf ihr jauchzend etwas zu, und sie fing es auf und jauchzte auch ...

dann kam er ihr näher und sang ... sang er wirklich, sang sie? Ich erinnere mich nicht genau, doch er erreichte sie in seltsamen Sprüngen, und ich spürte auf einmal die Hand von Bea auf meiner Schulter und den tippenden Finger von Stefanie und sah Brigitts Nase neben mir auftauchen. Und gerade, als Lydia Jim um den Hals fallen wollte für eine leidenschaftliche Umarmung, stürmten Stefanie und Brigitt und Bea vor und stürzten sich auf Jim und Lydia, um sie so zu verkloppen und auseinanderzuhauen, dass ihnen Köln und Koblenz für immer verging, und sie schrien:

– Betrüger! Lügner! Und – Lydia! Du gemeines Miststück!! Der geht mit Marie!

Und Jim schrie immer: – C'm on!! und – Hey!! – und – You crazy?? What the fuck ...

Und Lydia: – Seid ihr bescheuert? Ich hab doch nur ...

Die Armee-Einheiten glaubten, es werde ein Angriff auf das Lager simuliert, und die Belgier und Franzosen kehrten zurück, und von fern hörten wir die Amerikaner im Laufschritt singen:

– They say, that in the Army the coffee's mighty fine, It looks like muddy water and tastes like turpentine ... Oh Lord, I want to go, but they won't let me go. Hoo-ooomme! Hey! ... They say, that in the Army the shoes are mighty fine, you ask for size eleven – but they give you size nine ... They say that in the Army the beds are mighty fine, but how the hell should I know, I've never slept in mine ... Oh Lord, I want to go ...

Da sah ich auf dem Boden das Päckchen liegen, das Jim Lydia zugeworfen hatte und das sie auffing, bevor beide sich umarmen wollten. Darauf war ein Herz gemalt und da stand:

- From the middle of nowhere … in the Western-
  woods – this is in what I dreamed of you last night …
  for my sweet Marie …
- Der wollte mir doch nur ein Päckchen für dich mitge-
  ben, du blöde Kuh!, rief Lydia.
- Ach so …
- Aber wieso muss er dich dann abknutschen?, fragte
  Bea.
- Ach, doch nur mal gedrückt …
- Schwöre!!!
- Wir sind Kumpels!!
- Why you not ask me? Marree, wenn du mir nicht
  glaubst?, fragte Jim.
- Immer du und Lydia, sagte ich schwach. Ihr habt doch
  so was wie … Seelenverwandtschaft, und wahrschein-
  lich auch … was weiß ich, … weil du auf mich …,
  flüsterte ich …, so lang hast warten müssen. Da kommt
  man halt bei Lydia schneller ans Ziel.

Da musste Jim husten. Er sah Lydia an. Sie sah ihn an. Sie
sahen sich einen Augenblick zu lange an, bevor sie beide den
Kopf schüttelten. Ich tat so, als hätte ich den Augenblick nicht
bemerkt, aber er brannte in meiner Seele. Ich hielt das Päckchen fest, und Lydia machte sich eine Zigarette an und sagte:

- Mach nicht so'n Aufstand. Was soll ich mit deinem
  Jim? Ich kann den Sergeant haben, wenn ich will.
- Naja, sagte ich. Immer, wenn du hast, was du willst,
  gehst du woandershin, ist doch so, oder?

Verblüfft starrte Lydia mich an und tippte mich mit ihrem
lila Fingernagel an.

- Hör mal, du dumme Gans, dein Jim ist nur dein armes
  Opfer, der von dir wild gemacht wird, einen ganzen
  Sommer lang, und dann hat der Überdruck und weiß

nicht aus noch ein, und du stellst dich hin und sagst, ach ich liebe ihn doch und bin so unschuldig, ich arme Betschwester! Ihr macht alle die Jungens bekloppt, aber ihr wollt nicht geradestehen für das, was ihr anrichtet! Man muss die auch verstehen!

— Ist das eine blöde Kuh, sagte Stefanie.

Jim blickte ratlos hin und her und her und hin und wollte unbedingt eine weitere Schlägerei verhindern, und ich biss mir auf die Lippen und fand alles, was ich vermutet hatte, bestätigt.

— Hey girls, sagte Jim, hey girls – come on!

Und ich sagte:

— Du billiges Flittchen.

Und Bea sagte:

— Musste es denn der Jim sein? Das tut ihr doch weh!

Und Lydia sagte:

— Die törichte Jungfer Marie … das tut einem Mann auch weh, wenn man ihn immer am ausgestreckten Arm …

— Ein wenig verstehe ich das, sagte Brigitt. Manchmal muss ein Mann tun, was er tun muss, sonst bricht dem einer ab, sonst platzt dem da was.

— Was?, schrie ich. Hältst du auch noch zu ihr!!?

— Na, vielleicht hat sie sich geopfert!!

— Eben, sagte Lydia. … Mann, ich weiß gar nicht, was ich hier soll, ich könnte an der Costa Brava sein, stattdessen trage ich Kohlköpfe in den Wald.

Ich wusste nicht, wo ich hinsehen sollte, zu Lydia oder zu Jim oder zu meinen Freundinnen, und wem ich zuerst eine reindonnern sollte und ob ich nicht umgeben war von Lügnern und Betrügern und Verrätern. Ich wollte sie alle umbringen mit Dornen und Brennnesseln und den Ästen, die

hier herumlagen, aber da kamen auf einmal die Jeeps ange-
rollt mit so vielen Soldaten, als sei wieder ein Weltkrieg aus-
gebrochen. Jim küsste mich und sprang auf einen Jeep und
schrie: »Bye, Sweety« und »Love you«. Bea, Stefanie, Brigitt
und mir war unheimlich geworden, und ich presste das Päckchen mit Jims Army-T-Shirt, in dem er geschlafen und an
mich gedacht hatte, an mich und wollte es ihm hinterher-
werfen und behielt es dann doch, als meine Freundinnen
mich packten und von ihm wegzogen, während die Panzer
auf uns zurollten.

Es war im Jahre 1944, als die deutschen Panzer in Richtung
französische Küste rollten, um den Atlantikwall zu verstär-
ken gegen einen Angriff der Alliierten. Die Moselbrücken
waren repariert, und die Straßen waren befestigt, und der
Krieg konnte weitergehen, mit Hilfe meines Großvaters
Klemens, der noch immer im Pionier-Brückenbau-Ersatz-
Bataillon arbeitete, und mit Hilfe meiner Großonkel Konrad, Dagobert, Hannes und Ewald, die den Westwall gebaut
hatten, und mit Todt und dann mit Rommel an die Küste
zogen und den Atlantikwall verstärkten.

Doch am 6. Juni 1944 landeten die alliierten Truppen in
der Normandie und machten in kurzer Zeit die Arbeit meiner Verwandtschaft zunichte, und schon im August waren
alle Brücken von Metz über die Mosel gesprengt.

Nun sollte es für die Soldaten des Großdeutschen Rei-
ches anders kommen, als es unser herrlicher Führer Adolf
in seinen kühnen Plänen für ein glorreiches Deutschland
vorausgesagt hatte, und statt dass die Welt bewundernd auf
uns schaute und unseren Ruf erhörte und unseren Glanz

erblickte und der Erlösung folgte, schlug die Welt zurück in ihrem grenzenlosen Unverstand und verdarb sich das eigene Glück, das unser großartiger Adolf für sie vorgesehen hatte, und zerstörte die Rettung in einer mächtigen Invasion und einer feindlichen Niedertracht, die unser großer Adolf nicht verdient hatte und unsere siegreichen Truppen nach langem Ringen und schweren Kämpfen schließlich zum Rückzug bewegten.

Meinen Großvater konnten sie allerdings beim Rückzug nicht mitnehmen, denn den hatten die Amerikaner bei der Schlacht um Metz gefangen genommen und im September 1944 auf einen Lastwagen gesetzt und zum Hafen gefahren, und dann ging es ab mit dem Schiff in die Vereinigten Staaten von Amerika.

Amerika war das doch. Der war doch ... in Amerika. Von den Amerikanern gefangen genommen. In ... wahrscheinlich Frankreich. Oder in Afrika. Oder ... der war doch im Volkssturm. Und dann haben ihn die Amis geschnappt, irgendwo. Genau weiß es keiner mehr.

Es steht aber geschrieben in Berlin, und so war meine Mutter Marianne die Einzige, die recht hatte und wusste: Es war Frankreich gewesen, denn Bernhard von der Tankstelle hatte gesagt, er war in Afrika, und Onkel Kunibert sagte, der Klemens, der war doch Volkssturm, der war doch hier im Westerwald, um die Dörfer zu verteidigen. Als ob die Amerikaner meinen Großvater in der Schlacht um Hellersberg oder Linnen festgenommen hätten und es sich gelohnt hätte, ihn vom gefährlichen Ellingen nach New York zu schaffen. Aber alle wussten: In Gefangenschaft war der, und das hat dem auch noch gefallen. So sagten sie. Klemens hat es so gut gefallen in der Gefangenschaft, dass er beinahe nicht mehr wiederkommen wollte.

Wahrscheinlich ist er gleich übergelaufen, hat meine Mutter Marianne gesagt. Meine Mutter hatte es sich immer so vorgestellt, dass mein Großvater weit entfernt von jedem bedeutenden Gefecht irgendwo mit dem Gewehr in Frankreich herumgetrödelt ist und vielleicht hinter einem Bauernhof im Gebüsch gesessen hatte, und sobald die Amerikaner aufgetaucht waren, ist er ihnen freudestrahlend entgegengesprungen und übergelaufen mit wehenden Fahnen. Jedenfalls hat er keinesfalls gekämpft. Wieso soll man denn gegen den Ami kämpfen, wo er einen befreit von einem Mörder und Verbrecher und Wahnsinnigen, das fiel meinem Großvater im Traum nicht ein. Jedenfalls war mein Großvater Klemens für den Krieg nicht zu gebrauchen gewesen, aber er war ein großartiger Gefangener.

Das Kriegsschiff brachte ihn in den Hafen von Norfolk, wo es von Kriegsschiffen nur so wimmelte, und dort durfte er duschen und wurde entlaust. Dann aber brachte man ihn nach Boston, und in Boston musste er Kartoffeln auflesen und Kartoffeln auflesen hatte er in Scholmerbach nie gewollt. Der Kappesgarten war nicht dasselbe wie die Kartoffelfelder von Boston, wo er sich den Rücken krumm und buckelig arbeiten musste und sich bücken für all die Amerikaner, die an seiner statt nun in Frankreich und in Deutschland kämpften. Einer musste diese Kartoffeln austun und es waren viele, verdammt viele Kartoffeln in Boston. Sollte mein Großvater sich jemals gedrückt haben vor der Arbeit, so war es damit endgültig Schluss auf den Kartoffelfeldern von Boston, und er musste sich bücken im Angesicht des Feindes, der wütend war, weil die eigenen Männer fehlten und ihren Boden nicht bestellen konnten, und so musste mein Großvater sich noch tiefer bücken über der amerikanischen Erde und so viele Kartoffeln wie

möglich in die Körbe werfen und die Erde von Boston war
schwer.

Danach aber ging es die Küste herunter und zurück nach
Norfolk, und von da an mit dem Zug quer durch Virginia,
Oklahoma und Nebraska, und mein Großvater sah helle
Holzhäuser mit Menschen auf der Veranda, die lasen oder
plauderten, überall rollten glitzernde Autos, die Schilder
trugen englische Namen und all die Menschen, die vielen
Menschen, und manche winkten ihnen sogar zaghaft zu,
das alles gefiel ihm so gut. Sie landeten in einem großen
Gefangenenlager für sechshundert Soldaten, wo schon die
Gefangenen aus dem Rommelfeldzug in Afrika lagen und
die Soldaten aus der Normandie. Das Lager hatte eine Kan-
tine und eine Kirche, ein Theater, eine Schule und eine
Bibliothek, und man bekam sogar einen Tageslohn von
achtzig Cent und konnte sich was kaufen zum Rasieren und
ein Wörterbuch zum Englischlernen. So viel Glück hatte
mein Großvater. Natürlich, er musste Holz schlagen und im
Wald arbeiten und Mais pflücken und Baumwolle ernten
und in der Küche Kartoffeln schälen, aber in Amerika kam
es ihm gar nicht so vor, als ob es Arbeit wäre. Er lernte Englisch, und er hörte Radio, und er las die Kriegsgefangenzei-
tung und interessierte sich dafür, was in Amerika gerade
passierte.

Es ging den Gefangenen so gut, dass die Amerikaner
schimpften und die Lager »Fritz, the Ritz« nannten. Mein
Großvater war dafür überaus dankbar und benahm sich wie
durch ein Wunder tadellos und machte alle Arbeiten freudig
und von ganzem Herzen. Die mit ihm in der Gefangenschaft waren, erkannten ihn nicht wieder. Er war sogar so
guter Stimmung, dass er den ganzen Tag beim Arbeiten
sang, und wenn er das Lager fegte, hörte man das »Heiderös-

lein«, oder »Am Brunnen vor dem Tore« oder das »Ännchen von Thaurau« oder die »Königskinder«.

In der Wäscheausgabe aber saß ein alter Kriegsveteran, der hieß Joe. Er hatte tiefdunkle Haut und einen weißen Bart und sah nicht mehr ganz gut, aber er sortierte noch die Hemden und die Hosen, und wenn ein Gefangener kam, dann gab er ihm frische Unterwäsche und Handtücher und Socken. Joe sang beim Wäschesortieren auch immer vor sich hin und er sang von der Darling Clementine und der Walzing Mathilda und der Oh Suzanna und von Alabama.

So sang also immer auf der einen Seite mein Großvater das Heideröslein und auf der anderen Seite der alte Joe die Clementine, und dann auf einmal drehte Joe den Kopf und hörte verwundert dem Heideröslein zu, und das Heideröslein und Clementine kamen durcheinander, und dann sang er wieder von Alabama und vom Lord und mein Großvater sang das »Großer Gott, wir loben dich«.

Da merkten sie, dass sie einander sympathisch waren und mein Großvater fegte das Lager immer vor dem Fenster mit der Wäscheausgabe und Joe und Klemens sangen einander vor und hatten Spaß. Als sie aber alle Lieder schon gesungen hatten, die sie kannten, fingen sie an, kreuz und quer Weihnachtslieder zu singen, denn es wurde kalt, und es wurde Winter, und es näherte sich Weihnachten 1944/45.

Als aber mein Großvater Klemens »Stille Nacht, Heilige Nacht« sang, da hörten es auch die amerikanischen Soldaten und sie erkannten es. Es gefiel ihnen so gut, dass Klemens vorsingen musste, und dann sang der alte Joe »Silent Night, Holy Night«, und schließlich sangen alle zusammen, die Deutschen und die Amerikaner, auf Deutsch und Amerikanisch, und es war ein wunderschönes Weihnachtsfest geworden.

Da war ein wenig Frieden im Gefangenlager geworden, noch bevor der Krieg zu Ende war, und mein Großvater war glücklich, und mehr hatte er nicht tun können, das
war alles, was er hatte Adolf entgegensetzen können, und
nicht mehr.

Er hatte ein Ei an die Wand werfen und eine Glocke vergraben können, und er hatte an der Theke schwadroniert
und sich in der Schlacht um Metz gleich gefangen nehmen
lassen und Kartoffeln ausgegraben und den Feinden ein Lied
gesungen, so schön er nur konnte. Das war der Widerstand
meines Großvaters Klemens im Dritten Reich.

Die rote Karte mit der Aufschrift »Gefangenmeldung für
Kriegsgefangene« von der amerikanischen Armee, mit der
man Apollonia die Gefangennahme und das Lager von Klemens mitgeteilt hatte, steckte nun schon lange hinter der
Scheibe vom Küchenschrank und gleich dahinter ein Falt-
brief aus dem Lager Atlanta von Nebraska, auf dem mein
Großvater geschrieben hatte, dass es ihm gutgehe und die
Amerikaner ihn freundlich behandelten und er im Feld Mais
ernten würde, und dass er hoffe, es würde ihnen allen gut
ergehen.

– Du musst ihm auch einmal schreiben, sagten Tante
Klarissa und Tante Hanna.

Das aber befand meine Großmutter Apollonia für nicht
notwendig, sie hatte im ganzen Leben noch keinen Brief
geschrieben und wusste gar nicht, was es aus Scholmerbach
zu berichten gab. Meine Mutter Marianne aber glaubte, dass
sie ihrem Vater ein paar Zeilen nach Amerika schicken sollte,
so wie alle im Dorf ihren Männern herzzerreißende Briefe

schrieben und die Soldaten überall in der Fremde auf ein
Lebenszeichen warteten, und meine Großtante Hanna meinte, Apollonia sei stur wie ein Bock. Da könnte ja einer umkommen und im Feindesland begraben sein, und sie bekümmerte sich um nichts! Wie man nur so herzlos sein könnte,
das hätte ja sogar der Klemens weißgott nicht verdient, dass
man ihm nicht mal einen Brief schreibt. So sei es nicht, sagte
Apollonia, sondern sie kann sich einfach nicht vorstellen,
was einer da in Amerika treibt und wie das da aussieht, und
sie weiß nicht, wem sie den Brief geben soll, und ihr fällt da
nichts ein. Ja mein Gott, sagte Hanna, dass dou dich freust,
dass er noch lebt! Und dass dou hoffst, er kommt bald wieder! Dass ihr, Marianne und du, gesund seid und genug zu
essen habt! Dass der Feind noch nicht in Scholmerbach ist
und dass ihr einen Gaul habt! Es grüßen aus der Heimat…
inniglich, deine liebe Frau Apollonia und dein dich liebendes Kind Marianne! Das kann doch nicht so schwer sein!
Dou stellst deych an!

Da musste meine Großmutter sehr mit sich ringen und
lange überlegen, und schließlich setzte sie sich mit meiner
Mutter Marianne an den Küchentisch und schnitt aus ihrem
Schulheft säuberlich ein Blatt Papier heraus und tunkte die
Feder in die Tinte und saß dann stocksteif da. Die Kerze
brannte schon, und es war Verdunkelung, und es dauerte lange, bis Apollonia, den schweren Dotz im Nacken, sich her-
niederbeugte und in steil gemalten Sütterlinzeilen säuberlich
auf die bläulichen Linien schrieb:

Lieber Klemens,
wir haben uns gefreut zu hören, dass es Dir gut ergangen ist und Du nicht verwundet bist. Hoffentlich hast
Du immer genug zu essen und kannst wieder nach

Hause kommen. Marianne und ich sind gesund und bislang unversehrt. Scholmerbach ist noch nicht im Krieg, wir hatten gottlob keinen Kampf. Wir haben einen Gaul. Es grüßen aus der Heimat ... deine Apollonia und dein dich liebendes Kind Marianne.

Dann steckte sie den Brief in einen Umschlag und klebte ihn zu und schrieb darauf:
— Prisoners of War — Gefangenenlager Atlanta — Nebraska — Gefangener Klemens Heinzmann.

Damit war es vollbracht. Sie brachte den Brief zu Honiels, die hatten die Poststelle und das Geschäft, und dann ging der Brief in die weite Welt. Aber Apollonia hatte sich nie vorstellen können, wo das war, Amerika, und was Klemens dort machte, und wie das aussehen sollte und überhaupt: Alles, was im Krieg geschah, das hat Apollonia, so sagte meine Mutter, einfach nicht so recht wahrgenommen, das war weit fort von Scholmerbach.

Die Amerikaner würden den Brief sicherlich sowieso nicht dahinbringen, wo er hin sollte. Was sollten sie mit einem Brief aus Scholmerbach für irgendeinen Westerwälder und sich die Mühe machen, ihn zu suchen in den vielen Baracken und Löchern, wo sie die Abertausend deutschen Gefangenen hineinstopften — schon gar nicht, wenn sie so böse auf die Deutschen waren, dass sie Köln und Koblenz und ganz Frankfurt in Schutt und Asche warfen und schon am Westwall waren!

Sie waren schon am Westwall! Da mussten Böllsbach und Pfeifensterz und Wennerode und Linnen und Scholmerbach verteidigt werden, bevor der Feind kam und Scholmerbach und Hellersberge und Ellingen auch noch unterwarf und es allen Dörfern so ging wie Köln und Frankfurt. Man konnte sich doch nicht kampflos geschlagen geben, nein, man musste kämpfen bis zum letzten Mann!

Da sah der kleine Egon seine Stunde gekommen, er war nun im Volkssturm! Und mit den Hitlerjungen Fränzchen und Juppchen durften sie endlich los, und man brachte sie nach Merzig an die Saar, um den Feind aufzuhalten, damit der nicht über den Westwall gelangte. Und man befahl ihnen, ein Loch zu graben, ein tiefes Loch, und wenn der Feind aus Frankreich nichtsahnend mit dem Panzer über den Wall fuhr, dann würde der Panzer in dieses Loch hinein-fallen!

So stürzten sich Juppchen, Franz und Egon begierig mit Schaufeln und mit Schippen auf die blanke Erde, in der mächtigen Vorfreude darauf, wie der Engländer oder der Ami mit seinem schweren Gerät in die Grube stürzte, und sie drei, ein Scholmerbacher, ein Ellinger und ein Linner Bub hatten das hingebracht!

Doch am zweiten und am dritten Tag waren ihnen schon die Arme und die Beine lahm, und der Boden war schwer und nass, und es wurde kalt und regnerisch, und sie hatten kaum mehr Erde ausgehoben als bis zu ihren Knien. Auch wenn ihnen noch der ein oder andere Junge half, so schie-nen sie gar nicht voranzukommen, und nur einmal am Tag brachten ihnen die Mädchen vom BDM ein wenig Suppe. Nachts schliefen sie in einer Scheune und hatten keine De-cken und konnten sich nicht waschen und wurden immer schmutziger und schmutziger, sodass es ihnen unheimlich wurde. Doch um sich Mut zu machen, sangen sie im Dun-keln immer noch: – »Es zittern die morschen Knochen, der Welt vor dem roten Krieg, wir haben den Schrecken gebro-chen, für uns war's ein großer Sieg.«

Und wenn es wieder Tag wurde und sie weitergruben,

und die Arme taten ihnen weh, und die Blasen an den Händen brannten, dann sangen sie:

»Wir werden weitermarschieren, wenn alles in Scherben fällt, denn heute gehört uns Deutschland, und morgen die ganze Welt. Und liegt vom Kampfe in Trümmern die ganze Welt zuhauf, das soll uns den Teufel kümmern, wir bauen sie wieder auf!«

Als es aber wieder Nacht wurde und sie nach sieben Tagen noch immer gruben und das Loch immer noch nicht tiefer wurde und sie vor Schlamm und Dreck und Hunger kaum schlafen konnten, sangen sie nur noch: »Und mögen die Alten auch schelten, so lässt sie nur toben und schrei'n, und stemmen sich gegen uns Welten, wir werden doch Sieger sein!!«

Nach sieben Wochen, in denen Egon am immer selben Loch grub und es immer nasser und tiefer und schmutziger wurde und er so schmutzig war und noch immer dieselbe Unterhose anhatte und vor Dreck starrte und beinahe festfror, und er so hungrig war von der Wassersuppe vom Bund deutscher Mädchen, da glaubte er, umkommen zu müssen vor Elend und vor Heimweh nach Scholmerbach.

Schließlich fasste er klammheimlich einen Plan mit Juppchen und Franz, und noch in derselben Nacht im tiefsten Dunkel schlichen sie klammheimlich aus der Scheune und schlugen sich in die Wälder. Von nun an waren sie der Verfolgung der Gestapo ausgesetzt, und die drei Fünfzehnjährigen glaubten überall erschossen zu werden. Sie folgten der Himmelsrichtung und bei klarem Sternenhimmel den fernen Ortsschildern und versuchten immer herauszufinden, wo sie gerade waren, und irgendwann sprangen sie unerlaubt auf einen Zug. So waren sie über eine Woche immer nur nachts unterwegs und schafften es schließlich abenteuerlich nach Scholmerbach. Ein jeder versteckte sich daheim bei seiner Mutter und wagte sich wochenlang nicht aus dem Haus. So hatten sie mit ihrem Leben gespielt.

Die amerikanischen Panzer aber kamen. Als im Februar 1945 endlich die amerikanischen Streitkräfte die Saar überquerten, fuhren sie über Taben und Staadt und Dillingen, und links und rechts an Merzig vorbei, und kein einziger Panzer ist in Egons Loch hineingefallen.

Daher rückten die amerikanischen Truppen näher und näher an Scholmerbach. Vor sich her aber trieben sie die deutschen Truppen, in endlosen Kolonnen mit Pferden und Kanonen und Lastwagen, von der Brücke bei Remagen zogen sie oberhalb von Koblenz über die Bundesstraße, an Hellersberg vorbei in Richtung Siegen, und die Kinder sahen die vielen Soldaten und schrien: So viele Soldaten! So viele deutsche Soldaten!! Da werden wir bestimmt den Krieg gewinnen!!

– Sie sind auf dem Rückzug!, rief der alte Hanjokeb.

Um aber die deutsche Armee endgültig zu schwächen, beschossen die Jagdflieger unentwegt die Straße und übersäten die Landschaft mit Bombenlöchern und jagten bei Scholmerbach kleine Täler und Schluchten in den Wald und ließen das Haus vom Müllerkarl zusammenstürzen und hieben den Deissens das Dach hinfort.

In der prächtigen Villa vom Reichsarbeitsdienst standen der frischgetraute Feldmeister und seine Frau Malwine vor dem Fenster und waren wie gelähmt.

– Rudolf!, rief Malwine entsetzt. Mach doch was!!

Feldmeister Schröder starrte steinern zur Reichsstraße und sagte nur:

– Unsere Tage sind gezählt, Malwine.

– Was soll das heißen?!? Was hat das alles zu bedeuten??
Wenn die weiter Bomben schmeißen, dann trifft es uns
noch, dann haben sie uns noch getroffen, Rudolf! Du
hast doch hier was zu sagen!!
– Ich habe nicht wirklich was zu sagen, Malwine.
– Du kannst doch mal telefonieren … wie soll man sich
verhalten, … wenn der Feind kommt? Wir haben hier
die Hakenkreuzfahne über dem Haus wehen … wie
sieht denn das aus??
– Das ist mit Ähre und Spaten, das ist nur der Arbeitsdienst, wir sind ja nicht wie die Waffen-SS oder so
etwas.
– Ach, Papperlappapp, das können die doch nicht auseinanderhalten, die können doch kein Deutsch, die
sehen das Hakenkreuz, und dann sind wir dran!! Für
die sind wir doch ein verbrecherisches Regiment, und
dann nehmen die uns alle hops und haben uns am
Wickel, und wir kommen womöglich ins Kittchen!!
– Der Krieg ist nicht verloren.
– Ach, sagte Malwine ärgerlich. Das wird doch nichts
mehr, guck dir das doch mal an! Die deutschen Truppen, die hauen doch ab, da hörst du den Schlag nicht
mehr!!
– Manchmal …, sagte der Feldmeister, hat man eben
verloren …
– Ja, na und?!, fragte Malwine. Da müssen wir doch sehen, dass wir Land gewinnen!! Da machen wir die Bude
dicht und suchen uns ein Plätzchen, wo sie uns nicht
finden! Aber die Fleischkonserven nehmen wir mit und
den Schmuck und den Rüttgers Club und natürlich die
Teppiche und das Besteck und meine Kleider und …
– Bist du verrückt?!, sagte der Feldmeister. Fahnenflucht!

Wenn mich einer von der Wehrmacht sieht, werde ich an Ort und Stelle erschossen!! Das Standgericht fackelt da nicht! Außerdem haben wir Befehl.

Malwine sank an das Vertiko aus Mahagoniholz.

– Einen Befehl ... was denn für einen Befehl??

– Wir müssen noch Soldaten rekrutieren für die Wehrmacht.

– Ja, wofür dann ... die laufen doch alle weg.

– Für den Gegenangriff.

– Gegenangriff?!, kreischte Malwine. Ei, wo dann??

– Da oben irgendwo ... Hamburg ... Nach Hamburg soll ich sie schicken, Soltau ...

Feldmeister Schröder rieb sich den Nacken und wusste nicht aus noch ein.

– Wen willst du denn noch schicken??

– Naja ... im Befehl steht: der Jahrgang 1929 und der Jahrgang 1900 zusammen.

– Das gibt doch wieder Ärger im Dorf, ich sage dir, wir können uns nirgendwo mehr blicken lassen, hör doch auf, das hängen die uns nachher an! Das gibt nur Krempelage mit den Müttern!

Malwine sank erbost auf ihre schöne samtbezogene Chaiselongue mit den Goldtroddeln und hatte die Nase voll. Immer und immer wieder den Blicken der Leute ausgesetzt, die ihr allmählich die Schuld zu geben schienen, weil sie bei alledem mittaten, dabei hatten sie nur in der Waldeslust ein wenig gefeiert, in schweren Zeiten, mit der Partei, na und? Wenn man jung ist, will man nicht immer Trübsal blasen, und der Feldmeister war ein toller Kerl und nicht einer von der schlimmsten Sorte, ihm ging es immer nur um die Arbeit, nicht wahr, und nicht darum, die Männer in den Krieg zu schicken. Hatte nicht der Arbeitsdienst die Sümpfe trockengelegt? Der Arbeitsdienst konnte nichts dafür! Und sie, Malwine, schon gar nicht!

– Jahrgang 1929, ich weiß wer das ist – der kleine Erwin, der Juppchen und der Franz von der Hitlerjugend ... wenn denen dann was passiert, dann geben sie uns die Schuld!

– Jeder weiß doch, Befehl ist Befehl!

– Ach, zerreiß doch den Befehl!!

– Dann stehe ich in Langbach im Steinbruch und werde erschossen, das geht ganz schnell.

– Ach, der schreckliche Krieg! Wenn ich das gewusst hätte!! Jetzt ist man so in der Bredouille!!

Im Frühjahr 1945 zogen der kleine Erwin, Juppchen und Franz und der alte Hanjokeb noch nach Hamburg-Soltau, um den Gegenangriff auf die Alliierten zu machen und das Schicksal der Deutschen in letzter Not zu wenden.

Als aber die drei Buben mit den alten Soldaten im Zug durch das Land fuhren, sahen sie überall die Verwüstungen und die zerbombten Häuser, Rauchwolken und Menschen auf der Flucht, und als der Zug durch den Wald rollte, sah Egon Deserteure an den Bäumen hängen.

– Und?, meinten die alten Soldaten. Was meint ihr denn, ihr Buben? Werden wir den Krieg gewinnen?

Und Erwin schielte nach den baumelnden Deserteuren und flüsterte: Ja.

Kaum waren sie an der Elbe angekommen, da waren schon die Russen im Anmarsch und nahmen meinen Onkel Egon gefangen, und er durfte nicht wiederkommen bis 1955. Und Juppchen und Franz waren auch dabei und sind dort elendiglich verreckt.

Als die Amerikaner in Scholmerbach einmarschierten, war es ein herrlicher, ruhiger Tag, ein blitzeblauer Märzenhimmel, sie kamen mit Panzern und Jeeps von Wällershofen die Chaussee herunter in das Dorf gerollt, und als sie hier und da weiße Fahnen in den Fenstern hängen sahen, hielten sie an und nahmen erschöpft die Helme ab und machten Quartier.

Auf einmal, hatte meine Großmutter Apollonia gesagt, standen sie bei ihr in der Küche. Die Amis waren hereingekommen, schwarze und weiße, und Apollonia und Marianne hatten geglaubt, sie müssten vor Angst sterben und der jüngste Tag sei gekommen, und meine Mutter Marianne versteckte sich hinter dem bestickten Vorhang von den Handtüchern, und Apollonia stand am Kohleofen und wagte nicht, sich zu rühren. Marianne glaubte, dass nun alle erschossen würden, aber die Soldaten standen da und wussten nicht, was sie machen sollten, und sind selber noch ganz jung gewesen. Dann nahmen sie schließlich ihre Helme ab und setzten sich darauf und saßen einfach nur da, und dann machte Apollonia ihnen einen Kaffee. So hat sie es mir erzählt.

– Ach, es gab doch keinen Kaffee, sagte meine Mutter später. Woher sollten wir denn Kaffee haben?

Apollonia hatte aber gebrannte Gersten- und Haferkörner, die schüttete sie in die Kaffeekanne, und dann kochte sie den amerikanischen Soldaten daraus einen Kaffee mit etwas Kuhmilch, und den haben sie getrunken, und sie sind von der Brühe nicht gestorben. Das war der Augenblick, als Marianne Mut bekam und sich hinter dem Handtuchhalter hervorwagte und mit den drei Brocken Englisch, die sie kannte, plötzlich die Dreistigkeit besaß zu fragen:

– Hev yu chocolad?

Alle Soldaten sprangen auf und suchten in ihren Rucksäcken herum, und dann gab ein jeder Marianne eine Tafel Schokolade und Kaugummi und meiner Großmutter Apollonia eine Apfelsine.

Apollonia und Marianne hatten noch niemals eine Apfelsine gesehen und sie waren sprachlos. Dass es etwas so Herrliches gab und dass die Amerikaner ihnen einfach eine schenkten, einfach so. Sie strahlte in einem so leuchtenden Orange, so hell und so saftig, dass sie den Krieg und die Nachkriegszeit hindurch leuchtete, und ihr Leben lang sah Apollonia gestochen scharf diese leuchtende Orange in den Händen eines amerikanischen Soldaten, und sie vergaß den Anblick niemals bis an ihr Sterbebett.

Der Krieg war aus. Es war ein strahlender Tag mit einer so übermächtigen Freude, als es wie ein Lauffeuer durch den ganzen Westerwald ging, eine Erlösung, die grausame Schreckensherrschaft war vorbei! Deutschland hatte kapituliert, und wenn schon, der Krieg war vorbei, das war ein Glück nicht von dieser Welt, beinahe überirdisch, sogar der Himmel selber schien zu leuchten und zeigte ein wenig von seinem Glanz der Ewigkeit.

Nur Malwine war es blümerant.

Als zu ihr die Amerikaner gekommen waren, hatten sie gar nicht so schnell die Hakenkreuzfahne einziehen können und mit Sack und Pack aus der Villa türmen, wie diese schon auf dem Hof stürmten und alles durchsuchten und danach die Türen offen ließen. Es war ein Jammer. Der schöne Kronleuchter und die herrlichen Teppiche, das Vertiko aus Mahagoni und der Tisch aus Eichenholz, alles hatten sie dortlassen müssen, die schöne, prächtige Uniform von Feldmeister Schröder, die ihm so gut gestanden hatte, blieb einfach am Nagel hängen. Was sollte man tun, man konnte sie ja nicht verbrennen oder in aller Eile vergraben, und als die Amis kamen, da war sie beinahe noch warm. Eine Ungerechtigkeit war das, so jung verheiratet wurde man aus dem Haus gejagt und hatte nicht mal Zeit gehabt, alles richtig einzupacken. Da hatte man es mal zu was gebracht und konnte mal ein Leben führen, und schon war es wieder vorbei. Man wurde rausgeschmissen wie ein Säufer vor die Türe, das hatte sie nicht verdient! Hatte Malwine nicht in ihrem schönsten Kostüm vom Schneider Müller aus Ellingen mit dem Fuchspelz bei der Vereidigung mit dem Hauptmann Tomaczek getanzt? War sie nicht die große Dame vom Reichsarbeitsdienst gewesen, und hatten sich nicht alle Soldaten nach ihr umgedreht, wenn sie morgens ins Kasino ging, zur Rote-Kreuz-Station? Hatte sie nicht aufopfernd blutige Wunden von Spatenstichen verbunden und den jungen Kerlen die Arme mit Essigumschlägen gekühlt, wenn sie zerstochen aus den Sümpfen wiederkehrten? Und hatten die nicht immer gesagt: Danke Malwine, wir danken dir so sehr? Ja, Malwine war gut zu allen gewesen, und einmal hatte sie sogar die Suppe ausgescheppt, als die Köchin krank war. Sie war die große Dame gewesen und bewundert von allen, und sie hatte ein Kostüm vom Schneider Müller aus Ellingen und sogar eine Fuchsstola, und bei der Vereidigung hatte sie besonders schön die Beine gestellt, nicht einfach so eines neben das andere, wie es die Bauernmädchen machten. Nein, sie stellte eines angewinkelt vor das andere, und sie hielt die Schultern schön gerade und das Kinn erhoben wie Marlene Dietrich. Und trotzdem war sie sich niemals zu schade gewesen und hatte den Rote-Kreuz-Lehrgang mit Bravour bestanden, und sie konnte sogar gebrochene Knochen schienen und einen Gipsverband anlegen. Und war sie nicht gleichzeitig für jeden Spaß zu haben und hatte nichts anbrennen lassen und war kein Kind von Traurigkeit und hatte jeden teilhaben lassen an ihrem Glück? In des Feldmeisters Waschküche hatte sie den Badekessel angeheizt und den Plattenspieler angeworfen und für eine Nacht voller Seligkeit die Emaillewanne volllaufen lassen und den Mirabellenschnaps ausgepackt, und sobald der Feldmeister auf Übung war, tanzten hier die Puppen! Malwine ließ alle ihre Freundinnen in der Emaillewanne baden: Kunigunde und Theodora und auch Birgitta und Gertraudel, und jeder durfte auf das Haselbacher Feld kommen und bei Kerzenschein und Plattenspieler und – Ich brauche keine Millionen – des Feldmeisters Zigarren rauchen und in der Badewanne liegen und sich betrinken und Feste feiern, das war ein herrlicher Spaß gewesen! Halb Scholmerbach hatte in des Feldmeisters Badewanne gelegen! War denn recht, was nun geschah? Als sie noch einmal zurückkehrte, um Fleischkonserven zu ergattern und ein paar Weinflaschen, da sah sie die Bescherung:

Auf dem Feldweg von Scholmerbach unter den Apfelbäumen und Birnbäumen hindurch zum Haselbacher Feld hinauf sah sie die ganzen Leute aus dem Dorf hinaufmarschieren. Die einen kamen neugierig und ängstlich, und die anderen hatten einen Korb dabei oder einen Sack und die dritten schon gleich den Handkarren. Und kaum, dass die Scholmerbacher die Nase in die offene Tür gesteckt hatten und keinen Truppführer und keinen Feldmeister und keinen Arbeiter und keinen Soldaten mehr beim Exerzieren sahen und auch keinen Amerikaner und keinen Gendarmen, der sich kümmerte, weder in den Garagen noch in der Werkstatt oder den Schlafbaracken und dem Kasino, schon war alles zu spät.

Da sind sie über alles hergefallen, so was hat die Welt noch nicht erlebt. Das ausgehungerte Scholmerbach konnte alles brauchen, aber auch alles. Die Schippen und die Gabeln, die Tischtücher und die Stühle, die Kasserollen und die Töpfe und Waschschüsseln, sie brauchten die Bettwäsche und die Betten und die Soldatenstiefel, sie brauchten die Handtücher und die Karren und die Eimer und die Tische und die Soldatenmäntel und die Äxte und die Schleifsteine und die Messer und die Stecheisen und die Schubkarren, die Kartoffeln und das Büchsenfleisch und die Eier, die Ledergürtel und die Knöpfe und die Sessel, ja. Der Mensch wollte auch mal was Schönes haben, und Malwine brauchte nicht zu denken, dass man Halt machte vor der Villa. Da ging es jetzt hinein in des Feldmeisters Bude, wo sie gehaust hatten in Saus und Braus, während Scholmerbach Brennnesseln fraß!

Und im Kasino fiel der Suppentopf um, dass halb Scholmerbach ausrutschte und sich die Knochen stieß und aufstand und wieder fiel, und trotzdem haben alle eifrig weitergemacht, bis alles ausgeräumt war und nichts mehr übrig blieb wie die nackten Fensterkreuze und der blanke Boden allein.

So hatte sich Malwine das nicht vorgestellt gehabt, als sie in ihres Vaters Haus mit dem Feldmeister aus dem Fenster sah und die Leute mit den Handkarren ihr Hab und Gut und auch das Grammophon die Straßen herunterzogen und zuallerletzt auf einem Pferdewagen die herrliche Badewanne mit dem hohen weißen Badekessel fortbrachten. Der Feldmeister saß neben ihr und war ohne Mütze einen Kopf kleiner, und Malwine betrachtete ihn stirnrunzelnd und argwöhnisch und fragte:

– So, Herr Schröder. Was nun!?!

Die Amerikaner aber hatten ein Quartier in der Scheune vom Hühnerschorsch eingenommen und waren von den Strapazen und den Unannehmlichkeiten ihrer Belagerung übermüdet und hatten sich im Heu ausgebreitet und glaubten, in Scholmerbach dem Frieden trauen zu können, da geschah etwas, das konnten sie im ersten Augenblick gar nicht glauben.

Denn kaum lagen sie in ihren duftenden, aber stacheligen Heubetten neben ihren Gewehren, da plötzlich erschien im Scheunentor in ihrem schönen Kleid vom letzten Tanz mit Hauptmann Tomaczek und mit Kämmen zurückgestecktem Haar und schönen roten Wangen Frau Malwine Schröder und hatte ihnen eine schwere Pfanne Eier gebraten mit Speck und Bratkartoffeln und Büchsenfleisch und Brot noch dazu, so viel sie nur hatte heben und tragen und braten können. Die Amerikaner waren ganz aus dem Häuschen. Es dauerte nicht lange, und Malwine brachte ihnen Schmalzgebackenes und Kartoffelplatz und einen Humpen Bier dazu, und beim nächsten Mal hatte sie ein Blech voll Pflaumenkuchen. Man wusste nicht, wo sie das alles hernahm, wenn andere nichts zu reißen und zu beißen hatten. Das ging doch nicht mit rechten Dingen zu, aber wann immer Malwine in der Scheune erschien, gab es ein großes Hallo, und sie wurde empfangen wie Zarah Leander persönlich, mit der, wie man sagte, sie ja auch eine gewisse Ähnlichkeit hatte, oder sollte man sagen: Rita Heiwörth, oder wie die hieß – man musste sich ja umstellen.

Die Amerikaner waren schließlich auch nur Menschen, und Malwine hatte ein großes Herz für sie alle.

Der Umschwung war da. Da war es gut, wenn man sich mit den Besatzern gut stellte, denn man wusste nicht, wie sie alles verstehen würden, und es war sicherlich kein Fehler, wenn man die Parteibücher verschwinden ließ und die Bilder vom Führer oder die Fahnen mit dem Hakenkreuz. Schon gleich, wenn die Amerikaner jetzt von Haus zu Haus gingen und suchten, besonders nach einem Fredo oder Fridolin Kebbelein und nach dem alten Bertel und dem Truppführer Vogler und allen auf die Bude rückten und dem Herrn Feldmeister mit seiner betörenden Gattin so gar nichts tun konnten, weil die sie so strahlend empfing, dass die Amerikaner immer ganz durcheinander wurden. Fredo war nirgendwo zu finden, vielleicht besuchte er seine Schwester im Kannenbäckerländ oder seinen Vetter hinter dem Heyerberger Weier. Irgendwann würde er schon wiederkommen, er musste sich ja um seine vielen Kinder kümmern, denn er war ein guter und verantwortungsvoller Mann, dem es ernst war mit allem, was er machte. Er hatte eben hundert Prozent hinter »der Sache« und unserem Vaterland gestanden und aufgepasst, dass alle auf Linie waren. So sagten die einen. Die anderen sagten, er war ein schlechter Hund, weil er alle und jeden angezeigt hat und allen Angst gemacht und sich aufgespielt und die Leute drangsaliert und ihnen böse mitgespielt hatte, und jetzt wolle er sich feige verstecken! Der Nazi! Durch und durch ein Hitler! Der solle bloß wiederkommen, der Drecksack, dem wollten sie gehörig die Meinung sagen, jetzt konnte er einpacken, der schlechte Fredo, jetzt war er ganz klein mit Hut, denn der Krieg war verloren, und Fredos Spiel war aus! Der konnte für den Rest seinen Lebens seine Schafe füttern und durfte froh sein, wenn ihn die Amis nicht mitnahmen, falls sie ihn fanden, irgendwo.

Jedenfalls hatten sie bei Fredo im Haus die Liste gefunden und gesehen, dass auch mein Großvater Klemens draufgestanden hatte, vorgemerkt für das KZ. Aber der hatte ja in

den Krieg gemusst und lebte nun sein glückliches Gefange-
nenleben und wollte nicht mehr heim. Heim kamen auch
Ewald und Hannes nicht mehr, sie blieben auf den großen
Soldatenfriedhöfen von Lommel und hatten ein weißes
Kreuz, und Großonkel Dagobert kehrte zurück und hatte
nur noch einen Arm. Aber es war zum Glück der Arm, an
dem ihm sowieso schon vier Finger gefehlt hatten, und
darum war es nicht so schlimm, meinte Dagobert. Onkel
Konrad war einigermaßen heil geblieben und musste noch
zwei Jahre nach England in die Gefangenschaft und
schraubte dort an der Küste die Rohrleitungen der Flam-
menwerfer ab.

Mein Großonkel Willi hatte mit Nikolai gearbeitet und war
gut mit ihm zurechtgekommen, und die Kinder hatten gern
mit ihm gespielt. Nikolai durfte nun nach Haus, zurück
nach Russland, er brauchte keine Balken mehr zu schleppen
und keinen Holzschutz mehr zu streichen und keine Löcher
mehr zu bohren und keinen Pflug mehr zu halten und keine
Wassereimer mehr zu den Gäulen zu schleppen. Er war entlassen. Doch statt dass er sich freute und allen um den Hals
fiel und sich bedankte und auf Wiedersehen sagte und die
Geschenke mitnahm, wurde er von einem Augenblick auf
den anderen ganz komisch. Sein Gesicht änderte sich, und
er wurde hämisch und höhnisch, er warf den Hammer und
die Sägen in die Ecke und fing an, laut zu reden auf Russisch
und zu fluchen, wie man ihn noch nie gehört hatte. Es war
gerade so, als ob Nikolai ein Anderer geworden. Er war auf
einmal böse zu jedermann und drohte, und dann verlangte
er Geld für die Reise und war ganz unverschämt. Dabei hatten sie ihn immer gut behandelt und am Tisch mitessen lassen wie einen eigenen Sohn. Nun wollte er nichts mehr

von ihnen wissen und warf noch beim Hinausgehen einen
Stuhl um und schrie:

– Doswidanje!

Da erschraken die Zimmerleute, und Willi sagte:

– Jetzt zeigt der Russe sein wahres Gesicht!

Aber Charlotte meinte:

– Was wollt ihr dann? Er hat Jahre für uns schaffen müssen und keinen Lohn bekommen, sey hatten ihn doch
hierher verschleppt. Maant ihr wirklich, he würde sich
bedanken müssen?

– Ja, sagte Willi, aber et es ihm doch gout gegangen bei
uns. Woanders wäre er tot.

– Et war alles nicht recht, was geschehen ist.

Meine Urgroßmutter Charlotte war so dünn wie ein
Rechen und so flink wie ein Wiesel, und sie hatte eine Garbe
gebunden so rasch wie eine Maus sich dreht, um in ein
Mäuseloch zu verschwinden. Sie hatte Nikolai noch ein
Schmalzbrot einwickeln wollen und ein Stück Käse und ein
Stück Wurst vom Schwarzschlachten für die Reise. Aber
Nikolai hatte es nicht genommen und später sahen sie, dass
er den ganzen Schinken aus der Kammer geholt hatte und
einen Laib Brot und damit geflohen war voller Wut. Keiner
hatte ihn aufhalten können, und alle hat er abgeschüttelt, die
noch etwas von ihm wollten, und dann sah man ihn, wie er
sich angeschlossen hatte den marodierenden Truppen der
freigelassenen Kriegsgefangenen, vor denen man sich in den
Wäldern fürchtete.

Meine Großmutter Apollonia hatte Stinkkäse faulen lassen
in dem blauen Steintopf, der bemalt und gebrannt war im
Kannenbäckerland, und da stank er vor sich hin, zwei Jahre
lang, bis auf einmal einer durch den dunklen Flur die offene

Tür hereinkam und dann stand da mein Großvater Klemens in der Küche.

Meine Mutter hatte mit Hermine gespielt und ihren gestrickten Lumpenliesen, und sie saßen am Tisch und ließen die Puppen hampeln hin und her, da war er einfach da gestanden und sie hatten es gar nicht begriffen. Meine Großmutter Apollonia war am Kohleofen herumgefahren und hatte ihn erkannt, und alle hatten geschrien wie am Spieß, und sie hatten es nicht glauben können und sich gefreut wie verrückt und Apollonia am allermeisten und hatte sich beinahe die Verzierung abgebrochen, und als ich später fragte, ist sie ihm denn um den Hals gefallen?, da sagte meine Mutter, nein, so was hätte sie nie gemacht, so was machte man nicht im Westerwald, aber sie hat furchtbar geschrien vor Freude und sich vertan und geweint, sie haben alle gar nicht gewusst, was sie machen sollten. Da hat er ihr aus Amerika den Ring mitgebracht, der war violett wie die Lavendelfelder aus Südfrankreich, meine Mutter weiß es noch genau. Den hat er sich abgespart von seinen achtzig Cent, die er jeden Tag verdient hat, im Kriegsgefangenenlager Atlanta in Nebraska. Der violette Ring, der nachher in der Küchenschublade lag bei den Palottinerheften, und meine Großmutter sagte, der ist aus Frankreich, meine Mutter aber sagte, mein Großvater hat ihn aus der Gefangenschaft mitgebracht, so oder so, Apollonia besaß in ihrem Leben nur einen einzigen Ring, und er schimmerte violett und war viereckig, und mein Großvater schenkte ihn ihr in Frankreich, als sie glücklich war, und er brachte ihn ihr mit, als er aus der Gefangenschaft kam in Amerika.

Meine Großmutter hatte nun begriffen, dass sie sich mehr Mühe geben musste um meinen Großvater, da sie ja froh sein musste, dass sie ihren Mann lebend wiederbekommen hatte und die anderen nicht. Alle hatten gesagt, sie müsse ein schöneres Gesicht machen und auch mal einen Spaß vertragen, und es sei auch nicht immer richtig gewesen, was der Dapprechter Gustav gesagt hätte: Wer lacht, ist töricht und eine dumme Gans. Mit einem bösen Gesicht kann man einen Mann vergraulen, und dann vertreibt man den Sonnenschein aus dem Heim, und die Milch wird sauer, und das kann kein Mensch leiden. Dass es auch anders geht, sieht man ja an den Amerikanern, sie sind freundlich immerzu, sie gehen in Honiels Saal und zeigen den Leuten Filme von Scharlie Schäplin. Da kann man sich kaputtlachen, da muss man lachen, bis einem die Rippen wehtun, da kommt man von den Knien gar nicht mehr hoch und wird man beim ersten Mal richtig nervös, weil man es nicht gewöhnt ist.

Meine Mutter Marianne, ja die, die konnte da mittun, und als die Amis auf die Struderlehe zogen und anfingen, mit der Band Musik zu machen, da ging es richtig rund, da herrschten ganz andere Sitten!

Glenn Miller, sagte sie. Die Amis spielten auf der Struderlehe vor dem Kasino einfach Glenn Miller, und alle verloren den Verstand. Die Mädchen waren nicht mehr zu halten! Sie kamen von nah und fern auf die Struderlehe gestürmt, sie kamen von Scholmerbach und von Hellersberg, von Böllsbach und von Ellingen und von Wällershofen und von Pfeifensterz, von Linnen und von Wennerode, sie kamen zu Fuß und mit dem Fahrrad und mit den Karren gefahren, und sie kreischten und sie tanzten und sie lachten! Glenn Miller war der letzte Schrei, und die Amis spielten ihn, bis die Wangen glühten und den Amis die Augen hervortraten und kein Blut mehr in ihren Fingern war, und dann mussten sie ihn noch zehnmal spielen. Pennsylvania five six o-o-o!

Alle waren sie außer Rand und Band, und das Lachen quoll und schrie und stürzte aus ihnen heraus.

Denn die Mädchen hatten fünf Jahre keine Kirmes gehabt.

Da die Mädchen nun so lachten und die Amerikaner und die Zimmermänner schon immer viel und laut gelacht hatten und Marianne mit den Mädchen zum Honiels ging und dort im Saal Dick und Doof sah und noch mehr lachte, und alle so lachen mussten, dass sie beinahe gestorben wären, da musste auch Apollonia sich um das Lachen bemühen und um die Geselligkeit, und sie wollte es von nun an besser machen und auch mal einen Spaß vertragen und einen aufgesetzten Kirsch mittrinken und die Kriegskameraden von Klemens in der Küche bewirten oder die leidigen Ruhrpottwitwen. Auch wenn es nicht viel gab, ein wenig Brot konnte man braten und Kartoffeln, und Klemens hatte von den Amerikanern Korned Beff bekommen. Und am Abend sollte mal ordentlich gelacht werden.

Aber was bei Klemens leicht und aus voller Kehle und zwei Lungenflügeln nur so herausdröhnte, war bei Apollonia ein rechter Murks und klang anfangs wie ein Frosch. Auch wusste sie noch nicht so recht, an welchen Stellen, und lachte immer, wann die anderen auch lachten, oder bei den Witzen von Tünnes und Schäl: Tünnes, warum trägst du denn den Kopf so hoch? Ei, ich hab einen neuen Schlips! Ei, Tünnes deshalb brauchst du doch den Kopf nit so hoch zu tragen? Ei, den Schlips hat aber doch meine Frau selber gemacht! Ei, deshalb brauchst du doch trotzdem den Kopf nit so hoch zu tragen! Doch! Ei, wieso dann? – Ja, die hat den Schlips aus meiner alten Unnerbux gemacht!

Da lachten alle wie verrückt. Man konnte aber auch lachen, weil Apollonia ein Pferd hatte und die anderen nicht. Oder weil man ein Schnäpschen getrunken hatte, und schon trank meine Großmutter auch einen in froher Runde.

Wilhelmine Wratzlaff und Luise Auguste wohnten noch immer da, und es ließ sich nicht ändern, also konnte man sich auch mal gemütlich einen hinter die Binde gießen, und Klemens freute sich, dass Hitler den Krieg verloren hatte, und die Ruhrpottwitwen mussten einsehen, was es mit ihrem glorreichen Führer auf sich hatte.

– Dat hat ma' ja nich gewusst, wat dat da alles … wie dat dann … dat da …

Da lachte meine Großmutter wie verrückt und fragte alle, ob sie noch einen Aufgesetzten wollten.

– Wenn man sich sein Geschwätz richtig angehört hat, dann konnte man gleich wissen, wodrauf der rausgewollt hat, das merkt man doch, sagte Klemens.

– Na, man wollt ja kein Vaterlandverräter sein … da hat mer doch uff die Fahne geschworen … Siech heil … mir han doch gedacht, der führt uns zum Siech!! Het nich jeklappt …

Schon wieder lachte meine Großmutter und schüttete allen noch ein Gläschen ein.

Mein Großvater Klemens kannte seine Frau gar nicht wieder und überlegte, ob sie vielleicht den Schnaps nicht vertrug.

– Hör dou doch off … Lonchen … dat es nichts für deych.

– Ja man muss ja mol ein wenig lustig sein …! Nicht wahr!?

– Dat is woll wahr, sagten die Ruhrpottwitwen. – Komm, schenk ein, wat hat ma' nich alles mitgemacht, woll, Vergessen wir dat Ganze. Ma' muss vergessen können.

– Erzähl mal wat Schönes!

– Das Schwein Berta hat Schnupfen.

Dann trank Apollonia noch einen und strengte sich so an mit der Lustigkeit, dass sie auch noch zu singen anfing, und sie krähte und hob das Glas und sang »Heidewitzka, Herr Kapitän!«, und dann fing sie an zu schunkeln.

Klemens kam das komisch vor, und er fragte sich, ob Apollonia nicht recht bei Groschen sei. Apollonia aber hoffte, dass sie für heute ihren Beitrag geleistet hatte und Klemens dafür vielleicht morgen die Scheune aufräumen würde. Da sah es noch genauso aus wie vor dem Krieg, und bis ihre Schwestern Hanna und Klarissa einmal wiederkämen, war noch so viel zu tun, es sähe um das Haus herum aus wie ein Schlachtfeld. Sie könnte in den Garten gehen und sich um die Mutter Kathrein kümmern, und Klemens könnte endlich den Stall machen. All die Jahre hatte sie alles alleine gemacht und nun war sie für heute Abend genügend lustig gewesen, damit er ihr mal half.

Aber Klemens war so lange in der Fremde gewesen, dass er einen unstillbaren Durst hatte nach seinen Kumpanen im Dorf. Er musste sich erst mal umschauen, wer noch da war und wer zurückgekommen war. Wie ein Bier im Honiels schmeckte und ob die Linde blühte und wer Kälber hatte und ob die Sägemehlshaufen auf dem Zimmerplatz ordentlich hoch waren, wie viel Wasser im Schafsbach floss, und dann wollte er das Abendlicht über den Weidehecken sehen. Er wollte wissen, wie es Kurt Siebers ergangen war, er konnte nicht den ganzen Abend am Küchentisch sitzen und Weibergeschwätz hören, er musste sich mit Mannsleuten an die Theke setzen und erzählen, wie es war in Nebraska und was er alles erlebt hatte, und am besten mit einem reden, der sich auskannte in der weiten Welt. Darum trank er sich erst ein

Bier und einen Schnaps in Honiels, und dann ging er weiter in die Waldeslust und suchte seinen Freund, den Kurt.

Aber Kurt war nicht da. Stattdessen stand sein Neffe Theo hinter der Theke, und Theo hatte einen Faconschnitt und war noch grün hinter den Ohren, aber er rauchte schon an einem Zigarrenstumpen herum und lachte verschmitzt und sagte:

– Ouh, der Klemens! Es datt dann wahr!! Aus der Gefangenschaft! Wann dat der Onkel Kurt gewusst hätt! Dann wär der bestimmt hiergebliebe.

– Wieso, wo is der dann?

Theo gab meinem Großvater erst mal einen Schnaps aus, wie sich das gehörte, und zwar einen Kräuterschnaps und obendrauf noch ein Bier, ein herrliches Bier, ordentlich aus dem Zapfhahn, mit einer Schaumkrone und so leuchtend golden, wie er es in den Jahren in Amerika niemals bekommen hatte. Wie es nun so kühl seine Kehle hinunterfloss, davon konnten sie hinter dem blauen Ozean nur träumen, und darum konnte man womöglich doch nicht auswandern, denn so was gab es nicht in den Vereinigten Staaten von Amerika.

– Wo is dann der Kurt?

– Ach der … wo wollt der dann hin? Köln oder Koblenz, der ist ab mit dem Zug, gestern schon, vielleicht sogar Hamburg. Der sagt immer nichts. Er käm dann wieder, es wär geschäftlich.

– Ei, was macht dann der Kurt für Geschäfte in Hamburg?

Theo zuckte die Achseln.

– Hm … Zigarren … oder … Wein … oder … weiß ich was … ich soll hier die Wirtschaft machen.

– Dou, aha. No, kannst dou das den?? Die vielen Getränke, hey auseinanderhalten … und die Preise, … ein Bier kostet … dreißich Fennich.

— Für deych kostet heut garnix, sagte Theo. Wer so lang in Amerika war, der braucht nix zu bezahlen.

Da lachten die anderen, denn bei ihnen hatte er es genauso gemacht, bei Wilhelm, der aus Afrika heimgekommen war, und bei Franz-Josef, der mit einem Auge aus der Normandie gekommen war, und bei Jule, der den Balkan überlebt hatte und nun ein wenig hinkte. Und sie mussten ihre glückliche Heimkehr erst einmal feiern und sich betrinken und dass sie noch lebten und wieder daheim waren in ihrem seligen Scholmerbach, denn in der Heimat ist es doch am allerschönsten, ja in der Heimat! Wo aber Kurt geblieben war, schien ihnen ein Rätsel, und dass er in die Welt wollte, davon hatte er immer geredet.

Er wollte ferne Länder sehen, Afrika, Indien, Neuseeland, eine Reise machen, auf ein Schiff und auf und davon, Alaska, die Fidschi-Inseln, ums Kap Horn segeln. Etwas musste er zusammengekratzt haben in der Zeit, als er sie alle bedient hatte, im Separee, diejenigen, die ihn ins Zuchthaus gebracht hatten, und von dem Geld wollte er fort aus Deutschland und andere Menschen sehen und andere Völker und mit ihnen leben und sie studieren. Der Kurt war ein Weltenmensch.

Als Kurt sich in Südwestafrika oder Hamburg oder gottweißwo herumtrieb, da fläzten sich die Kriegsversehrten und die Heimkehrer und die Scholmerbacher, die so sehr gelitten hatten, saufend und feiernd auf den feinen Stühlen herum, bis das Separee alsbald zusammenbrach und man die geschnitzten Trennwände irgendwann herausriss und im Ofen verfeuerte. Ohne diese lästigen Trennwände, die das Gemeinschaftsgefühl des Dorfes erheblich störten, ließ es sich viel besser feiern und tanzen, und man brachte auch viel mehr Leute unter, was dem Theo prächtig gefiel.

So war in der Waldeslust viel Leben, und man konnte von Lust sagen, oben unterm Wald, denn wenn es Nacht wurde, dann hörte man es tosen und toben und singen, und man wusste nicht, wo mehr gefeiert und gesungen wurde, ob bei Honiels oder in der Waldeslust. Alle waren sie das Elend und den Hunger und die Trauer leid, und wer kein Geld hatte, den schickte der Theo doch nicht heim, dem schenkte er einen aus und das sprach sich herum. Schließlich kamen auch welche aus anderen Dörfern in die Waldeslust, von Linnen oder Hellersberge oder Ellingen, Theo machte ihnen einen Deckel, den stopfte er in einen Ritz zwischen Thekenbalken und Decke und dort wurde er brüchig und zerfiel im Laufe der Zeit.

So war die Waldeslust die tröstliche Zuflucht all derer, denen das Schicksal übel mitgespielt hatte und die nichts zu reißen und zu beißen hatten, aber dennoch viel Durst. Der Theo hatte immer eine offene Tür und einen fließenden Zapfhahn für sie. Mancher kam schon am Tage, wenn alle anderen doch arbeiteten, auf dem Feld oder in den Fabriken ringsumher. Wer aber tagsüber schon in die Wirtschaft ging für einen Schnaps, von dem musste man annehmen, dass er ihn brauchte. Wenn er ihn aber brauchte und nicht mehr davon lassen konnte und allmählich ganz verlotterte in seinen alten Klamotten und stank wie einstmals der Balthus, wer auf die Straße rotzte und den ganzen Weg von einer Straßenseite zur anderen brauchte, der wurde allmählich ein Lump. Wenn er dann noch mehr trank und immer mehr trank, bis man ihn heimschleifen musste, dann wurde er zum Lumpenhund.

Nun saßen in der Waldeslust bereits drei Lumpen und

zwei Lumpenhunde und wer noch keiner war, konnte in der Waldeslust bald zu einem werden. Wie sie so heimelig beisammen waren und sich bei Theo zu Hause fühlten, konnten sie sich ordentlich volllaufen lassen, ohne dass einer sauertöpfisch dreinschaute oder Moral predigte oder einem den Schnaps aus der Hand riss. Nein, hier war man Mensch und war gelitten und unter sich, und die Lumpen kamen richtig in Fahrt! Dort gab es auch einen Musikautomaten, und Theo warf den Riemen auf die Orgel, und die spielte den »Radetzkymarsch« und »Warum ist es am Rhein so schön« und »Wer soll das bezahlen?«. Und Theo kam kaum hinterher mit Bierzapfen. Man musste den lieben Gott einen guten Mann sein lassen und fröhlich sein und lustig, und wenn jemand zum Fenster hereinsah und das nicht mochte, dann war der selber schuld. Narren und Betrunkene sagten die Wahrheit, und die Wahrheit war, dass es ihnen prächtig gefiel, wenn sie beisammen waren und tanzten wie der Lump am Stecken. Wer wollte ihnen das verwehren? Man fühlte sich so außerordentlich gut und großmächtig und selig, und auch meinem Großvater gefiel es so gut. In Scholmerbach wussten sie, wie man feiert, das haben alle immer schon gewusst, auch in den anderen Dörfern. Nur wussten sie woanders auch, wann man aufhört, und da haben sie in meinem Dorf nicht immer die Kurve gekriegt und in der Waldeslust schon gar nicht.

Wenn sie dann am Montag aus den Federn krochen und herausgeschmissen wurden von ihren Alten und waren noch ganz krank und verquollen und hatten einen fürchterlichen Nachdurst, dann mussten sie erst mal zum Theo gehen. Der kochte ihnen einen Kaffee oder briet ihnen ein Ei oder gab ihnen Wasser oder Bier. Das half, wenn man gelumpt hatte. Manche sagten, dass ein Schnaps ihnen am besten half, und darum war ein Lumpenschnaps das Beste, und mit der Zeit erfand Theo immer bessere Schnäpse und tat eine Kaffeebohne hinein oder ordentlich Kümmel oder Pfeffer, weil er sehen wollte, was seinen Gästen am meisten half. Dieses Mitgefühl und der Heilschnaps verfehlten ihre Wirkung nicht, und alsbald hellte sich die Stimmung der kranken Waldeslustbesucher auf, und sie wurden wieder genauso lustig wie am Sonntagabend, und wer sich glücklich fühlt, hat immer recht. Mochten die anderen draußen stehen und schimpfen und sich aufregen, dann tranken die Lumpen erst recht. Zu ihnen gehörten der Jule und der Baltus und der Kriegsveteran Wilhelm und Franz-Josef und irgendwann einmal, man sollte es nicht glauben, wurde auch mein Großvater Klemens dort gesehen. Weil es aber so prächtig zuging, wurden sie auch in anderen Dörfern darauf aufmerksam, dass montags in Scholmerbach immer was los war.

Nun hatte jedes Dorf rundherum immer einen oder zwei von der Sorte, die der Herrgott morgens nicht geweckt hat oder die sich, wenn es um das Arbeiten ging, nicht recht angesprochen fühlten und die Kurve zum Werktag nicht gekriegt hatten, diejenigen, die also von Hause aus ein wenig Krempelage hatten und sich verscholten und in ihrer Gemütslage unverstanden fühlten. Die zog es dann mit Macht nach Scholmerbach, wo man morgens schon diesen tröstlichen Lumpenschnaps bekam. Da kamen sie von Hellersberg und Ellingen und Pfeifensterz und Wennerode und Böllsbach und Linnen und feierten, und es war so herrlich und bunt, dass sie den Montag zum Feiertag ernannten, und sie nannten ihn fortan den Lumpenball.

Meine Großmutter aber hatte ihre Zweifel, ob sich das Lachen für sie rentierte.

Wenn mein Großvater nämlich genug gefeiert hatte in Honiels und beim Theo, dann musste er auf dem Zimmerplatz nach dem Rechten sehen. Er wollte seiner alten Mutter ein wenig zur Hand gehen und die Dampfmaschine ordentlich in Flammen sehen und den Heizkessel untersuchen und den Treibriemen schmieren und die Sägeblätter am Gatter neu einstellen und hören, wie es gegangen war in all den Jahren.

Und er wollte sich beim Herrgott bedanken, weil es ihm gut ergangen war während der Kriegsjahre und weil ihm und Apollonia und Marianne kein Leid geschehen war und sie einen Gaul bekommen hatten. Zum Dank wollte er nun Küster werden und an jedem Sonntag in der Kirche helfen und die Orgel spielen, auch wenn er keine Noten konnte und sich die Lieder einfach erfand.

Je mehr Apollonia erniedrigend lachte und sich aufführte und mit zusammengebissenen Zähnen die Kochtöpfe und die Waschbütten herumschleppte, umso weniger half ihr das. Klemens hatte sich nämlich um keinen Strich verbessert und lief genauso fort wie eh und je, und die Scheune war in einer Unordnung, dass man auf Schritt und Tritt über Holzbütten und alte Säcke und die rostige Egge und den alten Dreschflegel stolperte. Er hat das Vieh nicht gefüttert und den Stall nicht sauber gemacht und den Mist nicht hinausgeräumt. Nein, er ging am Morgen lustig auf den Zimmerplatz, und den Rest überließ er meiner Großmutter Apollonia, und es dauerte nicht lange, da wollte sie ihn lieber wieder verkloppen, als dass sie um seinetwillen Fratzen schnitt, die ihr ja doch nicht standen und die man lieber den Affen überließ.

Dafür aber wurde ihr anderorts ein Wunsch erfüllt, und das kam einem Wunder gleich.

Es sollte nämlich plötzlich luftig werden im Haus. Den Bombenopfern von Frankfurt und Köln und dem Ruhrpott hatte man Behelfsheime gebaut und notdürftige Unterkünfte in ihren Städten, und vier Jahre nach Kriegsende konnten allmählich alle wieder zurückkehren dahin, wo sie hergekommen waren, und Wilhelmine Wratzlaff und Luise Auguste Nowak räumten das Haus mit all ihren Siebensachen, auch der Nähmaschine. Weil sie sich doch nicht im Bösen trennen wollten nach all den Jahren, fertigte Luise Auguste meiner Großmutter noch ein sehr hübsches kariertes Kleid aus der nationalsozialistischen Bettwäsche vom Reichsarbeitsdienst mit einem Glockenrock und enger Taille, und meine Mutter Marianne bekam ein ebensolches Kleid für die Schule mit einer passenden Propellerschleife für das Haar.

Denn das musste man den Ruhrpottwitwen lassen: Nähen konnten sie wie die Teufel.

Als die Witwen ausgezogen waren und all ihre Truhen und Schränke und auch noch die letzte Kiste mit Zwirn und Stopfnadeln fort waren und sie den Boden ausgefegt hatten, da freute Apollonia sich und überlegte, wo sie jetzt der Marianne ein Bett hinstellen könnte. Sie sollte zum ersten Mal in ihrem Leben ein eigenes Zimmer bekommen. Die alte, bleiche Mutter Kathrein sollte wieder hinauf in den ersten Stock, wo sie früher gelebt hatte. Doch als man sie mitsamt ihrem Bett hinaufschaffen wollte, da ging es dieser auf einmal so schlecht, dass sie sich den Leib halten musste mit dem herausgefallenen Untenherum, und durch die Bewegungen auf der Treppe war das Untenherum vielleicht noch mehr durcheinandergeraten. Jedenfalls ging es ihr von Stund an schlechter, und man musste Hanna und Klarissa holen und den jungen Dr. Samstag, und kaum dass der nach ihr geguckt und ihr Kräuterlikör aufgeschrieben hatte, also kaum eine Woche, nachdem die Ruhrpottwitwen ausgezogen waren und als es gar nicht mehr nötig gewesen wäre, da starb die alte Mutter Kathrein.

Für meine Großeltern aber begann eine paradiesische Zeit, sie hatten ein Schlafzimmer und eine gute Stube, und Marianne hatte ein Zimmer, und dann hatten sie ein Zimmer für die Wäsche, und noch eines, da wussten sie gar nichts mit anzufangen. So eine Freude! Man war wieder Herr im eigenen Haus! Am glücklichsten aber war meine Mutter Marianne, weil sie zum ersten Mal in ihrem Leben ein eigenes Zimmer hatte und ein eigenes Bett, und das, so sagte sie, war für sie ein Königreich.

In Scholmerbach kehrte der Frieden wieder ein, und der Krieg sollte wie ein entsetzlicher, immerwährender Schrecken im Gedächtnis des Dorfes bleiben. Waren nun endlich auch Schorschens Friedhelm und Schamsens Siegfried und der junge Ferdinands Gregor aus der Gefangenschaft entlassen und die Verwundeten heimgekehrt, so kam schließlich eines Tages auch Heinrich wieder zurück. Man hatte sich schon gefragt, wo er geblieben war.

Als Heinrich zurückkehrte nach Scholmerbach, trug er keine tiefschwarze Uniform mehr mit einem Totenkopf am Kragen, sondern eine braune Strickjacke und ein kariertes Hemd und eine Hose mit Hosenträgern, und dann hat man ihn gesehen, wie er stumm wieder gearbeitet und hinter dem Haus den stinkenden Ziegenstall ausgemistet hat.

Man musste sich fragen, wo er sich herumgetrieben hatte und ob ihn vielleicht die Amerikaner am Schlafittchen gehabt hatten. Einer wie er, der in der SS gewesen war, den suchten die doch. Der hatte doch im Lager, in irgendeinem Arbeitslager in Bayern, gearbeitet.

Wenn es aber so ein Lager war, wie es einem die Amerikaner gezeigt hatten, bevor die Filme liefen im Saal von Honiels oder im Kino von Ellingen, dann wäre es ja eine fürchterliche Sache, wenn Heinrich da mitgetan hätte ... Das konnte sich ja keiner vorstellen, dass ein Mensch zu so was fähig war, Heinrich, das ist doch nicht wahr! Aber es musste das Lager gewesen sei, das da immer in den Filmen gezeigt wurde, das Lager bei München, mit einem Dach oder so ähnlich, wo sie die abgemagerten Elendsgestalten zu Tausenden gefunden hatten, da verstand man die Welt nicht mehr, da fiel man vom Glauben ab, genau dort war Heinrich doch gewesen! Und es wurde allen anders, ganz anders, und sie wollten es nicht begreifen. Wenn einer wie Heinrich da mitgemacht hatte, dann war ja ein fürchterliches Scheusal aus ihm geworden, ein Unmensch, ein Menschenschinder und ein Mörder und ein Drecksmensch, der Schlimmsten einer, da grauste es einem in der Seele.

Aber Heinrich sagte, man soll ihn in Ruhe lassen, er hat nur Befehle ausgeführt und er lässt sich von keinem anprangern. Im Krieg war das nun mal so, er ist nicht verurteilt, man hat ihm nichts nachgewiesen, sie haben ihm keinen Prozess gemacht.

— Aber Heinrich, wo hast dou dann noch so lange gesteckt?

— Da Bergisch Gladbach ... Ruhr ... Thyssen ... Wiederaufbau ...

Da fragten sie nicht mehr. Er arbeitete mit unbeweglicher Miene wieder auf den Feldern und fuhr später mit anderen aus dem Dorf auf die Baustellen. Keiner hat ihm ins Gesicht geschaut, und keiner hat sich gewagt zu sagen: Was genau hast du gemacht, in diesen Lagern? Hast du die Menschen vergast und abgeschlachtet und aufgeknüpft und verrecken lassen, wie sie es gezeigt haben in den Filmen bei den Amerikanern und wie sie es im Radio erzählt haben? Warst du dabei? Er war ein grausamer Mensch geworden, ein brutaler, grausamer Mensch, der schlimmsten einer, den keiner mehr um sich haben mochte, aber seine Frau sagte, so schlimm kann er nicht gewesen sein, was wollt ihr denn, sie haben ihn ja nicht geholt!

Meine Tante Hanna hatte den Krieg gut überstanden, und Großtante Klarissa war noch dünner geworden und noch bescheidener und war schon so lange Witwe. Aber sie hatte zwei wohlgeratene Söhne und eine Tochter, die war freundlich und leise wie sie selber, und sie lebten von der Dachdeckerei in Wennerode. Tante Hanna und Tante Klarissa ging es also leidlich gut, und das erkannte man daran, dass beide schon eine Klospülung im Haus hatten, und meine Großmutter Apollonia hatte noch immer einen Abtritt, der hinter der Scheune in der Außenwand vom Stall eingelassen war, sodass sie im Winter frieren musste.

Damit nun ein Klo ins Haus kam und auch eine gute Stube eingerichtet werden konnte, war es dringend erforderlich, dass mein Großvater auf dem Zimmerplatz mehr Geld verdiente. Man wollte ja aus dem Elend heraus!

Eines guten Tages hatte meine Großmutter Apollonia es geschafft, meinen Großvater mit viel Zureden und Bitten und Klagen dazu zu bringen, dass er diesen Winter mit meinem Onkel Balduin in das Ruhrgebiet fuhr und etwas dazuverdiente. Das war nötig gewesen, denn zu allem Unglück dauerte der Winter bei meinem Großvater Klemens lang, sehr lange und viel länger als bei den anderen Männern im Dorf.

Der Winter meines Großvaters dauerte so lange, bis die Maiglöckchen blühten und die Kuckucksblumen blühten und der Waldmeister. Im Winter bekamen die Zimmerleute nämlich Schlechtwettergeld, doch wenn sie im Frühling wieder arbeiteten, bekamen sie wieder richtigen Lohn. Und während der alte Josef, Balduin und Dagobert, der Willi und sogar der einarmige Konrad schon lange wieder sägten und hobelten und nagelten und bauten, lag bei meinem Großvater noch Schnee und Eis, und er ließ es sich gutgehen und lauschte dem Singen und Gurgeln vom Schafsbach hinterm Hof. Erst wenn seine Brüder ihn hinausjagten und schimpften, dass er ein Taugenichts sei und ein Langschläfer und ein Allnichtgut, und dass er gefälligst die Dampfmaschine anwerfen und sich bekümmern sollte, dann merkte er allmählich, dass der Frühling übers Land gezogen war.

Weil er nun ganz gegen seine Gewohnheiten einen Winter mit ins Ruhrgebiet gefahren war, konnte auch Apollonia endlich eine Toilette im Haus mit einer Klospülung bekommen, und sie machten sie vor der Haustür in den Vorbau hinein. Und dann kauften sie einen Buffetschrank, einen Wohnzimmertisch, einen Sessel und ein rotes Schesselong. Danach arbeitete mein Großvater nie wieder mit Onkel Balduin im Ruhrgebiet, und sein Winter dauerte wieder so lange, bis alle Blumen blühten im ganzen Land und es nach Flieder duftete allüberall.

Nach den Kriegsjahren wuchs in Scholmerbach vorsichtig ein spärliches Gras über die Grausamkeiten der vergangenen Jahre.

Sie beteten für ihre Toten und grämten sich um die Vermissten und lebten mit ihren Krüppeln und halfen sich gegenseitig, die Häuser und die Ställe herzurichten und die Ernten einzubringen und das Vieh zu versorgen. Dann drängten sie sich um die lustigen Amerikaner und zogen hinaus zum Tanzen und zum Singen und sich Verlieben und hatten einen unstillbaren Drang, wieder zu lachen und zu feiern und das Unglück zu vergessen. Alle mussten sehen, wie sie sich wieder zurechtfanden in der Welt, und es war ganz gleich, auf welche Weise sie es schafften, aber es hat jeder jedem geholfen, das sagten sie immer wieder. Es hat jeder jedem geholfen, das mussten sie immer wieder beschwören, sogar die Dörfer haben sich gegenseitig geholfen, Linnen hat Pfeiffensterz geholfen, und Wällershofen hat Bölsbach geholfen, und Hellersberg hat Scholmerbach geholfen, und Ellingen hat Wennerode geholfen. Alle zusammen haben sie Köln, Koblenz und Frankfurt geholfen, sonst hätten die es schon gar nicht geschafft.

Nur dem Pfarrer Klarfeld ist es nicht gut gegangen. Als er wiedergekommen ist, war er nicht mehr derselbe, ganz verjagt und verscheucht und verstört, und man wusste nicht, was sie mit ihm gemacht haben und was er erlebt hatte. Wie ein Geist ist er herumgelaufen und sie haben ihn gar nicht mehr brauchen können für die katholische Kirche. Wenn man ihn angesprochen hat, ist er fortgelaufen, und man musste ihm nachlaufen, um ihm etwas zu essen zu geben. Später haben sie ihn zu den Palottinern bringen müssen, denn er war nicht mehr Herr seiner selbst.

Sie wollten aber dem Pfarrer Klarfeld was Gutes tun und

ihm eine Freude machen. Da fiel ihnen ein, dass es Zeit war, die Glocke wieder auszugraben, die sie im Krieg versteckt hatten. Die Zimmerleute spannten die Pferde ein, die brave Liesel und den blinden Hans, und sie fuhren zu den Weidehecken, und dort haben sie gegraben, sieben Scholmerbacher, einarmig und zweiarmig, und haben die Glocke wieder hervorgeholt, zentnerschwer aus der Glockengießerei Apolda hatte sie in der Erde geschlafen und den Krieg überdauert.

Die Scholmerbacher machten sie sauber, und dann wurde die Glocke geschmückt und mit Bändern und Fichtenkränzen behängt, und die Leute zogen ihre Festtagskleider an. Hans und Liesel brachten feierlich die Glocke zum Kirchturm, und der Pfarrer Klarfeld in seinem verwirrten Geist hat sie noch einmal gesegnet, und als sie endlich wieder im Glockenturm hing, da weinten alle Leute.

Sie mussten die Glocke läuten, um die Schrecken zu vertreiben und die erbarmungslosen Gräuel und den furchtbaren Schmerz und das, was der Mensch nicht mehr ertragen konnte, zu vergessen und zu übertönen und um unseren Herrgott anzurufen, und sie schlugen die Glocke besinnungslos.

Überall wurden wieder die Glocken aufgehängt, in Scholmerbach und in Linnen und in Böllsbach und in Wennerode, in Pfeiffensterz, in Wällershofen, in Ellingen, in Hellersberg und sogar in Langdehrenbach. Auf der Glocke von Hellersberg stand eingemeißelt:

»Tröstet – Tröstet mein Volk!« Von Wennerode läutete es: »Kommt her zu mir, die ihr mühselig und beladen seid!«, und von Scholmerbach klang es: »Muttergottes, bitte für uns«, und von Bölsbach scholl es: »Barmherzig und gnädig ist der Herr«, und von Linnen rief sie: »Friede auf Erden«.

Die älteste Glocke aber hing in Ellingen und auf ihr stand: »Osanna heißen ich, alle Weder vertreiben ich, Dillman von Hachenburg goss mich, Anno Domini 1462.«

Bis hierher reichen die Aufzeichnungen in meinem fleckigen, geblümten Stoffbuch, aus dem alsbald die Fäden hingen und türkise Tinte mit krakeligem Kugelschreiber wechselte. Es folgten einige Sätze wie:

– Onkel Egon immer noch in Gefangenschaft!!

– Kirmes! Kirmes überall!

– Heimatfilm Schwarzwaldmädel mit Sonja Ziemann und Rudolf Prack!!

Amerikaner auf der Struderlehe bleiben für immer!!! Für immer!!!

– Alle heiraten Amerikaner oder werden Flittchen!!!

– Opa geht immer auf den Lumpenball und wird von Oma verkloppt!!

Die Sätze wurden immer dünner und verloren sich in alten Kuchenrezepten, und dann beschrieb ich Westerwälder Eierkäse, einen gelben Kuchen, mit lauter kleinen Hüpfelchen, den bestäubte man mit Zimt.

Er ist so wunderschön, der Eierkäse.

Und damit klappte ich mein Buch zu.

Ich hatte keine Zeit mehr. Jim war zurück aus dem Manöver und erwartete mich im Polters in unserer Dorfdisco. Ich musste mir überlegen, wie böse ich ihm war. Es gab so etwas wie eine Überlegenheit des Alters und ich hatte noch die Stimme meines Vaters im Ohr:

Marie – dou seyst immer noch sechzehn, und er ist einundzwanzig, und da hat ein junger Mann schon ganz andere … andere … Vorstellungen und … Ansprüche an ein Mädchen oder eine junge Frau, die dou noch nicht erfüllen kannst!

Vielleicht hatte mein Vater ja ausnahmsweise mal recht. Und wenn ich sie nicht erfüllen konnte und Jim davon krank geworden war und richtig schlimme Schmerzen gekriegt hatte, und es fühlte sich an wie Schwindsucht oder eine Kolik, dann konnte man als Mädchen gar nicht wissen, wie das ist. Welche Qualen er womöglich ausgestanden hatte. Bei Männern war ja alles irgendwie komisch, man wusste ja, dass sie scharenweise den Verstand verloren und schlimme Sachen machten, wenn es um solche Dinge ging. Außerdem musste man zu seiner Entlastung sagen: Er hatte mich vor den Augen von Lydia geküsst und mir das Geschenk gegeben und zu mir gesagt: I love you.

Die Sache war die: Jim und ich wären sicherlich längst schon ganz richtig zusammen, wenn ich nur ein oder zwei Jahre älter gewesen wäre. Aber so mussten wir noch ein wenig warten. Dabei konnte Jim gar nicht mehr warten, weil die U. S. Army ganz andere Pläne mit ihm hatte und er im Oktober fort sollte zum Stützpunkt Vilseck, das war am anderen Ende der Welt! Wer wusste, welche Lydia Kosslowskis es erst in Vilseck gab! Und danach sollte er wieder in die Staaten gehen, nach Fort Polk Louisiana!

Wenn ich also jetzt in den Polters ging, um Jim zu treffen, dann war ich vollends verwirrt, denn mein Herz schlug noch immer für ihn, aber ich wusste auch: Liebeskummer lohnt sich nicht, mein Darling, schade um die Tränen in der Nacht.

Ich hatte sein olivgrünes Unterhemd auf meinem Schoß liegen, darin hatte er von mir geträumt, aber ich hatte das Hemd nicht anziehen können, denn mit dem Hemd hatte ich ihn Lydia umarmen sehen.

Was sollte ich nur tun? In meiner Handtasche trug ich das hundertfach verknitterte und verstoßene Patentex und hatte schon ganz vergessen, um was es da ging, und mit der Haarbürste ein Loch hineingedrückt. Wahrscheinlich konnte ich es bald wegwerfen, ohne dass ich es je gebraucht hätte, und ich dachte schuldbewusst an die zwanzig Mark, die meine Großmutter mir gegeben hatte, ohne zu ahnen, wofür.

Da ich sowieso nicht wusste, was ich tun sollte, konnte ich mich auch schön machen und mein Haar kämmen und meine Wimpern anmalen, mehr aber nicht, denn das ist nichts für uns Wäller, ach nein, ach nein, ach nein. Aber die enge Jeans zog ich an und kriegte sie nicht zu und musste mich auf den Boden legen und sie mit der Gabel im Reißverschluss hochziehen, und dann zog ich die helle Bluse mit den vielen bunten Bändern und der Stickerei an und meine hellen Schuhe mit den Schnürbändern am Knöchel.

Es konnte ja sein, dass ich jetzt Schluss machte mit Jim, weil er mich betrogen hatte, aber wenn ich schon Schluss machte, dann wollte ich auf jeden Fall wunderbar aussehen dabei. – Go to Vilseck! Vilseck is … the end of the world … the a. of the world … Man gibt vielleicht einen Menschen her … für die Vereinigten Staaten von Amerika … für New York! Aber doch nicht für Vilseck.

Meine Haare wehten im Wäller Wind, die Blusenbänder und meine weiten Ärmel flatterten. Ich hörte schon von weitem aus der Disko: »Queen of Chinatown« von Amanda Lear.

Es war gegen sieben und noch nicht voll, aber Jim saß schon an der Theke in Jeans und weißem T-Shirt und hatte die Jeansjacke über dem Hocker hängen und trank sein Asco.

> — Hi Sweety, glad you came, sagte er und küsste mich auf den Hals und ich dachte, naja, er riecht aber gut. Irgendwie dachte ich dauernd naja, naja, so ganz wunderbar ist er nicht, aber so süß; so ganz toll ist er nicht, aber auch so wunderbar, man kann ihm nicht recht glauben, aber man muss ihn anhimmeln, es ist Hopfen und Malz verloren, aber er gefällt mir, ich kann mir nicht helfen, was mache ich nur?

Kennst du einen, kennst du alle, ich habe schon Schönere gesehen.

Am besten, ich trank auch einen und da ich Scholmerbacherin war von ganzem Herzen, trank ich ein Hachenburger, wie sich das gehört. Der Polters gab mir dann noch einen Persico aus. Und Jim trank noch einen Asco. Ich weiß gar nicht, was uns einfiel, jedenfalls fingen wir einfach an, uns zu besaufen. Das hatte ich gelernt, das konnte ich. Ein Bier, ein Persico, ein Bier, ein Pfläumchen, ein Bier, einen Apfelkorn, ein Bier einen Kümmerling. Knallvoll.

> — What shall we do now?
> — Was wir jetzt machen?? Weiß ich doch nicht!!
> — Wanna dance??
> — Jetzt gehen wir ... Sommernooscht en Bloiteduft!!

Und so packte ich ihn am Ärmel und zerrte ihn hinaus in die Nacht, denn in der Nacht fühlte ich mich sicher, in der Dorfnacht war es immer herrlich, wenn es nach Heublumen duftete und die Grillen zirpten und die Frösche am Schafsbach quakten, und sogar die Glühwürmchen konnte man tanzen sehen. In Linnen und Langdehrenbach war Kirmes, und man hörte es sogar aus Pfeifensterz. Da feierte die Feuerwehr, und es spielte die Blasmusik, und im Steinbruch von Luckheim spielte die Band Troja, überall war Musik, überall feierten sie, überall spielten sie »Jenny, Jenny, Glück braucht keinen Penny« und »Anneliese, ach Anneliese, warum bist du böse auf mich« und eine entfesselte Rosamunde tanzte über Hügel und Wälder durch Berg und Tal.

– Let's go to the Lusthäuschen!, rief ich.

– To the what? Ah ... yeah, de kleine woodhouse ...

Da nahm ich Jim bei der Hand und holte daheim aus dem Keller eine alte Decke, und im Dunkeln griff ich noch ein paar Flaschen Bier und eine Flasche Kellergeister und eine Flasche Stonsdorfer, und wir gingen hinauf in den Wald, wo das Lusthäuschen stand, das die Zimmerleute gebaut hatten, vor langer Zeit. Es hatte fünf Ecken und war gestrichen rot vom Ochsenblut, und die Bänke waren so alt, dass sie zerbrachen, wenn man sich darauf setzte, und durch die offenen Fenster wehte der Waldwind.

Wenn es ganz still war, konnte man dort die Rosemarie hören oder das Ännchen von Tharau. Die Erde war noch immer festgetreten, seit sie darin das Tanzen geübt hatten in genagelten Schuhen vor so langer Zeit. Die Balken waren zerkratzt und zerschnitzt, so viele Pärchen hatten sich hier verewigt und Herzen hineingekratzt. Wer weiß, wie viele Küsse hier getauscht worden waren, und auch Jim küsste mich jetzt betrunken unter dem alten Dach, durch das es bald hineinregnen würde, so krumm und schief, wie es war.

– What an old house ... stinks a little bit ...

– Ach … sagte ich … das ist ein bestimmter Farn … der
riecht immer so …

Es war der kräftige Geruch von moderigem Laub, von
Tannen und Harz und der unverwechselbare Duft kleiner
Jungen, die gern leerstehende, zerfallende Hütten bepinkeln,
und doch war der Kirschlorbeer vom Waldesrand stärker
und der schwarze Holunder, der heraufwehte. Wir waren
dem Himmel jetzt sehr nahe und den Sternen auch, und auf
einmal schrie eine Eule.

– Mein Großvater hat eine Geschichte erzählt, sagte
ich.

– Which one.

– Es war einmal eine finstere, finstere, finstere Nacht.

– Hm …

– Da hat er sich im Wald verlaufen und er sah nichts
mehr … alles schwarz …

– Hm …

– Da sah er in der Ferne zwei Lichter … er ging darauf
zu …

– Hm …

– Dann konnte er besser sehen … die Lichter waren
hoch oben auf einem Baum, er ging um den Baum herum, und die Lichter drehten sich mit …, und er ging
um den Baum herum und herum und herum …, und
die Lichter drehten sich mit und folgten seinem Blick
immerzu …

– Hm …

– Dann plumps … fielen sie aus dem Baum auf den
Boden und was war es? Es war der Kopf einer Eule! Sie
hatte im Eulenbirnbaum gesessen.

Jim begriff nicht recht, dass die Eule sich den Kopf ab-
geschraubt hatte, und ich musste es ihm noch mal erklären,

und ihm stand schon gar nicht mehr der Sinn danach, und ich hörte immerzu die Eule schreien, während er mich küsste und ich auf die alte Decke sank und dachte, der Baum muss hier irgendwo sein. Die ganze Zeit hatte er im Wald gestanden, gleich hinter dem Lusthäuschen, streckte er seine Zweige durch das kaputte Dach hinein ... war das denn möglich? Er war die ganze Zeit hier gewesen, hatte ich ihn endlich gefunden?

Aber niemand hat es mir verraten und die es wussten, die lebten schon lange nicht mehr. Die lagen auf dem Kirchhof, und nur die Eule wusste es noch, und auch sie sagte es mir nicht.

– Wo der Eulenbirnbaum war.

Meine Großmutter Apollonia hatte ihr Leben lang von Prinzen und Fürsten und Kaisern und Königen geträumt.

Sie bekam einen Sägemehlsprinzen und den Fürst vom Lumpenball.

Den Fürst vom Lumpenball trieb es jeden Tag aufs Neue hinaus, und nichts konnte ihn daheim halten, er musste durch das Dorf streifen und den Leuten einen Gruß bieten, ja, er grüßte nach allen Seiten, und die Leute stießen sich an und lachten und winkten.

Ich war noch klein, aber ich habe gehört, wie meine Großmutter meinen Opa Klemens angeschrien hat:

– Gehst du schon wieder auf den Lumpenball! Jaa ... do seyst dou der Größte – der Oberlump ... dou seyst der Fürst vom Lumpenball!!

Seitdem wusste ich, dass mein Großvater ein Fürst war. Ein Fürst musste immer viel unterwegs sein und feiern und einen ausgeben. Darum dachte ich, der Lumpenball sei etwas wie sein Hofstaat, denn wenn er wiederkam, war er immer noch beseelt von dem herrlichen Tag, den er genossen hatte, roch nach Bier und Revalschwaden und überschüttete uns mit Schokolade, die er gekauft hatte, weil er so reich war. Weil mein Großvater Klemens den Lumpenball so liebte, stellte ich mir vor, dass er dort von den Seinen sehr verehrt wurde und geliebt, da er doch der Größte war. Vielleicht hielt er große Reden oder machte Späße für alle, jedenfalls ging es hoch her. Ich kannte das Wort Ball nur vom Aschenputtel, und einen Lumpen kannte ich nur vom Aufwischen in der Küche. Also musste es eine Art Aschenputtelball in der Waldeslust gewesen sein, wo Zigaretten glühten und der Schnaps lief und immer der Radetzkymarsch spielte und die Leute aussahen wie Lumpen, die sich im Tanze drehten, so lange, bis ihnen schwindelig war.

Ich verstand nicht, warum meine Großmutter Apollonia so böse war auf den Lumpenball, und warum sie so schreien musste, wenn der Großvater wiederkam. Aber sie schrie, da seien nur Säufer und schlechtes Gesocks, und mit denen war er dabei, alles draufzutreiben, so sagte meine Oma, alles draufzutreiben, mit dem Lumpenpack!

Ich hörte meinen Großvater immer die Treppen hinaufbollern und roch die Wolke vom Sägemehl und Kräuterschnaps und wie er leise fluchte, wenn er gestolpert war oder ihm seine staubige Kappe vom Kopf herunterfiel.

Aber er schaffte es immer wieder hinauf, und dann holte er sich nach dem Wutanfall meiner Großmutter noch einen Kaffee oder warf sich auf das Schesselong und schlief ein vor dem Fernseher.

So hatte alles seine Gewohnheit, und wir machten uns nichts daraus, und es ging seinen friedlichen Gang, unser Opa

Klemens war immer ein wenig betrunken, und unsere Oma Apollonia war immer böse, und dann ließ es wieder nach.

Je öfter mein Großvater aber auf den Lumpenball ging und untertags zum Honiels, umso schlimmer wurde es mit seinen Beinen. Er konnte nun beinahe gar nicht mehr geradeaus gehen. Es war dann gut, wenn einer seiner Saufkumpane ihn nach Hause begleiteten, sonst fiel er womöglich in den Straßengraben.

Wenn er vom Lumpenball kam, konnte er kaum noch die Treppen hinauf und musste sich am Geländer festhalten, und die Zimmermannshosen schlackerten um seine Beine herum.

– Ach, schrie meine Großmutter dann, fall doch die Treppe herunter, mir doch egal!! Das ist der Sünden Schuld!!

Manchmal hatte er sich unterwegs den Kopf aufgeschlagen und blutete, und meine Großmutter sagte:

– Du Säukerl, geschieht dir recht, eysch haue dir noch ein Loch in den Kopf!

Dann wandt er sich ein graukariertes Abtrockentuch um den Schädel, und das Abtrockentuch hatte ich hinterher nicht mehr nehmen wollen, auch als die Flecken längst rausgewaschen waren.

Ich fürchtete mich ein wenig, wenn mein Großvater nach Hause kam von diesem schlimmen Lumpenball, aber wenn er fort war, dann war es bei Oma schön in der Küche.

Ich betrachtete mir stundenlang ihren Dotz im Nacken, und dann fragte ich: Darf ich ihn aufmachen, und zu meiner Verwunderung sagte sie ja.

Ich erinnere mich genau, wie ich voller Ehrfurcht zum ersten Mal das feine, durchsichtige Netz abzog und es schrumpelte in meiner Hand zusammen. Die Haarnadeln, die ich aus dem Dutt zog, waren geriffelt und gebogen, so dick und schwer, dass sie mir wie aus Eisen vorkamen. Der Zopf kam mir entgegen und war lang und länger und immer länger und wurde immer dünner und war am Ende ganz verknickt und verbogen. Doch als ich ihn öffnete, geriet ich in Ektase. Das Haar schimmerte und glänzte, und ich kämmte es mit dem gelben Hornkamm, dem ein paar Zinken fehlten, bis ich eine Flut von herrlichen Wellen über ihren ganzen Rücken ausgebreitet hatte, so hell und grau und braun und silbern und schwarz wie der Brauneisenstein.

Ich durfte die Haare flechten und aufstecken und meine Erdbeerspangen hineinmachen und die Haargummis mit Plastikröslein und Klickerkirschen.

Ich erfand Frisuren, eine nach der anderen, und die Haare meiner Großmutter türmten sich höher und höher, ich machte ihr Königinnenhaare, Kaiserwetter-Frisuren, ich zauberte ihr mächtige, unordentliche Haarkränze um das Haupt, ich schuf Hochgebirge auf ihrem Kopf, ich formte Kronen und Ballfrisuren und wand Geschenkbänder und alle meine glitzernden bunten Perlen aus dem Perlenkasten hinein, ich verwandelte meine Großmutter Apollonia Tag für Tag in eine alte, grauhaarige, kostbare Märchenbraut.

Die grauhaarige Märchenbraut aber sollte einen Fürsten erwarten oder den Sägemehlsprinzen. Doch der Lumpenball, auf dem mein Großvater getanzt hatte, war einmal so schlimm, dass er nicht mehr davongekommen ist. Auf dem Heimweg ist er tief in den Chausseegraben gestürzt, dass er sich so zugerichtet hat und geblutet hat aus allen Löchern, schrecklich geblutet, dass sie ihn in Decken gewickelt und heimgebracht haben, und die Decken waren von Blut durchtränkt, und so haben sie ihn meiner Großmutter in die Tür gestellt, wankend und blutüberströmt.

Meine Großmutter hatte die Tür aufgerissen und schrie:

– Da kommt er ja – der größte Lump vom Lumpenball!

Da ist er ihr entgegengefallen und sie hat ihn nicht halten können, er stürzte einfach in das Haus hinein und sie weinte und schrie, und dann lag er auf dem Boden in seinen blutigen Gewändern wie nach einer ruhmreichen Schlacht, und sie wollte auf ihn einschlagen, da sanken ihre Arme in den Schoß.

So ist es dann nicht mehr lange gegangen mit meinem Großvater Klemens, und der Dapprechter Gustav hatte es schon immer gesagt: Das nimmt kein gutes Ende, und er hatte es kommen sehen.

Man hätte es sich schöner vorstellen können für ihn, aber so war es nun mal. Der Schnapsteufel hatte Scholmerbach wieder eine Seele geraubt und meinen Großvater Klemens zugrundegerichtet, und wäre der Schnaps nicht gewesen, er war nämlich ein guter und lustiger und frommer Mann, der niemals im Leben die Völker überfallen hätte und herrlich singen konnte.

Nur leider ein wenig faul.

Mein Sommer mit Jim endete so verschwommen, wie er angefangen hatte: Scholmerbach war eine immerwährende Trunkenheit in den Dorfnächten, und die Sommernooscht en Bloiteduft beherrschten uns allezeit.

Ich glaubte, dass Scholmerbach ein Paradies sei, und wenn man stirbt, dann könne man sich womöglich verschlechtern. Für meine Großmutter Apollonia aber schien das Paradies Besserung zu versprechen, und was ich im Gebetbuch gelesen hatte, hörte sich für ihren Fall nicht schlecht an. Der Herrgott versprach ihr die himmlische Glückseligkeit und seine überfließenden Heilströme und die Schätze eines überirdischen Königreiches, kurz und gut, der Herrgott versprach ihr Köln und Koblenz. Im Himmel musste meine Oma aber meinen Großvater wiedersehen, und das hatte sie nicht gewollt, und der Herrgott war ihr auch nicht durchweg angenehm, da er Klemens' bester Kumpel war. Doch als die Zwetschgen am Baum reif und voll waren und blau und violett schimmerten und die Himbeeren rot in den Hecken saßen, da fing auch der Buchsbaum besonders stark an zu duften.

Da war es Zeit für Apollonia zu sterben, und da hatte sie auch gar keine Wahl mehr, und alle waren froh, dass man sie nicht fragen konnte. Sie hätte womöglich den Herrgott selber fortgeschickt, denn da konnte ja vielleicht noch ein Besserer kommen.

Meine Großmutter Apollonia starb an einem hellen Tag mit einem blitzblauen Himmel, und wir hatten das Fenster weit auf, und ich glaubte, die Seele entweichen zu sehen, wie sie über den Zimmerplatz fuhr und dann mit den Engeln hinaufstieg, um oben mit ihnen zu tanzen. Vielleicht wollte sie Klemens dort oben gleich noch einmal verdreschen. Vielleicht würde sie auch als allererstes dem Herrgott die Leviten lesen. Darauf musste er sich einrichten.

– Hol Buchsbaum, sagten die Leute. Denn der Buchsbaum umhüllte auf unserem Kirchhof die Verstorbenen, und wenn man ein Zweiglein davon brach, segneten wir damit die Toten und besprenkelten sie mit Weihwasser.

– Ach, dachte ich. Und dass es nicht nötig war.

Denn ich konnte Apollonia längst schon sehen, wie sie da oben angekommen war. Schon auf dem Weg zur Kirchhofshecke bin ich in die Hollen gerutscht und sah meine Oma, wie sie beim Herrgott saß und lamentierte und sich beschwerte und wie er gerade anfangen wollte, mit ihr den Lebensfilm anzusehen.

Da fiel es mir wie Schuppen vor die Augen.

Während ich mich so sehr mühte, in einem fleckigen Stoffbuch die Teile ihres Lebens zusammenzuflicken und zu rätseln und zu suchen, hatte also der Herrgott schon einen Film daraus gemacht. Wenn ich es auf der Erde ganz verkehrt machte, dann konnte ich womöglich den Herrgott bitten, mir vorzusagen oder einen Gedanken zu schicken, der mir weiterhalf. Denn Apollonia hatte nie gerne erzählt und fand ihr Leben einen Scheißdreck, während es für mich und den Herrgott so interessant und bedeutend war, dass wir es aufheben wollten, Tag für Tag.

Meine Großmutter Apollonia liegt mit meinem Großvater Klemens in Scholmerbach unter demselben Grabstein begraben.

Sie ist mir seither noch manches Mal erschienen im Traum oder Halbschlaf. Meistens sagt sie dann stumm, ich soll keine Angst haben, ich werde am Schuljahresende doch noch versetzt, mit knapper Not. Oder sie sagt, ich hatte Glück, dass ich meinem Vater nur eine Beule in das Auto gefahren habe, denn ich hätte mich zwischen Linnen und Wennerode beinahe überschlagen, wenn nicht alle Engel am Himmelszelt auf mich aufgepasst hätten. Ich dürfte bald eine Reise machen, nach Frankreich, wo es besonders schön sei, mit meinen Freundinnen Bea, Stefanie und Brigitt an die Küste. Meist warnte sie mich aber vor irgendeinem Kerl. Der taugt nichts, und der taugt nichts und der taugt auch nichts. Am Ende kriegte ich doch noch einen, nach langer langer Zeit, wenn alle schon meinten, es sei bei mir Hopfen und Malz verloren. Ich kriegte auch mal ein Kind, das könnte schön singen, aber es hätte das blonde, futschelige Haar von meiner Großtante Klarissa. Ich bedankte mich bei meiner Oma für ihre Prophezeiungen.

Eines Tages sagte sie unerwartet:

– Darf ich denn mal aanen mitbringen?

Und ich murmelte:

– Was? Wen denn?

Da lachte sie verschämt und streckte den Arm aus, und da kam mein Großvater Klemens, und beide waren viel jünger und sahen so gesund aus und leuchtend, meine Oma trug ein helles Kleid und hatte braunes Haar, und Opa hatte Haare auf dem Kopf. Sie nahmen sich bei der Hand, und er grüßte und sagte so etwas wie:

– Ei – na wie dann!?! Ei wie geht' et dann?

Da hab ich mich im Traum erschrocken, denn ich hatte meinen Großvater noch niemals nüchtern und mit so klarer Stimme reden gehört. Und niemals hätten sie sich an den Händen genommen, das machte man nicht im Westerwald.

– Wir haben uns wieder vertragen, sagte sie lächelnd, und mein Großvater beugte sich zu mir, als wollte er mit mir spielen wie mit einem Kind oder mit einem Hund.

– Ach wie gut, seufzte ich im Traume und wälzte mich zufrieden auf den Rücken.

– Da freue ich mich aber.

ENDE